Neil Jordan écrivain-scénariste

STUDIES IN FRANCO-IRISH RELATIONS

VOLUME 17

SERIES EDITOR

Dr Eamon Maher,
Technological University Dublin – Tallaght Campus

PETER LANG
Oxford · Bern · Berlin · Bruxelles · New York · Wien

Neil Jordan écrivain-scénariste

L'imaginaire de la transgression

Bertrand Cardin

PETER LANG

Oxford · Bern · Berlin · Bruxelles · New York · Wien

Bibliographic information published by Die Deutsche Nationalbibliothek
Die Deutsche Nationalbibliothek lists this publication in the Deutsche
Nationalbibliografie; detailed bibliographic data is available on the Internet at
http://dnb.d-nb.de.

A catalogue record for this book is available from the British Library.

Library of Congress Control Number: 2021026320

A CIP catalog record for this book has been applied for at the Library of
Congress.

Cover design: Peter Lang

Cover image: Crédit photo Bertrand Cardin - « L'ange déchu » par Costantino
Corti (1823-1873), Parc du Château de Montrésor (37), France, Mars 2018.

ISSN 1864-273X
ISBN 978-1-80079-520-4 (print)
ISBN 978-1-80079-521-1 (ePDF)
ISBN 978-1-80079-522-8 (ePub)

© Peter Lang Group AG 2021

Published by Peter Lang Ltd, International Academic Publishers,
52 St Giles, Oxford, OX1 3LU, United Kingdom
oxford@peterlang.com, www.peterlang.com

Bertrand Cardin has asserted his right under the Copyright, Designs and
Patents Act, 1988, to be identified as Author of this Work.

This publication has been peer reviewed.

Sommaire

Introduction

« Vous, pouvoirs et esprits de ce profond abîme,
Chaos et antique nuit, je ne viens point à dessein, en espion,
Explorer ou troubler les secrets de votre royaume,
Mais contraint d'errer dans ce sombre désert,
Mon chemin vers la lumière m'a conduit à travers votre vaste empire ;
Seul et sans guide, à demi-perdu, je cherche le sentier le plus court
qui mène à l'endroit où vos obscures frontières touchent au Ciel »

– John Milton, *Le Paradis perdu*, livre II[1]

Aux limites de la terre ferme et du monde aquatique, sur la côte nord-ouest de l'Irlande, le comté de Sligo est un territoire rude. Le littoral, sauvage, battu par les vents du large, offre des panoramas grandioses. La ville de Sligo, non dénuée de charme, repose nichée au fond de sa baie. L'intérieur des terres cache un paysage paradoxal composé de puissantes collines regardant l'océan, de hauteurs abruptes sommées de tables planes qui semblent l'ouvrage de géants ou d'esprits, de vastes plaines jonchées de pierres levées, de puits sacrés et de tumuli à chambres sépulcrales. Naturellement, ces monuments fascinants et mystérieux sont propres à soulever l'imagination populaire et susciter des légendes : sur cette lande, les dieux autochtones, les *Firbolgs*, furent vaincus par les envahisseurs, les *Tuatha de Danann*. Maeve, la reine de Connaught qui incita les hommes de l'ouest à combattre ceux de l'Uls-ter, repose à jamais sous le grand cairn ; quiconque essaie de profaner

---

1   John Milton, *Le Paradis perdu* (1667), Livre II, v. 969–977, traduction de François-René de Chateaubriand (1861). "Ye Powers / And Spirits of this nethermost Abyss, / Chaos and ancient Night, I come no Spy, / With purpose to explore or to disturb / The secrets of your Realm, but by constraint / Wandering this darksome Desert, as my way / Lies through your spacious Empire up to light, / Alone and without guide, half lost, I seek, / What readiest path leads where your gloomy bounds / Confine with Heaven" (John Milton, *Paradise Lost*, 1667, Book II, 969–977).

son tombeau encourt la malédiction, selon une vieille superstition. À proximité, au cimetière de Drumcliff, se trouve le corps de William Butler Yeats que d'aucuns considèrent comme le plus grand poète national. Ce dernier fait du comté de Sligo le décor de son paysage intérieur. Il y puise son imagination à loisir car cette région d'Irlande est selon lui le théâtre d'un autre univers peuplé de fées, de fantômes et d'étranges créatures.[2] Ce monde surnaturel, proche de celui des morts, s'entremêle à celui de la réalité visible. C'est également dans cette contrée, à Rosses Point, village côtier situé à quelques encablures de Sligo, que Neil Jordan voit le jour le 25 février 1950.

Neil Jordan est le deuxième enfant de Michael et Angela Jordan. Son père est enseignant, sa mère peintre. La famille est sensible aux disciplines artistiques, qu'il s'agisse de peinture, de littérature ou de musique. Michael joue du violon, anime une chorale et initie ses cinq enfants à l'apprentissage d'un instrument. Le milieu familial est dépeint par Neil Jordan comme relativement strict, notamment eu égard aux valeurs chrétiennes : Michael et Angela Jordan sont catholiques et leurs fils enfants de chœur dans la paroisse locale.

Quelques années après la naissance de Neil, la famille quitte le comté de Sligo pour s'installer dans les faubourgs de Dublin, à Clontarf, lieu de naissance de Bram Stoker, créateur du personnage de Dracula. Neil est scolarisé à l'école primaire locale de Belgrove où l'un de ses enseignants n'est autre que l'écrivain John McGahern. Il est ensuite élève du *St Paul's College* de Raheny où il obtient un prix pour une nouvelle dont il est l'auteur. Il se met à écrire vers l'âge de 15 ans. La famille ne dispose pas de poste de télévision à domicile, mais se rend au cinéma occasionnellement. A *University College Dublin* (UCD), Neil Jordan met en scène des spectacles et pièces de théâtre avec ses camarades Jim et Peter Sheridan qui, comme lui, s'illustreront dans la vie culturelle irlandaise.[3] Il y étudie l'histoire médiévale

---

2   "Sligo seems to have been a locale unusually rich in fairy lore and tales of hauntings, ghosts and eerie happenings" (William Butler Yeats, *Writings on Irish Folklore, Legend and Myth,* London: Penguin, 1993, xx).

3   Jim Sheridan est un réalisateur, acteur, producteur et scénariste de cinéma. Il a notamment réalisé *My Left Foot* (1989) et *Au Nom du père* (*In the Name of the Father,* 1994) ; Peter Sheridan est un écrivain dramaturge et scénariste.

et la littérature anglaise, rédige un mémoire sur la vie de saints et obtient sa licence – *Bachelor of Arts* – en 1971. Lors de ses années universitaires, il rencontre Vivienne Shields, étudiante en droit qui devient son épouse et avec laquelle il aura deux filles, Sarah et Anna. En raison de la crise économique, le jeune couple part pour Londres où Neil trouve du travail tout en écrivant des nouvelles. De retour en Irlande en 1973, il occupe un poste d'enseignant et complète ses revenus en tant que veilleur de nuit. Une fois que son épouse est avocate, il reste à la maison pour élever leurs enfants. Au cours de sa vie, il en aura trois autres avec deux autres femmes.[4]

Neil joue de la guitare et du saxophone dans un groupe de musique qui se produit dans des salles de spectacles et des pubs. Parallèlement, il écrit *Miracles and Miss Langan*, une pièce radiophonique diffusée sur RTÉ[5] et la BBC. Celle-ci sera plus tard adaptée en un téléfilm réalisé par Pat O'Connor. Neil Jordan s'initie également à l'écriture de scénarios : il prend en charge quatre des treize épisodes de la production de la RTÉ, *Sean*, basée sur l'autobiographie de Sean O'Casey. En 1976, alors que plusieurs de ses nouvelles sont parues dans des magazines, il publie son premier ouvrage rassemblant dix d'entre elles en un recueil, *Night in Tunisia*. La qualité littéraire et la forte densité visuelle de ces récits attirent l'attention du réalisateur anglais John Boorman qui propose à Neil de participer à l'écriture du scénario de son film *Excalibur* en 1979. Eu égard au succès du film, Neil Jordan réalise un documentaire deux ans plus tard, *The Making of Excalibur: Myth into Film*. Dans l'entrefaite, il publie son premier roman, *The Past*. Dès lors, ses activités littéraires et cinématographiques s'enchaînent par alternance, confirmant l'hybridité de son talent.

A ce jour, Neil Jordan est le réalisateur d'une vingtaine de films, le scénariste de quatorze d'entre eux et l'auteur de neuf ouvrages. Sa renommée prend son essor avec des films remarqués tels *La Compagnie des Loups*

---

4   Vivienne Shields et Neil Jordan se séparent en 1982. De 1983 à 1993, Neil Jordan vit avec l'actrice américaine Beverly D'Angelo. Il a un fils, Ben, avec l'architecte dublinoise Mary Donohoe, puis se met en couple avec Brenda Rawn, l'assistante canadienne de plusieurs de ses films. Ensemble, ils ont deux fils, Daniel et Dashiel, et se marient en 2004. Neil Jordan est donc le père de cinq enfants.

5   RTÉ Radio 1 est la principale station du radiodiffuseur public irlandais *Raidió Teilifís Éireann*.

(1984) et *The Crying Game* (1992). Elle connaît son apogée à partir des années 1990 lorsqu'il fait tourner les plus grands, réunissant notamment Sean Penn et Robert de Niro dans *Nous ne sommes pas des anges* (1989), Brad Pitt et Tom Cruise dans *Entretien avec un vampire* (1994), Liam Neeson et Julia Roberts dans *Michael Collins* (1996), Jeremy Irons dans la série télévisée *Les Borgia* (2012) ou encore Isabelle Huppert dans *Greta* (2018).

Neil Jordan est une figure importante de la vie culturelle irlandaise contemporaine, mais sa double production artistique ne fait pas l'objet d'une reconnaissance équivalente. Son activité cinématographique occulte sa carrière littéraire. L'artiste est connu essentiellement en tant que cinéaste, réalisateur et producteur de films, comme en attestent les sites internet, entretiens et articles qui lui sont consacrés. Il n'est pas spontanément identifié comme un homme de lettres, alors qu'il est scénariste, nouvelliste et surtout romancier depuis plus de quatre décennies. Cette focalisation sur un seul pan de sa production artistique s'observe chez les critiques et interviewers à qui l'intéressé se sent parfois obligé de rappeler qu'il est aussi un écrivain,[6] mais également chez bon nombre de ses confrères et consœurs compatriotes qui ne le considèrent pas vraiment comme l'un des leurs, comme si ses succès hollywoodiens l'avaient définitivement exclu du monde littéraire irlandais.

Ce manque d'intérêt se relève aussi dans le petit nombre de travaux académiques consacrés à ses publications. Alors que l'activité cinématographique de Neil Jordan fait l'objet de monographies, sa production littéraire n'est guère étudiée. L'appareil critique se limite à deux ouvrages parus respectivement en 2009 et 2016 : *The Fictional Imagination of Neil Jordan, Irish Novelist and Film-Maker* de Marguerite Pernot-Deschamps s'intéresse à la manière dont Neil Jordan explore la condition humaine ; l'œuvre y est étudiée sous un angle essentiellement stylistique.[7] Quant à l'ouvrage de Paul McGuirk *Neil Jordan: The Literary Fiction*, il résume chaque texte de

---

6   "You've got to realize I'm also a novelist", précise Neil Jordan à Mario Falsetto lors d'un entretien en 1997 (Carole Zucker, ed., 'Conversation with Neil Jordan', *Neil Jordan. Interviews*, Jackson: University Press of Mississippi, 2013, 29).

7   Marguerite Pernot-Deschamps, *The Fictional Imagination of Neil Jordan, Irish Novelist and Film-Maker: A Study of Literary Style* (Lewiston NY: The Edwin Mellen Press, 2009).

l'auteur et le situe dans le contexte des mouvements littéraires du vingtième siècle, en particulier du modernisme et du postmodernisme.[8] Aussi intéressantes soient-elles, ces études ont une approche très spécifique des textes.

Le présent ouvrage a donc pour objectif de rendre justice à l'homme de lettres par l'examen, l'analyse et l'interprétation de son œuvre littéraire injustement négligée. Il vise à combler une lacune en abordant l'œuvre dans une attitude de conciliation de différentes approches, sans adopter systématiquement une perspective unique, l'objectif étant de saisir la profondeur et la richesse des significations contenues dans les textes. Car en effet :

> Une œuvre est tout un monde à elle seule : elle englobe les événements d'une vie, les fantasmes d'un sujet rêvant et désirant, les déterminations sociales et historiques d'un milieu et d'une époque, l'ordre de l'existence et celui du langage.[9]

Les textes de Neil Jordan sont ici lus et interprétés sous la forme d'un dialogisme entre différentes approches : ils sont en effet abordés comme les reflets de la vie personnelle de l'auteur, mais aussi l'expression d'une époque et d'une société. Leurs images et motifs laissent retentir des sensations permettant de sympathiser avec la rêverie créatrice de l'artiste. Par ailleurs, leurs structures et figures de rhétorique donnent la possibilité de circonscrire les principes esthétiques spécifiques au langage poétique de l'écrivain. L'œuvre a également une valeur polyphonique dans la mesure où elle confronte des voix diverses puisqu'elle peut être mise en lien avec des écrits d'autres auteurs, en particulier irlandais, mais aussi des écrits de Neil Jordan lui-même, bien qu'il soit impossible de mentionner tous les échos repérables entre eux. De manière générale, il a nécessairement fallu laisser de côté certains éléments pour se concentrer sur d'autres. Nos choix d'interprétation sont inévitablement subjectifs. De la même façon, les textes sont parfois lus et interprétés en résonance avec l'activité cinématographique de l'écrivain, laquelle ne peut être ignorée, d'autant plus qu'il existe de nombreuses correspondances entre ses films et ses livres. Chaque publication de Neil Jordan fait ici l'objet d'un chapitre dédié. Deux d'entre eux sont également consacrés aux scénarios dont il

---

8   Paul McGuirk, *Neil Jordan: The Literary Fiction* (Leipzig: Limanaki Books, 2016).

9   Anne Maurel, *La Critique* (Paris : Hachette, 1994), 131.

est l'auteur, ces derniers étant envisageables comme des productions à la croisée entre cinéma et littérature.

Ces deux champs artistiques attestent qu'un des domaines de prédilection de Neil Jordan est son intérêt pour l'irrationnel et le surnaturel. C'est là une spécificité qui peut être mise en lien avec la « matérialisation des rêveries » alimentées par sa terre natale et l'illustre figure tutélaire locale, William Butler Yeats pour qui le comté de Sligo est un territoire littéralement extraordinaire. Dans *L'Eau et les rêves,* en effet, Gaston Bachelard écrit :

> Le pays natal est moins une étendue qu'une matière ; c'est un granit ou une terre, un vent ou une sécheresse, une eau ou une lumière. C'est en lui que nous matérialisons nos rêveries ; c'est par lui que notre rêve prend sa juste substance ; c'est à lui que nous demandons notre couleur fondamentale.[10]

Les créations littéraires sont souvent apparentées à des rêves. Sans doute est-ce la raison pour laquelle réalisme et surnaturel ne semblent nullement incompatibles pour Jordan comme pour Yeats. Dans leurs œuvres, dans lesquelles on ne peut pénétrer que par « suspension volontaire de l'incrédulité »,[11] « le monde féerique et le monde réel s'interpénètrent sans heurt et sans conflit ».[12] De ce fait, l'œuvre de Neil Jordan, qu'elle soit cinématographique ou littéraire, est tout à la fois réaliste, fantastique, gothique et surtout étrangement inquiétante. En effet, selon Freud, c'est lorsque « la frontière entre fantaisie et réalité se trouve effacée » que se produit « un effet d'inquiétante étrangeté ».[13]

---

10   Gaston Bachelard, *L'Eau et les rêves* (Paris : José Corti, 1942), 15.

11   L'expression – de l'anglais *willing suspension of disbelief* – décrit l'opération men-tale effectuée par le lecteur ou le spectateur d'uneœuvre de fiction qui accepte, le temps de la consultation de l'œuvre, de mettre de côté son scepticisme. Ce concept est évoqué pour la première fois en 1817 dans un texte de Samuel Coleridge, *Bio-graphia Literaria.* Un personnage de la fiction de Neil Jordan emploie l'expression lorsque, consultant une voyante, il se dit prêt à suspendre son incrédulité (*Dans les Eaux troubles,* 22).

12   Roger Caillois, *Anthologie du fantastique* (Paris : Gallimard, 1966), 8.

13   Sigmund Freud, *L'inquiétante Etrangeté et autres essais* [1919] (Paris : Gallimard, 1985), 251.

Ce foisonnement de catégories contribue à rendre l'œuvre de Jordan dense, complexe et postmoderne : l'hybridation, trait distinctif de l'esthétique postmoderne, a pour spécificité de procéder à des échanges et des emprunts, de faire intervenir des éléments autres pour assouplir la rigueur de principe de toute ligne de démarcation et prôner les traversées des frontières.[14] Ce phénomène est repérable dans la manière dont l'œuvre mobilise d'autres modes d'expression artistique – musique, peinture,[15] cinéma ou théâtre – ou encore diverses sciences humaines – histoire, géographie, philosophie, psychanalyse, religion – mais aussi dans les passerelles qu'elle échafaude entre fiction et réalité,[16] fantaisie et vraisemblance ou entre différents genres ou sous-genres.[17] Il semble donc pertinent d'envisager cette production littéraire dans la perspective postmoderne du réalisme magique. Toutefois, Neil Jordan réfute cette appellation qui, pour lui, ne s'applique que dans un contexte latino-américain.[18] Peut-être serait-il donc plus approprié de considérer l'œuvre comme relevant du réalisme fantastique. Car en effet, pour l'auteur, c'est la réalité irlandaise elle-même qui est étrange : « J'ai grandi dans l'Irlande des années 1950, à Dublin, suis né à Sligo, dans un univers à la fois rural et urbain. Je connais très bien ce petit

---

14   "Contemporary critical debates on [...] postmodernism often advocate necessary clarifications about different modes of border crossing" (Roberta Gefter Wondrich, 'Exilic Returns: Self and History Outside Ireland in Recent Irish Fiction' in Anthony Roche, ed., *Irish University Review*, 2000, 1).

15   Le tableau figure l' « autre » du texte, comme le texte est l'« autre » du tableau, sa trace mnésique.

16   L'oscillation entre fiction et réalité opère de nombreuses fois lorsque les noms de Lord Edward Fitzgerald, Franco, Mussolini, de Valera, Gorbatchev ou Poutine apparaissent dans le texte.

17   "Borders between literary genres have become fluid" (Linda Hutcheon, *A Poetics of Postmodernism. History, Theory, Fiction*, New York & London: Routledge, 1988, 9).

18   "I hate that term (magic realism). That's a very bad term. It's a very dangerous term. It only really applies to Gabriel Garcia Marquez. It doesn't apply to anyone else. And people who have tried to emulate that voice have failed miserably – particularly when people talk in cinema of magic realism" (Neil Jordan, *Sorrento Terrace Interview*, 17 May 2002, Appendix: 06.3).

monde étrange [...]. On peut devenir bizarre si on reste ici trop longtemps. C'est un étrange pays ».[19]

Le réalisme fantastique suppose à la fois l'observation précise de la réalité et la volonté d'y découvrir une « autre » dimension, de nature mythique ou poétique. Les textes de Neil Jordan s'inscrivent bien dans cette esthétique lorsqu'ils mêlent les problèmes politiques du monde réel à la magie de l'Autre monde des Celtes. Par cette imbrication de deux sphères, ils renouent avec la tradition irlandaise de la Renaissance celtique qui, de la même façon, met en place un univers métissé, inspiré à la fois de la réalité contextuelle et de la mythologie locale.

Cette suppression du cloisonnement entre univers réaliste et merveilleux est reconnue comme caractéristique de l'Irlande et du monde celte en général. En effet, bon nombre d'intellectuels occidentaux du dix-neuvième siècle, dans leur volonté de circonscrire les spécificités des littératures celtiques, soulignent cette dualité : pour Matthew Arnold, la passion celtique pour la nature provient du sentiment de son « mystère ». Elle ajoute « charme et magie » à la nature car l'imagination ou la mélancolie, qu'il considère comme des caractéristiques du monde celte, sont « réactions passionnelles, turbulentes et incœrcibles au despotisme de la réalité ».[20]

De la même façon, Ernest Renan met en lien imagination, mystère, magie et celticisme lorsqu'il avance que la race celtique possède « un amour de la nature pour elle-même, l'impression de sa magie, accompagnée du mouvement de tristesse que l'homme éprouve quand, face à face avec elle, il croit l'entendre lui parler de son origine et de sa destinée ».[21] Enfin, William Butler Yeats ancre son œuvre dans un contexte politique spécifique et, parallèlement, décrit coutumes et légendes folkloriques locales, faisant ainsi renaître une identité culturelle endormie et affirmant son attachement

---

19   "I grew up in Ireland in the fifties. I grew up in Dublin, was born in Sligo, that rural-urban background. I knew that small, strange world quite well [...]. If you stay here too much you can get very strange, very weird. It's a strange country" (Zucker, ed., *Neil Jordan. Interviews*, 93, 71).

20   Matthew Arnold, *The Study of Celtic Literature* [1867] (London: Bibliolife, 2007), 29.

21   Ernest Renan, *La Poésie des races celtiques* in *Œuvres complètes* (Paris : Calmann-Lévy, 1947–1961), 268–269.

inconditionnel à sa terre dont il défend la dignité. L'œuvre de Yeats mêle réalisme et fantastique de manière savamment dosée. Elle démontre que la réalité n'est appréhensible et compréhensible que lorsqu'elle est enrichie d'éléments moins rationnels. Le réel est donc indissociable d'une part de mystère et d'étrangeté.

Dans le sillage de son illustre prédécesseur, Neil Jordan représente l'Irlande telle qu'il la perçoit, c'est-à-dire un étrange « pays peuplé de fantômes ».[22] Comment s'étonner que son univers artistique soit hanté de manière protéiforme par toutes sortes de créatures fantastiques ? Esprits, anges, fées, monstres, chimères ou vampires se manifestent parce qu'ils ne sont plus liés aux lois de l'espace et du temps qui gouvernent le corps physique. Ils évoluent à la frontière entre deux mondes, s'introduisent dans les consciences humaines auxquelles ils sont étrangers. En effet, ils ne sont pas ou plus humains, mais inhumains ou surhumains. Cet état de fait résulte de l'attribution ou l'appropriation d'une identité 'autre' et différente, d'une évasion hors de notre condition, d'une expérience extrahumaine.

Leur hantise est analogue au processus de la mémoire. Elle s'accompagne souvent d'un retour de l'interdit, d'une résurgence du refoulé. Les caprices de leurs apparitions et disparitions effectuent la suture entre passé et présent, vie et mort, présence et absence dans le reflet de la chose perdue. Ces personnages angéliques, monstrueux, fantomatiques sont des transgresseurs : ils passent impunément d'un état, d'un lieu, d'un temps à un autre. Ils sont d'un côté du miroir, dans un monde distinct de celui des autres personnages, ce qui produit le flottement, plonge ces derniers, ainsi que le lecteur, dans l'incertitude, le brouillage des repères. Ils s'inscrivent dans une esthétique de l'évanescence, mais aussi du clivage et du dédoublement et provoquent un sentiment d'inquiétante étrangeté, car ils sortent de l'ombre, alors qu'ils sont censés y rester.[23]

La transgression est le fil rouge de l'œuvre de Neil Jordan : sa production artistique ne s'inscrit-elle pas dans le refus des bornes, des limites et des contraintes ? Outre la porosité des démarcations entre univers visible

---

22 "Ireland is a country formed from ghosts", selon Neil Jordan (Zucker, ed., *Neil Jordan: Interviews*, 98).

23 « Serait *unheimlich* tout ce qui devait rester un secret, dans l'ombre, et qui en est sorti » (Freud, *L'inquiétante Etrangeté*, 222).

et invisible, entre réel et onirisme, ses narrations et scénarios illustrent le franchissement de frontières, qu'elles soient géographiques, historiques, culturelles ou sexuelles. Lois et interdits sont allègrement transgressés : les limites entre exogamie et endogamie sont ignorées ; la triangulation du désir donne lieu à des unions réprouvées par la morale ; la religion peut se sentir outragée. L'œuvre n'est pas pour autant blasphématoire : certes, elle marque un affaiblissement culturel du religieux, mais aussi un retour au pouvoir du sacré, et plus essentiellement un nouveau rapport de la littérature au symbolique. Telle qu'elle est représentée dans l'œuvre, la nature elle-même s'avère transgressive, comme en atteste l'envahissement des zones côtières par la mer : les dernières pages des romans *Les Ombres* ou *Dans les Eaux troubles* relatent ces transgressions marines, annonciatrices d'une nouvelle ère.

Cette notion de frontière résonne nécessairement de manière spécifique pour un Irlandais,[24] eu égard aux délimitations naturelles qui déterminent l'étendue du territoire insulaire, mais surtout à la division artificielle qui le scinde. La mise en place et le maintien de cette absurde partition entre les deux Irlande est une question qui taraude Neil Jordan, comme en atteste son intérêt pour cette période cruciale de l'histoire irlandaise que sont la guerre d'indépendance et la guerre civile.[25] Aussi est-il légitime de se

24   "The novelists of the 1980s and 1990s are having to engage with a proliferation of possibilities in which the idea of the border – defined geographically, sexually, or culturally [...] – is becoming increasingly important" (Gerry Smyth, *The Novel and the Nation: Studies in the New Irish Fiction*, London: Pluto Press, 1997, 146).

25   L'œuvre littéraire de Neil Jordan dans sa première période – *Nuit en Tunisie, Le Passé* et *Lignes de fond* – illustre l'intérêt de l'auteur pour l'histoire irlandaise (en particulier la guerre d'indépendance et la guerre civile), mais aussi internationale (la guerre d'Espagne et la Première Guerre mondiale). En revanche, elle montre peu d'intérêt pour l'Irlande de la fin du vingtième et du début du vingt-et-unième siècle, ce qui peut sembler étonnant de la part d'un homme né en 1950 qui fut témoin de la flambée de violence de la fin des années 1960 en Irlande du Nord. Etonnamment, les Troubles sont présents dans ses films *(Angel, The Crying Game, Michael Collins, Breakfast on Pluto)*, mais pas dans sa production littéraire. De même, les changements considérables de la société irlandaise contemporaine (Tigre celtique, récession économique) ne sont guère évoqués dans sa fiction : seules quelques allusions à cette 'nouvelle Irlande' se relèvent dans *Confusion*. Le pays natal de l'auteur

demander si la thématique de la transgression, si présente dans son œuvre, n'émane pas d'une volonté de briser toute ligne de démarcation, de dépasser le débat national et transcender les vieilles querelles. Ce motif peut en effet se concevoir comme un désir de s'approprier une aire de liberté, d'explorer des alternatives, comme le souhaite le philosophe Richard Kearney lorsqu'il imagine la notion d'une « cinquième province » mythique,[26] à savoir un espace de libre expression ouvert par *Crane Bag,* la revue cofondée par lui-même en 1977. Dans cette mouvance, trois ans plus tard, la *Field Day Theatre Company* crée un centre culturel ayant pour but d'outrepasser les oppositions politiques et religieuses et s'approprie ce même concept imaginé comme une 'cinquième province de l'esprit'[27] où peut se concevoir

---

peut même être totalement occulté de certains de ses romans, tels *Dans les Eaux troubles.*

26   Se référant aux quatre provinces historiques, cette 'cinquième province' est un espace de libre expression ouvert par *Crane Bag,* la revue fondée en 1977 par Kearney et Hederman. Deux fois par an, les numéros thématiques de cette revue posent des questions auxquelles écrivains, artistes et intellectuels du Nord et du Sud sont invités à répondre quelles que soient leurs opinions politiques : "Is there an alternative way in which Irish people can develop a sense of identity? Can we go beyond the idioms of religious sectarianism, nationalist self-righteousness and bourgeois preoccupation with the 'greasy till'?" (Terence Brown, *Ireland. A Social and Cultural History 1922–2002*, London: Harper Collins, 2004, 348). La revue se donne pour but d'occuper une position critique entre le conflit et le consensus, entre les exigences de la politique et de l'art. Il ne s'agit pas d'un programme de propagande mais au mieux d'un 'billet à ordre' ('a promissory note' comme le dit Kearney lui-même). En 1980, la *Field Day Theatre Company* crée un centre culturel ayant pour but de transcender les oppositions politiques et religieuses et s'approprie ce même concept imaginé comme une 'cinquième province de l'esprit' où peut se concevoir une autre façon de regarder l'Irlande. Cette autre Irlande possible peut s'exprimer de multiples manières, à travers l'écriture, la peinture ou la chanson. Enfin, cette notion de 'cinquième province' se montre particulièrement féconde dans la mesure où dix ans plus tard, Mary Robinson, nouvellement élue Présidente de la République d'Irlande, fait part de sa confiance dans les symboles et se dit influencée par les philosophies de *Crane Bag* et de *Field Day*. Dans son discours inaugural, elle dit concevoir son mandat comme le symbole d'une cinquième province, « a place within each one of us, that place that is open to the other – this reconciling and healing fifth province » (citée par Brown, *Ireland. A Social and Cultural History 1922–2002,* 361).

27   'a fifth province of the mind'.

une façon différente d'envisager la nation. Cette autre Irlande possible peut s'exprimer de multiples manières, notamment à travers l'écriture de fiction. Un tel débat culturel, ouvert et partagé en une période où Neil Jordan se trouve précisément au seuil de sa carrière artistique, lui donne nécessairement matière à réflexion et modèle sa vision des choses. Dès lors, comment s'étonner que ses textes s'affranchissent des contraintes de représentation et font voler en éclats toute forme de bornage ?

La transgression est abolition de normes, accomplissement de désirs. Elle témoigne d'une prédominance du fantasme, d'un abandon du réel pour l'irréel. Dans l'univers de Jordan, certains personnages semblent issus d'un autre monde et suscitent l'hésitation du lecteur : sont-ils « naturels » ou « surnaturels », rêve ou réalité ?

> Ainsi se trouve-t-on amené au cœur du fantastique. Dans un monde qui est bien le nôtre, celui que nous connaissons, sans diables, sylphides, ni vampires, se produit un événement qui ne peut s'expliquer par les lois de ce même monde familier. Celui qui perçoit l'événement doit opter pour l'une des deux solutions possibles : ou bien le diable (l'être surnaturel) est une illusion, un être imaginaire ; ou bien il existe réellement, tout comme les autres êtres vivants [...]. Le fantastique occupe le temps de cette incertitude [...]. Le fantastique, c'est l'hésitation éprouvée par un être qui ne connaît que les lois naturelles, face à un événement en apparence surnaturel [...] <face à un> phénomène qui contredit aux lois de la nature.[28]

Le fantastique représente une expérience des limites qu'il ne cherche pas à ignorer, mais au contraire à garder présentes « pour fournir le prétexte à des transgressions incessantes ».[29] Si la fiction de Neil Jordan franchit sas, portes et seuils, ce n'est pas parce qu'elle choque, exagère ou heurte la sensibilité de son lecteur, mais parce qu'elle brouille les repères, ignore les frontières et crée un espace hybride ambivalent à partir de sphères géné-ralement distinctes les unes des autres. Elle explore l'au-delà d'une zone familière du lecteur, va plus loin que ce à quoi il est habitué et, pour ce faire, outrepasse une démarcation et s'aventure dans des univers d'une inquiétante étrangeté.

---

28 Tzvetan Todorov, *Introduction à la littérature fantastique* (Paris : Seuil, 1970), 29–36.
29 Todorov, *Introduction à la littérature fantastique*, 122.

Neil Jordan ne dépasse-t-il pas les bornes de la fiction réaliste traditionnelle lorsqu'il invite des hommes politiques historiques dans son roman et
désacralise l'un d'eux, considéré pourtant comme le « Père de la nation » ?
Lorsque ses personnages se métamorphosent en monstres, se réduisent à
une tête décapitée qui prend en charge le récit ou sont enlevés par un peuple
surnaturel et substitués par un sosie ? Lorsqu'ils réapparaissent après leur
mort nimbés d'une aura mystérieuse ou encore hantent l'esprit des vivants
aussi longtemps que le repos d'une sépulture ne leur est pas accordé ?

L'œuvre littéraire de Neil Jordan ne vise pas à éveiller la crainte du
lecteur, mais à amorcer une réflexion sur le caractère trompeur de nos per-
ceptions. Elle invite à prendre de la hauteur par rapport au monde qui nous
environne. Elle atteste que la mort peut être surmontée et vaincue, qu'il
est possible de redonner vie aux défunts que nous avons aimés, que notre
existence quotidienne est à la fois ordinaire et extraordinaire, puisqu'elle
est également constituée d'éléments irrationnels. La fiction de Neil Jordan
invite le lecteur à plonger vers des territoires hallucinatoires, à s'abandonner aux surprises de l'inconscient et se laisser guider par celui qui prend
en charge le récit, conformément aux propos de Freud qui constate qu'un
conteur de qualité, tel un magicien, saura toujours nous prendre par la
main pour nous entraîner dans un univers enchanteur :

> Parmi les nombreuses libertés de l'écrivain, il y a celle qui consiste à choisir à volonté
> le monde qu'il représente de telle manière que celui-ci coïncide avec la réalité qui
> nous est familière ou qu'il s'en éloigne d'une façon ou d'une autre. Dans tous les
> cas, nous le suivons.[30]

Puisque l'écrivain lui-même nous invite au voyage, entrons dans cet univers et suivons-le …

---

30 Freud, *L'inquiétante Etrangeté*, 259.

Le réalisme à l'épreuve

CHAPITRE I

Les nouvelles de *Nuit en Tunisie* :
une œuvre mystérieuse entre tradition et innovation

Comme beaucoup de ses pairs, Neil Jordan débute sa carrière littéraire par la publication d'un recueil de nouvelles. Celui-ci, intitulé *Nuit en Tunisie* (*'Night in Tunisia'*), paraît en 1976 sur l'initiative d'un collectif d'écrivains fondé deux ans plus tôt, *the Irish Writers' Cooperative*.[1] *Nuit en Tunisie* s'inscrit dans une certaine tradition de la nouvelle irlandaise du vingtième siècle du fait de sa conformité avec les présupposés techniques de la littérature réaliste, tels la nécessité de personnages intelligibles, d'une vraisemblance historique, d'épisodes révélateurs ou d'un cadre temporel clos. Les personnages, qu'il s'agisse de figures historiques issues du monde réel[2] ou d'individus isolés, couples ou familles totalement fictifs, sont autant de figures d'ancrage réaliste. Il en va de même des lieux mentionnés : les noms propres géographiques renvoient à des entités sémantiques stables et assurent un effet de réel permettant l'économie d'un énoncé descriptif. L'auteur préserve ainsi l'illusion de la réalité. Dans son désir de transmettre une information, il accorde une importance toute particulière au visuel et dépeint des actions de sorte que les lecteurs croient avoir devant eux la chose même, comme si la diégèse se déroulait sous l'œil d'une caméra.[3]

---

1   Ce collectif se compose de Ronan Sheehan, Steve McDonagh, Desmond Hogan, Leland Bardwell, Lucille Redmond, Jimmy Brennan et Neil Jordan.
2   Elvis Presley, Charlie Parker ou Eamon de Valera.
3   A cet égard, il convient de noter que les nouvelles du recueil – en particulier « Nuit en Tunisie » et « Un Amour » – servent de base au scénario du film de Neil Jordan *The Miracle* (1991). En effet, l'intrigue se déroule sur le bord de mer durant les vacances d'été et se focalise sur le développement et l'éveil à la sexualité d'un jeune homme adolescent qui perd sa virginité avec la seconde épouse de son père. Cette configuration réactive en lui des sentiments œdipiens. Elle est récurrente dans la fiction de l'auteur-cinéaste.

Cette spécificité annonce déjà la double carrière d'artiste de Neil Jordan. Bien que visuellement distincts, les personnages ne sont pas pour autant totalement transparents aux yeux du lecteur, à qui nombre d'éléments sont tus et dissimulés. Ils gardent une part de mystère, laquelle est également une composante de l'univers fictif de l'écrivain.

La publication d'un premier ouvrage permet l'admission d'un néophyte dans l'univers de la littérature. Elle est un sacre, un « rite » initiatique, et il n'est sans doute pas anodin que ce terme figure précisément dans le titre original de la première nouvelle « Derniers Sacrements » ('Last Rites'). Il est toutefois ironique d'intituler son tout premier texte « *Derniers* Sacrements », alors que la publication de celui-ci constitue plutôt un baptême du feu, une immersion de l'auteur dans le grand bain du monde littéraire irlandais. L'ironie est un élément non négligeable du recueil. Elle y joue même un rôle essentiel.

« Quand j'ai commencé à écrire, remarque Neil Jordan, une question s'imposait à moi : comment traiter la notion d'irlandité ? […] Comment écrire sans me laisser envahir par la langue et la mythologie de Joyce ? »[4] Étonnamment, alors que le jeune écrivain souligne la difficulté pour lui et ses compatriotes d'entreprendre une carrière littéraire sans subir l'influence d'une figure tutélaire nationale écrasante, il attribue à son premier texte un titre évoquant l'extrême-onction reçue précisément par le personnage du prêtre dans la nouvelle d'ouverture du recueil de son illustre prédécesseur.[5] Toutefois, à la différence de ce texte dans lequel l'ultime sacrement est effectivement administré à l'homme d'église peu de temps avant son décès, la nouvelle de Jordan n'y fait référence que de manière très ironique. Certes, le protagoniste y meurt également, mais ses derniers actes ne sont

---

4   "When I started writing I felt very pressured by the question: How do I cope with the notion of Irishness? […] how to write stories […] without being swamped in the language and mythology of Joyce?" (Richard Kearney, ed., *Across the Frontiers – Ireland in the 1990s*, Dublin: Wolfhound Press, 1988, 196).

5   Lors de leur visite dans la maison mortuaire, le narrateur et sa tante apprennent de la bouche d'Eliza, la sœur du Père Flynn, le défunt prêtre : « Le Père O'Rourke a eu un entretien avec lui, mardi ; il lui a donné l'extrême-onction, il l'a préparé. Tout a été fait » (James Joyce, « Les Sœurs », *Gens de Dublin* [1914], Paris : Plon, 1980, 37).

guère orthodoxes : contrairement à ce que le titre pourrait laisser supposer, la nouvelle relate la masturbation et le suicide d'un ouvrier du bâtiment irlandais dans une cabine de bains-douches municipaux de Londres. Dès la première nouvelle du recueil, Neil Jordan apparaît comme un ironiste qui joue sur le paradoxe.

« Sur le plan culturel, poursuit-il, la seule identité que je pouvais façonner me venait des univers de la télévision, de la musique populaire et du cinéma dont je faisais l'expérience au quotidien ».[6] De fait, à plusieurs reprises, *Nuit en Tunisie ('Night in Tunisia')* fait référence à la culture rock,[7] mais également à l'univers du jazz. Bien qu'il ne s'agisse pas à proprement parler de « musique populaire », 'A Night in Tunisia' est une composition de Dizzy Gillespie interprétée par lui-même en compagnie du saxophoniste Charlie Parker, dont le nom est mentionné dans la nouvelle éponyme. Là encore, le choix d'intituler la nouvelle qui donne son titre au recueil « Nuit en Tunisie » met en lumière un décalage : en effet, cet intitulé contient une note d'exotisme qui contraste avec le lieu où se déroule l'intrigue, à savoir une station balnéaire sur l'embouchure de la Boyne, au nord de Dublin. La promesse d'un ailleurs avec ses charmes et ses attraits se trouve nécessairement déçue. « L'ironie est le pouvoir de jongler avec les contenus pour les recréer »,[8] selon Jankélévitch et, de toute évidence, Neil Jordan est doté de ce pouvoir : il manie l'ironie habilement et instille ainsi une touche personnelle à sa prose.

Si tant est que l'œuvre soit le reflet d'une réalité, elle traduit l'expérience d'un homme déterminé qui, dans la carrière qui s'ouvre à lui, entend bien s'inscrire dans une voie tracée par des prédécesseurs, sans pour autant se laisser influencer outre mesure ou piéger dans des ornières qui ne lui permettraient pas d'exprimer librement ce qu'il souhaite. Cette volonté de produire une œuvre originale et personnelle est décelable dès ce premier

---

6   "The only identity, at a cultural level, that I could forge was one that came from the worlds of television, popular music and cinema which I was experiencing daily" (Kearney, *Across the Frontiers,* 197).

7   Le recueil mentionne en particulier des chansons d'Elvis Presley ou des films dans lesquels il s'est produit.

8   Vladimir Jankélévitch, *L'Ironie* (Paris : Flammarion, 1964), 17.

ouvrage publié. C'est la raison pour laquelle *Nuit en Tunisie* s'inscrit à la
fois dans la tradition et l'innovation.

***

Une quinzaine d'années avant la parution du recueil de Neil Jordan,
l'écrivain théoricien Frank O'Connor publie un essai dans lequel il identifie le protagoniste typique de la nouvelle irlandaise comme le membre
d'un « groupe minoritaire accablé ».[9] Ce dernier, seul et isolé, dénué
de pouvoir, effectue des travaux ingrats et s'insère avec difficulté dans la
société. Anti-héros, blessé de la vie, laissé-pour-compte, ce protagoniste
est quelque peu marginal, subalterne, c'est-à-dire étymologiquement un
être jugé comme autre et placé soit à l'écart, soit en position d'infériorité.
Il n'est en aucune façon partie prenante de la vie communautaire et s'apparente finalement à une victime réelle ou potentielle. Les personnages
de *Nuit en Tunisie*, qu'ils soient adolescents ou travailleurs immigrés,
épouses ou vieilles filles, s'inscrivent bien dans cette caractérisation stéréotypée : ils ne sont ni des figures d'autorité, ni des détenteurs de pouvoir.
Cependant, ils ne ploient pas pour autant sous le joug du fardeau imposé
par autrui, ne font pas preuve d'une soumission résignée. Leur silence
n'est pas signe d'obéissance, mais de résistance et de contestation. En effet,
les adolescents se rebellent contre leur père, les épouses se défendent à leur
manière face aux diktats imposés par leur conjoint ; quant au travailleur
immigré, il fait le choix de sa destinée et prend une décision déterminante, aussi radicale soit-elle. Les protagonistes du recueil de Neil Jordan
appartiennent bien à des groupes minoritaires, mais ne sont pas accablés.
Ils savent faire front et redresser la tête. Ce qui était donc observable du
temps de Frank O'Connor, à savoir *grosso modo* dans la première moitié du vingtième siècle, n'est plus toujours caractéristique des textes de la
génération suivante à laquelle Neil Jordan appartient.
    Une cabine de douche est le décor de la première nouvelle de *Nuit en
Tunisie*. Espace clos, intime où chaque occupant reste soustrait au regard
de l'autre, le lieu est porteur de mystère. Dans son sens premier, le mystère

---

9   "a submerged population group" (Frank O'Connor, *The Lonely Voice*, London: Penguin, 1962, 16). Cet essai n'est, à notre connaissance, pas traduit en français.

fait référence à « ce qui se trouve à l'intérieur du mur du sanctuaire ».[10] Comme le suggère le titre de la nouvelle (« Derniers Sacrements »), encore une fois, cet espace-temps a quelque chose de rituel, de sacré. Il suppose une rupture d'avec le monde profane quotidien, une mise à l'écart dans un espace réservé et une mort symbolique que le protagoniste rend effective. Bien que beaucoup plus prosaïque qu'un lieu saint, la cabine de douche implique donc elle aussi, de manière parodique, initiation, rituel de passage et introduction à la connaissance d'un mystère. Comme il se rend aux bains-douches, l'ouvrier pressent « une révélation », « une victoire secrète ». Centré sur lui-même, il *sait* ce qui va s'y passer, comme le souligne la récurrence verbale :

> *Il savait* qu'il anticipait quelque chose en approchant des bains. *Il savait* que ce n'était pas vraiment du plaisir. C'était quelque chose de plus ou moins agréable, le sentiment d'une justification intime, exaltante, d'une révélation, d'une victoire secrète, solipsiste. Sur quoi il ne le demandait jamais, mais *il savait*. *Il savait* en approchant des bains-douches pour enlever la crasse de plusieurs jours de travail que cette heure-là serait le point culminant de la semaine.[11]

Ce rituel hebdomadaire excite son imagination : lui qui ne manifeste rien, ne laisse rien transparaître,[12] se montre habituellement passif,[13] en proie à la mélancolie, la lassitude et l'ennui,[14] semble prendre de l'intérêt à se

---

10   Pausanias, *Description de la Grèce* [160–180 après Jésus-Christ], I, 38, 7. Traduction de J. Pouilloux. (Paris: Les Belles Lettres, 2005).

11   "*He knew* he anticipated something, approaching the baths. *He knew* that it wasn't quite pleasure. It was something more or less than pleasurable, a feeling of ravishing, private vindication, of exposure, of secret, solipsistic victory. Over what he never asked. But *he knew*. He knew as he approached the baths to wash off the dust of a week's labour, that this hour would be the week's high-point" (Neil Jordan, *Night in Tunisia* [1976], *A Neil Jordan Reader*, New York: Vintage International, 1993, 5–6). C'est moi qui souligne. *Night in Tunisia* n'est pas traduit en français. L'auteur de la présente publication a jugé utile de traduire lui-même les extraits cités. Il assume la responsabilité de toute erreur ou maladresse de traduction.

12   « Il était silencieux, son visage immobile » ("he was silent, his face was immobile" (Jordan, *Night in Tunisia*, 6)).

13   Sa passivité est signifiée par les nombreux verbes de perception, tels « voir », « entendre » ou « écouter » (11).

14   Le terme « ennui » est répété à cinq reprises sur une même page (*Ibid.*, 10).

trouver en ce lieu. La perception de cette douche hebdomadaire comme
« point culminant de la semaine » témoigne de la vacuité de son existence. Dans cette cabine de douche, en effet, il peut laisser libre cours à
ses fantasmes :

> Il entendait les giclements de l'eau, les sifflements des jets de douche, les claques
> des mains sur les cuisses mouillées. Il savait que derrière chaque porte se tenait un
> homme nu, fixé éternellement, isolé sous un parapluie de flèches d'eau. La présence
> des cloisons et, derrière elles, d'individus semblables mais totalement séparés ne
> cessaient de l'intriguer, et même intimement de l'exciter.[15]

Son imagination vagabonde dans l'espace, essayant de percer le mystère
de ce qui se passe entre les cloisons voisines, mais aussi dans le temps :

> Il s'achemina lentement vers la douche, écarta le rideau de plastique et pénétra
> dans la cabine. Les carreaux du sol avaient ces traces passées d'humidité qu'il avait
> remarquées jadis sur les galets de la plage. Il plaça ses pieds en plein milieu et repéra
> un petit morceau de savon échoué dans une flaque d'eau grisâtre. Il avait la preuve
> qu'un homme s'était tenu ici avant lui, et se demanda vaguement à quoi celui-ci
> ressemblait, si sa douche avait été rapide et précipitée ou longue et minutieuse, si
> cet homme s'était aussi interrogé sur celui qui l'avait précédé.[16]

Après la douche, il s'observe dans le miroir, expérience narcissique lui renvoyant l'image d'un semblable, comme si un autre homme était là avec lui :

> Il se mit à penser aux seize autres cabines qui l'entouraient, identiques à la sienne,
> mais invisibles. Un homme dans chacune d'elles, lavé par la même eau, à des étapes

15 "He heard splashing water, hissing shower-jets, the smack of palms off wet thighs.
    Behind each door he knew was a naked man, held timeless and separate under an
    umbrella of darting water. The fact of the walls, of the similar but totally sepa-
    rate beings behind those walls never ceased to amaze him; quietly to excite him"
    (*Ibid.*, 7).
16 "He walked slowly to the shower, pulled aside the plastic curtain and walked
    inside. The tiles had that dead wetness that he had once noticed in the beach-
    pebbles. He placed each foot squarely on them and saw a thin cake of soap lying
    in a puddle of grey water. Both were evidence of the bather here before him and
    he wondered vaguely what he was like; whether he had a quick, rushed shower or a
    slow, careful one; whether he in turn had wondered about the bather before him"
    (*Ibid.*, 9).

plus ou moins avancées de la douche. Et il se demanda si, comme lui, celui qui était dans la cabine à côté, son voisin, l'avait en tête. Ses pensées étaient-elles payées de retour ? Il se dit que la présence d'hommes nus en train de se laver dans les cabines adjacentes était plutôt appropriée, après tout.[17]

Ces représentations imaginaires figurent l'accomplissement d'un désir. Il en vient à se masturber, « presque déçu » que personne ne le regarde accéder au plaisir sexuel : « L'idée lui vint qu'il pouvait être observé. Mais non, qui le ferait ? se dit-il, presque déçu, en s'activant sur son membre avec plus d'énergie ».[18] Après avoir éjaculé, il fait jaillir un autre liquide de son corps en se tailladant les poignets. Aux pulsions de vie succèdent celles de mort : Eros est supplanté par Thanatos. Sur le carrelage de la cabine de douche, derrière la porte close, l'homme est retrouvé mort.

Le thème de la porte, seuil entre la vie et la mort, a ici une valeur symbolique indéniable. À cette porte, un usager des lieux frappe, impatient d'occuper la cabine : « Hé, mec, t'as pas encore fini ? Bouge ton corps de là ! »[19] La remarque n'est pas dénuée d'ironie : précisément, ce n'est pas lui qui va pouvoir « bouger son corps de là ». Notons que, dans la version originale du texte, le mot *corpse* est utilisé, lequel dénote un corps mort, un cadavre.

Le narrateur se garde bien de dévoiler les motivations exactes incitant le personnage à prendre cette décision radicale. Il n'explicite pas les raisons pour lesquelles le travailleur s'ouvre les veines lors de sa douche hebdomadaire. Toutefois, le lecteur est en mesure d'émettre une hypothèse à partir de quelques indices textuels, notamment fournis par les citations

---

17 "He wondered at the fact that there were sixteen other cubicles around him, identical to this one, which he couldn't see. A man in each, washed by the same water, all in various stages of cleanliness. And he wondered did the form in the next cubicle think of him, his neighbour, as he did. Did he reciprocate his wondering. He thought it somehow appropriate that there should be men naked, washing themselves in adjacent cubicles" (*Ibid.,* 12).

18 "The thought came to him that somebody could be watching him. But no, he thought then, almost disappointed, who could, working at himself harder" (*Ibid.*, 13).

19 "Hey, you rass, not finished yet? […] Well move that corpse, rassman. Move!" (*Ibid.*, 13).

mentionnées plus haut. Ces dernières nous permettent de cerner que le mal-être du personnage ne semble pas provenir d'un statut d'émigré, d'un mal du pays, d'une vie professionnelle pénible ou de conditions matérielles précaires, mais plutôt d'une difficulté à mener une vie sociale ordinaire,[20] et surtout à assumer et vivre une orientation sexuelle encore jugée marginale dans les années 1970, lors de la parution du recueil. De toute évidence, le protagoniste éprouve une attirance pour les personnes de son propre sexe, mais celle-ci reste de l'ordre du fantasme : il est confronté à un mur l'empêchant de s'épanouir. Aux murailles d'indifférence caractéristiques de la métropole impersonnelle s'ajoutent les barrières d'une société qui condamne et réprime tout comportement considéré comme une déviance. Même en cette heure de détente, « point culminant de la semaine », le protagoniste est séparé de ses pairs par des portes et des cloisons isolant chaque homme dans sa cabine. Ces démarcations lui semblent infranchissables, chacun étant « un pays étranger pour son voisin »,[21] et finissent par avoir raison de lui.

Chaque personnage reste un mystère insondable, y compris pour son conjoint. En effet, même lorsqu'ils ne vivent pas seuls, un mur d'incompréhension s'élève entre les membres du couple. Dans la nouvelle « Malade en consultation externe » ('Outpatient'), la femme est souffrante, très amaigrie. Elle vient de faire un pèlerinage à la Fontaine de Sainte Brigitte où des estropiés laissent leurs béquilles suite à leur rétablissement. À son retour, elle s'interroge sur le caractère étonnant, voire miraculeux de ces événements : ces mystérieuses guérisons sont-elles réservées à des initiés ? A l'image des infirmes des évangiles, ces personnes sont-elles libérées de la maladie par Jésus ? Faut-il voir là un signe divin ? Elle pose ces questions à son mari, mais n'obtient pas de réponse : celui-ci, préoccupé par des considérations beaucoup plus matérielles, l'informe qu'ils doivent visiter une maison le lendemain en vue d'un éventuel achat. Elle en est stupéfaite :

---

20   La narration ne donne aucune information sur le lieu de vie du personnage : vit-il seul ou en collectivité dans un foyer de travailleurs ? De la même façon, elle ne fait pas la moindre allusion à d'éventuelles soirées au pub entre hommes.

21   "each a foreign country to the other" (Jordan, *Night in Tunisia*, 17).

Je rentre d'un endroit où les gens font cinq kilomètres à pied pour voir des béquilles miraculeuses et des images pieuses en décomposition, et lui, il –. Sa réflexion s'arrêta ici, bloquée par quelque chose d'anesthésiant, de capital et flegmatique.[22]

Elle renonce à verbaliser sa pensée jusqu'au bout, se scelle les lèvres car ce qu'elle aurait à dire lui semble indicible et inaudible. La fin de sa phrase reste secrète, y compris pour nous, lecteurs.

À mi-chemin entre le silence et l'allusion se situe la *réticence*, qui est une active collaboration du silence et de la parole, une parole refoulée ou ravalée […]. On se tait quand on pourrait parler. La réticence, c'est le discours expirant, le passage de l'explicite au tacite […]. <Cette> « figure de silence » est une interruption expressive, une espèce de valeur sonore.[23]

En l'occurrence, la réticence de la protagoniste est révélatrice de sa rancune, voire de sa haine à l'égard de son conjoint. Elle s'accompagne d'une prise de conscience du fossé qui les sépare : « il y a un espace entre toi et moi »,[24] parvient-elle à dire quand il l'invite à faire son devoir conjugal : « Bien décidée à le décevoir, elle se tint allongée, plate et rigide. Elle savait qu'il était déçu, mais sentait le dôme d'une grosse et lourde cloche autour d'elle ».[25] La cloche est une métaphore ambivalente : d'une part, elle est une bulle protectrice qui symbolise la spiritualité de la femme, « l'obéissance à la parole divine, l'éloignement des influences mauvaises ».[26] D'autre part, elle a aussi un symbolisme sexuel de par la « menace du battant en laiton » évoquée plus loin dans le récit, confirmé par l'initiative de l'homme. En sa présence, l'épouse se sent réduite à des morceaux de chair sur des os : c'est implicitement tout ce qu'elle représente aux yeux de son conjoint, selon elle. C'est pourquoi, plus tard dans la nuit,

22   "I've just come back from a place where people walk three miles to see the miraculous crutches and the rotting mass-cards and he –. Her thoughts stopped here, blocked by something deadening, momentous, stolid" (*Ibid.*, 61).
23   Jankélévitch, *L'Ironie*, 89.
24   "there's a space between you and me" (Jordan, *Night in Tunisia,* 61).
25   "She determined to disappoint him and lay flat and rigid. She knew he was disappointed but felt the dome of a great heavy bell around her" (*Ibid.*, 61).
26   Jean Chevalier et Alain Gheerbrant, *Dictionnaire des Symboles* (Paris : Robert Laffont, 1982), 263.

son rêve s'apparente à certaines toiles du peintre Francis Bacon : tous deux font l'amour sous les carcasses de viande d'un étal de boucher. L'intérêt de l'un pour le charnel, de l'autre pour le spirituel accroît la distance entre eux et consolide le mur d'incommunicabilité, comme le souligne la récurrence du même verbe révélateur de sentiments inexprimés : « Quelque part au fond de lui, il *se sentait* obscurément en colère contre elle [...]. Il *se sentait* lésé. Il *se sentait* également vertueux, d'une nature à accepter les défauts qu'elle avait, et seulement un peu honteux ».[27] Le lendemain, lors de la visite du bien à vendre, elle s'isole dans le mutisme :

> Il l'emmena en voiture pour voir la maison ; il était franchement en colère contre elle à cause de ses silences [...]. Ils approchèrent de la maison et stationnèrent de l'autre côté de la chaussée. Elle constata que la façade était un grand rectangle, dont une moitié était en brique rouge et l'autre en crépi. « Qu'en penses-tu ? », demanda-t-il. Elle hocha la tête. « On ne trouvera pas mieux à moins de huit bâtons », dit-il. Elle ne répondit pas, se mit à le haïr pour cette expression [...].

> « Alors, qu'en penses-tu ? », demanda-t-il. Elle lui tournait le dos et sentit la grosse cloche descendre sur elle, la menace du battant en laiton qu'elle n'avait vu qu'en rêve. Elle se tourna vers sa voix, devenue minuscule et distante, et vit sur son visage figé à quel point son silence l'horripilait [...]. Elle l'entendit proposer : « Allons voir le jardin » [...], le rejoignit sur le terrain bosselé avec l'intention de lui dire que cette maison n'avait rien à voir avec les miracles et les trompettes, tout en sachant très bien qu'elle ne le ferait pas.[28]

27 "Somewhere inside him he *felt* obscurely angry at her [...]. He *felt* cheated. He also *felt* virtuous, accepting as he was her flawed self, and only a little ashamed" (Jordan, *Night in Tunisia*, 59). C'est moi qui souligne.

28 "he drove her to the house, positively angry now at her silences [...]. They drove up to it and parked on the opposite side. Its façade, she saw, was a large rectangle, half red-brick, half pebble dash. What do you think, he asked. She nodded her head. You'll get nothing better under eight thou, he said. She didn't answer. She suddenly hated him for that abbreviated word [...]. What do you think, he asked. She had her back turned to him and she felt the great bell descend on her, its brass tongue falling with a threat she only dreamed of. She turned to his voice, which was tiny and distant, and saw his horror of silence in his set face [...]. She heard him say: we'll look at the garden. [...] She walked towards him down the calloused garden wanting to tell him that this house had nothing to do with miracles and trumpets, knowing she would not" (Jordan, *Night in Tunisia*, 62–63).

La femme utilise le silence comme un moyen de défense, une arme, un bouclier. Leur vie conjugale se transforme en combat singulier. En se murant dans le silence, elle pense venir à bout de son adversaire. Aux antipodes du silence extasié des amoureux, le mutisme est ici signe de tension, de malaise, de déchirure. Repli stratégique, il prend une valeur d'échappatoire. Lorsqu'il se prolonge, comme c'est le cas ici, les rapports interpersonnels, menacés, se détériorent. L'époux est furieux d'être aussi superbement ignoré. Son exclusion est mimée par le procédé narratif : en effet, un phénomène d'ironie dramatique est mis en place qui permet au lecteur de connaître les pensées de la femme, alors que son époux les ignore puisque celles-ci ne sont pas verbalisées. Cette confidentialité, suscitant chez chacun des personnages frustration, rumination et violence rentrée, est révélatrice du mystère que chacun représente pour l'autre.

Comme dans la plupart des nouvelles du recueil, les personnages de « Arbre » ('Tree') demeurent anonymes, peut-être pour attirer l'attention du lecteur sur la tension palpable au sein du couple. Là encore, le mysticisme de la femme s'oppose au rationalisme de l'homme. Au volant de la voiture, l'épouse freine brusquement car elle repère une aubépine à fleurs blanches sur le bord de la route. « C'est impossible », rétorque son mari, furieux de s'être cogné le front contre le pare-brise, « nous sommes à la fin du mois d'août ».[29] Or, pour elle qui a la foi, tout est possible. Elle reprend la route et s'enferme dans ses pensées.[30] Un peu plus tard, tous deux font halte dans un pub. Il commande un tonique pour elle, alors qu'elle aurait préféré un whisky. Elle bavarde avec la propriétaire du lieu et confesse, en réponse aux questions de cette dernière, être la conductrice en raison du handicap de son mari :

> Il y a deux choses qu'il ne peut pas faire : sortir de la voiture et la conduire. Mais, pour le reste, ça va. N'est-ce pas, John ?
>
> Il s'était déjà dirigé vers la porte. Elle fouilla sa poche pour y trouver 50 pence, mais ne les avait pas et laissa donc une livre.
>
> Il l'attendait à la voiture.

---

29   "That's impossible [...] It's the end of August" (*Ibid.*, 65).
30   « Elle pensait à … » ("She thought of …") est répété à quatre reprises page 65.

– Pourquoi faut-il toujours que tu jacasses comme ça ?
– Pourquoi m'as-tu commandé un tonique ?
– Tu es vraiment impossible.
– Rien n'est impossible.[31]

L'homme, humilié par sa femme, pleure sur le chemin du retour et lui fait part de ses sentiments qui restent inchangés. Elle s'arrête sur le bord de la route, à proximité de l'arbre épineux, et sort de l'auto en prononçant des mots ambigus : « Je m'en vais ».[32] Il essaie de la retenir, en vain. « Je ne – », commence-t-elle, mais ses mots sont noyés par le klaxon de la voiture sur lequel il s'arc-boute : « Le hurlement terrible agressait ses oreilles. Elle voyait ses lèvres bouger ; il disait quelque chose ».[33] Ils ne s'entendent plus, littéralement. Seule, elle se dirige vers l'arbre pour constater que ses branches ne sont pas ornées de fleurs blanches, mais de papiers, prières, ex-voto et images pieuses. Les croyants y font part de leurs demandes, leurs espoirs, leur gratitude. Alors que le klaxon de l'auto continue de hurler, elle arrache l'un des messages sur lequel il est écrit : « A Sainte Brigitte pour des faveurs obtenues – Août 1949 ».[34] La scène, se déroulant au mois d'août, coïncide donc avec l'anniversaire d'une rencontre ou d'une union, peut-être la leur, et s'accompagne d'une amère désillusion à l'égard de la vie conjugale : leur mariage s'effrite, à l'image du message entre ses doigts.

L'un des rares personnages du recueil à être identifié par son nom se voit également humilié lors d'une date-anniversaire. Le protagoniste de la nouvelle « Monsieur Salomon a pleuré » ('Mr Solomon Wept') s'enivre pour atténuer son chagrin, son désespoir et sa solitude. Son épouse l'a

---

31   " 'There are two things he can't do. Get out of a car, and drive a car. But otherwise everything's fine. Isn't that right, John?'
       He had already gone towards the door. She fumbled in her pocket to find fifty pence. She couldn't and so she left a pound. He was standing by the door of the car.
       'Why did you have to jabber on like that?'
       'Why did you order me a tonic?'
       'You're impossible'.
       'Nothing's impossible' " (*Ibid.*, 67).
32   " 'I'm leaving', she said" (*Ibid.*, 68).
33   "She could hear the awful blare in her ears and could see his lips moving, saying something" (*Ibid.*, 68).
34   "To Brigid for favours granted, August 1949" (*Ibid.*, 69).

quitté un an plus tôt, lors de la course hippique annuelle sur la plage de Laytown : « Il se souvint d'elle comme si elle était morte […], se mit à penser à elle comme si elle était morte ».[35] Les rares paroles exprimées sont échangées avec le tenancier du pub : pour sauver l'honneur et masquer sa mortification, Monsieur Salomon prétend être veuf depuis le jour des courses de l'année précédente. Sa journée se passe à boire et ruminer son chagrin, séparé des autres par la vitrine du pub. Là encore, l'absence de communication renforce l'invasion des sentiments et ressentiments :

> La rue était bondée. Pour la première fois, Monsieur Salomon se mit à *ressentir* de la haine pour tous ces gens, sans distinction. Il *sentit* chez eux une similitude malsaine. Il *sentit* qu'ils riaient, dans leurs vêtements d'été. Il *sentit* qu'ils ne savaient pas, dans leurs vêtements d'été. Il *se sentit* comme un rouage dans le mécanisme des vacances, des villes de vacances ; il *se sentit* en quelque sorte esclave de leurs vêtements de couleur vive et de leur bronzage […] A présent, il *sentait* son chagrin le consumer de l'intérieur.[36]

Rien n'est exprimé. Tout est de l'ordre du ressenti qui mine et ronge. Ivre dès le milieu d'après-midi, il se coupe davantage de ses semblables qu'il perçoit « comme un mur dressé contre lui »,[37] se montre ordurier et se fait jeter comme un déchet, à l'écart de la collectivité. A la fin du récit, il n'est plus seulement privé de compagnie, mais aussi exclu de la vie sociale :

> Il se sentit soulevé, transporté à quelques pas et jeté sur le sable. Il releva la tête, pleura sur le sable et vit des tourbillons d'écume et d'embruns au passage des chevaux au bord de l'eau. Il entendit des voix hurler des vivats, quelque part derrière lui.[38]

---

35 "He remembered her as if she had died […] He began to think of her as if she had died" (*Ibid.*, 29).

36 "The street was packed with people. Mr Solomon began to *feel* for the first time a hatred towards them, en masse. He *felt* a malignant sameness in them. He *felt* they laughed, in their summer clothes. He *felt* they didn't know, in their summer clothes. He *felt* like a cog in the mechanism of holidays, of holiday towns, he *felt* somehow slave to their bright clothes and suntans. […] He *felt* his grief burning inside now" (*Ibid.*, 30–31). C'est moi qui souligne.

37 "like a wall against him" (*Ibid.*, 32).

38 "He felt himself lifted then, carried a small distance off and thrown in the sand. He lifted his face and wept in the sand and saw the horses churning the sea-spray into a wide area down by the edge. He heard a loud cheer, somewhere behind him" (*Ibid.*, 32). Eu égard au fait que 'Salomon' n'est pas un nom typiquement irlandais,

La foule en liesse s'oppose à la tristesse d'un homme. Elle pousse des cris, alors qu'il s'étrangle dans ses sanglots. Elle bondit d'excitation ; il est à terre, littéralement humilié, réduit à néant. Eu égard au nom attribué au protagoniste, la fin du récit n'est pas dénuée d'ironie, là encore : contrairement à son homonyme, roi biblique entouré de nombreuses conquêtes féminines, célèbre pour son amour des voluptés,[39] son aura légendaire et son règne marqué par l'apogée de la grandeur de son royaume, Monsieur Salomon, abandonné par sa femme, rejeté par l'ensemble de la communauté, en est réduit à mordre la poussière comme un vulgaire gueux, dans l'isolement le plus total.

Vide est également l'existence de cette ménagère catholique entre deux âges qui dépérit du fait de ses tâches routinières, de « la vacuité imposée par la banlieue, de la même vacuité repérable dans la maison voisine selon toute vraisemblance ».[40] La protagoniste de « Peau » ('Skin') découvre dans un magazine féminin que des Suédoises s'offrent des parties fines avec des inconnus en milieu de journée pour rompre la monotonie de leur quotidien. D'abord dégoûtée par de telles pratiques qu'elle assimile immédiatement au péché de fornication, elle est peu à peu envahie par cette possibilité d'aventure fortuite et, en un élan désespéré, monte en voiture pour conduire « machinalement » jusqu'au rivage. Là, marchant dans l'eau de mer glacée, elle soulève ses jupes sous les yeux d'un homme, les cuisses entourées d'une gerbe de mousse et d'écume, que la narration compare ironiquement à « une couronne de mariée ».[41]

Ces personnages adultes sont uniformément caractérisés par une apathie, une mélancolie, un profond mal-être. Ils souffrent d'ennui et d'isolement, sont en quête de partage, d'expériences sexuelles, à tout le moins sensuelles. Dans leur solitude, ils ruminent en silence leur frustration et

---

mais réfère plutôt à une identité juive, il est possible de voir dans l'exclusion du protagoniste le signe d'une communauté xénophobe et antisémite qui rejette systématiquement l'autre, comme on a pu le voir à propos de « Derniers Sacrements ».

39   Le Livre des Rois attribue à Salomon 700 épouses et 3000 concubines.
40   "The vacuity that suburban dwelling imposes, the same vacuity that most likely inhabited the house next door" (Jordan, *Night in Tunisia*, 52).
41   "like a bridal wreath" (*Ibid.*, 56).

l'absurdité de leur existence. Ils sont isolés quel que soit leur mode de vie puisque les couples sont disloqués ou en voie de dislocation. Ils éprouvent des émotions, mais ne les expriment pas. Leurs sentiments restent secrets, inaccessibles aux autres personnages. En revanche, une part du mystère est dévoilée au lecteur, par la révélation de pans intimes de leur vie. Le narrateur établit ainsi un lien de proximité avec son destinataire. Ce dernier a l'impression d'être initié aux mystères d'une existence dans ce qu'elle a de plus profond. Des choses cachées, inconnues lui sont exposées, comme si un savoir était réservé à des initiés – en l'occurrence le narrateur, le narrataire et le protagoniste, et demeurait inaccessible aux autres personnages du récit. Par ce jeu d'ironie dramatique, renforcé par une focalisation interne, que le récit soit à la première ou la troisième personne, un lien étroit s'établit entre les trois instances que sont l'auteur, le lecteur et le personnage principal.

Les personnages adolescents du recueil ne sont guère plus heureux. Ils s'avèrent également obsédés par des expériences sexuelles et sensuelles. Dans « Séduction », ('Seduction'), deux garçons passent leurs vacances dans une pension de famille du bord de mer. Ils fantasment sur « la grosse femme blonde » de la friterie : « Elle avait quelque chose de mystérieux, de dur et fatigué, un secret derrière ces couches de maquillage que partageaient des hommes plus âgés que nous ».[42] La femme est un territoire inconnu, à découvrir.[43] Aussi se postent-ils en observation sur la plage à la tombée de la nuit afin de voir l'une d'elles se baigner nue. Jamie prétend en avoir vu une, mais le narrateur, tout en écoutant son récit, sait qu'il ment. Conscient qu'il ne rapporte pas des faits, mais verbalise uniquement ses illusions, Jamie pleure son innocence perdue et s'endort, blotti contre son copain. Ce dernier lui raconte ensuite que la femme a pris son bain pendant qu'il dormait. Jamie s'en amuse, soulagé que tous deux aient des rêves

---

42   "There was something mysterious, hard and tired about her, some secret behind those layers of make-up which those older boys shared" (*Ibid.*, 16).

43   En 1926, Freud exprime son désarroi dans *La question de l'analyse profane* : « La vie sexuelle de la femme adulte est encore un continent noir pour la psychologie » (Paris : PUF, 2012, 36). Le psychanalyste emprunte cette expression à J. R. Stanley, explorateur de l'Afrique, de ses forêts impénétrables, noires et hostiles. Freud se pose souvent en archéologue et explorateur d'un topos, à savoir ici la sexualité féminine.

semblables les incitant à échafauder les mêmes histoires. Ils se baignent à
leur tour et s'étreignent dans l'eau, « comme le font les amoureux » : « Je
sentis sa bouche sur mon cou, mais ne me dérobais pas ».[44] Ainsi donc, ironiquement, la « séduction » annoncée par le titre n'est pas tant une action
exercée par la femme sur les adolescents qu'un jeu d'attirance mutuelle qui
les pousse l'un vers l'autre.

C'est également un jeu de séduction auquel se livre le jeune protagoniste
de « Nuit en Tunisie » avec ses pairs, couchés à plat ventre pour masquer
leur érection : « Allongés sur le radeau, ils observaient les femmes sur la
grève, les yeux si fortement rivés sur elles que les nombreuses formes sur la
plage n'en devenaient qu'une seule, indivisible ».[45] Les silhouettes épiées
sont assimilées à une seule entité dans ce qu'elle a de plus mystérieux pour
un adolescent : LA femme. Le protagoniste s'intéresse toutefois plus particulièrement à l'une d'elles, Rita, qui a trois ans de plus que lui. Elle vit
dans une bicoque avec un père alcoolique. Des marques sur ses poignets
laissent supposer qu'elle est violentée. Parmi les adolescents voyeurs et
masturbateurs, le bruit court qu'elle se prostitue : « Ils l'ont croisée une
fois […] comme un oiseau exotique et ébouriffé, son long cardigan jaune
descendant jusqu'aux genoux, couvrant sa robe, si toutefois elle en portait
une ».[46] L'habitude du protagoniste de sortir au crépuscule pour observer
cette fille facile comparée à « un oiseau exotique » justifie le titre de la
nouvelle, mais comme on l'a dit plus haut, celui-ci est annonciateur d'une
promesse déçue par la lecture du texte. En outre, il dénature de manière
parodique le titre du célèbre morceau de jazz.

C'est précisément cette composition que le protagoniste écoute avec
délectation à la radio, interprétée par Charlie Parker. Il essaie de la jouer
au piano en présence de Rita qui l'observe à son tour. Son père, saxophoniste, agacé de constater qu'il n'exploite pas ses capacités par manque de
travail, lui propose de le payer pour lui donner des leçons. Le jeune homme

---

44   "I felt his mouth on my neck but I didn't struggle" (Jordan, *Night in Tunisia,* 21).
45   "They lay on the raft, watched women on the strand, their eyes stared so hard that
     the many shapes on the beach became one, indivisible" (*Ibid.,* 37).
46   "They passed her once, on the same side, like an exotic and dishevelled bird, her
     long yellow cardigan coming down to her knees, covering her dress, if she wore
     any" (*Ibid.,* 34).

accepte et s'imprègne de la musique de Parker, s'entraîne jour et nuit, oublie
ses camarades de plage, acquiert une maturité et devient un homme : « Il
imagine que l'enfance le quitte, tombant des paumes de ses mains comme
les écailles d'un poisson ».[47] Il en vient à interpréter « Night in Tunisia »
pour le plus grand plaisir de son père qui constate d'énormes progrès. Alors
que l'évolution de l'intrigue pourrait donner au lecteur l'impression que le
protagoniste mûrit grâce à la découverte du monde artistique – le standard
de jazz étant pour lui une véritable épiphanie –, la fin du récit ne manque
pas d'ironie : lors d'un match de tennis au cours duquel Rita observe les
joueurs, le jeune homme apprend que celle-ci a été sauvée de la noyade *in
extremis* après deux tentatives de suicide. La visualisation du bouche-à-
bouche de la jeune fille avec le sauveteur, le va-et-vient de la balle de tennis
sur le court amènent le jeune homme, en fin de partie, à faire des avances
à Rita. Devenu un homme, avec de l'argent en poche, il peut désormais
vaincre sa timidité et faire de la jeune fille son « instrument », à l'image
du sauveteur qui l'a ramenée à la vie : « il posa ses lèvres sur les siennes et
souffla ».[48] Ironiquement, l'acceptation du jeune homme d'être formé et
rémunéré par son père n'est pas motivée par un noble désir d'accéder à une
meilleure connaissance des techniques musicales, mais par un vulgaire désir
de se livrer à la lubricité. Vénal, il vise avant tout à se donner les moyens de
bénéficier des faveurs d'une fille facile qui monnaie ses services.

Le motif de l'initiation sexuelle est également au cœur de la nouvelle
« Sable » ('Sand'). Celle-ci compte trois personnages adolescents : un
garçon, sa sœur et un gitan. Ce dernier est nu lorsqu'il vient à la rencontre
des deux premiers. Il reproche au garçon d'être monté sur un âne qui lui
appartient et lui intime l'ordre de mettre pied à terre, puis se ravisant, propose de lui laisser la bête en échange d'une demi-heure avec sa sœur. Sans
demander l'avis de cette dernière qui s'est éloignée, gênée par la nudité du
gitan, le garçon innocent accepte, ne voyant que son propre intérêt. Mais
la promenade à dos d'âne tourne court, interrompue par les cris horrifiés
de la jeune fille. A la hâte, le garçon descend de sa monture et s'empresse

---

47 "He imagined childhood falling from him, coming off his palms like scales from a
    fish" (*Ibid.*, 47).
48 "he put his lips to her lips and blew" (*Ibid.*, 49).

de défendre sa sœur en réglant son compte à l'assaillant. Alors que le début du récit laisse entendre une supériorité de la jeune fille sur son frère[49] à qui elle parle « comme une adulte », un renversement s'opère à la fin : ayant pris l'initiative d'agir pour la protéger, le garçon acquiert à son tour un ascendant sur elle :

> Elle sanglotait spasmodiquement.
> « Tu ne vas pas – ? », demanda-t-il.
> « Si, je vais tout raconter », dit-elle.
> Le garçon savait qu'elle avait honte […]. Il avait oublié sa haine.
> « Arrête de pleurer, veux-tu ? Il ne s'est rien passé, après tout ».[50]

C'est lui qui maintenant parle comme un adulte, avec fermeté. Lors de sa lutte au corps-à-corps avec l'agresseur, il sent la dureté du membre du gitan au niveau de son bas-ventre, rappel d'une impressionnante érection de l'âne dont il est également le témoin, autant d'expériences initiatiques associées au paradis perdu de l'enfance ingénue. L'initiation est admission à la connaissance d'un savoir. Le garçon, ignorant, accepte initialement le pacte du gitan car il n'y voit rien de mal, mais les cris et les larmes de sa sœur, manifestations de sa honte et de sa colère, dessillent ses yeux et l'initient brutalement aux *res naturae*. Il associe nudité et sexualité, promiscuité physique et risques potentiels. Certes elle est humiliée, jetée au sol par un garçon au désir concupiscent, mais n'est pas déchue. Il n'y a donc pas de quoi en faire un drame. C'est pourquoi son frère la rabroue, l'incite à se ressaisir et passer outre l'incident.

Enfin, dans la dernière nouvelle, « Un Amour » ('A Love'), le jeune narrateur, éloquemment prénommé Neil, retrouve par hasard la femme

---

49   « elle semblait savoir tant de choses qu'il ignorait […]. Il avait l'impression que quelque part il en savait autant qu'elle, mais quand il lui fallait le verbaliser, les mots ne venaient pas » / "She seemed to know so much that he didn't […]. He felt that somewhere he knew as much as she, but when he came to say it he could never find the words" (*Ibid.*, 22).

50   "She was crying, great breathful sobs.
'You won't –' he asked
'I will', she said. 'I'll tell it all –'
Nothing happened, did it" (*Ibid.*, 26).

qui l'a initiée aux joies de l'amour physique. Celle-ci, propriétaire d'une pension de famille où il vivait avec son père, souffre d'un cancer. Leur rencontre fortuite a lieu dans un café de Dublin le jour des funérailles du Président de Valera,[51] soit quelques mois avant la publication du recueil. Cette femme a l'âge d'être sa mère, mais fut sa maîtresse. C'était pour lui une façon de s'imposer face à son père et de le supplanter. En effet, cet homme veuf n'était pas insensible aux charmes de leur hôtesse et l'invitait à dîner et danser pour la courtiser sous le regard jaloux du fils. N'ayant plus de mère, Neil se sentait exclu et souffrait de solitude. En cela, il est semblable à l'ensemble des personnages du recueil qui sont, en quelque sorte, tous orphelins. Adolescent, son désir pour la femme se superposait à celui de retrouver sa mère. En deux phrases particulièrement longues, la narration souligne la multitude d'images et de souvenirs qui assaillent le jeune homme. Celui-ci essaie de les partager avec celle avec laquelle il a perdu son innocence :

> Je me souvenais de nos nuits, étendus sur ton vieux lit grinçant d'où l'on voyait la mer, de nos mouvements partagés comme un grand secret entre nous, des mouvements silencieux, choquants, de notre silence, un garde-fou contre mon père qui occupait une chambre juste au-dessous, de nos rapports sexuels, profanation discrète de la station balnéaire, de l'église du haut de la colline, des couples pour qui tu faisais si consciencieusement la cuisine aux heures des repas, de mon adolescence embarrassée, de la culpabilité que tu tentais d'éteindre en moi, du pays, du lieu, de ce contre quoi tu essayais de lutter à travers moi, tout en m'apprenant à faire la même chose par ton intermédiaire. Et sans cesse pour moi, mon père était là, réveillé à l'étage au-dessous, couché dans son lit froid très certainement, et je voulais qu'il entende la bête que je révélais en toi, je voulais qu'il l'entende gratter, grincer au-dessus de lui, car ton corps était comme celui de la femme qu'il doit avoir aimée pour m'avoir eu avec elle, je l'avais vue sur ces photos brunes et défraîchies, avec un chapeau à bords tombants et une canne, dans un jardin, comme toi mais plus plantureuse, avec de nombreux vêtements à enlever, les robes et chemisiers colorés d'abord, puis les sous-vêtements blancs, humides sous les aisselles et entre les jambes.[52]

---

51 Les funérailles du Président de Valera eurent lieu à Dublin le 2 septembre 1975.
52 "I remembered the nights lying in your old creaking bed that looked out on the sea, our movements like a great secret between us, silent, shocking movements, our silence a guard against my father who had the room down below, our lovemaking a quiet desecration of the holiday town, of the church at the top of the hill, of the couples you fed so properly at mealtimes, of my embarrassed adolescence, the

Son expérience sexuelle avec une femme mûre réactive son conflit œdipien, l'amène à visualiser la scène parentale primitive et à tirer avec une
arme à feu sur la porte des toilettes où son père est enfermé, un soir
d'ivresse où culmine la haine éprouvée à son endroit. Des années plus
tard, heureux des retrouvailles, Neil et son premier amour décident de
fuir la foule rassemblée pour les funérailles de l'homme d'état et de se
diriger vers l'ouest. Leur liaison reprend dans une pension de famille de
Lisdoonvarna.

Les personnages ne vont pas au loin chercher l'Histoire, mais l'Histoire vient à eux : les funérailles de de Valera ont lieu à Dublin, là où se
rencontrent les anciens amants. Et voilà qu'ils décident de fuir aussi loin
que possible vers l'océan pour préserver leur tranquillité et tourner le dos à
l'hommage nationaliste. Le sentiment patriotique, la glorification du passé
national et la gratitude manifestée à l'égard d'une figure symbolique des
valeurs traditionnelles sont clairement remises en question par leur attitude. De nouvelles relations entre le citoyen et la nation, entre l'homme
et le monde s'expriment dans les nouvelles de Neil Jordan, et sans doute
est-ce là une spécificité générationnelle.

Bon nombre de personnages de *Nuit en Tunisie* se libèrent non seulement des carcans du nationalisme, mais aussi des notions véhiculées par
l'Église catholique, telles le péché ou la damnation. L'ouvrier de la nouvelle
intitulée « Derniers Sacrements » ne manifeste aucune culpabilité à agir
comme il le fait : la pratique de la masturbation et la décision radicale de
mettre fin à ses jours ne semblent pas susciter en lui le moindre tourment
moral ou problème de conscience. Pour lui, confronté à un vide absurde,
il n'y a rien de plus significatif que les vieux murs en brique du bâtiment

---

guilt you tried to banish in me, the country, the place, the thing you tried to hit
at through me you taught me to hit through you. And all the time for me there
was my father lying underneath, cold most likely, and awake and I wanted him to
hear the beast I was creating with you, I wanted him to hear it scratching, creaking
through to him from above, for your body was like the woman he must have loved
to have me, I had seen her in those brown faded photographs with a floppy hat
and a cane, in a garden, like you but fatter, with a lot of clothes that came off, the
coloured dresses and blouses first, then the white underclothes, dampened under
the armpits, between the legs" (Jordan, *Night in Tunisia*, 73).

victorien des bains-douches. Aussi se laisse-t-il dériver, le rasoir à la main, vers « ce vide de l'au-delà, quel qu'il soit ».[53] Transcrivant son état d'esprit, le récit ne fait aucune allusion à des éléments de doctrine judéo-chrétienne que les nouvellistes irlandais des générations précédentes n'auraient pas esquivés.

L'œuvre est le reflet d'une nouvelle Irlande, d'une génération de jeunes adultes dont les valeurs sont en pleine mutation. Lors de la parution du recueil au milieu des années 1970, l'Irlande est en cours d'évolution. L'image traditionnelle de la culture paysanne, gaélique, catholique, ultranationaliste, crispée sur le souvenir amer de siècles d'oppression et de misère cède le pas à la perception d'une nation plus ouverte et confiante, industrialisée et urbanisée, résolument tournée vers l'avenir et bien décidée à revendiquer comme sien l'héritage national dans sa totalité. Malgré un niveau élevé de la dette publique, de l'inflation ou du taux de chômage, l'expansion économique ou la manne financière liée à l'adhésion du pays à la Communauté Économique Européenne entraînent une hausse du niveau de vie et alimentent les exigences de jeunes Irlandais avides de tourner la page du passé.

Cette volonté de bousculer la tradition se reflète non seulement dans les thèmes de la fiction de Neil Jordan et le comportement de ses personnages, mais aussi dans son écriture même. Ce recueil de nouvelles participe du réalisme dans la mesure où il reflète la vision du monde de bon nombre de contemporains de sa génération, notamment le rejet des valeurs traditionnelles, mais l'auteur, tout en restant dans les limites des présupposés du réalisme, opère également une subversion de certaines conventions propres à l'archétype réaliste. Il adopte un type particulier de discours, partiel et parcimonieux, qui laisse délibérément une place à un vide informatif, lequel est contraire au discours réaliste, car en effet le recueil ne s'inscrit pas vraiment dans les conventions classiques de la littérature associée à ce courant. L'anonymat des personnages est déjà une façon de se démarquer de cette approche.

En règle générale, le texte réaliste accorde beaucoup d'attention à la caractérisation, à l'individualisation des personnages. Il détermine ces derniers en leur attribuant un prénom et un nom, lesquels sont souvent

---

53   "whatever vacuum lay beyond" (*Ibid.,* 5).

ostensiblement affichés dès le titre de l'œuvre, comme l'illustrent par exemple *Robinson Crusoé, Silas Marner* ou *Eugénie Grandet*. Le réalisme suppose une imposition de noms. Or, ici, sur les 21 protagonistes des dix nouvelles du recueil, seuls cinq sont nommés et, qui plus est, de manière incomplète : en effet, ils ne sont dotés que d'un nom (Monsieur Salomon) ou d'un prénom (Rita, Jean, Jamie, Neil). Deux autres sont désignés par le lien qui les unit au personnage principal (son père, sa sœur) ; deux sont mentionnés de manière générique par « l'homme » ou « l'enfant » ; l'un d'eux est réduit à son statut professionnel (un jeune ouvrier du bâtiment) ; un autre est envisagé uniquement en tant que membre d'une communauté (un gitan). En revanche, dix protagonistes, soit quasiment 50% des personnages, sont désignés par un simple pronom personnel, réduits à un 'je', 'il' ou 'elle' quelconque, anonyme et translucide. Dépeints de façon aussi minimaliste que possible, ils sont des entités non identifiées et évoluent dans l'indifférence générale.

De la même façon, il est d'usage que le texte réaliste procède à une description détaillée des personnages, qu'il s'agisse de caractères physiques, d'état mental, de tempérament, qualités ou défauts. À titre d'exemple, le lecteur de « Comme tous les autres hommes », une nouvelle de John McGahern relativement contemporaine de celles de Neil Jordan, est informé des noms et prénoms des personnages. Leur introduction est directement suivie d'un paragraphe les décrivant selon leur aspect physique général, la couleur de leurs yeux, leurs cheveux, leurs vêtements, leur caractère psychologique, leur position sociale, leur origine géographique, etc.[54] Il est à noter que John McGahern appartient à une génération d'écrivains qui ne

---

54 Les protagonistes de la nouvelle de John McGahern s'appellent Michael Duggan et Susan Spillane. Cette dernière en particulier est minutieusement décrite : « Elle n'était ni grande ni belle […] elle paraissait indifférente […] elle le suivit d'un air absent. Elle dansait merveilleusement bien, avec une ferme souplesse. Elle travaillait comme infirmière à l'hôpital pour pulmonaires de Blanchardstown et était originaire du Kerry […] Elle avait des cheveux noirs aux boucles très serrées, un visage intelligent avec quelque chose d'étrange dans les yeux […] un œil marron et l'autre gris […] elle le regarda droit dans les yeux […] Elle était sûre d'elle » (John McGahern, 'Comme tous les autres hommes', *Haute-Terre*, Paris : Presses de la Renaissance, 1987, 67–78).

se démarque guère des conventions du réalisme traditionnel. Tel n'est pas le cas de la génération suivante, dont Neil Jordan fait partie. Celui-ci n'a rien d'un portraitiste. Les rares détails physiologiques spécifiés à propos de ses personnages concernent, pour l'un, « un corps frêle » ou des « bras glabres », pour l'autre une façon de se coiffer « comme Elvis », mais rien de plus. Les personnages de *Nuit en Tunisie* ne sont jamais décrits d'après leur physionomie. Ils n'ont pas de visage, mais semblent juste avoir un sexe : alors que la narration ne mentionne aucune caractéristique faciale, elle s'intéresse aux parties inférieures du corps masculin, puisqu'il est en effet question d'« un membre flaccide », de « quelque chose de chaud et dur contre le ventre », d'érections épisodiques cachées, de mouvements violents du pénis ou d'un sexe au garde-à-vous dans un pantalon moulant. Le seul détail physiologique qui nous est donné sur le gitan est relatif à sa pilosité pubienne, indice suggérant la menace qu'il représente pour la jeune fille. Quant aux émissions de sperme, elles sont presque plus fréquentes que celles des sons vocaux … Les personnages sont narrativement réduits à leurs parties génitales et semblent par ailleurs dépourvus de tout : ils n'ont en effet ni nom, ni visage, tout comme ils n'ont ni passion, ni projet.

Si le jeune homme est aussi prompt à brandir son membre viril, c'est pour nier la menace de castration et affirmer sa masculinité. Il s'empare d'un symbole de puissance et d'autorité pour prendre la place de son père et l'affronter sans craindre de s'opposer à sa volonté et d'assumer son propre sexe. Dès lors, le fils acquiert le pouvoir et les prérogatives paternels et s'achemine ainsi vers sa maturité personnelle, sociale et sexuelle. Sur le plan symbolique, Neil Jordan agit de même avec ses prédécesseurs littéraires : il se doit de « tuer le père » pour s'identifier dans son moi, pratiquer son autofondation et accéder à la souveraineté. Le parricide symbolique représente un rite d'habilation au pouvoir, une épreuve de maturité. Cette dernière implique de compter avant tout sur soi-même et de frayer son propre chemin, plutôt que de suivre docilement celui que d'autres ont tracé.

De toute évidence, Neil Jordan ne tient pas à entretenir le stéréotype, à cultiver la ressemblance avec les productions littéraires de ses prédécesseurs. Sa fiction s'appuie sur les conventions de la littérature réaliste, mais pour les subvertir.[55] Elle reprend les acquis d'un passé littéraire afin de faire du neuf. La répétition systématique des formes du passé lui semble absurde et vaine. Jordan souhaite avancer plus loin ; son intérêt est ailleurs. Plutôt que d'« imiter » ou de « représenter » des réalités observables autour de lui, il a le désir d'« inventer » sa propre forme. « Le simple portraitiste copie ce qu'il voit, et trace minutieusement chaque trait, chaque bizarrerie particulière [...]. Il en va autrement avec les hommes capables de dessein et d'invention »,[56] remarque Shaftesbury au début du dix-huitième siècle. Il semblerait que notre auteur soit de cette trempe.

A la sortie de son film fantastique *Byzantium* en 2011, Neil Jordan déclare que ses contemporains aspirent à une vie différente de celle qu'ils ont dans le monde réel : « Les gens détestent la réalité et veulent autre chose ».[57] L'auteur-réalisateur partage cette insatisfaction à l'égard du réel, et donc implicitement du réalisme. Comment s'épanouir dans un courant artistique qui reflète au plus près une réalité jugée sans intérêt ? Neil Jordan est mal à l'aise avec cette approche traditionnelle qu'il perçoit comme une impasse. Aussi cherche-t-il à se libérer de toute forme d'imitation asservissante. Il n'est pas anodin que ce recueil de nouvelles insiste autant sur la routine suffocante, le quotidien décevant, l'absurde monotonie, comme si la désillusion, la frustration des personnages dans leur existence fictive traduisaient celles de l'auteur vis-à-vis d'une reproduction censément fidèle de la réalité, comme si l'insatisfaction de ses créatures était fondamentalement le reflet de la sienne.

---

55   C'est là le signe que la fiction de Neil Jordan est postmoderne: "for postmodern fiction always works within conventions, in order to subvert them", selon Linda Hutcheon (*A Poetics of Postmodernism. History, Theory, Fiction*, New York & London: Routledge, 1988, 5).

56   Anthony Ashley Cooper - Earl of Shaftesbury, *Essay on the Freedom of Wit and Humour* [1709] (Oxford: Palala Press Blackwell, 2015), 147.

57   "Why are people so interested in vampires in 2011?
      – It's because it's that whole yearning for some kind of life other than the world we live in [...]. If the audience has the appetite to see a movie about the minotaur or Pan or the Irish fairy division or something like that, you know, it's all the same need, the same kind of dissatisfaction with the real world. People basically hate reality and want something else" ("Interviews with Neil Jordan" – *Byzantium* DVD).

La manière dont il se détache des conventions réalistes est annoncia-trice d'une libération plus grande encore : au fil de son œuvre, ses person-nages vont même sortir de leur nature humaine. Progressivement, Neil Jordan va laisser libre cours à ses fantaisies, à ses fantasmes, pour ouvrir les vannes de l'imaginaire, de l'onirique, et produire un effet d'hallucination fantastique, donnant ainsi une dimension autre à sa production artistique et accentuer encore davantage sa part de mystère.

Une part de vérité dans la fiction ?

Entre mémoire familiale et histoire nationale – *Le Passé* et *Michael Collins*

A la fin du vingtième siècle, bon nombre de théoriciens de la littérature irlandaise portent un regard panoramique sur les œuvres de fiction de leur nation et constatent un intérêt excessif pour le passé, particulièrement dans la période qui leur est contemporaine : Augustine Martin observe dans la littérature irlandaise « une fixation quasi morbide » sur ce temps qui n'est plus.[1] Cette anomalie est révélatrice d'une obsession névrotique qui prouve à quel point la société irlandaise peine à affronter son passé. Il semble que seule une réflexion critique sur celui-ci lui fournisse les bases d'une compréhension de soi indispensable à toute refonte identitaire. Mais, comme le souligne Terry Eagleton, le problème n'est pas de savoir si la littérature devrait être reliée ou non à l'histoire : le problème réside dans des différences de lecture de l'histoire elle-même.[2]

Crucial dans le cadre de la réflexion identitaire de l'Irlande, ce débat culturel se compose d'interprétations révisionnistes, néo-nationalistes et postcoloniales. A la fin du millénaire, de nombreuses approches critiques s'inscrivent dans la perspective d'une relecture de l'histoire à laquelle se livrent les révisionnistes, tels Roy Foster ou Edna Longley,[3] mais aussi les anti-révisionnistes comme Seamus Deane ou Declan Kiberd.[4]

1 "Irish writing has been almost morbidly fixated with the past" (Augustine Martin, *Bearing Witness. Essays on Anglo-Irish Literature*, Dublin: UCD Press, 1996, 95).
2 "It is not a question of debating whether 'literature' should be related to 'history' or not: it is a question of different readings of history itself" (Terry Eagleton, *Literary Theory. An Introduction*, Oxford: Blackwell, 1983, 209).
3 Edna Longley, *The Living Stream. Literature and Revisionism in Ireland* (Newcastle: Bloodaxe Books, 1994).
4 Une réinvention de l'Irlande est au cœur de bon nombre d'ouvrages, tels *Inventing Ireland* de Declan Kiberd, *Rethinking Irish History* de Patrick O'Mahony et

Pour les premiers, il est impératif de casser une idée monolithique du passé, de ré-évaluer ce qui semblait des vérités révélées, puisque la vérité historique n'est qu'un leurre. Il est nécessaire de dénoncer le spectre d'un nationalisme militant indissociable d'un catholicisme radical et violent, de démythifier et remettre en cause des fondements historiques tels que l'influence absolument négative de la présence britannique en Irlande ou l'entière responsabilité de la puissance voisine dans le traumatisme de la Grande Famine. Le passé, tel qu'il a été présenté jusque-là, doit être rejeté, transformé et accommodé.

Pour les seconds, il faut rendre sa légitimité à un discours nationaliste modéré : si la voix des nationalistes est par trop marginalisée, l'Irlande est condamnée à une forme d'amnésie. Or le pays ne doit pas oublier que son histoire est douloureuse avant tout en raison des traces laissées par des siècles de colonisation imposés par l'Angleterre. Car bien que voisine de cette dernière, bien qu'européenne et peuplée de blancs, l'Irlande n'en est pas moins une ancienne colonie, une « colonie blanche », comme le précise Edward Said.[5] Et d'aucuns jugeront qu'à la différence de nombreux territoires ayant subi le joug de la colonisation, l'indépendance irlandaise n'est toujours pas totalement acquise, puisque les Britanniques restent présents en Irlande du Nord. Cette dernière, où s'est cristallisé le conflit, demeure une zone sensible. Il n'empêche que c'est l'île tout entière, y compris la République et plus généralement les îles britanniques dans leur ensemble qui sont concernées par cette question. Telle est l'opinion de l'association culturelle *Field Day*, fondée en 1980, dont l'esprit se décrit comme une recherche de l'identité irlandaise si longtemps occultée par la politique coloniale.[6] Cette association a une approche de la culture et

---

Gerard Delanty ou *Hidden Ireland. Reassessment of a Concept* de Louis Cullen. Le préfixe récurrent dans ces titres met en évidence cette relecture de l'histoire.

5   "a white colony like Ireland" (Edward W. Said, *Culture and Imperialism,* London: Chatto & Windus, 1993, xvi).

6   *Field Day* est une compagnie théâtrale et une association culturelle créée par l'auteur dramatique Brian Friel et l'acteur Stephen Rea dans la ville de Derry. Les arrière-pensées 'politiques' (au sens large du terme) des fondateurs et de ceux qui les ont rejoints au comité directeur (Seamus Deane, Seamus Heaney, Tom Paulin), les uns catholiques, les autres protestants, sont très claires : faire de la ville

de la société irlandaises fortement imprégnée de postcolonialisme car elle conçoit la violence en Ulster comme un effet persistant de la domination coloniale, ainsi que l'expose Seamus Deane, une des figures de proue du mouvement : « L'analyse de la situation irlandaise par *Field Day* découle de la conviction qu'il s'agit avant tout d'une crise coloniale ».[7] C'est peut-être la raison pour laquelle la pensée coloniale et son discours si présents dans les textes publiés dans les pays affranchis de la colonisation le sont *a fortiori* dans ceux dont le territoire n'est pas totalement libéré. Cette expérience suscite un certain nombre d'interrogations relatives à la spécificité nationale et rend plus vive la quête d'identité :

> Parce qu'il est une négation systématisée de l'autre, une décision forcenée de refuser à l'autre tout attribut d'humanité, le colonialisme accule le peuple dominé à se poser constamment la question : 'Qui suis-je en réalité ?'[8]

Cette question est celle que se pose le narrateur du roman éloquemment intitulé *Le Passé*. L'anonymat absolu de ce protagoniste, respecté du début à la fin du roman, se justifie peut-être par le fait que son questionnement est celui de tout jeune citoyen irlandais ressentant le besoin de se rattacher à des origines, son présent étant nécessairement le résultat de son passé. Sa quête individuelle reflète la réflexion collective de l'époque visant à aborder l'histoire autrement. Ainsi donc, qu'elle soit familiale ou nationale, individuelle ou communautaire, la mémoire est au cœur du récit, et sa nature même est interrogée par le texte.

---

de Derry, toute proche de la frontière avec la République, un centre théâtral, littéraire et culturel pour l'Irlande dans son ensemble. Ce centre vise à transcender les oppositions politiques et religieuses sans pour autant mettre entre parenthèses les acquis de l'histoire, bien au contraire, mais dans le but de contribuer à la naissance d'une nouvelle identité nationale. Le programme comprend notamment la production annuelle d'une pièce montée à Derry avant d'être jouée ailleurs en Irlande, ainsi que l'édition d'une volumineuse anthologie commentée de la littérature irlandaise depuis les origines, *The Field Day Anthology of Irish Writing*.

7   "Field Day's analysis of the Irish situation derives from the conviction that it is, above all, a colonial crisis" (Terry Eagleton, Fredric Jameson, Edward W. Said, *Nationalism, Colonialism and Literature*, Minnesota: University of Minnesota Press, 1990, introduction by Seamus Deane, 6).

8   Frantz Fanon, *Les Damnés de la terre* [1966] (Paris : Gallimard, 1997), 300.

En 1980, lorsqu'il publie *Le Passé*, son premier roman, Neil Jordan a 30 ans. Cette année-là, l'association *Field Day* voit le jour. Incontestablement, l'auteur est conditionné par la société dans laquelle il évolue et les questions qui émergent alors, telles les débats contradictoires sur le rôle de la mémoire, les interprétations divergentes des grands événements de l'Histoire nationale ou encore les polémiques sur la manière dont l'histoire doit être enseignée. Un tel contexte de réflexion sur le passé exerce inévitablement une influence sur la vision que Neil Jordan a de l'époque qu'il a choisi de décrire dans son roman, en l'occurrence les années 1910, 20 et 30.

***

Le narrateur, qui prend en charge le récit à la première personne, explore le passé tel un détective et tente de retracer les parcours de ses parents et grands-parents afin d'établir des faits avérés sur sa lignée et mieux circonscrire son identité.

Sa narration est caractérisée par une progression chronologique, ponctuée par une succession d'événements dans lesquels sont impliqués des personnages dont il cherche à comprendre les causes et les intentions. Elle tente de répondre aux questions : « Que s'est-il passé ? Pourquoi est-ce arrivé ? » Le travail d'investigation du narrateur aboutit ainsi à une production de type 'récit' qui s'apparente à une saga, l'histoire d'une famille étant racontée sur plusieurs générations.

Le Passé est un roman complexe ressuscitant l'atmosphère particulière d'un lieu et d'une époque. En effet, chaque section ancre l'histoire de manière spatio-temporelle, d'abord en Angleterre – 'Cornouailles 1914' – puis en Irlande : 'Dublin 1921, Bray 1922, Sandymount Strand 1928, the Provinces 1934'. Ces lieux sont ceux où les parents et grands-parents du narrateur se sont prétendument rendus.

À partir de cartes postales et photographies, de déplacements sur les sites fréquentés par ses prédécesseurs, de témoignages partiels de survivants, le narrateur reconstitue une chaîne de causalité permettant de nouer des liens entre les faits, d'établir une forme d'unité cohérente et, si tant est que ce soit possible, de donner un sens à ce passé. Car en effet, comme le dit l'auteur lui-même lors de la parution de l'ouvrage : « Le passé n'a plus de sens ; tel

est le dilemme auquel sont confrontés les jeunes Irlandais aujourd'hui ».[9]
Cette remarque atteste que son roman au titre symptomatique s'inscrit
bien dans le contexte d'une réflexion collective.

Le narrateur constate assez vite que les éléments fragmentaires qu'il
parvient à rassembler rendent l'accès au passé difficile : en effet, les lieux
ont changé, les photographies sont rares ou inexploitables et Lili,[10] l'amie
de sa mère, seul témoin encore en mesure de relater ses souvenirs, est dotée
d'une mémoire défaillante. La véracité de son récit est incertaine et les informations qu'elle fournit au narrateur sont limitées, comme elle le reconnaît
elle-même avec fatalisme : « Mais, il se peut que j'aie tort, nous pouvons
tous avoir tort. Tout ce que je peux te dire, c'est qu'ils y sont allés ».[11]
Aussi nuance-t-elle ses propos régulièrement : « pour autant que je m'en
souvienne ».[12] Lili est malgré tout l'unique mémoire vivante du récit, la
seule à permettre au narrateur d'établir une connexion entre passé et présent. Aussi le jeune homme écoute-t-il avec beaucoup d'attention la vieille
dame lui parler des générations précédentes qu'elle a connues. Toutefois,
l'ignorance de certains faits, conjuguée aux effets de l'âge sur la mémoire
laissent en suspens beaucoup de questions. Le doute et l'incertitude parsèment le propos, lequel demeure frustrant pour le narrateur qui donnerait
tout pour obtenir une confession fiable : « Je serais prêt à lui adresser une
pétition pour obtenir des souvenirs comme ceux-là », dit-il.[13] Lorsque des

---

9   "The contemporary dilemma for an Irish person growing up today is that the past
    has no meaning any more" (Niall Williams, "Time past. Imagine and Remem-
    ber: A View of Neil Jordan's Novel *The Past*", Lille: *Gaeliana* 3, 1981, 167).

10 Neil Jordan n'a certainement pas choisi ce prénom par hasard : en effet, Lili ne
    manque pas de rappeler spontanément son homonyme – Lily – dans la nouvelle
    « Les Morts » de James Joyce. Dans les deux textes, c'est avec une certaine nos-
    talgie que ces femmes, avancées en âge, évoquent le passé et les morts qu'elles ont
    connus.

11 "But, then I could be wrong, we could all be wrong. All I can really tell you is that
    they went there" (Neil Jordan, *The Past* [1980] Berkeley: Soft Skull Press, 2012,
    7). *The Past* n'est pas traduit en français. L'auteur de la présente publication a jugé
    utile de traduire lui-même les extraits cités. Il assume la responsabilité de toute
    erreur ou maladresse de traduction.

12 "from what I remember of them" (*Ibid.*, 26).

13 "I would petition her for memories like these" (*Ibid.*, 5).

zones d'ombre demeurent, il n'a d'autre solution que de supposer ce qui a pu se passer. L'imagination prend alors le relais de la mémoire défectueuse.

Dès les premières pages du récit, les vieilles cartes postales observées soulèvent des interrogations auxquelles seule son imagination peut répondre : « J'agrandis la photo de la carte postale au-delà de la bordure dentelée ».[14] Le narrateur a recours à son imaginaire pour suppléer les lacunes et combler les blancs. En émettant des hypothèses vraisemblables, il tente de construire des faits, de repérer des continuités, comme en atteste son propos : « On peut supposer » ; « Il me faut t'imaginer, Renée, puisqu'il ne prenait pas de photos » ; « Je la visualise vêtue d'un manteau acheté en vrac ».[15] De la même façon, l'emploi d'adverbes – « peut-être » ou « possiblement »[16] – de verbes conjugués au conditionnel – « Ils auraient prononcé (…) auraient-ils marché »[17] – ou encore d'auxiliaires de modalité exprimant la probabilité – « Il a dû y avoir » ; « elle a dû savoir » ; « ce doit être peu après que … »[18] – met en lumière le rôle majeur joué par l'imagination dans sa reconstruction du passé.

La faculté du narrateur à former des images donne lieu à un récit de fiction qui comble les silences de la vieille dame dont la mémoire n'est plus digne de confiance. Le texte décrit ce qui *a pu être* selon toute vraisemblance – qu'il s'agisse de lieux, de personnages ou de contexte – partant du principe qu'une telle représentation est plausible. Car après tout, le narrateur se justifie lui-même : « la fiction contient une part de vérité, non ? »[19] Par définition inaccessible, le passé ne devient-il pas atteignable uniquement par le biais de la fiction ? La photographie ancienne qu'il a en mains, immortalisant ce qui n'est qu'un moment ponctuel, atteste de l'opacité du temps passé et laisse dans l'ombre l'arrière-plan chronologique

---

14   "I extend the picture on the postcard beyond the serrated edge" (8).

15   "one can surmise" (1), "I have to imagine you, Rene, since he took no photographs" (51), "I picture her wearing a bulk coat" (256).

16   "Maybe" (2), "perhaps" (3).

17   "They would have pronounced […] or would they have walked" (23).

18   "There must have been" (2), "she must have known" (2), "It must be soon after this that …" (61).

19   "There's a kind of truth in fiction, isn't there?" (185).

sur lequel le cliché se greffe. Aussi donne-t-elle lieu à un scénario fictif, lui aussi très visuel, dont le contenu est inventé.

***

L'une de ces cartes postales est écrite en Cornouaille. Datée du 1er juin 1914, elle est envoyée par Una, la grand-mère du narrateur, à ses parents irlandais pour les informer de son retour imminent à la maison. Sur l'autre carte, expédiée sept mois plus tard, c'est-à-dire quelques semaines après l'assassinat de l'Archiduc Ferdinand à Sarajevo, Una fait part à sa famille de la naissance de sa fille, Renée,[20] la mère du narrateur. Comédienne, elle avait quitté l'Irlande pour l'Angleterre et épousé un étudiant en droit, Michael O'Shaughnessy, parce qu'elle attendait un enfant de lui. À partir de cet événement se développe un récit de fiction, fruit de la mémoire de Lili et de l'imagination du narrateur.

De retour en Irlande, Una se produit sur les planches où elle incarne Cathleen Ni Houlihan.[21] Sa vie conjugale ne la satisfait guère, d'autant plus que Michael est infidèle. Membre de l'IRA, ce dernier est assassiné dans une rue de Dublin en 1921, alors que Renée vient de faire sa première communion.

La troisième section du roman – 'Bray 1922' – a pour cadre une villa du bord de mer habitée par trois hommes d'une famille anglo-irlandaise protestante, les Vance. Veuf, James y vit avec son fils, Luke, et son père, un vieillard original qui peint des marines sur la digue. Pétri de culture livresque, James Vance aime échanger sur la philosophie cartésienne ou les théories mathématiques avec le Père Beausang, prêtre qui fut proche de sa défunte épouse catholique. Passionné par la photographie, il prend des clichés de Renée, adolescente initiée aux arts dramatiques par sa mère, notamment dans le rôle de Rosalind, l'héroïne de la comédie de Shakespeare *Comme il vous plaira*. Renée pose également pour des photographies de James Vance dans le cadre de campagnes publicitaires pour des collants et

---

20 L'orthographe française est ici adoptée (*Rene* en anglais).
21 *Cathleen Ni Houhilan* est une pièce de William Butler Yeats (1902) qui s'inscrit dans la droite ligne de *La Comtesse Cathleen,* écrite dix ans plus tôt. Ce sont là deux pièces nationalistes où s'entrecroisent christianisme et paganisme, dans lesquelles Cathleen, fille de Houlihan, représente l'Irlande prête à vendre son âme pour nourrir les paysans.

exhibe ainsi ses jambes sans complexes dans les journaux. James n'est pas insensible à son charme, et l'attire chez lui en lui proposant de donner des cours particuliers d'irlandais à son fils Luke, sans réaliser que ce dernier est désormais un homme …

Dans la section suivante, 'Bray 1933', Renée est enceinte. Ayant une liaison à la fois avec James et Luke, elle va donner naissance à un enfant dont le père peut tout aussi bien être l'un que l'autre.[22] Toutefois, sa condition ne l'empêche pas de faire une tournée théâtrale dans toute l'Irlande, interprétant toujours le rôle de Rosalind, accompagnée de Luke Vance qui se fait engager dans l'équipe de techniciens de la troupe.

Informé de la grossesse de la jeune femme par le Père Beausang, James quitte Dublin pour rejoindre la compagnie dans l'ouest du pays. Peinant à la trouver, il se fie aux affiches placardées de ville en ville et parvient finalement à assister à une représentation de *Comme il vous plaira* à Lisdoonvarna. A la suite de cette soirée, Renée accouche d'un enfant, le narrateur, qui, des années plus tard, retrace à son tour le parcours effectué par James Vance – qui peut être son père, mais aussi son grand-père – de la côte est à la côte ouest de l'Irlande en 1934.

Cette année-là, dans le cadre de sa campagne électorale, le candidat de Valera passe également par Lisdoonvarna. Les affiches de la compagnie théâtrale côtoient celles des partis politiques en lice. Père de la nation, de Valera est non seulement partie prenante de la création de l'État irlandais, mais il est également témoin de la naissance du narrateur. Ce dernier, dont le géniteur n'est pas clairement identifié, vient au monde sous l'autorité d'une trinité patriarcale, le Père (James), le Fils (Luke) et l'Esprit (de Valera, père symbolique) : « Ce n'est pas un hasard si, lorsque James et Luke avançaient péniblement sur la route, de Valera suivait de près ».[23] Tels des mages se

---

22   Cette configuration incestueuse ne manque pas de rappeler la pièce d'Eugene O'Neill *Désir sous les ormes* (*Desire Under the Elms*, 1924) dans laquelle père et fils partagent la même partenaire qui donne naissance à un enfant. Le désir, mis en exergue dès le titre, mais aussi la haine et la jalousie siègent au cœur de ce trio, à tel point que l'enfant est *in fine* assassiné par sa mère. Il n'en va pas de même dans le roman de Jordan où James, Luke et Renee semblent entretenir des relations pacifiques.

23   "It is no coincidence that when James and Luke ploughed through the road […] de Valera followed soon after" (Jordan, *The Past*, 251).

mettant en chemin pour contempler le nouveau-né, tous trois font office de figures paternelles protectrices. Qui plus est, leur nombre est un signe de bon augure, comme le remarque le Père Beausang dans l'abstraction de sa réflexion mathématique :

> Une triade donne des résultats bien différents et plus intéressants qu'un code binaire [...]. Deux, après tout, est un concept peu satisfaisant, aussi curieux que cela puisse paraître. Avec le deux, on a le dialogue, la linéarité, mais avec le trois, on a la conspiration de l'espace. Et ainsi, le triangle, peut-être même plus que le cercle, est symbole d'harmonie, de définition dans l'unité, plutôt que l'unité elle-même.[24]

La triple divinité est étroitement associée à la figure de de Valera dont l'œuvre majeure, la Constitution de 1937, est établie « au nom de la Très Sainte Trinité de qui toute autorité dérive, et à qui, comme à notre fin ultime, doivent se référer tous les actes, tant des individus que des États ». La superposition de l'individuel et du collectif est récurrente dans le texte car la sphère privée est inséparable de la sphère publique – « Il est difficile de distinguer quoi que ce soit ».[25] Le citoyen ordinaire ne subit-il pas les effets des marées de l'Histoire – « Il voit à quel point les hommes sont arrosés par le cours de l'Histoire et ses vagues déferlantes »[26] – comme en témoigne la mort prématurée de Michael, le grand-père du narrateur assassiné en pleine rue à cause de son engagement dans l'Armée Républicaine irlandaise ?

De la même façon, la venue au monde de l'enfant, tout comme la création de l'État, résultent, dans un cas comme dans l'autre, d'un « acte d'union » :

> Parce que c'était le premier mois, c'aurait dû être une lune de miel de trente jours [...]. Sur les draps humides, leurs corps auraient pu dessiner des formes rappelant

---

24 "A triadic base gives quite different, exciting results than that of the binary code. [...] Two, after all, is an oddly unsatisfying concept. With two one has the dialogue, the linear, but with three one has the conspiracy of space. And thus the triangle, perhaps even more than the circle, is the symbol of harmony; of definition within unity rather than just unity itself" (*Ibid.*, 234).

25 "nothing is distinguishable" (250).

26 "He sees the tide of history, and people simply washed" (87).

ces cartes où le grand territoire ceinture la petite île et la prend par-derrière il est vrai, mais en un acte d'union, plutôt qu'en un coït anal ou un viol.[27]

Signé en 1801, l'Acte d'Union rassemblant l'Irlande et la Grande Bretagne se superpose ici à l'acte conjugal, tout en faisant allusion aux stéréotypes. Dans l'imaginaire collectif des îles britanniques en effet, l'Irlande est fréquemment personnifiée sous des traits féminins, comme l'illustrent Cathleen Ni Houlihan, the Shan Van Vocht ou Roisin Dubh, alors que la Grande Bretagne est dotée de l'autorité du sexe fort, voire brutal dont John Bull est l'emblème. Il s'agit là d'une représentation caricaturale du discours colonialiste, lequel semble indissociable des notions de genre, la relation coloniale se superposant à la relation hétérosexuelle.[28]

Cette étreinte, symbolique d'une domination à la fois patriarcale et coloniale, est considérée comme une « union incongrue » par le narrateur.[29] Or cette expression est, pour le moins, ambivalente : de quelle union parle-t-il ? Est-ce l'alliance de ses grands-parents qui lui semble inappropriée ou l'association de deux pays qui, bien que voisins, sont tellement différents qu'elle en est absurde ?

Lorsqu'il qualifie cette union de la sorte, le narrateur laisse entendre qu'une telle mésalliance ne lui fait concevoir aucune fierté. La visualisation de cet « acte d'union », intime et inconséquent, le pousse même à se désolidariser de ses racines et à se considérer comme un enfant illégitime, car en effet, si l'identité de sa mère est certaine, celle de son père ne l'est pas. De

---

27   "Because that was the first month and it would have still been a honeymoon month [...] and their bodies just might have made those shapes on the dampish bed like those maps in which the larger island envelops the smaller one, backwards admittedly, but expressive of an act of union rather than one of buggery or rape" (16).

28   "Sexual and colonial relationships become analogous to each other" (Ania Loomba, *Colonialism-Post-colonialism*, London, New York: Routledge, 1998, 73). De la même façon, un personnage d'un roman de William Trevor souligne cette métaphore : "When you looked at the map Ireland and England seemed like lovers. 'Don't you think so? [...] Does the map remind you curiously of an embrace? A most extraordinary embrace to throw up all this'" (William Trevor, *Fools of Fortune*, London: Penguin, 1983, 162).

29   "that incongruous union" (Jordan, *The Past*, 248).

même que « l'Acte d'Union » entre la femme, représentative de l'Irlande, et l'homme, emblème du colonisateur anglais, produit, non sans douleur, un petit état bâtard, immobilisé entre eux, destiné à ne jamais se développer de façon indépendante, les mésalliances du passé familial génèrent un sentiment de bâtardise chez le narrateur. Celui-ci ne s'inscrit pas pour autant dans le roman familial : il ne cherche pas à remplacer son père par un homme d'un rang social plus élevé, ne se forge pas une filiation idéale et ne se considère pas non plus comme un fils du « Père de la nation ». Au contraire, il se montre sceptique sur les qualités « paternelles » du chef politique désigné comme tel.

Le roman exploite la thématique de la paternité et la décline sous les traits du père du narrateur dont l'identité est incertaine, du père de l'auteur – lequel est, lui, clairement identifié et à qui le roman est dédié – et enfin du Père de la nation, Eamon de Valera, dont l'appellation « notre Père à tous »[30] est employée ici ironiquement dans la mesure où le narrateur laisse entendre que cet homme politique n'a aucune raison d'être considéré comme un père.

Métaphoriquement, la fonction parentale de cette personnalité publique irlandaise, véhiculant des notions de proximité, de sécurité, de protection, succède et se substitue à la fonction paternelle de l'occupant britannique, colonisateur autoritaire imposant le respect de l'ordre. Reflet de la décolonisation, de la désanglicisation, elle s'inscrit dans une réinvention du père, une recréation de l'histoire, comme le souligne Declan Kiberd : « Cette génération d'Irlandais s'est réinventée des parents, tout comme elle a réinventé le passé de son pays ».[31] L'allégorie est particulièrement significative : sur l'axe paradigmatique, le chef politique est un *pater familias* dont la fonction première est d'assurer le bien-être de ceux et celles qui sont soumis à son autorité. La nation est donc perceptible comme un foyer où les dirigeants assument des rôles parentaux. Cette représentation renforce un sentiment d'appartenance parmi la population car, comme le remarque encore Kiberd : « la famille est la seule institution sociale à

30 "the father of us all" (*Ibid.,* 268).
31 "This generation of Irishmen and Irishwomen fathered and mothered themselves, reinventing parents in much the same way as they were reinventing the Irish past" (Declan Kiberd, *Inventing Ireland*, London: Jonathan Cape, 1995, 7).

laquelle la population peut s'identifier ».[32] Soucieux de se montrer proche
des citoyens, de Valera exploite cette figure de style lorsque, assumant son
rôle de « père de la nation », il prononce des discours dans lesquels il
chante les louanges des vertus familiales : « notre peuple peut être uni tel
une famille, une nation de frères travaillant dans la paix sociale, non pas
pour soi-même uniquement, mais pour le bien de tous ».[33]

Aussi, lorsque le narrateur dépeint ses proches en proie à un certain
nombre d'aléas, tels des naissances hors-mariage, des infidélités dans le couple,
une absence d'amour conjugal, mais aussi des doutes quant à l'identité paternelle ou encore le partage d'une même partenaire par un père et son fils, ne
bat-il pas en brèche la conception idéale de la famille et du mariage selon la
Constitution de 1937, dont de Valera est l'instigateur ? En effet, ce texte officiel
fait référence au mariage comme étant le fondement de la famille et promet
que l'État la garde avec un soin spécial et la protège contre toute attaque. De
toute évidence, un hiatus est observable entre le texte politique officiel et la
saga du romancier qui fait montre d'ironie sarcastique à l'égard du discours
institutionnel.

***

De Valera n'est ni le héros principal du roman, ni même un personnage de
second plan, mais une simple silhouette passant discrètement à l'arrière
du décor dans lequel il se fond. En effet, il ne fait que des apparitions épisodiques dans le récit. Ce dernier mentionne sa physionomie singulière, sa
longue silhouette chevaline et dégingandée,[34] ses yeux myopes ou son air
maussade.[35] Il est également dépeint sous les traits d'un être énigmatique

---

32   "the family is the one social institution with which the people can identify"
      (Kiberd, *Inventing Ireland,* 380).

33   "we can have our own people united as a family – a nation of brothers each wor-
      king in industrial harmony, not for himself only but for the good of all" (Cité par
      J. P. O'Carroll & J. A. Murphy, eds., *De Valera and his Times,* Cork: Cork Univer-
      sity Press, 1983, 47).

34   "his long frame upright" (Jordan, *The Past,* 260), "his gangling unlikely bea-
      ring" (47), "there is something horselike in the features which only adds to their
      allure" (115).

35   "He passes Rene, but of course he doesn't notice since his sight, bad at the best of
      times, has become clouded with her vapour, condensing into tears again on his

et insaisissable.[36] Aussi, l'homme décrit est comme enveloppé d'une aura brumeuse, plus exactement vaporeuse, qui accentue son statut d'incarnation d'une Irlande passée :

> À présent <dans la voiture>, ses lunettes s'embuent d'une vapeur qui, malgré les fenêtres closes, semble suinter de chaque fissure de la carrosserie. Ou est-ce seulement la chaleur qu'il produit ? Son corps bouillonne-t-il sous la pression de sa propre logique, vivante incarnation de générations d'effort, de huit siècles de doctrine ? Cette émanation vaporeuse a l'odeur du foin, cette féminine odeur incongrue de renfermé, comme si nourrie de la tourbe de générations de défunts, la chaleur reçue en héritage se patinait, s'oxydait et partait en fumée. Il a un projet de centrales thermiques alimentées par la tourbe. La buée sur ses lunettes se condense, forme deux larmes séparées qui roulent sur ses joues, comme si ses yeux les avaient versées.[37]

Le texte mentionne également sa détermination à aller de l'avant et son ambition pour l'avenir de la nation, comme en atteste la trajectoire qui se profile devant lui :

> Son profil est comme gravé à l'eau-forte sur la brume d'après-midi, incliné légèrement vers le ciel, le regard droit devant lui. On dirait que c'est la ligne de son nez, fort et presque élégant, qui incite son corps à aller de l'avant ; elle se prolonge en deux lignes profondes qui descendent vers la courbe des lèvres. N'y a-t-il jamais eu

---

rimless glasses" (258), "The corners of the mouth sweep downwards" (115), "The mouth is turned downwards without a hint of sourness, but in a contemplative moral curve" (254), "two deep lines falling downwards to the curve of each lip" (260).

36 "The eyes reflect his own abstraction" (115), "His face is abstract and expressionless" (254).

37 "His glasses are *mist*ing now with the *vapour* which, despite the closed windows, seems to seep through every crevice of the bodywork. Or is it just the heat he generates? Does his body *steam* with its own logic, embodying as it does generations of effort, the doctrines of eight centuries? This *steam* has the smell of hay, that musty, incongruous feminine smell as if, nourished on the peat of generations of the fallen, its inherited heat rubs, *steams* and oxidises. He is considering a scheme for turf-fuelled power stations. The *steam* on his glasses gathers, forms two separate tears which drop to his cheeks, as if his eyes had shed them" (254). C'est moi qui souligne. On remarque ici, de manière tout à fait significative, une nouvelle occurrence de l'adjectif "incongru".

de lignes plus profondes que celles-ci ? Est-ce le sens de l'odorat, la courbe de son nez qui l'incitent à se mettre en marche vers un horizon lointain ?[38]

Il est dépeint comme « ce chef dont le pas léger enjambe le passé, dont le profil semble indiquer toute une gamme d'avenirs possibles ».[39] Dans le miroir des bassins d'eau sulfureuse de la station thermale de Lisdoonvarna, il semble voir par anticipation que son destin sera celui d'un homme de pouvoir :

> De Valera arrive aux bassins. Il compare l'énergie motrice de l'eau à l'énergie combustible de la tourbe. Les commissures de ses lèvres s'abaissent tour à tour. Il voit le reflet de son propre visage, ses lunettes comme les bassins eux-mêmes. La courbe de sa bouche n'est pas aussi sévère à la surface de l'eau. Ses lèvres exercent une succion d'une extraordinaire énergie.[40]

Le reflet spéculaire est évoqué non seulement par l'eau des bassins ou le verre des lunettes, mais aussi par le style poétique du paragraphe de la version originale, en particulier la récurrence des mots 'pools' et 'powers', ce dernier terme faisant l'objet d'une rime sonore avec 'lowers'.

L'homme est destiné à devenir puissant, mais la silhouette furtive qui traverse subrepticement l'univers diégétique n'est que le reflet de lui-même, une représentation affaiblie de sa personnalité politique. Comparativement à la place qu'il occupe dans l'espace public irlandais, celle qui lui est accordée dans l'économie du récit est minimisée, en tout état de cause, sans lien avec son importance historique objective. Acteur de l'indépendance nationale,

---

38 "His profile etched against the afternoon haze, tilted slightly upwards, looking *forward*. The *line* of his nose, strong and almost elegant, is what seems to pull his body *forward*, echoed by two deep *lines* falling downwards to the curve of each lip. Were there ever *lines* deeper than those and is it the sense of smell that pulls him *forward* with the profile of his nose, towards some distant future?" (260). C'est moi qui souligne.

39 "the chief, whose light step straddles the past and whose profile points towards any number of possible futures" (260).

40 "De Valera comes to the sister *pools*. He compares the motive *powers* of water with the combustible *powers* of turf. He *lowers* his lips to one, then the other. He sees his own face reflected, his spectacles like *pools* themselves. The curve of his mouth loses its strictness in the water's ripple. He sucks with extraordinary *power*" (263). C'est moi qui souligne.

Eamon de Valera est en effet une figure incontournable du paysage politique irlandais du vingtième siècle. Ce choix narratif de la disproportion est significatif.

***

Quand la question de l'autonomie irlandaise, le *Home Rule*, surgit de nouveau en 1912, un député britannique estime qu'elle ne doit pas s'appliquer aux quatre comtés les plus économiquement prospères d'Irlande du Nord. Le débat se focalise, d'une part, sur le nombre de comtés concernés par la création d'une entité séparée, d'autre part, sur l'aspect temporaire ou permanent de cette partition. Il donne alors lieu à un déchaînement de colère, de violence et de haine, mais l'embrasement de la Première Guerre mondiale entraîne la suspension de cette question.

Quelques années plus tard, le pays sombre dans le chaos de la guerre anglo-irlandaise. De nouvelles recrues britanniques y répandent la terreur. La division de l'île en deux territoires distincts est de nouveau à l'ordre du jour. Elle est même votée par le parlement britannique, mais en l'absence de la plupart des députés irlandais. Cependant, les actes de violence se poursuivent et l'Irlande est aux abois. Le Roi George V lui-même se rend à Belfast pour en appeler au calme.

Afin de rendre cette paix durable, il convient de négocier à Londres. Eamon de Valera, président de Sinn Fein, la principale force politique d'Irlande, refuse de s'y rendre lui-même. Il envoie une délégation sous l'autorité d'Arthur Griffith et Michael Collins et donne à ces derniers l'ordre d'accepter uniquement un traité qui inclut soit une rupture totale avec l'Empire britannique, soit une unité intégrale retrouvée pour l'Irlande. Au final, les Irlandais n'obtiennent ni l'une ni l'autre.

Pendant presque deux mois, les représentants irlandais débattent de la question avec leurs homologues britanniques, dont Winston Churchill et Lloyd George. Exaspéré, ce dernier offre aux Irlandais un ultimatum en dernier recours : signer le Traité ou se confronter à la reprise de la guerre. Le 6 décembre 1921, Arthur Griffith, Michael Collins et l'ensemble de la délégation irlandaise signent le Traité anglo-irlandais qui considère l'État libre d'Irlande comme un dominion de l'Empire. Le nord de l'île a le choix entre rejoindre l'État libre ou rester indépendant. Dans ce dernier cas, une commission dédiée – *the Boundary Commission* – serait mise en place pour dessiner la frontière entre les deux états.

Lorsqu'ils rentrent à Dublin, Griffith et Collins sont maudits par de Valera et les nationalistes irlandais qui s'estiment trahis : non seulement l'Irlande est divisée, mais elle doit prêter serment au Roi. Le Traité est ratifié par le Dail, le tout jeune parlement dublinois, malgré l'objection de de Valera qui présente sa démission. La guerre anglo-irlandaise est terminée, mais les divergences d'opinion déchirent le pays qui sombre cette fois dans une guerre civile. L'IRA reprend les armes et s'engage à ne les déposer que lorsque l'Irlande sera totalement indépendante de l'Empire britannique.

Michael Collins a une certaine autorité sur l'IRA, mais pas sur tous ses membres. À son retour de Londres, après avoir signé le Traité, il est élu premier président du nouveau gouvernement de l'État libre. A ce poste, il mène la bataille contre les Républicains qui menacent de semer le chaos et l'anarchie, mais il est tué dans une embuscade dans le sud du pays le 22 août 1922. Ses compagnons parviennent à ramener son corps à l'Hôtel de Ville de Dublin où il est exposé trois jours durant. Des dizaines de milliers de partisans viennent lui rendre hommage.

Assassiné à l'âge de 31 ans, martyr de la cause républicaine, Michael Collins est après sa mort une figure quasi-mythique de l'histoire irlandaise. Ses admirateurs voient en lui le plus grand héros depuis Brian Boru[41] ou encore un patriote inébranlable dont le dévouement et la détermination ont fait largement progresser la mise en place d'un État irlandais.

Cet homme est source de grand intérêt pour Neil Jordan qui, dès 1982, soit deux ans après la publication du *Passé*, rédige le scénario du film *Michael Collins* qui ne sortira sur les écrans que quinze ans plus tard.[42] La manière dont Collins et de Valera y sont représentés prend appui sur la remarque que fit de Valera lorsqu'il s'opposa à l'érection d'un monument

---

41   Brian Boru (941–1014), grand Roi d'Irlande, fut un guerrier et un homme d'état hors pair qui s'illustra notamment lors de la Bataille de Clontarf au cours de laquelle il bouta les Vikings hors de son pays avant d'être tué. Bien que tragique, cette victoire symbolise l'esprit de résistance et le sens du sacrifice au nom de l'Irlande.

42   Emer Rockett & Kevin Rockett, *Neil Jordan. Exploring Boundaries* (Dublin: The Liffey Press, 2003), 271.

commémoratif sur la pierre tombale de son rival : « Je suis intimement persuadé qu'avec le temps, l'histoire rendra justice à la grandeur de Collins, et ce sera à mes dépens ».[43] En effet, le film de Neil Jordan ne fait pas de de Valera un héros national, et montre au contraire que certaines de ses actions sont condamnables. Interrogé sur cette question, le réalisateur donne sa vision des choses :

> De Valera est le traître de l'époque bizarrement. J'ai essayé de ne pas prononcer de jugement sur lui. Alan <Rickman> a magnifiquement interprété son rôle. On a essayé de reprendre des discours originaux de de Valera ou des échanges qu'il a eus, en fonction de ce qu'on a pu trouver. On parle tout de même ici d'un personnage qui a envoyé des voyous inexpérimentés, que la presse britannique considérait comme des gangsters et des assassins, négocier un traité avec des dignitaires qui, à l'époque, contrôlaient les trois quarts de la planète. […] Je n'arrive pas à comprendre comment il a pu prendre une telle décision. Le traité que Collins a rapporté ne lui convenait pas, et on peut le concevoir. De Valera l'a soumis au vote populaire, a perdu et c'est alors qu'il a prononcé son discours sur les 'fleuves de sang' : d'une certaine façon, il a une part de responsabilité dans la guerre civile […]. Je ne dis pas que de Valera seul est responsable de la guerre civile, mais il en fut un déclencheur. Ces années-là n'étaient vraiment pas ses meilleures. Le film a fait le choix d'un méchant et n'a pas eu de mal à le trouver.[44]

---

43 Alexandra Slaby, *Histoire de l'Irlande de 1912 à nos jours* (Paris : Tallandier, 2016), 124.

44 "De Valera was the villain of that period in a strange way. I tried to not make judgements on de Valera. Alan <Rickman> gave a magnificent performance and we tried to use many of de Valera's original speeches and as much of his actual dialogue as I could find but we are talking about a figure who did send these untried ruffians, who the British press called gangsters and murderers, to negotiate a treaty with the people who ran three quarters of the world at that time. […] That is a decision which is utterly puzzling to me. He disagreed with the treaty Collins brought back, which is acceptable in a way, it was put to popular vote, de Valera lost that popular vote and then gave that 'rivers of blood' speech and in a way was responsible for the Civil War. […] De Valera alone was not responsible for the Civil War but he was a pivotal factor in the fact that there was a civil war. They weren't his best years. The movie chose a villain and it found him" ("Neil Jordan: de Valera was 'villain' of Collins biopic", RTE, 28 Feb. 2016 <https://www.rte.ie/entertainment/2016/0227/771221-neil-jordan-still-hasnt-forgiven-de-valera/>)

Cette référence aux « fleuves de sang » renvoie aux discours prononcés par de Valera en mars 1922 dans divers lieux d'Irlande. A Thurles, par exemple, il déclare en effet :

> Si le Traité est accepté, la lutte pour la liberté se poursuivra et le peuple irlandais ne se battra plus contre des soldats étrangers, mais contre des soldats irlandais. Les membres de l'IRA devront alors patauger dans le sang des soldats, traverser les fleuves du sang de membres du gouvernement irlandais afin d'accéder à leur liberté.[45]

Ces propos controversés expliquent peut-être pourquoi d'aucuns remarquent chez Alan Rickman, l'acteur anglais jouant le rôle d'Eamon de Valera dans le film de Neil Jordan, une ressemblance avec Dracula ...[46] Dès sa sortie, le film, 'inspiré de faits réels' selon son générique, fait l'objet de violentes critiques relatives à une relecture de l'histoire, à l'introduction de détails non avérés, d'anachronismes ou d'imprécisions.[47] L'un des sujets polémiques est la mise en cause de de Valera, implicitement incriminé d'être à l'origine de l'élimination de son rival. Auteure d'une *Histoire de l'Irlande de 1912 à nos jours*, Alexandra Slaby réfute cette accusation :

> De Valera était effectivement dans la région, et savait peut-être qu'une embuscade se préparait. Mais de là à conclure qu'il l'a commanditée, il y a un grand pas que l'absence de preuves tangibles interdit de franchir. D'après son biographe le moins complaisant, Tim Pat Coogan, il aurait même tenté d'empêcher l'embuscade. Il

---

45   "If the Treaty were accepted, the fight for freedom would still go on, and the Irish people, instead of fighting foreign soldiers, will have to fight the Irish soldiers of an Irish government set up by Irishmen. The IRA would have to wade through the blood of the soldiers of the Irish Government, and perhaps through that of some members of the Irish Government to get their freedom". Il est à noter que cette référence aux "fleuves de sang" a peut-être inspiré des scènes du film *Byzantium*, réalisé par Neil Jordan en 2012. En effet, les personnages découvrent une île maudite dont les hauts rochers noirs se couvrent de cascades de sang lorsque des humains sont métamorphosés en vampires.

46   "English actor Alan Rickman looks, acts and speaks with an uncanny resemblance to de Valera (and some would say, an uncanny resemblance to Dracula)" (Rockett, *Neil Jordan. Exploring Boundaries*, 169–170).

47   *Ibid.*, 174.

voulait en effet profiter de l'occasion pour s'entretenir avec Collins et entamer des négociations de paix.[48]

Il est fort probable en effet que les assassins de Michael Collins soient des éléments extrémistes et incontrôlés, incapables d'obéir à des chefs, alors que le film donne à penser qu'ils puissent être des partisans de de Valera, lequel y est dépeint comme un politicien jugeant désormais inévitable de faire couler le sang de l'adversaire, fût-il irlandais. La personnalité de de Valera reste difficilement pénétrable. Certes il se montre capable de résister aux Britanniques – et le film ne manque pas de glorifier les héros républicains de l'insurrection de Pâques 1916 parmi lesquels il s'illustre – mais incapable d'apporter une solution au problème nord-irlandais, selon ses détracteurs. Les décisions prises en 1921 et 1922 lui sont reprochées par bon nombre de ces derniers, dont Neil Jordan qui assista à l'un de ses meetings 40 ans plus tard :

> Il se trouve qu'un jour, j'ai entendu de Valera faire un discours. Mon père m'avait emmené devant la Grande Poste de Dublin pour l'écouter. Je devais avoir une dizaine d'années et ignorais totalement ce que ces gens bizarres faisaient ou de quoi ils parlaient. J'ai grandi dans l'Irlande de de Valera, et cette Irlande-là ne me convenait pas. Certes le personnage était fascinant, tel un enseignant à la voix nasillarde comparable à celle qu'avaient les instituteurs ou Frères des Écoles chrétiennes de l'époque. Ces années-là étaient les pires de sa carrière, en particulier vers la fin de la Guerre d'indépendance et pendant les négociations du Traité. Il a pris toute une batterie de mesures dont les Irlandais ont eu à subir les conséquences durant les cinq ou six décennies qui ont suivi.[49]

---

48   Slaby, *Histoire de l'Irlande de 1912 à nos jours,* 123.
49   "I once heard de Valera speak, actually. My father brought me to hear him speak outside the GPO. I think I was about 10 and I hadn't a clue what all these weird people were doing or talking about. I suppose I grew up in de Valera's Ireland and I didn't like it that much. He was a fascinating figure, like a schoolteacher with that whiney voice that every schoolteacher or Christian Brother seemed to have. That period was his worst period, particularly towards the end of the War of Independence and during the Treaty negotiations. He made a whole series of decisions that had consequences people had to endure for the next 50, 60 years" (Tara Brady, "Neil Jordan: Michael Collins was conventional – apart from the guerrilla warfare", *The Irish Times,* 17 March 2016, <https://www.irishtimes.com/culture/film/neil-jordan-michael-collins-was-conventional-apart-from-the-guerrilla-warfare-1.2569575>).

Neil Jordan reproche à de Valera d'avoir fait des choix peu judicieux pour
mettre un terme à la guerre anglo-irlandaise, mais également d'avoir
façonné une Irlande conservatrice, au catholicisme étroit et répressif,
repliée sur elle-même, hostile à une trop grande modernisation et à une
quelconque évolution des mœurs, celle dans laquelle l'auteur est né et a
grandi.

   Dans *Le Passé*, la question que pose le Père Beausang en 1922, « de
Valera peut-il nous éclairer ? »,[50] reste en suspens, ce qui laisse à penser qu'il
est difficile de répondre par l'affirmative. L'écrivain lui-même a de toute
évidence un avis très réservé sur la question et refuse de mettre de Valera
sur un piédestal. Son roman semble manifester un souci de tempérer les
ardeurs de ceux qui élaborent une histoire hagiographique de la nation et
portent cette figure publique au pinacle. C'est pourquoi de Valera n'y apparaît pas dans sa véritable grandeur historique, mais uniquement comme
une simple silhouette furtivement esquissée en arrière-plan de l'intrigue.
Neil Jordan le décrit comme un être humain avec ses vertus et ses qualités,
mais aussi ses faiblesses et ses défauts.

   Cette remise en cause du rôle d'une grande figure historique, qui n'est
qu'implicite dans le roman, mais beaucoup plus explicite dans le film, est-elle
à considérer comme une lecture relativiste, voire révisionniste de l'histoire ?

***

Avec ce premier opus, Neil Jordan n'a pas pour ambition d'écrire un
roman historique. Il vise, d'une part, à établir un lien avec le passé qui
éclaire le présent de la société à laquelle il appartient, d'autre part, à montrer que l'histoire doit être comprise comme une construction. *Le Passé* se
subdivise en deux volets : le passé de l'Histoire et celui de la sphère privée.
Tous deux sont remémorés tant bien que mal et recréés pour donner une
cohérence à un récit lacunaire. Par cette approche binaire du passé, Neil
Jordan vise à montrer que la manière dont les historiens relatent les événements du temps jadis est comparable à celle avec laquelle nous abordons
notre histoire familiale. Qu'il se rapporte à la petite ou la grande histoire,
le passé est toujours une fiction. Il s'assemble comme un puzzle dont il

---

50   "Can de Valera enlighten us?" (Jordan, *The Past*, 108).

manque des pièces qu'il faut créer pour constituer un ensemble homogène. C'est ainsi que le roman compte 43 occurrences du verbe 'imaginer'.[51]

Nul ne peut nier que Neil Jordan, sans être aussi radical que bon nombre d'intellectuels révisionnistes, procède dans son roman à une relecture de l'histoire visant à réévaluer ce que certains ont tendance à considérer comme des vérités établies. Sa vision d'un personnage-symbole de la puissance de l'État n'est en aucune façon mythifiée. De ce fait, il s'inscrit en contrepoint de ces biographies parues quelques années avant la publication de son roman, lesquelles faisaient « l'hagiographie d'un homme providentiel, donné à son pays pour en façonner la destinée ».[52] La diégèse du roman, qui, rappelons-le, se déroule entre 1912 et 1934, minimise le rôle joué par de Valera sur cette période. L'homme politique n'y est présenté ni comme un héros, ni comme un saint, mais comme un candidat en campagne électorale dans les brumes d'une petite ville thermale.

À travers ce premier roman, Neil Jordan procède à une relecture ironique du passé qui s'inscrit parfaitement dans l'esthétique postmoderne dans la mesure où elle témoigne, pour reprendre les termes de Jean-François Lyotard, d' « une incrédulité à l'égard des métarécits ».[53] Pour ce type de fiction caractéristique de notre époque où tout ce qui est reçu d'hier doit être soupçonné et réévalué, Linda Hutcheon propose l'expression « métafiction historiographique ».[54] Cette dernière joue sur les vérités et les mensonges des documents historiques, s'interroge de façon autoréflexive sur la façon dont on peut connaître le passé et révèle les limites de la connaissance historique.

51　Elena Cotta Ramusino, "Neil Jordan's *The Past*: A Journey in Time and Memory" in Sean Crosson & Werner Huber, eds., *Towards 1916–1916 and Irish Literature, Culture & Society* (Trier: Wissenschaftlicher Verlag, 2015), 147.

52　Slaby, *Histoire de l'Irlande de 1912 à nos jours*, 273.

53　Jean-François Lyotard, *La Condition postmoderne* (Paris : Editions de Minuit, 1979), 7.

54　"Historiographic metafiction represents a challenging of the (related) conventional forms of fiction and history through its acknowledgement of their inescapable textuality" (Linda Hutcheon, *A Poetics of Postmodernism. History, Theory, Fiction*, London, New York: Routledge, 1988, 11).

Ces 'métafictions historiographiques' sont particulièrement prisées à l'approche du changement de millénaire, comme si l'intérêt pour le passé était un moyen de tourner une page, de mieux comprendre le présent et de se préparer à inventer soi-même son propre avenir. Dans cette dynamique, la tradition n'est pas un musée nostalgique mais une porte ouverte sur le futur, comme le dit Declan Kiberd : « Comment construire un avenir sur le passé sans y revenir ? »[55] Le retour vers le passé permet d'en (re)découvrir certains éléments oubliés ou inconnus, de reconstituer l'histoire, de vérifier des faits, de se forger une opinion souvent distincte des discours officiels. Cette attitude témoigne d'une résistance aux versions officiellement admises, et vise à (ré)interpréter des événements, des attitudes, des paroles peut-être insuffisamment commentées ou expliquées de façon erronée. Le texte de fiction présente une autre façon de concevoir l'histoire humaine dans la mesure où il manifeste une certaine résistance vis-à-vis des événements tels qu'ils sont narrés dans les livres d'histoire et opte pour une conception différente, moins 'officielle' du fait historique. Dès lors, il n'est guère étonnant que le texte fasse usage de cette figure de style permettant de 'parler autrement'[56] : l'allégorie devient une stratégie commune de résistance et s'apparente à un contre-discours. Telle est l'hypothèse de Kevin Barry qui voit en elle une représentation appropriée à tout acte de résistance.[57]

Dans son enfance et sa jeunesse, Neil Jordan est témoin de l'autorité de de Valera qui occupe tour à tour les postes de Premier Ministre, puis de Président de la République. L'histoire relatée dans le roman s'achève dans les années 1930, mais de Valera reste sur la scène politique pour quatre décennies supplémentaires. Il est mort depuis seulement cinq ans lorsque *Le Passé* est publié. Durant cette période, la nation dresse le bilan de l'homme politique et Neil Jordan est tenté d'en faire autant, de donner sa propre opinion sur la question, laquelle correspond sans doute à celle d'un certain nombre de concitoyens de sa génération.

---

55   "how to build a future on the past without returning to it?" (Kiberd, *Inventing Ireland*, 292).

56   Du grec *allègoreïn*, « parler autrement ».

57   "Allegory may often be a prominent aesthetic in acts of resistance" (Kevin Barry, "What have you in your hand? Some critical notes on post-colonial aesthetics". *L'Irlande : Identités et Modernité*, Villeneuve d'Ascq : PU Lille, 1997, 19).

Si le narrateur du *Passé* est un homme ordinaire et anonyme, c'est sans doute parce qu'il n'est autre que l'*alter ego* de l'auteur. La focalisation interne sur le personnage narrateur peut laisser supposer que l'auteur, implicitement, s'identifie à lui, dont il est proche par l'âge, le sexe, l'idéologie, peut-être les désirs et les rêves, lesquels sont frustrés par un État frileux, protectionniste, qui n'offre aucun avenir décent à sa jeunesse puisque celle-ci est contrainte d'émigrer afin de trouver des emplois convenables à l'étranger.

Neil Jordan n'a que 30 ans lorsqu'il publie son premier roman. Il ne peut y exprimer ouvertement ses opinions, peut-être de peur d'être censuré. Néanmoins, celles-ci transparaissent en filigranes. Les non-dits du texte sont révélateurs, comme le remarque Philippe Hamon : « Le concept d'absence est un concept clé dans le discours théorique sur les rapports entre texte et idéologie »,[58] un passe-partout explicatif permettant d'interroger les silences, de dire ce dont parle l'œuvre sans le dire explicitement. Éloquent, le silence est interprétable comme une critique non formulée. Paradoxalement, c'est parce que l'idéologie de l'auteur est partiellement tue qu'elle peut se lire dans son texte. On s'approche alors de 'l'inconscient du texte', qui se livre à partir d'un interdit observé par l'auteur.

En revanche, une quinzaine d'années plus tard, à l'occasion de la sortie de son film *Michael Collins*, le romancier-réalisateur a mûri et acquis une notoriété internationale. Sa parole s'est libérée. Il peut alors exprimer ouvertement ses positions sur la politique et l'histoire de son pays, se faisant peut-être encore, dans une certaine mesure, le porte-parole de membres de sa génération. En effet, sans ambages, il déclare que cette grande figure du paysage politique irlandais était un homme exalté et excessif, un preneur de décisions contestables : « Il y avait quelque chose de fanatique chez de Valera que je trouvais déplaisant ».[59] Accordés à la sortie du film, en 1996, soit l'année du 80ᵉ anniversaire du soulèvement de Pâques, donc en une période particulièrement propice à une réflexion sur l'histoire, de tels entretiens complètent, clarifient et explicitent le discours sous-jacent, lisible entre les lignes du roman.

---

58 Philippe Hamon, *Texte et idéologie* (Paris : PUF, 1984), 11.
59 "There was an element of fanaticism in de Valera's character that I would find unpleasant" (Zucker, ed., *Neil Jordan. Interviews*, 86).

**

Avec ces deux productions artistiques, Neil Jordan signe des œuvres d'interprétation créative.[60] Toutefois, la parution de son premier roman en 1980, alors qu'il n'est qu'un jeune homme inconnu, est sans commune mesure avec le battage médiatique suscité par la sortie de son film en 1996. Considérée comme l'œuvre cinématographique la plus populaire d'Irlande, *Michael Collins* a un énorme succès et se montre particulièrement lucrative puisqu'elle rapporte plus de cinq millions d'euros au box-office irlandais.[61] Cette popularité, associée à une indéniable rentabilité, a de quoi susciter beaucoup de jalousie … De toute évidence, elle donne lieu à de nombreuses critiques totalement infondées du film et de son réalisateur.

Michael Collins renforce l'aspect déjà très visuel du roman, dont le récit se base sur des photos anciennes, des images de presse et des vues de l'esprit. Bien qu'il ne soit en aucune façon une adaptation de ce texte, le film partage avec lui un même regard sur le passé. La thématique du regard est en effet essentielle dans ces deux œuvres.

Étonnamment, la biographie de Lord Longford et Thomas O'Neill intitulée *Eamon de Valera* débute elle aussi par la description d'une photographie représentant une grande pièce d'un appartement de New York en 1885 : un homme est assis près d'une cheminée ; son épouse est penchée sur un petit garçon allongé sur le sol. Celui-ci est Eamon de Valera. Son père est sur le point de mourir ; sa mère, irlandaise émigrée, fait ses adieux à l'enfant qui doit être envoyé en Irlande pour y être élevé par sa grand-mère et son oncle. Selon ses biographes, de Valera n'a pas d'autres souvenirs de ses origines américaines que ce cliché du passé.[62]

Si, dans ses discours et ses décisions politiques à venir, l'homme se montre si attaché aux liens familiaux, c'est sans doute parce qu'il ne les a

---

60 "a work of creative interpretation" (Brown, *Ireland. A Social and Cultural History 1922–2002*, 409).

61 "Taking over €5 million at the Irish box office, it was the most popular film yet to have been released in Ireland" (Rockett, *Neil Jordan. Exploring Boundaries,* 175).

62 "This snapshot of the past is all that de Valera remembers of his American origins" (Frank Pakenham Longford & Thomas P. O'Neill, *Eamon de Valera*, London: Arrow Books, 1970, 1).

pas véritablement connus : élevé dans un autre pays que celui de sa naissance, en l'absence de ses père et mère, de Valera éprouva inévitablement
des sentiments douloureux de rejet, d'abandon et de solitude. De telles
conditions de vie ont dû susciter chez lui un certain nombre de questions
demeurées sans réponses. Comment le regard porté sur cette photo, unique
trace du temps jadis, ne donnerait-il pas lieu à la création d'images mentales, de scénarios fictifs permettant de construire le passé, comme le fait le
narrateur du roman ? Parue en 1970, cette biographie était probablement
connue de Neil Jordan qui l'avait sans doute lue. Ironiquement, alors que
Le Passé émet implicitement des réserves sur le rôle joué par de Valera dans
l'Irlande du vingtième siècle, il semble s'inspirer de la biographie de cet
homme, les deux textes s'ouvrant sur une scène semblable.

Autrement dit, qu'il s'agisse d'une grande personnalité politique d'en-
vergure internationale ou d'un simple quidam, le passé est toujours conditionné par la manière dont il est scruté. Selon John Banville, le passé n'existe
pas du point de vue des faits, mais uniquement en fonction du regard
porté sur lui.[63] Avec son roman et son film, Neil Jordan nous fait part de
la manière dont il envisage l'Histoire, nous rappelle que celle-ci est étroitement associée à la façon dont elle est observée et relue. La représentation
devient alors re-présentation. De même que l'écriture de l'histoire est un
discours, sa relecture n'en reste pas moins teintée d'idéologie et d'affectivité,
aussi neuf que prétende être le regard porté sur elle, car force est d'admettre
qu'impartialité et objectivité totales ne se limitent qu'à des vœux pieux …

---

63 "The past doesn't exist in terms of fact. It only exists in terms of the way we look
    at it" (John Banville with Ronan Sheehan & Francis Stuart, 'Novelists on the
    Novel', *Crane Bag* 3/1, 1979, 84).

Zoomorphoses

CHAPITRE 3

Les démons des ténèbres en action :
Le Rêve d'une bête et *La Compagnie des loups*

Le Rêve d'une bête ne manque pas de soulever bon nombre de questions. Une certaine ambiguïté est en effet observable dès le titre : la bête est-elle le sujet ou l'objet du rêve ? Autrement dit, est-ce une bête qui rêve ou un homme qui rêve qu'il en est une ? La question du genre littéraire dont relève le texte est également problématique. Composé d'une centaine de pages, divisé en 33 sections, il peut en effet être considéré comme un court roman, une longue nouvelle[1] ou plus exactement un conte puisqu'il dépeint un univers parallèle et paradoxal où se juxtaposent réalisme et fantastique. Enfin, il participe également du bestiaire, comme en atteste le paratexte[2] : d'une part, le titre fait référence à « une bête » ; d'autre part, l'épigraphe, extraite d'un poème de William Blake, confirme l'importance du règne animal dans le récit qu'elle inaugure :

> Ne tue papillon ni phalène / Crainte qu'à Jugement ne viennes.[3]

Le Rêve d'une bête est un texte qui se joue des limites, avance sur le double front du réel et de l'onirique et cherche à atteindre les couches obscures de l'inconscient.

***

1   17 ans après sa parution originale, le texte *The Dream of a Beast* est de nouveau publié dans une anthologie rassemblant des nouvelles d'auteurs variés sous la direction de John Somer et John J. Daly, *The Anchor Book of Irish Writing* (New York: Anchor Books, 2000).

2   Au seuil du texte, le paratexte est composé des éléments suivants : titre, préface, avertissement, avant-propos, notes, épigraphes, illustrations (Gérard Genette, *Palimpsestes. La littérature au second degré*, Paris : Seuil, 1982, 10).

3   William Blake, "Auguries of Innocence" ("Kill not the moth nor butterfly,/ For the Last Judgment draweth nigh").

Paru en 1983, *Le Rêve d'une bête* relate le cauchemar surréaliste d'un publiciste dublinois[4] dans un univers apocalyptique. Le narrateur anonyme observe des phénomènes étranges autour de lui :

> C'est au cours d'un été que tout s'est précipité. Au début, la chaleur est arrivée, mais elle s'est maintenue. Les imbéciles qui, depuis que je les connais, se plaignent des mois de juin et juillet pluvieux, ont commencé à se demander quand cette canicule prendrait fin. On vit les trottoirs se fendiller par endroits, d'étranges fleurs pousser dans les fissures des chaussées que j'avais arpentées toute ma vie. Les tiges commencèrent à grimper sur les devantures des magasins, ornées de feuilles épaisses, visqueuses, méconnaissables qui se mirent à couvrir les vitrines.[5]

Une nouvelle ère semble s'annoncer, comme le souligne la récurrence des termes relatifs au début, au commencement.[6] Sur un plan plus personnel, le narrateur constate l'exacerbation de certains de ses sens, en particulier son odorat, mais aussi sa vue et son ouïe.[7] Il se sent à l'étroit dans son enveloppe corporelle qui, progressivement, se métamorphose jusqu'à revêtir l'aspect d'une bête monstrueuse. Cette apparence physique l'oblige à s'isoler, à ne se déplacer que nuitamment. Le jour, il reste à l'écart, dans un état de somnolence, s'abandonnant ainsi à toutes sortes de rêveries ...

---

4   La ville où se situe l'action n'est pas mentionnée, mais les noms de rue évoqués permettent de reconnaître Dublin.

5   "It was during a summer that it all quickened. There was the heat, first, that came in the beginning and then stayed. Then fools who for as long as I had known them had been complaining about wet Junes and Julys began to wonder when it would end. The pavements began to crack in places. Streets I had walked on all my life began to grow strange blooms in the crevices. The stalks would ease their way along the shopfronts and thick, oily, unrecognizable leaves would cover the plate-glass windows" (Neil Jordan, *The Dream of a Beast, A Neil Jordan Reader*, New York: Vintage, 1993, 89). *The Dream of a Beast* n'est pas traduit en français. L'auteur de la présente publication a jugé utile de traduire lui-même les extraits cités. Il assume la responsabilité de toute erreur ou maladresse de traduction.

6   Dans le texte original, cet extrait compte, outre l'emploi du terme *beginning*, trois occurrences du verbe *begin*.

7   Eu égard à la métamorphose qui s'annonce, on peut voir ici un clin d'œil parodique aux remarques du Petit Chaperon Rouge à celui qu'elle prend pour sa grand-mère : « Comme vous avez de grandes oreilles, comme vous avez de grands yeux ... ! »

Bien que son corps subisse une transformation grotesque dont il ne comprend pas les raisons, le narrateur ne s'indigne pas de cette métamorphose. Étonnamment, il semble même l'accepter avec une certaine résignation. Il a pourtant conscience de l'image répugnante que lui renvoie le miroir :

> Je reconnus à peine l'étranger qui me scrutait et me demandais si je ne m'étais pas regardé trop longtemps. Aussi restais-je un bon moment à m'observer et en conclus que le problème n'était pas là. Jadis, un sentiment de dégoût vis-à-vis de moi-même m'avait tenu à l'écart des miroirs, mais jamais je n'avais constaté une telle différence entre l'image de mon souvenir et celle que j'avais sous les yeux.[8]

Toutefois, il n'est pas repoussant pour tout le monde : en effet, sa condition nouvelle ne l'empêche pas d'avoir une liaison adultère avec une cliente lui ayant passé commande pour promouvoir l'intense et sauvage parfum musqué qu'elle embaume. Tous deux laissent libre cours à leur nature bestiale dans le parc zoologique de la ville … En revanche, ostracisé par son épouse et sa fille, qui se rapprochent d'Ambrose, un ami de la famille, le narrateur quitte le domicile conjugal et trouve refuge sur le toit d'un bâtiment public[9] où il rencontre une chauve-souris qui lui enseigne l'art de se déplacer dans les airs …

***

Lors d'un entretien, Neil Jordan reconnaît son attirance pour le genre fantastique. Celle-ci l'ancre dans une tradition littéraire irlandaise :

> Le fantastique m'attire … la part de fantastique dans les choses, que ce soit baroque ou terrifiant. C'est caractéristique de la littérature irlandaise. Regardez Laurence Sterne, Flann O'Brien, Sheridan Le Fanu ou Bram Stoker, vous voyez à quel point cette spécificité est présente dans la littérature irlandaise, dans le

---

8   "I hardly recognized the stranger who stared back at me. Had I not looked for so long, I wondered. I stared for a long while and concluded that I mustn't have. Certain moods of self-loathing had in the past kept me from mirrors, but never had the gap between what I remembered and what I eventually saw been so large" (Jordan, *The Dream of a Beast*, 94).

9   Tel qu'il est décrit par le récit, ce bâtiment public ressemble beaucoup à celui de la *Central Bank* localisé sur *Dame Street*, dans le centre-ville de Dublin.

théâtre irlandais ; elle participe du baroque, du fantastique, de l'absurde et du surréalisme.[10]

Avec *Le Rêve d'une bête,* Neil Jordan lie ce genre « aux états morbides de la conscience qui, dans les phénomènes du cauchemar ou du délire, projette devant elle des images de ses angoisses ».[11] Le fantastique crée une fracture dans la trame de la réalité quotidienne, ce qui implique sa liaison avec une esthétique du vraisemblable. Il brise les limites, fait franchir portes et seuils ; il bouleverse l'espace comme le temps, dérange et dénature le principe d'identité. Le fantastique est effraction transgressive mais propose aussi, en l'occurrence, un retour régressif vers l'instinct et le désordre, une descente vers un empire du dedans où peurs et émois archaïques perdurent. Il est en effet ressenti de l'intérieur dans ce récit, à tel point qu'il en devient presque naturel, comme dans *La Métamorphose* de Kafka, dont le narrateur, Gregor Samsa, est prisonnier d'un corps qu'il ne reconnaît plus.

Il est impossible de ne pas remarquer les analogies entre *Le Rêve d'une bête* et *La Métamorphose.* Les deux textes, d'une longueur comparable, ont pour protagoniste un homme dont la transformation est source de bien des désagréments : l'aspect du personnage principal inspire de la répugnance à autrui ; sa voix est déformée par une sorte de grognement animal ; ses paroles versent dans l'inintelligibilité ; condamné à vivre à l'écart, dans l'obscurité, il n'en demeure pas moins capable d'émotions et de sentiments. Toutefois, alors que le protagoniste de Kafka s'avère incapable de bouger, celui de Jordan se meut sans difficultés. En outre, une divergence essentielle

---

10   "I'm attracted to the fantastic … the level of the fantastic in things, whether it's baroque or whether it's horror. It's a huge strain in Irish literature. If you look at Laurence Sterne, Flann O'Brien, Sheridan Le Fanu, Bram Stoker, there's a huge strain in Irish literature, in Irish theatre, that has to do with the baroque, the fantastic, the absurd and the surreal" (Neil Jordan, *Sorrento Terrace Interview,* 17th May 2002, 6–1 in McGuirk, *Neil Jordan: the Literary Fiction,* 51). La littérature « baroque » n'existe pas en tant que telle. Neil Jordan utilise l'adjectif ici pour souligner les thèmes étranges ou merveilleux de certaines formes littéraires qui revêtent, de ce fait, un aspect bizarre et inattendu.

11   Pierre-Georges Castex, *Le Conte fantastique en France de Nodier à Maupassant* (Paris : Corti, 1951), 11.

est à noter : la première phrase du texte de Kafka souligne que la métamorphose n'est pas un rêve, mais une réalité : « Lorsque Gregor Samsa s'éveilla un matin, au sortir de rêves agités, il se trouva dans son lit transformé en un monstrueux insecte »[12]. La narration insiste plus loin : « Ce n'était pas un rêve ». À plusieurs reprises, Kafka nie le caractère onirique de son histoire. Au contraire, la métamorphose du protagoniste de Neil Jordan intervient dans le cadre d'un rêve qui prend fin avec le récit, ce que le titre de l'œuvre indique clairement.

Selon la distinction proposée par Todorov, nous pouvons donc considérer que *La Métamorphose* s'inscrit dans le genre merveilleux, puisque le récit décrit des phénomènes inexplicables dont le lecteur doit admettre l'existence, alors que *Le Rêve d'une bête* relève de l'étrange dans la mesure où les événements surnaturels sont expliqués de manière rationnelle par la dernière phrase du texte.[13] Celle-ci relate un baiser intense échangé entre le narrateur et son épouse Marianne, elle aussi transformée en animal :

> Le baiser fut long, assez long pour que le soleil fasse le tour du cadran, pour que la lune le traverse et que le soleil se lève encore une fois. Je vis les globes de ses yeux et, dans mon visage qui s'y reflétait, quelque chose d'aussi humain que ma surprise.[14]

Le réveil du narrateur aux côtés de son épouse s'accompagne d'un instant d'étonnement suivi d'une réappropriation du réel, de la prise de conscience progressive que toute l'histoire n'est qu'un rêve, et donc que sa métamorphose n'est que le fruit de son imagination. Cette phrase finale

---

12   Franz Kafka, *La Métamorphose* [1912] (Paris : Le Livre de poche, 1980).

13   Le projet séminal du *Rêve d'une bête* peut également s'expliquer de manière rationnelle dans la mesure où, lors d'un entretien télévisé vingt ans après la publication de l'ouvrage, Neil Jordan confie non sans humour qu'il souffrait d'une crise aiguë de psoriasis lorsqu'il rédigeait *Le Rêve d'une bête* et qu'il ne lui était par conséquent pas très difficile de se mettre dans la peau d'une créature solitaire suscitant une certaine réticence de la part de son entourage.

14   "The kiss was long, long enough for the sun to cross the dial, for the moon to traverse it and for the sun to rise once more. I saw the globes of her eyes and in my visage reflected there saw something as human as surprise" (Jordan, *The Dream of a Beast,* 175). On remarquera que les globes des yeux de Marianne se superposent à ceux du soleil et de la lune.

renvoie au début du récit, à la scène du coucher du couple le soir précédent :

> On fit l'amour, bien sûr. Je la regardais se déshabiller en pensant à tous les mots
> relatifs à l'acte sexuel [...]. On avait l'impression de nous enrouler l'un autour de
> l'autre, comme si nos membres avaient perdu leur forme habituelle. On fit la bête
> à deux dos.[15]

Cette locution familière insère l'image de la créature bestiale dans l'esprit du narrateur et donne lieu au rêve qui s'ensuit. Première occurrence du mot 'bête' dans le récit, l'expression renoue avec les propos égrillards du seizième siècle puisqu'elle est en effet employée par Rabelais pour décrire la naissance de son héros Gargantua :

> En son âge viril, Grandgousier épousa Gargamelle, fille du roi des Parpaillos, belle
> gouge et de bonne trogne, et faisaient eux deux souvent ensemble la bête à deux
> dos, joyeusement se frottant leur lard, tant qu'elle engrossa d'un beau fils et le porta
> jusqu'à l'onzième mois.[16]

Quelques décennies plus tard, l'expression est reprise par Shakespeare dans la première scène de sa tragédie *Othello* dans laquelle Iago donne à Brabantio, le père de Desdémone, l'information suivante :

| BRABANTIO | Quel misérable païen es-tu donc, toi ? |
| IAGO | Je suis, monsieur, quelqu'un qui vient vous dire que votre fille et le More sont en train de faire la bête à deux dos.[17] |

L'activité cérébrale du narrateur consistant à répertorier les différentes façons de dire l'acte sexuel est directement suivie du rêve et permet de l'interpréter. Présentant des affinités avec le fantasme, toute rêverie fantastique comporte inévitablement une symbolique sexuelle, produit une

---

15   "We made love of course. I watched her undress and thought of all the words to do
     with this activity [...]. We seemed to twine round each other as if our limbs had
     lost their usual shape. We made the beast with two backs" (*Ibid.*, 96).
16   François de Rabelais, *Gargantua* [1534], Ch. 3 (Paris : Gallimard, 1965), 77.
17   William Shakespeare, *Othello* [1622], I, i in *Œuvres complètes* (Paris : Gallimard,
     Bibliothèque de La Pléiade, 1959), 793.

libération d'énergie et révèle les étrangetés du désir. Les ouvertures de la maison du protagoniste, par exemple, sont autant de symboles désignant l'accès aux cavités du corps. De la même façon, l'escalier, impliquant l'acte de 'monter' et la rythmique de l'ascension, a également partie liée avec le rapport sexuel. Selon Freud, « ces matériaux entrent dans la composition du symbolisme dans les rêves ».[18] Bien sûr, la scène où la bête escalade la façade du bâtiment sur le toit duquel elle s'isole peut donner lieu à une telle interprétation.

Toutefois, il est tout aussi pertinent de mettre cet épisode en lien avec la tradition fantastique irlandaise évoquée plus haut par l'auteur, et avec l'œuvre de Bram Stoker en particulier. Dracula n'est-il pas surpris par son hôte rampant sur le mur extérieur de son château ? Nombreuses sont les allusions au Comte de Transylvanie. Comme lui, le protagoniste du *Rêve d'une bête* est un lycanthrope. Il constate en effet un élargissement de sa bouche et un allongement de ses dents, un durcissement de ses mains, une altération de sa voix, un développement de sa musculature et de sa pilosité …

Dans l'une des *Métamorphoses* d'Ovide, Lycaon, tyran impie et cannibale, est puni par les dieux et exclu du genre humain :

> Il pousse de longs hurlements, fait de vains efforts pour retrouver la parole […]. Sa jouissance est de verser le sang. Ses vêtements se muent en poils, en pattes ses bras ; il devient loup mais il garde encore des vestiges de sa forme première : même couleur grisâtre du poil, même furie sur ses traits, mêmes yeux luisants ; il reste l'image vivante de la férocité.[19]

Si « sa jouissance est de verser le sang », il n'est guère étonnant que Dracula ait la capacité de se métamorphoser en loup. Cette précision donne également à penser que l'homme est un prédateur, à l'affût de vierges à déflorer, un acte apparaissant comme bestial. Or il se trouve que le rêve du narrateur n'est pas dénué d'ambiguïté lorsqu'il est question de sa fille Matilde :

> Elle vint à moi et m'embrassa. Son baiser fut bref, mais je sentis un torrent d'émotions dans la manière brusque dont elle éloigna son visage du mien. Je la regardais

---

18   Sigmund Freud, *Introduction à la psychanalyse* [1916] (Paris : Payot, 1981), 143.
19   Ovide, *Les Métamorphoses* [760] (Paris : Garnier-Flammarion, 1966), 48.

droit dans les yeux ; ils exprimaient de la colère, mais imploraient ma bonté. Je vis qu'elle était ou avait été amoureuse et s'était sentie malmenée. Je ressentis de la pitié et même davantage, quelque chose d'inapproprié dans le contact de son corps avec un autre, la rencontre de son âme avec une autre. Elle m'appela par un nom qui n'était pas le mien et je compris soudain qu'elle était amoureuse de moi.[20]

Une ombre de freudisme s'étend sur le récit. Matilde est présente dans le rêve car elle a surpris « la bête à deux dos » formée par ses parents :

On fit la bête à deux dos et, entre nos cris se fit entendre un autre cri, un peu plus pressant. Matilde se tenait là, dans l'embrasure de la porte, toujours dans son rêve.

Vas-y, me dit Marianne en se retournant. Je me levais et pris Matilde dans mes bras. Son corps n'était plus flexible, mais lourd et encombrant dans tous ses mouvements. Elle me chuchota des bribes de rêve à l'oreille et je la remis au lit.

Marianne dormait quand je revins. Dans l'obscurité, j'observais mon corps et vis les reflets du clair de lune dans le luisant de mes poils ras.[21]

Tel un loup hurlant à la lune, le père prend conscience d'un danger potentiel au cœur de son univers familier. Sa position à la fenêtre, sur une zone frontière entre intérieur et extérieur illustre qu'un état limite est atteint dans le récit où le désir le dispute à la culpabilité. L'amour œdipien que sa fille est présumée ressentir pour lui le renvoie au sentiment qu'il lui porte. Or le narrateur est-il digne de confiance ? Est-il un père tutélaire ou

---

20 "She came towards me and kissed me. The kiss was a brief one, but in the quick withdrawal of her face from mine I sensed a torrent of emotion. I looked into her eyes and saw them at once angry and pleading for kindness. I knew then she was in love, she had been in love and felt mishandled. I felt pity, but even more, a sense of great misplacement that her body had touched another's, her soul had met another's. She called me by a name then, not my own, and it dawned on me that she was in love with me" (Jordan, *The Dream of a Beast*, 142).

21 "We made the beast with two backs then and somewhere in between our cries another cry was heard, a little more urgent. Matilde was standing in the doorway, still in her dream. You go to her, Marianne said, turning over. I rose from the bed and took her in my arms, which seemed no longer pliant, but heavy and cumbersome in every movement. Matilde whispered parts of her dream to me as I carried her to bed. Marianne was asleep when I got back. I looked at my body in the dark and saw all the tiny hairs glistening in the moonlight" (*Ibid.*, 96–97).

un démon pervers ? Comment interpréter sa métamorphose ? Plus tard, lorsque, transformé en bête immonde, il veut pénétrer dans la chambre de Matilde ou plus exactement 'monter' jusqu'à elle, l'accès lui est refusé par son épouse : « N'entre pas, dit-elle. Reste à la porte pour lui souhaiter une bonne nuit ».[22] La relation sexuelle du couple, troublée par l'irruption de leur fille dans la chambre, est revécue dans le rêve érotique où s'immiscent des relents incestueux. L'univers onirique s'inscrit en un jeu de miroirs avec le réel, dont il dévoile une image inversée, à savoir la part obscure et mortifère de l'âme humaine. *Le Rêve d'une bête* est lisible comme une variante de « La Belle et la Bête », conte à propos duquel Bettelheim souligne :

> Ce conte anticipe de plusieurs siècles l'idée freudienne que le sexe doit être expérimenté par l'enfant comme quelque chose de repoussant tant que ses désirs sexuels sont reliés à ses parents ; seule cette attitude négative vis-à-vis de la sexualité peut assurer le respect du tabou de l'inceste et, avec lui, la stabilité de la famille humaine.[23]

L'éventualité d'un acte « innommable »[24] entre la fille et son père est symboliquement représentée par l'apparence repoussante de ce dernier dont la métamorphose est peut-être un châtiment imaginaire qu'il s'inflige. Dans son rêve sulfureux, il s'acoquine avec une immense chauve-souris qui lui apprend à voler. Or, selon Freud :

> Les rêves dans lesquels le vol joue un rôle si important doivent être interprétés comme ayant pour base une excitation sexuelle générale, le phénomène de l'érection […]. Ils font de l'organe sexuel l'essence même de la personne et font voler celle-ci tout entière.[25]

La chauve-souris est traditionnellement reconnue comme dotée de pouvoirs érotico-libidineux.[26] Symbole d'impureté, elle est souvent

---

22 "Don't come up, she pleaded […] Say goodnight from the doorway" (*Ibid.*, 127).
23 Bruno Bettelheim, *Psychanalyse des contes de fées* (Paris : Robert Laffont, 1976), 451.
24 *Ibid.*, 418.
25 Freud, *Introduction à la psychanalyse,* 140.
26 Telle est l'opinion de Pline, par exemple, pour qui le sang de la chauve-souris a des vertus aphrodisiaques et sert à la préparation de drogues et de breuvages propres à exciter le désir sexuel (Jean Chevalier et Alain Gheerbrant, *Dictionnaire des symboles* [1969], Paris : Robert Laffont, 1982, 219).

représentée avec une mâchoire ouverte, prête à sucer le sang. Ce n'est pas un hasard si elle joue un rôle aussi déterminant dans le texte, au même titre que le loup qui, de par sa gueule dévoratrice et son ardeur luxurieuse, s'entend à faire couler le sang. Ces deux animaux sont précisément ceux en lesquels Dracula se métamorphose[27] : il est en effet en son pouvoir de revêtir l'apparence du loup ou encore de se transformer en une énorme chauve-souris, un vampire. Dans son journal, Mina Harker rapporte les propos du Professeur Van Helsing :

> Il existe des êtres qu'on appelle vampires [...]. Celui qui est parmi nous est à lui seul aussi fort que vingt hommes, [...] aussi inhumain que le diable [...]. Il peut apparaître quand il veut, où il veut, sans limites, sous l'apparence qu'il souhaite. Il est dans ses attributs de commander les éléments ou d'avoir autorité sur les créatures les plus étranges : [...] la chauve-souris, la phalène et le loup.[28]

Parce qu'elle est également associée à la nuit, la phalène est mentionnée dans le bestiaire de *Dracula*. Son lien avec la chauve-souris renvoie à cet épisode du *Rêve d'une bête* au cours duquel, dans le sinistre couloir en béton d'un sous-sol qu'il compare à un cercueil, le narrateur entend des cris stridents et observe une chauve-souris pourchasser une phalène qui finit par disparaître dans sa gueule. Cette dévoration lui tire des larmes. Lorsque plus tard, la chauve-souris lui demande s'il sait voler, cette scène cruelle lui revient en mémoire : « Je me souvenais de la mort de la phalène ».[29] Le syntagme fait écho à la nouvelle « La Mort de la phalène » de Virginia Woolf, écrivaine dont le patronyme, qui plus est, chargé de symbole, l'apparente à l'animal.[30] Ce nom, sous sa forme germanique – *Wolf* – est mentionné à plusieurs reprises par 'l'Homme aux

---

27   "He can transform himself to wolf [...]. He can be as bat" (Bram Stoker, *Dracula* [1897], Ware: Wordsworth Classics, 1993, 214).

28   "There are such beings as vampires [...]. This vampire which is amongst us is of himself so strong in person as twenty men [...] he is devil in callous [...] he can, within limitations, appear at will when, and where, and in any of the forms that are to him; he can, within his range, direct the elements; [...] he can command all the meaner things: [...] the bat – the moth [...] and the wolf" (*Ibid.,* 212).

29   "I remembered the death of the moth" (Jordan, *The Dream of a Beast*, 157).

30   *Wolf* désigne le loup en anglais et en allemand.

loups', le patient de Freud traumatisé par le spectacle de la scène primitive, à savoir l'accouplement bestial de ses parents, qu'il eut sous les yeux lorsqu'il était enfant. Comme lui, Matilde souffrira-t-elle sa vie durant d'une phobie du loup ?

La mort de la phalène, mais aussi les références au loup et à la chauve-souris[31] renvoient également à l'épigraphe du *Rêve d'une bête,* extraite du poème de Blake évoqué plus haut :

Ne tue papillon ni phalène / Crainte qu'à Jugement ne viennes.[32]

Cette citation, invitant à ne pas porter atteinte à ce qui est fragile de peur d'être damné, prend un sens particulier au regard du thème de l'inceste. Le titre même du poème, « Augures d'innocence », est également révélateur à cet égard. De la même façon, la nouvelle de Virginia Woolf dont l'intrigue se résume à l'incapacité d'une « insignifiante phalène au corps frêle » à « s'opposer à une puissance aussi démesurée » que la mort[33] revêt également une portée symbolique dans la configuration d'une relation incestueuse entre un père et sa fille.

Matilde dérange la bête à deux dos formée par ses parents et pousse un cri qui se superpose aux leurs. Elle rêve de son père[34] qui, à son tour, l'intègre dans son univers onirique. Associés à des tabous anciens, ces éléments provoquent une impression d'étrangeté liée à une expérience des limites : le narrateur est expulsé de son lieu de travail, chassé de sa maison, exclu du genre humain. Son rêve, dénué de garde-fou, dépasse les bornes. Plantant le décor d'un monde corrompu associé au vice et à la sexualité, il met en scène Ambrose, personnage muet qui n'est peut-être finalement que le double maléfique du narrateur, sa part d'ombre, son penchant incestueux

31 « Tout hurlement de loup, de lion sur la terre / Réveille une âme et la retire hors de l'enfer. / Chauve-souris volant lorsque tombe le soir / Fuit l'esprit de celui qui n'a pas voulu croire ». Les vers originaux sont les suivants : "Every wolf's and lion's howl / Raises from hell a human soul. / The bat that flits at close of eve / Has left the brain that won't believe".

32 Kill not the moth nor butterfly / For the Last Judgment draweth nigh.

33 Virginia Woolf, *La Mort de la phalène* [1942] (Paris : Seuil, 1968), 88.

34 « Je rêvais de toi, murmura-t-elle » (« I was dreaming of you, she murmured » - Jordan, *The Dream of a Beast,* 94).

qui l'attire vers Matilde. Il convient de souligner que ces prénoms ne sont
pas choisis par hasard : ils renvoient aux protagonistes d'un classique du
roman noir, *Le Moine* de Matthew Lewis.

Ce récit terrifiant narre la passion coupable du moine Ambrosio pour
Mathilde. Il s'attache à décrire les formes excessives du désir sexuel, son impu-
deur, ses perversions. Après avoir violé et tué Antonia, Ambrosio apprend
que cette femme dont il est tombé amoureux n'est autre que sa propre sœur.
L'information lui est transmise de la bouche même du diable qui lui apparaît sans forme trompeuse : « sur ses vastes épaules battaient deux énormes
ailes noires ».[35] Celles-ci se referment sur le moine pervers pour l'emporter
hors du cachot et le précipiter dans le gouffre d'un lieu désert. Parce qu'elle
est l'ennemie de la lumière, la chauve-souris est apparentée à Lucifer. Ses
attributs s'appliquent au démon lui-même, ce que confirme Freud à propos
du cas d'un patient souffrant d'une névrose diabolique.[36] Ils sont repérables
également chez Dracula dont le nom, rappelons-le, signifie « fils du diable ».

***

Initié au vol par une chauve-souris, le protagoniste monstrueux transmet
son savoir-faire à un garçon qui lui donne à manger :

> Il me parla de Jack qui avait planté une perche sur laquelle il grimpait comme sur
> une échelle jusqu'aux portes du ciel, mais regrettait de ne pas savoir ce qu'il y avait
> trouvé. J'aimerais beaucoup voler, me dit-il en se tournant vers moi. On va attendre
> ce soir, lui répondis-je.[37]

Tels Dédale et Icare, le narrateur et le jeune homme évoluent ensemble
dans les airs. Comme dans le mythe, au terme de ce vol, le garçon se meurt
mais ici, c'est pour revivre en son « père » : « Le garçon se mourait. Je

---

35   Matthew Gregory Lewis, *Le Moine* [1797], in *Romans terrifiants* (Paris : Robert
      Laffont, 1984), 396.
36   Freud, « Une Névrose diabolique au XVIIᵉ siècle », *L'inquiétante Etrangeté et
      autres essais*, 287.
37   "He told me of Jack, who had planted a stalk that made a ladder to the skies, of
      how the story never told him what Jack found there. I would dearly love to fly, he
      said, turning his face to me. We will wait till evening, I told him" (Jordan, *The
      Dream of a Beast*, 167).

m'enveloppais autour de lui et l'intégrais en moi ».[38] Ce geste est assimilable à une ingestion, une incorporation de l'autre, comme le confirme la suite du récit :

> Je parvins à un bassin […] y vis un reflet, pas moins terrible que le mien. Une main fit disparaître du sable blanc d'une bouche. Elle était comme la mienne dans sa forme et son aspect […]. Je levais la tête, sentis le garçon bouger en moi […]. Je reconnus Marianne.[39]

D'aucuns pourront voir là une parodie grotesque de la Visitation, cette visite que rendit la Vierge Marie à sa cousine Elisabeth, alors enceinte de Jean-Baptiste : « Et il advint, dès qu'Elisabeth eut entendu la salutation de Marie, que l'enfant tressaillit dans son sein ».[40] L'épisode biblique est ici fortement dégradé puisque la rencontre entre la Vierge immaculée et la génitrice d'un saint prophète se trouve supplantée par la confrontation de deux créatures monstrueuses. Et le récit de continuer :

> Marianne me dit que Matilde était en elle désormais. J'enlaçais sa taille et sentis la présence de ma fille, tout comme, en mon corps, le coup de pied du garçon, heureux de ce contact.
>
> A un moment, une grosse bête survola nos têtes. Sa main s'empara de la mienne.[41]

La bête s'envole, avec les fantaisies du rêve. Le couple reprend forme humaine. Les ténèbres se dissipent pour laisser place à « une éternité de lumière ».[42] Le long baiser langoureux que Marianne échange avec son époux, annoncé

38 "The boy was dying. I wrapped myself fully round him, assumed him into myself" (*Ibid.*, 173).
39 "I came to a pool […] I saw a reflection there, no less terrible than mine. A hand rubbed white sand away from a mouth. It was like mine in its shape and texture […] I raised my head and the boy inside me leapt […] I recognized Marianne" (*Ibid.*, 173).
40 Luc 1/41.
41 "Matilde, <Marianne> told me, was inside her now. I put my arms down to her waist and felt her. The boy kicked with pleasure at the touch.
Once a large beast flew above us and her hand gripped mine" (Jordan, *The Dream of a Beast*, 173–174).
42 "an eternity of light" (*Ibid.*, 174).

par celui qu'elle accorde à Ambrose, ferme la porte de la nuit et fait sortir le narrateur de son sommeil. Encore embrumé par son rêve, celui-ci réincorpore la réalité de son identité d'homme et prend conscience de la possibilité d'un commerce charnel non pas avec sa fille, mais avec la mère de sa fille, donc sans transgresser le tabou incestueux. De son côté, la jeune fille peut transférer son amour œdipien pour son père sur un partenaire dont la tige à haricots lui permet de grimper jusqu'aux portes du ciel.[43]

***

L'univers du conte de fées est bien présent dans *Le Rêve d'une bête*, comme en attestent les nombreuses allusions à des personnages issus de ces histoires. À l'époque où Neil Jordan écrit ce texte, ce genre littéraire fait l'objet d'un regain d'intérêt dans la sphère culturelle anglophone, notamment suite à la publication, aux Etats-Unis, de *Psychanalyse des contes de fées* de Bruno Bettelheim (1976). L'écrivaine britannique Angela Carter, par exemple, traduit en anglais les contes de Perrault, puis en publie une version révisée, *La Compagnie des loups*.[44] Ce recueil de nouvelles est original et novateur. D'une part, la narration y est prise en charge par une femme. D'autre part, ces histoires, initialement destinées aux enfants, sont subverties et adaptées à un lectorat adulte ; elles prennent alors une tout autre signification. En outre, ce recueil fait l'objet de versions radiophoniques : il est en effet lu par l'écrivaine et diffusé sur les ondes de la BBC. Cette adaptation met en évidence l'héritage oral et populaire du genre. Alors que les réécritures des contes s'attachent à leur dimension textuelle, conformément au projet de l'auteure selon lequel l'émancipation des femmes passe par la relecture critique et créative des textes du passé, la radio permet de valoriser l'art de conter et d'en faire un nouveau lieu de « magie ».

Angela Carter et Neil Jordan se rencontrent à Dublin en 1982 à l'occasion des célébrations du centenaire de la naissance de James Joyce. Au fil des discussions, ils envisagent une adaptation cinématographique du recueil

---

43   Le conte auquel le jeune homme fait allusion est en effet « Jack et la tige à haricots ».
44   *The Bloody Chamber and Other Stories* (1979).

et s'entendent pour rédiger le scénario ensemble. Neil Jordan s'attelle donc à l'écriture et la réalisation de son deuxième film, *La Compagnie des loups*, lequel s'inspire essentiellement du recueil d'Angela Carter, mais aussi de son propre texte, *Le Rêve d'une bête*, qu'il vient juste de terminer.[45] D'emblée, le spectateur du film est introduit dans le monde du rêve : une Volvo familiale roule à vive allure sur une route traversant une forêt. Un couple anglais rejoint ses pénates pour y retrouver ses deux filles adolescentes. Seule Alice les accueille et informe ses parents que sa sœur est enfermée dans sa chambre : celle-ci prétend avoir mal au ventre, mais en réalité doit bouder. Rosaleen est en effet alitée et endormie. Son visage fardé de rouge à lèvres et de rouge à joues témoigne de son avidité à devenir une femme. Son sommeil est agité car elle se voit évoluer dans un univers dénué de repères, couverte d'un vêtement dont la couleur écarlate exhibe son état de jeune fille indisposée :

> Elle vient de saigner son premier sang de femme [...]. Ses seins viennent tout juste de commencer à enfler [...]. Elle se tient et se déplace à l'intérieur du pentacle invisible de sa propre virginité. Elle est un œuf intact, elle est un vaisseau scellé ; elle possède à l'intérieur d'elle-même un espace magique dont l'entrée est hermétiquement close d'un bouchon membraneux, elle est un système fermé, elle ne sait pas frissonner. Elle a son couteau et n'a peur de rien.[46]

Déterminée, la jeune fille se rend chez sa grand-mère à travers bois. Un beau garçon l'aborde, se renseigne sur les raisons de sa sortie et lui promet de parvenir à la maison de son aïeule avant elle. « De la salive luisante s'accrochait en fil à ses dents »...[47] Arrivé à destination, il laisse libre cours à sa sauvagerie sous le regard médusé de la grand-mère :

> Il dépouille sa chemise. Sa peau a la couleur et la texture du vélin. Une bande de poils lui court le long du ventre, ses tétons sont mûrs et sombres comme des fruits empoisonnés, mais il est si maigre qu'on pourrait compter ses côtes sous sa peau si

---

45 "I drew a lot of images from my novel *The Dream of a Beast,* which I'd just finished" (Zucker, ed., *Neil Jordan. Interviews,* 47).

46 Angela Carter, « La Compagnie des loups », *La Compagnie des loups* [1979] (Paris : Seuil, 1985), 64.

47 *Ibid.,* 66.

seulement il vous en donnait le temps. Il ôte son pantalon et elle peut voir comme ses jambes sont poilues. Ses parties génitales énormes. Ah, énormes.

Le dernier spectacle que la vieille dame eut au monde fut celui d'un jeune homme aux yeux de braise, nu comme la main, qui marchait vers son lit.

Le loup est le carnivore incarné.

Quand il en eut fini avec elle, il se lécha les babines et se rhabilla à la hâte jusqu'à reprendre l'apparence exacte qui était la sienne lorsqu'il avait franchi le seuil.[48]

Dans le film, cette scène donne lieu à des expérimentations audacieuses : la langue de l'homme-loup se déroule sur une longueur impressionnante ; ses yeux d'or scrutent la grand-mère d'un inquiétant regard pénétrant ; son visage évoque celui d'une créature monstrueuse. Après s'être endurci avec un tisonnier incandescent, il décapite la vieille dame d'un revers de main d'une force inouïe.

La jeune fille arrive, s'étonne de ne pas voir l'occupante des lieux et s'entend dire de la bouche de l'étrange personnage : « Il n'y a personne d'autre ici que nous deux, ma chérie ».[49] Lorsqu'une meute de loups hurle alentour, il s'exclame :

Ce sont les voix de mes frères, chérie, j'adore la compagnie des loups […].

Il fait très froid, les pauvres, dit-elle ; pas étonnant qu'ils hurlent comme ça […].

Puisque sa peur ne lui servait à rien, elle cessa d'avoir peur.[50]

Sur les conseils de son hôte, elle brûle ses vêtements et rejoint l'homme au lit, « éblouissante et nue » :

Que vous avez de grands bras.
C'est pour mieux t'embrasser […].
Que vous avez de grandes dents.
C'est pour mieux te manger.

---

48   *Ibid.*, 68.
49   *Ibid.*, 69.
50   *Ibid.*, 69–70.

> La fille éclata de rire ; elle savait qu'elle n'était la viande de personne. Elle
> arracha la chemise qu'il portait et la jeta au feu [...]. Carnivore incarné, seule
> une chair immaculée l'apaise.[51]

La répétition de ces mots – « carnivore incarné » – déjà employés dans
une citation précédente, insiste sur le goût de ces êtres qui font preuve de
voracité lorsqu'il s'agit de chair fraîche, soit parce qu'ils se nourrissent de
viande crue, soit parce qu'il leur faut à tout prix satisfaire leurs besoins
physiques par la fornication. La jeune fille se rit de l'homme qui la traite
comme un morceau de viande pour lui signifier qu'elle aussi peut le considérer comme de la chair exploitable pour accéder aux plaisirs des sens.
Elle aussi peut devenir la séductrice et prendre le contrôle de la situation,
comme en atteste sa défense, fusil à la main. Elle tire sur son hôte qui,
en un long hurlement d'animal blessé, se métamorphose sous ses yeux, à
l'aide d'effets spéciaux spectaculaires : le corps de l'homme se couvre d'un
abondant pelage ; sa peau se fissure pour laisser place à une bête puissante
dont la mâchoire grande ouverte s'étire en un museau pointu. Lorsqu'elle
est mordue, Rosaleen a un mouvement de recul ; son visage arbore une gri-
mace de douleur. De toute évidence, elle n'est plus « un œuf intact » ou
« un vaisseau scellé ». À l'écran, la chose ne peut être que suggérée : une
rose blanche s'imprègne de sang et change de couleur ...

D'abord initiée aux frissons de la sensualité, la jeune fille découvre
les joies palpitantes de l'expérience sexuelle. Elle n'est pas plus destinée au
mariage qu'à la maternité et se démarque ainsi clairement des traditionnelles héroïnes de contes de fées. Comblée à la suite d'une sauvage cérémo-
nie nuptiale, elle dort « à poings fermés dans le lit de sa grand-mère entre
les pattes du tendre loup ».[52] Dans les nouvelles d'Angela Carter, c'est la
femme qui triomphe « non seulement en empruntant les armes masculines
traditionnelles [...] mais à force d'audace, en refusant d'être une victime
terrifiée pour devenir dans l'amour l'égale, la partenaire de l'amant ».[53]

Alors que la jeune fille est terrifiée par le loup dans le conte original, elle
est attirée par lui dans les variantes postmodernes, comme l'illustrent *La*

---

51 *Ibid.*, 70–71.
52 *Ibid.*, 71.
53 *Ibid.*, préface de Christine Jordis, 3.

Compagnie des loups ou *Le Rêve d'une bête*. Dans ce dernier texte, lorsque la petite fille, perturbatrice d'un moment de volupté conjugale, est remise au lit par son père, elle lui fait part de bribes de son rêve que la narration ne rapporte pas.[54] Elle avait confessé auparavant avoir rêvé de lui.[55] De retour dans sa propre chambre, le père réalise qu'un attachement œdipien s'attarde dans l'inconscient de sa fille, ce qui peut amener cette dernière à s'exposer aux tentatives d'un dangereux séducteur, un « loup » capable de la « dévorer ». Le thème central du « Petit Chaperon rouge » est finalement repris par le rêve du narrateur dont la métamorphose en créature bestiale fait de lui une représentation typique du mâle dans ce qu'il a de plus instinctif.

En effet, dans *Le Rêve d'une bête*, l'homme, le père et le loup ne font qu'un. Le lycanthrope illustre les aspects contradictoires de la nature du mâle qui peut tout aussi bien manifester des tendances violentes et destructrices qu'adopter un comportement altruiste et protecteur à l'égard d'un plus faible. Bettelheim souligne un élément significatif à propos du « Petit Chaperon rouge » :

> On ne nous parle jamais du père, ce qui est tout à fait inhabituel pour un conte comme celui-là. Cela nous laisse croire que le père est présent, mais sous une forme voilée. La petite fille espère certainement que son père la sauvera de toutes ses difficultés, et particulièrement des difficultés affectives qui sont la conséquence de son désir de le séduire et d'être séduite par lui. Par « séduction », j'entends le désir qu'a la petite fille d'amener son père à l'aimer plus que quiconque et les efforts qu'elle fait dans ce sens, et son désir de le voir faire tous les efforts possibles pour qu'elle l'aime, elle aussi, plus que tout au monde. Nous voyons alors que le père est bien présent dans le conte sous deux formes contraires : celle du loup, qui personnalise les dangers de la lutte œdipienne, et celle du chasseur, dans sa fonction protectrice et salvatrice.[56]

Ce sont ces deux rôles que joue le protagoniste du conte de Neil Jordan : il est à la fois un père sensé, raisonnable et protecteur, mais aussi un amant d'une fruste bestialité. Tel ce personnage à deux faces qu'est Jekyll-Hyde, né sous la plume de Stevenson un siècle plus tôt, il est le siège d'une

---

54 "Matilde whispered parts of her dream to me as I carried her to bed" (Jordan, *The Dream of a Beast*, 97).

55 "I was dreaming of you, she murmured" (*Ibid.*, 94).

56 Bettelheim, *Psychanalyse des contes de fées*, 269–270.

confrontation entre le mal et le bien. L'honorable médecin londonien sait réprimer les penchants qui l'entraînent à la débauche en consacrant sa vie à la science ; mais la certitude qu'il a de sa double nature le conduit à fabriquer une drogue qui libère la personnalité antithétique enfouie en lui. Après avoir bu le breuvage, il devient une créature grotesque capable de satisfaire ses désirs les plus louches. Progressivement, le double démoniaque supplante le citoyen respectable. Un jour arrive où ce dernier est prisonnier du corps de l'autre et ne peut redevenir lui-même. Comme *Le Cas étrange du Docteur Jekyll et de Mr Hyde, Le Rêve d'une bête* illustre la division, le paradoxe et l'ambivalence qui règnent au cœur de l'être humain. Cette spécificité est évoquée par le lycanthrope lorsqu'il répond aux interrogations de Rosaleen qui ne sait si elle doit le considérer comme un homme ou un loup :

> Êtes-vous de notre race ou de la leur ?
>
> – Ni de l'une ni de l'autre, des deux.
> – Vivez-vous dans notre monde ou dans le leur ?
> – Je vais et viens entre les deux.

Tout dépend si l'instinct sexuel se réveille ou non …

Alors que la chambre de la petite Matilde est protégée de toute intrusion indésirable, l'accès étant interdit à la bête, celle de la jeune fille pubère qu'est Rosaleen est envahie par une meute de loups qui fait voler la fenêtre en éclats, fracasse les poupées de porcelaine et brise pantins et automates sur son passage. Le monde de l'enfance est détruit par cette sauvage pénétration, signe que la jeune fille, elle-même *in fine* métamorphosée en animal, est sexuellement disposée à assumer ses désirs et vivre désormais comme elle l'entend.

***

Dans sa *Morphologie du Conte*, Vladimir Propp montre que les contes du monde entier partagent une même structure formelle. La succession d'éléments permanents, toujours identique, représente la base morphologique du genre. Ainsi, une situation initiale de paix est troublée par un sortilège, lequel est soulagé par une délivrance et une réparation définitive.[57] Cette spécificité illustre bien à quel point le conte a partie

---

57   Vladimir Propp, *Morphologie du conte* [1928] (Paris : Seuil, 1965), 35 ff.

liée avec le rêve : « le conte est comme l'image d'un rêve sans lien, un
ensemble de choses et d'événements extraordinaires ».[58] *Le Rêve d'une
bête* est un texte hybride, situé dans la carrière littéraire de Neil Jordan
à la jonction entre le recueil de nouvelles qui le précède et les romans qui
s'ensuivent. Il relate une situation initialement réaliste – un homme irlandais ordinaire, vivant dans un pavillon avec femme et enfant, relate une
expérience personnelle – mais celle-ci dérive imperceptiblement vers le
fantastique. La transition entre réel et irréel est estompée, les deux univers étant rassemblés par la fiction en un vaste espace indissociable et non
borné. La référence à « la bête à deux dos » dans l'esprit du narrateur
somnolent le fait glisser dans un rêve où il devient lui-même une bête.
La métamorphose, caractéristique de l'univers féerique du conte, révèle
les difficultés fondamentales de l'homme, ses dilemmes et angoisses existentielles. *Le Rêve d'une bête* proclame que l'acte sexuel dépend de notre
nature animale, qu'il peut être lié à l'agression et la crainte, qu'il éveille
au plus profond de l'homme des fantasmes de dévoration. Telle la Bête de
l'Apocalypse, avide de consommer, décrite dans le treizième chapitre du
dernier livre de la Bible, les personnages du *Rêve d'une bête* sont associés
au nombre treize car leurs noms commencent par la treizième lettre de
l'alphabet, qu'il s'agisse de l'épouse du narrateur, Marianne, de sa fille,
Matilde, ou de son collègue, Morgan. Le signe est de mauvais augure et
s'inscrit en contrepoint des 'Augures d'Innocence', le poème de Blake cité
en épigraphe. Contrastant avec la vertu affichée dans le titre du poème
évoqué en exergue, le récit ne peut qu'explorer les zones les plus sombres
de l'espèce humaine. Il s'inscrit ainsi dans l'héritage des contes de fées traditionnels. *Le Rêve d'une bête* est une œuvre-charnière, un tournant dans
l'œuvre de Neil Jordan. L'intérêt de ce dernier pour les contes de fées,
confirmé par sa rencontre avec Angela Carter et leur réalisation commune de *La Compagnie des loups*, élargit son champ d'action et ouvre des
perspectives. Dès lors, son œuvre s'articule sur des textes fondateurs, tels
des contes de fées, mais aussi en l'occurrence *La Métamorphose* ou *Dracula*, pour créer son propre univers flottant, onirique, mystérieux où les

---

58   Novalis *R.A.* I *in* Jean-Luc Steinmetz, *La Littérature fantastique* (Paris : PUF,
      1990), 48.

préoccupations profondes de l'homme ne sont pas ignorées, où le lecteur croise des personnages fragiles, torturés, hésitants, pétris d'incertitude ou de souffrance … C'est là l'œuvre d'un artiste qui sait à quel point « rien n'est évident, univoque et absolument simple : l'homme, comme Dieu, est *absconditus,* à la fois âme et corps, ange et bête, moyen entre deux infinis, également éloigné de l'alpha et de l'oméga. Car tout est entre les deux ».[59]

59   Jankélévitch, *L'Ironie*, 117.

CHAPITRE 4

Du désir de tuer le monstre :
Lignes de fond

Ut pictura poesis : « un poème est comme un tableau », selon Horace, car « l'esprit est moins vivement frappé de ce que l'auteur confie à l'oreille que de ce qu'il met sous son œil ».[1] Les théoriciens de la Renaissance italienne reprennent à leur compte cette formule, mais en inversent le sens. Désormais, le référent n'est plus l'image, mais le langage. Le tableau est comme un poème : il se plie à l'*inventio*, à la *dispositio*, et raconte une histoire. Arts littéraire et pictural ont toujours engagé une collaboration féconde, un dialogue fertile qui se poursuit, s'enrichit aujourd'hui encore et témoigne du dynamisme créatif du croisement de deux disciplines artistiques.

Publiée sous le titre *Lignes de fond*, la traduction du roman de Neil Jordan aurait pu respecter littéralement l'intitulé original – *Sunrise with Sea Monster* – et opter pour « Lever de soleil avec monstre marin »,[2] car le titre retenu ne tient pas compte de l'alliance nouée par Neil Jordan entre son texte et une œuvre picturale. En effet, *Sunrise with Sea Monsters* est une peinture réalisée par William Turner en 1845 et exposée à la *Tate Gallery* de Londres. Sur cette toile domine un jaune vif, une couleur qui fascine Turner tout au long de sa vie. Les tableaux, mais aussi les écrits du peintre attestent l'amour qu'il porte à cette couleur. Il l'utilise notamment pour ses ciels, comme c'est le cas dans cette composition. *Sunrise with Sea Monsters* laisse entrevoir deux poissons dans les teintes roses, auprès desquels se distinguent un morceau de filet et un flotteur rouge et blanc. La pêche est un

---

1 Epître aux Pisons.
2 Le roman de Neil Jordan fut publié en Angleterre sous le titre *Sunrise with Sea Monster,* mais aussi aux Etats-Unis sous un autre titre, *Nightlines*. C'est pourquoi la traduction française s'intitule *Lignes de fond*. Il est à noter que le premier recueil de nouvelles de John McGahern est également intitulé *Nightlines* et traduit par *Lignes de fond* (traduction de Pierre Leyris, Paris : Mercure de France, 1971).

passe-temps auquel Turner s'adonne volontiers. Elle lui permet de profiter
des lumières particulières du bord de l'eau. En outre, le peintre excelle
dans cette activité. Un de ses collègues, George Jones, témoigne : « Il me
montrait tous les poissons qu'il attrapait pour me demander si leur taille
méritait qu'on les mange ou s'il devait les remettre à l'eau ».[3] Plusieurs de
ses toiles et aquarelles attestent cette passion : *Pêche à Dee, Coucher de soleil
sur la mer avec grondins* ou encore *Lever de soleil avec monstres marins*.

Le titre des œuvres de Turner, généralement élaboré, précise souvent le
moment de la journée. Il fixe une durée éphémère, un événement lumineux,
tel un lever ou coucher de soleil. Descriptif, il présente également l'avan-
tage de révéler un détail difficilement lisible, car en effet, bon nombre des
compositions de l'artiste, dont la toile qui nous intéresse ici, « brouille »
le regard du spectateur. Cette option pour le trouble, l'imprécision, le refus
du détail est revendiquée par le peintre. Ce faisant, Turner se réfère aux
théories esthétiques du dix-huitième siècle qui assignent à l'illisibilité un
pouvoir émotionnel expressif. De nombreuses images sont sublimes précisément parce qu'elles sont indéchiffrables. Cette caractéristique est accrue
par l'explosion de lumière éblouissante du tableau, phénomène lumineux
auquel Turner porte une attention extrême. Il introduit un changement
radical dans la relation du peintre avec le soleil. Ses compositions éliminent
toutes les médiations qui tenaient auparavant l'observateur à distance et à
l'abri de l'éclat dangereux de l'astre. Rien ne le protège plus de la radiance.
Les toiles de Turner visent à rendre cet éblouissement et produisent un effet
réaliste, la vision du spectateur se trouvant subjuguée par la lumière du soleil.

Si Neil Jordan fait le choix de reprendre le titre du tableau de Turner,
c'est parce qu'habitué aux prises de vue à travers l'œil d'une caméra, il
accorde une importance essentielle à l'aspect visuel de son texte. L'épisode
final du roman où « la couverture d'un bleu paisible » de la nuit cède la
place à « la lumière <qui> étendait un voile rose très doux sur la plage
déserte »,[4] sur laquelle le protagoniste découvre, « démesurée et majes-
tueuse, une des mystérieuses créatures issues des profondeurs de l'océan, un
monstre caparaçonné d'argent qui se balançait légèrement dans la brise »[5]

3   Damien Sausset et Teresa Faucon, *Turner* (Paris : Flammarion, 2004), 86.
4   Neil Jordan, *Lignes de fond* (Paris : Plon, 1996), 174.
5   *Ibid.*, 175.

prolonge en mots la scène picturale de Turner. Il fait de Neil Jordan « un peintre en poésie »,[6] un coloriste capable d'harmoniser une gamme de tons renforçant la manière dont son récit s'offre aux yeux de ses lecteurs pour faire d'eux des spectateurs.

Toutefois, le choix de Jordan de reprendre un titre préexistant est facteur d'ambiguïté : la présence dans son œuvre d'une œuvre au second degré, à laquelle elle emprunte son intitulé, entraîne l'impossibilité de dire avec précision si celui-ci se réfère thématiquement à la diégèse ou, de façon purement désignative, à l'œuvre en abyme. Il renvoie probablement aux deux. Ainsi donc, le lecteur, dont la curiosité est accrue par ce choix, est invité à saisir une clé interprétative et à voir dans quelle mesure le texte justifie le titre. En règle générale, les titres-citations renvoient à des œuvres littéraires antérieures. Or, en l'occurrence, il est à noter que Neil Jordan emprunte le titre de son roman à une œuvre artistique extérieure au champ de la littérature. Cette option reflète l'aspect transversal, voire transgressif, de sa production artistique qui ne se limite pas à un domaine cloisonné. Le titre-citation a une forte valeur connotative. Il est à lui seul un indice de culture qui, à l'instar d'une épigraphe, apporte au texte la caution indirecte d'une œuvre autre, mais aussi le prestige d'un héritage spirituel. Parmi toute la gamme d'artistes du passé, Neil Jordan se choisit une figure tutélaire qui ne lui fait pas d'ombre puisque tous deux n'interviennent pas dans la même discipline. En outre, il partage avec elle un certain nombre de points communs, en particulier un intérêt pour les scènes de pêche et les jeux de lumière des bords de mer. En empruntant son titre à William Turner, Neil Jordan articule sa production romanesque sur les arts visuels dans lesquels il est également impliqué. Par ailleurs, libre de choisir ses « pères », il se donne le sacre et l'onction d'une filiation prestigieuse. Ce thème de la filiation est omniprésent dans le roman. Qu'il s'agisse du rapport d'influence spirituelle que l'auteur entretient avec ses « pères » ou du lien de parenté unissant un fils à son géniteur, il se retrouve à tous les niveaux, puisqu'il se repère non seulement dans la démarche de l'écrivain,

---

6   Dans son essai critique « Salon de 1846 », Baudelaire voit en Victor Hugo « un peintre en poésie » et en Eugène Delacroix « un poète en peinture » (Charles Baudelaire, *Œuvres complètes*, Paris : Gallimard, Bibliothèque de la Pléiade, 1976, 673).

mais aussi dans le point de vue narratif ou encore dans l'univers diégétique, le narrateur-protagoniste relatant et développant tout au long du récit la relation ambivalente qui le lie à son père.

Il convient toutefois de noter que le titre du roman de Jordan n'est pas absolument identique à celui de la peinture de Turner. Le calque n'est pas reproduction littérale. De ce fait, il relève de la parodie que Linda Hutcheon définit comme « une forme d'imitation caractérisée par une répétition avec une distance critique, qui marque plutôt la différence que la similitude ».[7] Le titre du roman est à la fois le même que celui de la peinture, mais aussi un autre car il se distingue de lui dans son orientation sémantique. « Sunrise with Sea Monsters » devient *Sunrise with Sea Monster* : le dernier mot, au pluriel dans le titre de la peinture, désignant les poissons aux dents acérées représentés sur la toile, est repris au singulier dans l'intitulé du roman pour décrire « cet animal extravagant […], cette mourante énigme »[8] qui réfère non seulement à la créature marine monstrueuse échouée sur la plage, mais aussi, par superposition, au père du narrateur qui, après sa disparition, revient hanter la psyché filiale en une scène onirique : « D'une manière ou d'une autre, j'avais pêché cet homme dans la mer, l'avais tiré de son élément par une ligne invisible pour l'amener dans le mien ».[9] Dans le roman, le monstre marin n'est autre qu'une métaphore du père. Du reste, la description du monstre échoué sur la plage, avec « des yeux globuleux, écarquillés, une bouche en forme de tulipe et sur la tête une corne à la courbe parfaite »[10] fait écho à un passage antérieur du récit où le narrateur décrit son père comme « un grand monstre cornu ».[11] Tenant de la licorne et de la chimère, le père est dépeint sous les traits d'un animal fantastique effrayant. Cette spécificité témoigne de l'incontestable subjectivité de la narration, laquelle est prise en charge par le fils et lui seul. La manière dont

---

7   "Parody is a form of imitation, but imitation characterized by ironic inversion
    […]. Parody is, in another formulation, repetition with critical distance, which
    marks difference rather than similarity" (Linda Hutcheon, *A Theory of Parody.
    The Teachings of Twentieth-century Art Forms*, Chicago: University of Illinois
    Press, 1985, introduction, 6).
8   Jordan, *Lignes de fond*, 175.
9   *Ibid.*, 175.
10 *Ibid.*, 175.
11 *Ibid.*, 61.

ce dernier décrit son père est révélatrice du sentiment qu'il nourrit à son endroit. Selon les termes de Bruno Bettelheim, en effet, lorsque le garçon se sent menacé par son père, il éprouve un sentiment hostile à son égard, désire le remplacer dans le cœur de la mère, et « projette le père dans le rôle du monstre redoutable ».[12] Le propos du narrateur laisse ainsi transparaître une structure psychique singulière, à savoir la réalisation fictive d'un désir œdipien.

***

Donal Gore, le narrateur de *Lignes de fond*, est présent comme personnage focal de l'action, qui raconte sa propre histoire. Il s'agit donc d'une narration de type intradiégétique, les événements étant analysés de l'intérieur, homodiégétique, le narrateur étant présent dans l'histoire qu'il raconte à la première personne, et autodiégétique, puisque « je » est le protagoniste, ce qui fait de l'histoire un discours dans lequel la présence du narrateur ne peut être négligée. En outre, son point de vue étant relativement constant, le récit peut être considéré comme adoptant un système narratif de focalisation interne fixe. Il est à noter que ce dernier n'a rien d'objectif : il absorbe en effet les restrictions, ignorances et partis pris du jeune homme. Celui-ci relate son parcours initiatique marqué par un dualisme rigoureux, une opposition fondamentale entre lui et son père. Un tel schéma manichéen détermine la structure événementielle du roman et reflète une confrontation entre deux générations dont les intérêts et visions du monde sont conflictuelles. Aussi n'y a-t-il jamais véritable dialogue entre les deux, puisque le narrateur se superpose au personnage du fils et, de ce fait, se range clairement et invariablement de son côté, face au père. Son discours est univoque et exclut tout récit alternatif qui pourrait lui faire concurrence.

De façon tout à fait significative, Donal Gore témoigne en effet de sa volonté farouche de ne ressembler en rien à son géniteur, Samuel, comme en atteste la physiologie des protagonistes : le père a les yeux bleus, les cheveux gris, le teint pâle, alors que son fils a les yeux bruns, les cheveux sombres et le teint olivâtre.[13] Cette dissemblance revendiquée s'applique également à

---

12 Bettelheim, *Psychanalyse des contes de fées*, 177.
13 Jordan, *Lignes de fond*, 21.

leur psychologie, leurs idées politiques ou leurs pratiques sexuelles.[14] Ainsi, père et fils, réduits à l'état de silhouette, voire de caricatures, constituent deux classes distinctes, deux catégories antithétiques de personnages, le second ne semblant exister jamais qu'en « négatif » du premier, ne tentant de s'affirmer qu'en s'opposant à lui.

Cette relation duelle est amplifiée par le fait que Donal est fils unique et, qui plus est, orphelin de mère. En effet, la présence d'une tierce personne – mère, grand parent, frère ou sœur – atténuerait la tension et affaiblirait l'hostilité qui oppose les deux protagonistes. Au contraire, la solitude du narrateur face à son père accroît la rivalité et apparente leur relation à un véritable duel, au sens étymologique du terme puisqu'un désir meurtrier s'exprime. Ce désir est lié à la mère qui est doublement perdue pour le fils : non seulement sur le plan œdipien incestueux, mais aussi du fait de sa mort. Or la place laissée vacante par la mère est sur le point d'être occupée par une autre femme. Parce qu'il rend son père responsable de cette perte et interprète cette nouvelle configuration familiale comme une trahison, le protagoniste manifeste un désir parricide qui participe d'une dynamique d'émancipation, de rupture avec toute entrave. C'est la raison pour laquelle il s'engage parmi les volontaires irlandais aux côtés des Républicains lors de la guerre d'Espagne.

***

La narration de *Lignes de fond* suit un schéma initiatique. Au début du récit, Donal est emprisonné dans une geôle espagnole dans l'attente de son exécution. C'est pour lui l'occasion de retracer son parcours, de revenir sur son histoire passée, ses racines familiales, son enfance et adolescence. Ce voyage à l'étranger fournit un terrain d'expérimentation au cours duquel il se forme et se transforme, acquiert de la maturité et fait l'expérience d'une renaissance permettant de revenir au point de départ et mesurer le chemin parcouru. En effet, sur l'ordre du gouvernement irlandais, Donal est libéré par Hans, un officier allemand qui organise son rapatriement. En échange de cette libération, il accepte d'être médiateur entre le régime nazi et l'aile radicale de l'IRA. Dès son retour, persuadé

---

14   La sexualité se pratique dans le cadre exclusif institutionnel du mariage pour le père et de manière beaucoup plus libre et décomplexée pour le fils.

d'agir en tant qu'agent double, il informe les autorités irlandaises de cet arrangement et s'engage à leur donner un rapport régulier de ses activités. En contrepartie, sa protection est assurée par l'équipe de Soames, un proche du chef du gouvernement.

Menteur, mouchard et traître, Donal Gore est un anti-héros.[15] Qui plus est, son retour au pays l'exclut des voies héroïques puisque, comme le souligne Marthe Robert, seul « l'exilé qui ne connaît pas de retour est promis pour cela même aux plus hautes destinées ».[16] Contrairement au héros traditionnel qui rompt définitivement avec son milieu d'origine pour devenir un homme sans famille ni attaches et accomplir des exploits dans des contrées lointaines, le protagoniste en l'occurrence ne s'exile que temporairement pour finalement rentrer en Irlande et, de surcroît, dans la maison paternelle. Ce retour vers le père n'est toutefois pas un retour aux chaînes, car le protagoniste a évolué quelque peu durant cette absence. Il a pu régler ses comptes avec son géniteur par un travail introspectif qui aboutit au désir de le revoir. En effet, le jeune homme a changé quelque peu, même si le décor qu'il retrouve reste le même :

> Je débarque à Dun Laoghaire et m'efforce de ne pas me sentir de retour au pays, ce qui est difficile car rien n'a changé. Les autobus sont toujours du même vert, la fumée flotte dans l'air, à sa guise, comme un nuage capricieux, le train qui m'emmène à Bray s'essouffle comme autrefois. Je me dis que moi j'ai changé même si tout est resté pareil, et cela n'est même pas vrai. Celui que je fus m'enveloppe comme les plis d'une cape confortable. Je m'en rends compte comme de mon désir de le revoir lui, mon vieux diable de père.[17]

Ce rapatriement, motivé par un sentiment de nostalgie à l'égard du *pater familias*, justifie la rétrospectivité du récit. Le mouvement du retour est non seulement repérable dans l'espace, mais aussi dans le temps diégétique, ce que confirme le propos de John Wilson Foster, selon lequel l'intérêt de l'auteur de fiction pour les lieux s'accompagne d'un intérêt pour le passé, sans lequel l'individualité irlandaise serait, semble-t-il, inconcevable.[18]

---

15   Cf. pp. 94, 112, 120.

16   Marthe Robert, *Roman des origines et origines du roman* (Paris : Grasset, 1972), 89.

17   Jordan, *Lignes de fond*, 86.

18   "The fiction writer's preoccupation with place is a preoccupation with the past without which Irish selfhood is apparently inconceivable" (John Wilson Foster,

L'amplitude ou la durée diégétique de *Lignes de fond* est d'une trentaine d'années environ, de 1915 à 1945, date de la mort d'Hitler évoquée à la fin du récit. Sans être véritablement déterminé, le moment de la narration est, de toute façon, postérieur à l'histoire racontée, cette position ultérieure étant la condition d'émergence du souvenir, du retour vers le passé.

Cette libre alternance du passé et du présent, jeu d'anachronie ancrée dans la structure narrative, s'articule dans un ordonnancement spéculaire assez symétrique et systématique, comme si ce parallélisme établissait un lien de causalité, de justification entre les périodes diégétiques, les événements du présent étant explicables par ceux du passé. Ainsi, la narration se fragmente de façon intercalée : le récit second, analeptique, narré au passé, s'insère entre les divers moments de l'histoire qui sont, eux, relatés au présent.

Publié en 1994, le roman est né sous la plume d'un écrivain alors âgé de 44 ans. Par conséquent, la période diégétique choisie correspond, *grosso modo*, à la jeunesse du père, voire du grand-père de l'auteur. Comment interpréter ce choix révélateur d'une fascination de l'originaire ? Correspond-il à une difficulté du narrateur ou de l'auteur à se démarquer du passé ? Reflète-t-il une volonté de leur part de mieux cerner leur géniteur, de s'identifier à lui en s'immergeant dans son vécu, en imaginant son environnement, sa relation avec son propre père ? Ou le choix de cette période se justifie-t-il par sa richesse historique ? En effet, les événements mondiaux et nationaux de l'époque sont des sources d'intérêt particulières pour Neil Jordan, qu'il s'agisse de la Première Guerre mondiale, de l'insurrection dublinoise de 1916, de la guerre d'indépendance et de la guerre civile irlandaises, de la guerre d'Espagne ou encore de la Seconde Guerre mondiale. Quoiqu'il en soit, la prise en charge du récit par le fils donne forme et sens au parcours accompli par le père. C'est ainsi que, dans son roman, Jordan opte pour un double retour vers le passé puisque, outre l'amplitude diégétique qui s'étend sur trois décennies instaurant une distance temporelle entre le début de l'histoire et le temps de la narration, une autre distance temporelle non négligeable sépare également le temps de la narration du temps de l'écriture.

"The Geography of Irish Fiction", *Colonial Consequences: Essays in Irish Literature and Culture,* Dublin: The Lilliput Press, 1991, 142).

La structure narrative du roman s'inscrit également dans cette thématique du retour dans la mesure où la durée romanesque joue sur le récit intérieur du protagoniste qui se remémore des souvenirs, des événements passés, prétextes au développement d'une analepse. « Je me souviens de mon père »,[19] commence Donal Gore, évoquant les scènes de pêches partagées avec lui : « Durant nos rares moments de paix, nous posions pour la nuit des lignes de pêche sur la plage, au pied du promontoire où se dressait notre maison ».[20] Cette activité est révélatrice d'un plongeon dans les eaux profondes du passé. Comme le souligne le *Dictionnaire des symboles*, pêcher, au sens psychanalytique du terme, c'est « procéder à une sorte d'anamnèse, extraire des éléments de l'inconscient, non point par une exploration directive et rationnelle, mais en laissant jouer les forces spontanées et en cueillant leurs résultats fortuits ».[21] L'inconscient est un vaste océan sombre où se dissimulent des richesses que l'anamnèse et l'analyse ramènent à la surface, comme le pêcheur des poissons dans son filet. En outre, l'eau, de par son symbolisme, « est ce qui lie, c'est la source de l'être […], c'est la communion des saints ».[22] Elle favorise la mémoire du narrateur qui, à l'image du miroir aquatique, est génératrice d'un dédoublement, en l'occurrence du passé et du présent. L'élément aquatique, selon Bachelard, suscite une émergence du passé : « Il semble bien qu'on attribue une double vue à l'eau tranquille parce qu'elle nous montre un double de notre personne […]. Tant de fragilité et tant de délicatesse, tant d'irréalité poussent Narcisse hors du présent ».[23]

Dans le récit premier, l'oisiveté du narrateur incarcéré, angoissé par sa mise à mort annoncée, l'amène à un travail de reconstruction mémorielle, au souvenir du père qui, occupant l'imaginaire filial et l'espace du texte, inaugure une analepse :

19   Jordan, *Lignes de fond*, 12.
20   *Ibid.*, 12.
21   Chevalier & Gheerbrant, *Dictionnaire des symboles*, « Pêcher (l'art de la pêche) », 736.
22   Jean Rousset, *Forme et signification* (Paris : José Corti, 1962), 186.
23   Gaston Bachelard, *L'Eau et les rêves* (Paris : José Corti, 1942), 34–35.

> Ainsi attendons-nous l'épreuve avec résignation et un semblant d'ennui.
>
> Je me souviens de mon père.[24]

L'espace blanc entre ces deux phrases, repérable dans la typologie textuelle, évoque l'ellipse, le passage d'un récit à un autre, reflet de la portée analeptique qui remonte le temps, prétexte mémoriel confirmé par « Je me souviens ». De même, en signe de jointure, de raccord narratif, quelques pages plus loin, le récit analeptique s'interrompt sur une ellipse et le récit premier reprend là où il s'était arrêté, à l'aide d'un adverbe déictique instaurant le temps présent, comme si rien ne l'avait suspendu :

> Le vent soufflait à partir du môle, mes oncles s'évertuaient à égaler la taille de mon père et ce fut seulement lorsque nous fûmes tous assis, moi à côté de la haute silhouette paternelle [...] que je mesurai à quel point <ma mère> était partie.
>
> À présent que le soleil a atteint le méridien qu'il lui faut ...[25]

Que ce soit dans le récit second ou le premier, on notera que le père, tantôt jeune homme, tantôt vieillard, opère la jonction nécessaire entre les deux. Omniprésent, mentionné à tous les points stratégiques du récit, il occupe à la fois les places inaugurale et terminale du roman, puisqu'il est mentionné de la première à la dernière phrase. L'ubiquité du père dans le texte est révélatrice de son immense pouvoir.

***

Ce pouvoir s'impose souvent par des métonymies significatives. De retour de la plage où ils ont posé des lignes de pêche, le narrateur se focalise sur les pieds paternels qui semblent insensibles à ce qu'ils foulent et dont les caractéristiques les rendent supérieurs aux siens, comme en attestent les comparatifs :

> Nous revenions sur nos pas, mes pieds évitaient les reliefs les plus rugueux du sable, les siens, si fermes, plus grands, plus durs, infiniment plus vieux, les écrasaient tandis qu'il avançait, les souliers dans une main, la pelle dans l'autre.[26]

24   Jordan, *Lignes de fond*, 2.
25   *Ibid.*, 23.
26   *Ibid.*, 13.

De la même façon, lorsque le père a un échange tendu avec son fils à propos de son remariage, son geste est révélateur d'une emprise qui lui échappe :

> Il agrippait les mains dont les grosses veines bleuissaient déjà […] au feutre vert de la table de jeux et son regard m'évitait. Si je me marie, ajouta-t-il, c'est que c'est la meilleure solution pour nous tous. Comment cela ? demandai-je. Ne me provoque pas, répliqua-t-il, tu vois bien ce que je veux dire […]. Cette maison n'a plus rien d'un foyer depuis quatorze ans. Je me suis enquis : la dame est-elle au courant ? Ses mains se sont mises à trembler comme si je l'avais insulté.[27]

Les mains du père se saisissent du premier objet qu'elles ont à leur portée pour ne pas s'emparer du cou du fils insolent et l'étrangler. L'effet de loupe porté sur certaines parties du corps paternel comme le pied ou la main braque l'objectif narratif de façon très visuelle sur des symboles du pouvoir. À cet égard, il est révélateur que ces métaphores et métonymies se multiplient à partir du moment où le remariage du père est évoqué. En effet, il semble que ce soit l'arrivée de Rose qui, imposant une structure triangulaire dans le foyer, réactive l'œdipe chez l'adolescent, d'autant plus que le père a le projet d'épouser cette femme. Cette nouvelle configuration amène Donal à reconnaître un amour démesuré pour sa mère et, envers son père, une incompréhension liée à ce qu'il perçoit comme une trahison, ainsi qu'un sentiment de jalousie en conflit avec l'affection qu'il lui porte malgré tout. Ne le désigne-t-il pas comme « mon rival »[28] à partir du moment où lui-même entretient une liaison avec celle que son père envisage d'épouser ?

La réactivation d'événements passés s'explique par une volonté de résoudre une crise, de « se purger » de souvenirs douloureux pour parvenir à les surmonter. Le discours de Donal a quelque chose de cathartique. Il dénonce l'instrument de la censure qui l'opprime : « Je lui désignai un cormoran, un guillemot, une crécerelle qui s'envolait tenant une taupe dans les serres. 'Te souviens-tu ?', lui dis-je. 'Tu faisais de même pour moi' ».[29] Éminemment subjectif, le récit stigmatise l'autoritarisme paternel générateur d'une indéniable angoisse, d'un complexe de castration, d'un sentiment

27   Jordan, *Lignes de fond*, 24–25.
28   *Ibid.*, 47.
29   *Ibid.*, 126.

permanent d'insécurité chez le fils qui s'enferme dans un mutisme obstiné. Face à son père, Donal fait preuve d'une silencieuse résistance. Son attitude s'inscrit dans un héritage joycien et l'apparente à Stephen Dedalus, protagoniste du *Portrait de l'artiste,* qui confesse :

> Je veux essayer de m'exprimer, sous quelque forme d'existence ou d'art, aussi librement et aussi complètement que possible, en usant pour ma défense des seules armes que je m'autorise à employer : le silence, l'exil et la ruse.[30]

A l'image du protagoniste de Joyce, Donal demeure coi lorsqu'il est invité à conforter son père dans son projet d'épouser Rose en secondes noces, une femme beaucoup plus jeune que lui :

> J'ai besoin de ton appui, m'a-t-il confié. Dis-moi seulement que j'ai raison.
>
> Debout devant lui, je suis resté muet. Au cœur du problème, il y avait comme une obscénité qui ne passait pas. J'avais envie de lui dire : elle n'a que la moitié de ton âge. Ne me demande pas de prendre une décision à ta place. Et je me souvenais de ce qu'il m'avait dit, la nuit où l'autre était morte et où il m'avait porté au lit, nous nous en tirerons n'est-ce pas ? C'était toujours la même question, le même besoin d'être rassuré. J'ai pensé que nous ne nous en étions pas tirés.[31]

Cet extrait est révélateur de l'entêtement tenace du fils insoumis qui ravale et refoule sa parole, ce en quoi il se montre un adepte de la réticence, silence obstiné qui « en dit long » et peut se montrer plus conflictuel qu'un échange d'injures, notamment à la suite d'un différend : « Il parlait, je restais enfermé dans mon silence. Il commentait la journée et constatait que nous devrions faire ce genre de sortie plus souvent. Oui, mentis-je et je le suivis à la maison sans ajouter un mot ».[32]

Cette attitude de résistance passive, de défense déstabilisante pour le père, amorce un début d'affranchissement de la part du fils. Elle revêt leur relation d'une incontestable charge d'hostilité et annonce des combats enténébrés et archaïques dont l'issue ne peut être que fatale : le silence dans

---

30   James Joyce, *Portrait de l'artiste en jeune homme* [1904] (Paris : Gallimard, 1992), 353.
31   Jordan, *Lignes de fond,* 25.
32   *Ibid.,* 57.

la maison est décrit comme « une sorte de suaire glacial ».[33] Le lien entre les deux hommes est dénué de tout signe d'intimité, de convivialité, de chaleur. Donal aspire à la liberté, à l'évasion, à suivre un courant le menant vers un univers tout autre, d'où son constant souci d'opter pour ce qui est le plus susceptible de déplaire à Samuel. Il se porte volontaire pour participer à la guerre d'Espagne aux côtés des Républicains car il voit dans cette initiative la conduite la plus propice à ulcérer son père, ancien ministre du gouvernement de l'État Libre. Ce dernier n'est, du reste, pas dupe : « Tu t'en vas parce que tu me hais, dit-il, et non à cause de quelque fumeuse idée politique [...]. Tu me hais simplement parce que je suis, moi, ton père ».[34]

Donal élabore des comportements en complète opposition avec lui dans le seul but de porter à son comble l'hostilité caractéristique de la rivalité œdipienne. Une telle rébellion trahit du ressentiment, même si l'adoption d'idées ou de manières contraires à celles du père constitue encore, d'une certaine façon, un lien qui le rattache à lui. En outre, la guerre d'Espagne donne à Donal l'occasion de s'exiler, de quitter la patrie et son emblématique représentant, à défaut de pouvoir éloigner le père. C'est une porte ouverte sur le monde. Ici encore, Donal adopte une attitude systématiquement contraire à celle du comportement paternel : à l'environnement restreint, insulaire paternel s'oppose l'horizon élargi du narrateur qui, dans son attrait pour l'ailleurs, découvre un pays autre et tisse des relations avec des étrangers.

Lors de cette étape contre-identificatoire, le jeune protagoniste s'isole dans un univers purement masculin où il vit avec ses semblables, dans un état d'indifférenciation, cédant parfois à des tendances homosexuelles. Donal entretient en effet une relation très ambiguë avec l'officier allemand Hans qui, dans le cadre de leur activité d'espionnage, attribue à chacun d'eux un nom d'emprunt puisé dans le célèbre film *Autant en emporte le vent*, donnant ainsi une teinte romantique à leur idylle :

> L'Allemand se tient trop près de moi dans la pénombre, son corps oscille légèrement.
>
> 'Scarlett', dit-il.
>
> Je lui demande ce qu'il entend par là.

33   *Ibid.*, 30.
34   *Ibid.*, 64.

'Un pseudonyme pour vos pseudo-fonctions'.

Lentement il se dirige vers le lit.

'Je serai Rhett'.[35]

L'organisation de la libido de Donal passe par l'expérience homosexuelle déjà vécue avec son camarade, Mouse.[36] Là encore, ce choix contribue à faire de lui l'anti-portrait de son père. En effet, ce dernier estime inenvisageable de ne pas conformer sa propre conduite aux valeurs familiales traditionnelles prônées par les autorités irlandaises de l'époque.

La prévalence du complexe d'Œdipe s'atteste dans les fonctions fondamentales que Freud lui attribue : l'accès à la génitalité et le choix de l'objet d'amour, en ce que celui-ci, après la puberté, reste marqué à la fois par les investissements d'objet et par l'interdiction de réaliser l'inceste. Dans cette renonciation à l'objet incestueux, chez le garçon, c'est la menace de castration qui est déterminante. Celle-ci se manifeste dans le récit par la présence paternelle tapie dans l'ombre. Tel un concurrent persécuteur, un double fantastique, le père s'incarne dans la nuit et hante le fils de ses continuelles visites :

> Le piano devint un moyen de communiquer avec elle <ma mère>, mais une nuit, une ombre traversa le clair de lune pour se dessiner sur les touches, je sentis mes cheveux se hérisser dans la nuque et je m'interrompis, les doigts collés aux notes tandis que l'ombre glissait vers la gauche. Une toux retentit derrière moi et je compris que c'était lui qui se trouvait là.[37]

L'emprise du père se joue sous sa forme la plus classique : le refus de la séparation. Même lorsqu'il est absent physiquement, le géniteur reste un gêneur : il est toujours présent par son autorité redoutable. Le père, ou plus exactement son spectre, revient régulièrement hanter la psyché filiale. Copie noire, fidèle ou contrastée, l'ombre tutélaire poursuit le fils et le piège, principalement quand ce dernier se livre à des comportements

35   *Ibid.*, 82.
36   Cf. 40, 43.
37   *Ibid.*, 34.

sexuels réprouvés par la morale paternelle. Sa manifestation est toujours marquée du sceau de l'interdit et de la déviance.

Le cauchemar est ici réalisation d'un désir refoulé, car si le rêve est un accomplissement du désir, le père, en contrariant le désir du fils, transforme le rêve en cauchemar. L'angoisse filiale, qui accompagne cette réalisation, prend la place de la censure. Elle indique que le désir repoussé est plus fort que l'interdit, qu'il s'est réalisé ou était en train de se réaliser malgré la condamnation paternelle. Cette prise de conscience est une source de culpabilité pour le fils dont la crainte s'oppose au désir tout en se confondant avec lui dans l'inconscient. Les contraires incarnés par le père qui accomplit le travail de la censure psychique et se manifeste au fils comme conscience morale se mêlent l'un à l'autre. Le père réalise son désir punitif de contrecarrer le désir de son fils, de sanctionner la transgression et génère en lui angoisse et rejet.

Étrangement inquiétant, le spectre du père est présenté comme une des images démoniaques que Northrop Frye définit dans *L'Anatomie de la critique* : « Elles appartiennent à un monde que le désir rejette totalement : le monde du cauchemar et du bouc-émissaire, de l'asservissement, de la douleur et de la confusion ».[38] Cette ombre noire, porteuse de trouble, a quelque chose de maléfique et il n'est pas anodin que le père soit associé à une figure démoniaque. En effet, pour désigner son géniteur, l'inspirateur du cauchemar,[39] Donal parle de « mon vieux diable de père »,[40] terme

38 "They belong to a world that desire totally rejects: the world of the nightmare and the scapegoat, of bondage and pain and confusion" (Northrop Frye, *The Anatomy of Criticism*, Princeton: Princeton University Press, 1957, 147).

39 Jorge Luis Borges, dans une de ses conférences, confirme l'idée selon laquelle un démon provoque le cauchemar : « La racine <du mot anglais 'nightmare'> serait *niht mare* ou *niht maere*, le démon de la nuit. Samuel Johnson, dans son fameux dictionnaire, dit qu'il est question ici de la mythologie nordique – nous dirions aujourd'hui de la mythologie anglo-saxonne – qui considère que le cauchemar est produit par un démon ; ce qui serait une réplique ou, sans doute, une traduction de l'*efialtes* grec ou de l'*incubus* latin » (Jorge Luis Borges, *Conférences* [1979] Paris : Gallimard, 1985, 42).

40 Jordan, *Lignes de fond*, 86.

symptomatique pour Freud, selon lequel « le diable est une copie du père et peut se présenter comme son substitut ».[41]

Le diable, d'après son étymologie grecque – *diabolos* – est celui qui divise et désunit. Or, le père n'est-il pas précisément diabolique dans la mesure où il constitue un obstacle à l'unification harmonieuse du fils ? En outre, de manière significative, son nom – Gore – l'apparente par anagramme à l'ogre, ce géant vorace, lié par étymologie à une divinité infernale, qui dévore les enfants dans les contes de fées traditionnels.[42] Du reste, la description du père comme une créature hybride, mi-homme mi-bête, ne manque pas de rappeler l'univers féerique des contes, tout comme elle l'assimile aux monstres des légendes mythologiques ou aux créatures étranges de la peinture de Turner. Évoqué dès le titre, le monstre marin se confond avec le père de Donal qui détient un tel pouvoir que sa nature humaine s'en trouve singulièrement estompée. Installé dans la position stable de son emploi ministériel, Samuel Gore gagne confortablement sa vie, occupe une position d'autorité, une place physique imposante non seulement dans la société, mais aussi dans sa maison.

Alors que le fils se dépeint – très subjectivement – sous des traits foncièrement humains, il caractérise son père en le déshumanisant sous une forme non seulement animale et monstrueuse, mais encore minérale et objectale : le corps du père « a l'air plus impénétrable que du granit ».[43] Ses traits, décrits comme marmoréens, soulignent leur aspect énigmatique : « A la lueur des bougies, le visage paternel avait l'aspect émacié d'une statue d'église ».[44] Voir une statue dans les traits du père, n'est-ce pas faire de lui une pierre tombale ? N'est-ce pas manifester un désir œdipien de

---

41   Freud, *L'inquiétante Etrangeté*, 289. Pour le père de Donal, « l'incarnation de la fourberie satanique » n'est autre qu'un autre père, celui de la nation, à savoir Eamon De Valera (Jordan, *Lignes de fond*, 44).

42   Le patronyme 'Gore' renvoie également aux sœurs Gore-Booth, Eva et Constance. Anglo-irlandaises et protestantes, à l'image du père du narrateur de *Lignes de fond*, toutes deux firent preuve d'engagement politique et social auprès du peuple, au grand dam de leur ami W. B. Yeats qui aurait préféré les voir mener une vie artistique dans leur grande propriété de Lissadell, dans le comté de Sligo.

43   Jordan, *Lignes de fond*, 90.

44   *Ibid.*, 116.

mort paternelle ? L'image, réactivée sur le mode répétitif – « ma dernière
vision de lui fut celle d'une longue silhouette, une statue »[45] – fait de lui
une véritable statue du Commandeur, autrement dit l'emblème d'un père
assassiné. La rigidité statuaire impressionnante, le prestige de la stature, la
stabilité de la station verticale donnent le mode d'identification selon lequel
le moi filial trouve son origine en tant qu'ils laissent une empreinte indélé-
bile. Les caractéristiques paternelles sont, avec récurrence, décrites comme
inhumaines : « Je regardai le passager du siège arrière, ce visage aussi fermé
que les murs de pierre qui entouraient les champs, cette barbe taillée dans le
même granit gris ».[46] Le portrait du père, collé sur tous les murs de la ville
en période électorale, finit par se fondre et se mêler au béton sur lequel il
est apposé : « son visage, sur les murs des toilettes publiques de la promenade, ne faisait plus qu'un avec le béton ».[47] Ces traits de caractérisation
paternelle, soulignant leur aspect statuaire et marmoréen, sont peut-être
à mettre en lien avec l'ubiquité du père dans le texte, son omniprésence de
la première à la dernière page, qui fait bien de lui la pierre angulaire sur
laquelle la narration repose.

Ces métaphores et comparaisons représentatives du géniteur sont,
rappelons-le, repérables dans le discours du fils qui, dans une perspective
argumentative, vise manifestement à souligner l'absence d'humanité du
personnage décrit et met en évidence une mise à distance obsessionnelle
entre le sujet et l'objet. Par le pouvoir d'évocation des images empruntées,
elles contribuent à représenter le père de façon frappante, conformément à
l'intentionnalité filiale. Si le corps du père est comparé à un mur en béton,
c'est pour mieux souligner son rôle d'obstacle à l'accomplissement du désir.
Comme le souligne Michael Kenneally, le père est souvent dépeint comme
imposant des entraves à sa progéniture.[48] Il se met en travers du chemin
de son enfant, lui impose ses exigences et le mure, en quelque sorte, dans

---

45 *Ibid.*, 62.
46 Jordan, *Lignes de fond*, 152.
47 *Ibid.*, 51.
48 "Fathers [...] are often depicted as the immediate barriers to the individual's
    progression" (Michael Kenneally, ed., *Cultural Contexts and Literary Idioms in
    Contemporary Irish Literature*, Irish Literary Studies 31, Totowa, NJ: Barnes &
    Noble Books, 1988, introduction, 5).

les mêmes conditions que ces détenteurs d'un pouvoir dictatorial qui se revendiquent « pères de la nation » et perçoivent leurs administrés comme des enfants irrationnels qu'il convient d'éduquer avec autoritarisme. Au cœur d'une Espagne en guerre, le jeune protagoniste a sous les yeux un décor significatif : « Mussolini et Franco flottent contre les porte-bannière de bois, [...] peints avec la même rigidité monumentale ».[49] De manière symptomatique, les métaphores s'appliquent aussi bien au géniteur qu'au dictateur.

***

Lorsque Donal revient dans la maison paternelle, il est son propre maître. Son père, Samuel, est, lui aussi, bien différent, réduit à l'état d'impuissance, cloué à un fauteuil roulant. Cet affaiblissement fait de lui un personnage vulnérable, alors que le fils, au contraire, montre une solidité croissante. Dans la symétrie des antipodes, les rapports de force s'inversent diamétralement : c'est le père qui, à présent, apparaît comme le maillon faible de la structure familiale. Le phallus représentatif de l'autorité est ici bafoué et réduit à un signe dépourvu de signifiant. Cette castration paternelle symbolique n'est, du reste, rien d'autre qu'une allégorie du parricide. Par un effet de contre-courant, de renversement des rôles, le fils, précédemment dominé par son père – « Je pouvais le voir, *debout* au-dessus de moi / I could see him *standing* above me »[50] – peut, à son tour, s'emparer de la puissance phallique et jouir d'une supériorité, comme en atteste sa position verticale, debout derrière son père recroquevillé dans son fauteuil roulant : « je m'attardais un moment, *debout*, les mains sur les épaules paternelles / I *stood* for a while with my arms on his shoulders ».[51] Le même verbe, signifiant de verticalité – *stand* – est utilisé, mais son sujet a changé. Par l'ironie du destin, ce jeu de permutation met en lumière l'aspect cyclique de la vie et le phénomène de la rétrogression, repérable dans la perte d'autonomie du vieillard. Par conséquent, entre les antagonistes, la différence ne disparaît pas, mais ne fait que s'inverser.

---

49   Jordan, *Lignes de fond,* 11.
50   Jordan, *Lignes de fond,* 19 / *Sunrise with Sea Monster,* 9. C'est moi qui souligne.
51   Jordan, *Lignes de fond,* 104 / *Sunrise with Sea Monster,* 98–99. C'est moi qui souligne.

Après s'être montré toute sa vie un père à l'autoritarisme sommaire, Samuel Gore se trouve humilié, frappé d'une attaque de paralysie qui l'empêche de se lever. Privé de son autorité et de sa superbe, le sévère patriarche voit son univers singulièrement restreint. Sphinx en voie d'effritement, il ne peut plus s'exprimer ni se nourrir seul. Son fils ne perçoit plus en lui qu'un vieillard ordinaire : « Allons, père, qu'est devenue cette rage que tu domptais de justesse, ces phrases si parfaitement ciselées, ce refus austère que tu opposais à mon droit d'exister ? »[52] L'homme public et puissant dont le portrait était placardé sur tous les murs de la ville en est à présent réduit, par une dérisoire destinée, à ouvrir péniblement la bouche pour être nourri de légumes écrasés. La fonction paternelle symbolique est défaillante, son représentant dégradé, ridiculisé, ramené à un stade infantile. Aussi est-il comparé à « un grand enfant immobile »,[53] ce qui fait de lui un homme sans consistance, « aussi docile qu'une poupée de chiffon »,[54] autrement dit un véritable fantoche, dont l'étymologie associe l'enfant (*fante*) à la marionnette (*fantoccio*). Il n'est plus qu'un instrument à la merci des mains d'autrui, en l'occurrence Donal et Rose, ses parents symboliques qui reprennent leur liaison dès le retour du fils dans le foyer paternel.

La parabole de l'enfant prodigue[55] est ici révisée non sans ironie. Comme le jeune homme du texte évangélique, Donal part pour un pays lointain, bien décidé à rompre tout lien avec sa vie passée, vit dans des conditions précaires et, au bout d'un long cheminement intérieur, prend la décision de retourner chez son père en une démarche de sincère repentance : l'aveu du fils prodigue – « Je ne mérite plus d'être appelé ton fils » (v. 21) – trouve un écho dans le propos de Donal à l'attention de son père : « Je t'ai fait du tort ».[56] Ce retour est signe de résurrection, celui que l'on croyait perdu étant retrouvé, d'où l'allégresse du père de l'évangile : « réjouissons-nous ».[57] Mais alors que celui-ci court se jeter au cou de son fils pour l'embrasser tendrement, le père de Donal, lui, aussi incapable de se lever que

---

52 Jordan, *Lignes de fond,* 90.
53 *Ibid.,* 100.
54 *Ibid.,* 158.
55 Evangile selon saint Luc (15/11–32).
56 Jordan, *Lignes de fond,* 137.
57 Evangile selon St Luc, chapitre 15, verset 23.

de prononcer une parole, ne manifeste pas le moindre signe d'émotion. Il
reste d'une froideur et d'une indifférence absolues. Tandis que le père de
l'évangile fait tuer le veau gras pour festoyer dans la joie des retrouvailles,
de toute évidence, l'humeur n'est pas à la fête dans la maison du père de
Donal et le festin reste des plus raisonnables :

> <Rose> s'est levée, a enfilé une blouse bleue et a commencé à le nourrir avec des gestes
> vraiment conjugaux. Je l'observais tandis que d'une main elle lui tirait la mâchoire vers
> le bas et de l'autre lui glissait de la purée de légumes dans la bouche.[58]

Dans l'évangile, le fils qui « était mort est revenu à la vie ».[59] Inversement,
dans le roman, le père, bien vivant au moment du départ, est comme mort
au retour du fils qui relate : « Je touche son visage qui demeure impassible.
La peau est froide, cireuse, comme s'il était mort. Mais un mort ne respire
pas ».[60] Là encore, la scène est lisible comme un contrechant parodique du
texte évangélique, « une forme d'imitation caractérisée par une inversion
ironique ».[61]

Cet affaiblissement paternel redistribue les rôles. Le couple parental a
changé : c'est à présent Rose et Donal qui agissent avec Samuel comme s'il
était leur enfant. Le père n'est plus en état d'intervenir en tant qu'instance
interdictrice qui barre l'accès à la satisfaction naturellement cherchée. L'inceste n'est donc plus prohibé. Aussi, une fois de retour au bercail, Donal a de
nouveau des relations sexuelles avec Rose, bien que celle-ci soit devenue sa
belle-mère.[62] Le jeune protagoniste peut agir librement, « tout comme si »

---

58 Jordan, *Lignes de fond*, 91–92.
59 Evangile selon St Luc, chapitre 15, verset 32.
60 Jordan, *Lignes de fond*, 88.
61 Hutcheon, *A Theory of Parody. The Teachings of Twentieth-century Art Forms*, 6.
62 Cette situation est source de culpabilité pour Rose, d'où la remarque ironique de
    Donal, un soir d'ivresse, lorsqu'il cite un poème devant elle:
    « Oh Rose, tu es malade, lui dis-je.
    – Au contraire, je vais très bien, dit-elle.
    – C'était une citation, une autre rose.
    – Je sais. Le ver invisible » (91).
    Bien que le texte ne signale pas explicitement son renvoi, le poème ici évoqué est
    celui de William Blake "The Sick Rose" : "O rose, thou art sick ! / The invisible
    worm / That flies in the night, / In the howling storm, / Has found out thy bed /

il était son père. N'occupe-t-il pas sa place lorsqu'il met la seconde femme de ce dernier dans son lit ? « Le fils, écrit Freud, cherche à remplacer le père à tous égards ; il cherche donc à le remplacer dans ses désirs, à désirer ce qu'il désire ».[63] Comme l'illustre René Girard, ce désir est « essentiellement *mimétique*, <car> il se calque sur un désir modèle ; il élit le même objet que ce modèle ».[64] En l'occurrence, il s'agit d'« inceste du deuxième type »,[65] c'est-à-dire copulation d'apparentés avec un tiers, père et fils se partageant la même partenaire, laquelle est véritablement emblématique du miroir père-fils, en tant qu'objet désiré par les deux et qui renvoie chacun à l'autre. Le fils est bien devenu le miroir de son père, c'est-à-dire un homme. S'il rentre à la maison, c'est précisément pour signifier à son géniteur qu'ils sont à présent sur un pied d'égalité, que l'identification est réelle, qu'il est « comme lui » et a donc accès à la mère.

Le désir de Donal pour Rose est avant tout un désir de recréer l'unité symbiotique avec sa mère disparue, comme il le reconnaît lui-même : « peut-être espérais-je réinventer la mère que j'avais perdue ».[66] Son attrait pour la femme superpose deux objets : le corps de sa mère et celui de sa belle-mère. Toutes deux emblématisent la perfection, comme en atteste leur qualité irréprochable : la douceur « parfaite » de Rose[67] fait écho à la joue maternelle, également qualifiée de « parfaite » par le narrateur.[68] Rose est clairement dépeinte comme la mère de substitution, *l'alter ego* de la génitrice. Contrairement au père qui se montre glacial et refuse de partager, la mère, dispensatrice de vie, de confort, est la donatrice par excellence, pourvoyeuse

---

Of crimson joy, / And his dark secret love / Does thy life destroy". A ce 'mal' dont souffre la fleur du poème répond la culpabilité de Rose relative à la liaison qu'elle entretient avec son beau-fils, amour profond et secret, reflet de l'avant-dernier vers : « dark secret love ». Par ce lien intertextuel, la réputation du poète, visionnaire et prophétique, se voit ici confirmée dans la mesure où ses vers illustrent parfaitement la destinée de Rose.

63 René Girard, *La Violence et le sacré* (Paris : Grasset, 1972), 251.

64 *Ibid.*, 217.

65 Cette formule est de Françoise Héritier : *Les deux Sœurs et leur mère. Anthropologie de l'inceste* (Paris : Odile Jacob, 1994), 233.

66 Jordan, *Lignes de fond*, 39.

67 *Ibid.*, 127.

68 *Ibid.*, 22.

de chaleur et de sécurité. Objet déifié de l'admiration filiale, elle est l'*Alma Mater*, le premier objet d'amour, incarnant la douceur, l'écoute, la réception, l'assistance, toutes qualités dont le père semble dépourvu. Du reste, la mère est probablement décrite comme parfaite *parce que* le père est imparfait ; elle est perçue comme irréprochable *parce que* le père est critiquable. Ce dernier n'est-il pas le gardien de l'interdit ? Sa fonction n'est-elle pas présentée comme un « non » séparateur entre l'enfant et sa mère ?

C'est bien parce que le père se dresse toujours comme un obstacle entre le narrateur et sa (belle-)mère, parce qu'il empêche le premier de jouir de l'attention exclusive de la seconde, que le fils, dans les affres de son conflit œdipien, veut l'écarter. C'est une protestation virile dans le contexte du complexe de castration. Le spectacle mental de la jouissance du père, possesseur de la mère, est l'embrayeur de la haine jalouse, celle qui jaillit de ce que Lacan appelle par un mot-valise soulignant la dimension imaginaire, la *jalouissance*. La symbiose mère-fils ne peut être réalisée aussi longtemps que le père contrecarre son plein épanouissement. Ce dernier est bien le tiers interdicteur, père diabolique qui divise et sépare. Tout lien symbolique est impossible aussi longtemps qu'un lien diabolique s'interpose. C'est précisément parce qu'en raison de sa tétraplégie, Samuel Gore ne peut plus jouer son rôle d'interdicteur, parce qu'il ressent chez son fils le désir de se débarrasser de lui, et parce qu'il sait que ce dernier transgresse la loi en mettant sa belle-mère dans son lit, qu'il incite le narrateur à réaliser ses désirs jusqu'au bout :

> J'entrepris de préparer le petit-déjeuner […]. Après quoi, je conduisis son fauteuil à la table. Comme je portais une fourchette à sa bouche immobile, j'entendis le bruit des ongles qui griffaient la surface de bois et me rendis compte que la main bougeait.
>
> Elle se dirigeait vers le sucrier comme un crabe aux pattes raides, les veines se gonflaient sous la peau tachetée. Je croisai le regard qui me fixait avec une intensité désespérée, les lèvres grimaçaient d'effort. Retenant mon souffle, je suivis des yeux cette main qui s'aventurait à travers la table en direction du sucrier qu'elle finissait par saisir. J'essayai d'exprimer des encouragements mais impossible d'émettre un son. Soudain je vis la main, en proie à une héroïque rage intérieure, s'accrocher au bol et le retourner. Le sucre en poudre se répandit en un arc de cercle parfait. Il me sembla que des larmes perlaient dans les yeux qui me faisaient face.

Rien, ce n'est rien, père, réussis-je à balbutier, tu as essayé. J'esquissai un geste pour lui essuyer les paupières mais il eut un imperceptible mouvement de recul. Un nouvel effort lui crispa les traits, une vibration fit trembler l'épaule jusqu'au poignet, jusqu'à la main toujours recroquevillée en crabe mais un doigt s'en détacha pour tracer une ligne dans le sucre. D'abord une verticale vacillante, puis une horizontale qui la coiffait en haut. C'était un T, aussi maladroit que si un petit garçon l'avait écrit. Il fut suivi de deux autres bâtons verticaux, reliés par une horizontale à la base, un U, puis par une verticale à laquelle s'ajoutaient trois traits horizontaux, un E. Il s'apprêtait à former une nouvelle lettre mais je connaissais déjà le message. Tue-moi.

Épuisé, le bras retomba sur le côté, heurtant le sucrier qui vola sur le sol en tournoyant comme une toupie. Le fracas s'éteignit dans un silence absolu.[69]

L'inceste symbolique étant accompli, il reste à procéder au meurtre du père pour parachever la situation œdipienne concrètement. Or, le coup fatal n'est pas porté, comme si le signe pathétique du géniteur de l'achever[70] déjouait toute agressivité. Le parricide n'est que fantasmé : le fils ne peut se résoudre à tuer son père, à anéantir le symbole du refoulement, l'incarnation de l'interdit. C'est cette problématique de l'interdit que Freud cherche à démêler dans *Totem et Tabou*. Dans cet essai, l'*Urvater*, le Père primordial, chef de la horde primitive, détenteur de tous les biens, y compris sexuels, législateur intransigeant et inflexible, est mis à mort et dévoré par sa progéniture, victime de sa jalousie, qui subit castration ou expulsion. Le père mort fonde le lien social par introjection de l'interdit lors du banquet où il est mangé cru, « incorporé » :

C'est en mettant fin à la horde primitive et en mettant à mort le père de la horde que les fils font paradoxalement naître l'*Urvater* : d'aïeul tout-puissant, il devient en effet cette valeur psychique. Ils inventent donc, par leur initiative, ce père de l'identification qu'ils peuvent absorber, en un repas totémique qui marque l'entrée dans la *Kultur*.[71]

69 Jordan, *Lignes de fond*, 135.
70 Dans la citation ci-dessus, le crabe, mentionné à deux reprises, est une métaphore convenant au père handicapé, d'une part, parce que, comme le crustacé, le vieil homme utilise une démarche oblique, un moyen détourné pour parvenir à ses fins ; d'autre part, parce que le crabe, signe zodiacal du Cancer, correspond au solstice d'été, début du mouvement descendant du soleil, lequel est un symbole sublimé du père, selon Freud.
71 Sigmund Freud, *Totem et tabou* [1913] (Paris : Payot, 1965), 88.

En une scène onirique surréaliste, ce repas totémique reprenant les thématiques de la filiation, de la pêche et du monstre marin est relaté dans les dernières pages du récit. Ce repas de réconciliation, d'action de grâce, est eucharistie au sens étymologique du terme : il scelle une nouvelle alliance.

***

Face au refus filial d'obéir à son injonction de le tuer, le père saisit peut-être l'occasion de mettre un terme à sa vie lorsqu'elle se présente. Lui-même, Rose et Donal partent pour l'ouest du pays. À Lisdoonvarna, il est prévu que Samuel consulte une guérisseuse. Donal, quant à lui, doit accueillir Hans débarquant d'un sous-marin. Il se rend sur la côte à la tombée de la nuit, en compagnie de son père qui lui sert de couverture, mais la scène tourne au chaos : Hans tente vainement de rejoindre le rivage, alors que Soames et ses hommes sont embusqués pour procéder à son arrestation. Des coups de feu sont échangés. Dans la confusion générale, Samuel, laissé dans son fauteuil roulant au bord de l'eau, disparaît mystérieusement. Les investigations restent vaines. En compagnie de Donal, Rose le cherche et l'attend des jours durant, mais renonce finalement et quitte les lieux.

C'est alors que Donal le fait revivre – « je ressuscitai mon père »[72] – et le rejoint sur la plage où il pose ses lignes de fond : « C'était une nuit de pleine lune […]. La marée était basse ».[73] Là encore, l'épisode fait écho à un passage biblique, plus précisément l'épilogue de l'évangile de Jean,[74] ces chapitres où Jésus, dont le corps ressuscité demeure également introuvable, se manifeste en bord de mer à ses disciples. Ces derniers ont pêché vainement toute la nuit. Au petit matin, Jésus, sur le rivage, les incite à jeter le filet de nouveau : à leur retour, « ils n'avaient pas la force de le tirer tant il était plein de poissons ». C'est sans doute en souvenir de ce signe miraculeux que Donal précise : « Je récitai une prière pour que la pêche soit d'une abondance qui l'aurait comblé de fierté ».[75] Au lever du soleil – symbole de résurrection –, Donal constate qu'il a pris sept poissons[76] dont un gros, non

---

72   Jordan, *Lignes de fond,* 168.
73   *Ibid.,* 172–173.
74   Chapitres 20 & 21.
75   Jordan, *Lignes de fond,* 174.
76   Le chiffre sept est symbolique. Lors de la pêche miraculeuse, les disciples sont également au nombre de sept.

identifié, un monstre marin qui, en un jeu de brouillage caractéristique de la peinture de Turner, se superpose assez vite à son propre père : « J'avais pêché cet homme dans la mer ».[77] Et Samuel Gore d'apparaître, auréolé de lumière, tel une créature divine : « Soudain sa tête se releva pour me lancer un regard, derrière elle le soleil encadrait les cheveux et la barbe [...]. Je tendis la main, touchais la manche pour m'assurer qu'elle existait »,[78] geste ne manquant pas de rappeler celui de l'apôtre Thomas qui s'entend dire de la bouche de Jésus ressuscité dont le corps garde les stigmates de ses plaies de crucifié : « Avance ta main et mets-la dans mon côté ; ne deviens pas incrédule, mais croyant ».[79]

A l'instar des disciples et de leur maître qui mangent le fruit de leur pêche, Donal et son père font cuire le gros poisson et le partagent : « Une saveur inconnue me remplissait la bouche, ce poisson dont j'avais toujours ignoré l'existence me comblait d'un plaisir inédit ».[80] Ce repas partagé est celui de l'union spirituelle. Signe de convivialité fraternelle, il devient signe de communion avec Dieu et préfigure l'eucharistie où chaque fidèle reçoit sa part. Il rappelle également le repas auquel Jésus convie les douze pour leur offrir son corps en signe d'amour. N'a-t-il pas dit : « Je suis le pain de vie. Qui vient à moi n'aura jamais faim » ?[81] Ce repas nourrit indéfiniment ceux qui y prennent part. Son abondance est source de mystère, comme le signifie Samuel à son fils surpris qu'il reste encore autant à manger :

> Le poisson ne diminuerait pas de volume, me dit-il, et sa chair nous nourrirait tant qu'il nous resterait quelque chose à nous dire. Nous demeurerions ici, dans un présent éternel, jusqu'à ce que tous les mystères se fussent dissipés. Alors seulement lui qui n'était plus de ce monde pourrait regagner un mystère plus grand encore.[82]

L'épisode final du roman, mettant père et fils face à face en un ultime repas partagé, est empreint de mysticisme et de religiosité. Les convives peuvent manger à satiété, sans craindre de manquer, tout comme les

---

77 Jordan, *Lignes de fond,* 175.
78 *Ibid.,* 175–6.
79 Jn 20/27.
80 Jordan, *Lignes de fond,* 177.
81 Jn 6/35.
82 Jordan, *Lignes de fond,* 180.

disciples du ressuscité ou les fidèles participant à un repas eucharistique. Ce sacrement, qui rend présentes la mort et la résurrection de Jésus, est mémorial et signe de victoire sur la mort. Se souvenir de lui, c'est se nourrir de lui et inversement. Mystérieusement, Donal se nourrit de la chair du poisson, mais aussi, symboliquement, du corps de son père, tout comme par la transsubstantiation, le pain est transformé en corps du Christ. Mais alors que le pain est l'aliment essentiel de base nécessaire à tout homme, il est quelque peu ironique que ce soit la chair d'un monstre marin qui devienne corps paternel et soit ingéré par le fils. Là encore, la scène n'est pas dénuée d'une coloration parodique.

***

Une fois nourri du corps de son père, Donal l'assimile littéralement et endosse son identité :

> Cette nuit-là, je dormis dans la chambre de mon père. J'espérais découvrir la forme de vie secrète qu'il menait quand toute la maison était plongée dans le sommeil, ou peut-être avais-je envie de partager ses rêves, de l'entendre parler endormi, je ne savais pas très bien ce que j'espérais.[83]

Devenu homme, image spéculaire du père, roi de lui-même, Donal pose son auto-fondation, son autofécondation. Son initiation a honoré ses promesses d'une éternelle possibilité de renouvellement. Cette renaissance mystique est symbolisée par les dernières scènes dont l'eau est le principal facteur : le protagoniste, passé par un baptême de renouveau, se tient sur la plage d'où la mer s'est retirée.[84] Cet espace est l'étape ultime de son itinéraire, le symbole des frontières de son univers intérieur, là où la *doxa* prétend que tout se fond – terre, mer et ciel – et où s'opère la fusion des générations.[85] Comme l'illustre aussi la toile de Turner, la plage à marée basse est le lieu de tous les possibles, une vaste étendue propice à

---

83   Jordan, *Lignes de fond,* 140.
84   Tout au long du roman, Donal est à proximité de la mer, qu'il soit à Bray (comté de Wicklow, sur la côte au sud de Dublin), à Barcelone, à Dun Laoghaire ou à Lisdoonvarna (comté de Clare, sur la côte occidentale de l'Irlande).
85   « Après tout, l'eau était notre élément » (Jordan, *Lignes de fond,* 182).

l'apparition du sacré. L'effacement de toute délimitation conduit à l'évocation de l'infini. Paradoxalement, le vide que produisent la brume ou la lumière éblouissante est signe d'une plénitude illimitée. Entre l'individu et l'éternelle immensité, l'unité perdue est restaurée. L'épreuve de l'étranger suivie d'un retour aux sources se présente comme une conquête de la conscience de soi. En une scène ultime et hallucinatoire, père et fils s'entretiennent autour d'un repas, du lever au coucher du soleil. Le conflit est surmonté, la relation apaisée. En un rite de passage aveuglant s'opère la régénération : le vieil homme est incorporé pour que naisse l'homme nouveau. Le fils *est* à présent son propre père ; il est parvenu à intégrer le passé dans son histoire, comme en témoigne l'illumination mystique, annonciatrice de l'avènement d'une ère nouvelle.

En marge de la littérature :

Scénarios et adaptations cinématographiques

CHAPITRE 5

Des Troubles nord-irlandais et des Irlandais du genre trouble :

The Crying Game et *Breakfast on Pluto*

Il est difficile d'étudier l'œuvre littéraire de Neil Jordan sans tenir compte des scénarios de films dont il est l'auteur, en particulier lorsque ceux-ci ont consolidé sa notoriété. Tel est le cas de *The Crying Game*.[1] En effet, le scénario original de ce film peut être considéré comme un texte littéraire à part entière, au même titre qu'une pièce de théâtre avec ses répliques et didascalies, comme en atteste sa présence dans le volume *A Neil Jordan Reader*. Cet ouvrage, publié aux Etats-Unis en 1993, rassemble, outre *The Crying Game*, le recueil de nouvelles *Night in Tunisia* et *The Dream of a Beast*. Il n'a jamais été traduit en français.

Un scénario cinématographique comprend les dialogues des personnages et les indications scéniques, mais n'inclut pas les informations techniques qui, elles, font l'objet du script. Écrit pour le cinéma, il présente et décrit l'action dramatique d'un film et le résume sous forme de plan détaillé. Il s'agit d'un texte qui prend sens dans la mise en scène et le jeu des acteurs, et s'apparente en quelque sorte à une partition à interpréter.

The Crying Game a pour cadre l'Irlande du Nord du début des années 1980, une période particulièrement sensible pour ce territoire qui se trouve être la proie de terribles affrontements entre communautés catholiques et protestantes depuis 1968. Ces années de violence, désignées par euphémisme comme des « Troubles », heurtent et interrogent le jeune homme qu'est alors Neil Jordan dont l'œuvre cinématographique, dans ses débuts, reflète cette préoccupation, comme en témoignent son premier film, *Angel* (1980), mais aussi *The Crying Game* (1992).

---

1   *The Crying Game* se vit décerner l'Oscar du Meilleur Scénario en 1994.

Ce titre – littéralement 'le jeu des pleurs' – est initialement celui d'une chanson interprétée par Dave Berry en 1964. L'emprunt citationnel renvoie aux propos de Neil Jordan lui-même qui reconnaît qu'il était tellement intimidé par les grandes figures littéraires de son pays qu'il préférait puiser son inspiration dans une culture plus proche de sa génération, notamment celle des chansons populaires.[2]

Toutefois, *The Crying Game* s'inscrit également dans l'héritage de textes reconnus aujourd'hui comme des classiques de la littérature irlandaise. Un indice permettant d'établir une connexion intertextuelle est à relever dans la manière dont Jody, cagoulé et ligoté sur une chaise, est informé de la situation au début du scénario par Peter Maguire, l'un des ravisseurs :

> Tu es retenu comme otage par l'Armée Républicaine Irlandaise. Les tiens ont arrêté l'un des nôtres, et pas des moindres, pour l'interroger à Castlereigh. On les a prévenus que s'ils ne le libéraient pas dans les trois jours, tu serais abattu. En attendant, tu seras considéré comme notre hôte. As-tu quelque chose à dire ?[3]

La présence du mot « hôte » a une résonance quelque peu ironique dans ce contexte dans la mesure où le terme renvoie à l'hospitalité et donc, en général, au fait de recevoir et accueillir quelqu'un avec bonne grâce. Son emploi suppose un traitement attentif et généreux. Or, en l'occurrence, l'hôte a beau ne pas être mal traité, il n'en reste pas moins un otage. Ce terme – *guest* dans le texte original – fait écho à la nouvelle de Frank

---

2 « Quand j'ai commencé à écrire, une question s'imposait à moi: comment traiter la notion d'irlandité ? [...] Comment écrire sans me laisser envahir par la langue et la mythologie de Joyce ? ... Sur le plan culturel, la seule identité que je pouvais façonner me venait des univers de la télévision, de la musique populaire et du cinéma dont je faisais l'expérience au quotidien » / "When I started writing I felt very pressured by the question: How do I cope with the notion of Irishness? [...] how to write stories [...] without being swamped in the language and mythology of Joyce? ... The only identity, at a cultural level, that I could forge was one that came from the worlds of television, popular music and cinema which I was experiencing daily" (Kearney, ed., *Across the Frontiers – Ireland in the 1990s*, 196–197).

3 "You're being held hostage by the Irish Republican Army. They've got one of our senior members under interrogation in Castleraigh. We've informed them that if they don't release him within three days, you'll be shot. You'll be treated as our guest until further developments. Have you anything to say?" (Neil Jordan, *The Crying Game, A Neil Jordan Reader*, New York: Vintage International, 1993, 182).

O'Connor « Les Hôtes de la nation » – *Guests of the Nation* – issue du recueil du même nom et parue en 1931.

Le cadre de cette nouvelle est fourni par les conflits qui déchirent l'Irlande de 1919 à 1923. Frank O'Connor participe lui-même à la guerre civile aux côtés des Républicains contre l'État libre. Son esprit d'insubordination l'entraîne à refuser d'obéir aux ordres quand ceux-ci lui semblent injustes. Capturé, il est fait prisonnier dans un camp où il trouve matière à écrire sa nouvelle. Dans « Les Hôtes de la nation », deux soldats britanniques se lient d'amitié avec leurs ravisseurs irlandais. Ils discutent de problèmes existentiels, politiques, religieux, plaisantent ensemble, boivent du thé et jouent aux cartes. Soudain, l'injonction est donnée d'exécuter les otages en représailles à la mort de deux Irlandais tués par les forces adverses. N'ayant d'autre choix que de faire leur « devoir » et d'obéir aux ordres de supérieurs, les ravisseurs sont contraints d'accompagner les deux Anglais dans la tourbière en pleine nuit, de les fusiller et les inhumer sur place. La nouvelle illustre la cruauté et l'absurdité de la guerre, le soldat de l'autre camp n'étant pas nécessairement un ennemi.

Dans la même veine, à la fin des années cinquante, le dramaturge irlandais Brendan Behan, qui a connu la prison pour avoir participé à des activités terroristes, écrit *L'Otage*, une pièce dont l'action se déroule dans un lupanar de Dublin, fréquenté par des prostituées, des homosexuels et des marins de passage. Le propriétaire et le gérant des lieux, qui ont combattu ensemble pour l'Irlande, s'apprêtent à accueillir leur « hôte »,[4] un jeune soldat britannique enlevé en Irlande du Nord et retenu en otage par l'IRA pour empêcher l'exécution d'un jeune Irlandais républicain emprisonné à Belfast où il doit être pendu. Accompagné de deux gardes armés, le jeune homme, Leslie, arrive, les yeux bandés, en ce lieu insolite où nul ne penserait le trouver. Il « fraternise »[5] avec Teresa, la bonne à tout faire de la maison, qui lui offre du thé, des cigarettes, une médaille de la vierge et, pour finir, son corps tout entier. Lorsque Leslie apprend qu'il sera exécuté par représailles, il réagit avec sa naïveté d'adolescent :

---

4   « Tout est prêt pour l'hôte » / "Everything's ready for the guest" (Brendan Behan, *The Hostage* [1958] in *The Complete Plays*, London: Methuen & Co., 1988), 134 & 168.

5   "What's that girl doing, fraternizing?" (*Ibid.*, 188).

> SOLDAT :   Ils vont me tuer ?
> MULLEADY :   J'en ai peur.
> SOLDAT :   Pourquoi ?
> MONSEWER :   Tu es l'otage.
> SOLDAT :   Mais je n'ai rien fait.
> OFFICIER :   C'est la guerre.[6]

Ironiquement, il tombe sous les balles de ses camarades venus le libérer et le jeune Irlandais est pendu à Belfast. Malgré la tragique réalité contextuelle, la pièce n'est nullement militante, mais profondément humaine. Comme l'écrit un critique :

> Brendan Behan éprouve de la haine pour les forces politiques qui divisent et asservissent l'Irlande, mais à l'égard des personnes, même celles qui sont les instruments de forces politiques antagonistes, il n'est qu'amour et compréhension.[7]

L'Otage participe même de la farce et du mélodrame. Les dialogues, souvent entrecoupés de chansons comiques, jouent sur la langue, amalgame d'argot irlandais, d'anglais standard et de cockney.

Ces trois textes sont reliés par la place centrale qu'occupent les « hôtes », désignés explicitement comme tels, détenus en milieu hostile par des ennemis qui ne leur veulent pas nécessairement du mal, mais sont eux-mêmes les otages d'une machine infernale qui leur impose d'agir en fonction du camp auquel ils appartiennent. Pour répéter ce que dit l'un d'eux avec fatalisme : « C'est la guerre ». Cette formule lapidaire rappelle à ceux qui auraient tendance à l'oublier qu'ils sont tous des belligérants. Il

---

6   "They're going to shoot me?
     I'm afraid so.
     Why?
     You are the hostage.
     But I ain't done nothing.
     This is war" (*Ibid.*, 206).

7   "Brendan Behan has hatred for the political forces who divide and subject Ireland.
     But for the people, even if those people are the instruments of antagonistic political forces, he has only love and understanding" (Ulick O'Connor, *Brendan Behan*, London: Coronet Books, 1970, 198).

est intéressant d'aborder *The Crying Game* dans le contexte de cet héritage littéraire.

Frank O'Connor dépeint un univers presque uniquement masculin, attestant que la violence est bien souvent l'apanage des hommes, en particulier lorsqu'elle est associée à la guerre. Selon Caroline Magennis, auteur d'un essai intitulé *Sons of Ulster*, une forme spécifique de virilité s'est forgée autour de la question nord-irlandaise :

> Le type de masculinité le plus souvent présenté comme représentatif de l'Irlande du Nord est celui de groupes paramilitaires et de leurs membres où la masculinité est inextricablement liée à la violence et aux questions de lutte nationale.[8]

Magennis souligne à quel point l'univers des parties prenantes du conflit est masculin :

> Les dirigeants des principaux partis politiques sont tous des hommes ; il semble que les personnes impliquées dans la violence soient presque exclusivement des hommes […]. Les représentants publics des paramilitaires protestants et catholiques sont des hommes … tout comme ceux qui parlent au nom de l'Église …[9]

Cette masculinité ostentatoire est tournée en dérision par la pièce de Behan où évoluent des créatures interlopes et bigarrées dont le comportement contraste radicalement avec la rigueur militaire imposée par le contexte. Elle est encore davantage battue en brèche par *The Crying Game*.

Le scénario de Neil Jordan narre la relation ambiguë entre Fergus, un membre de l'IRA, et son otage Jody, un soldat britannique noir. Contrairement aux autres ravisseurs et à Jude en particulier, Fergus ne se montre pas brutal avec son prisonnier : il est le seul à lui enlever sa cagoule et

---

8   "The mode of masculinity that has been most often presented as representative of Northern Ireland is that of paramilitary groups and their members, where masculinity is inextricably tied to violence and issues of national struggle" (Caroline Magennis, *Sons of Ulster. Masculinities in the Contemporary Northern Irish Novel*, Oxford, Bern, Berlin …: Peter Lang, 2010, introduction, 7).

9   "The figureheads of the main political parties are all men and those engaged in violence appear to be almost exclusively male […]. The public faces of Protestant and Catholic paramilitaries are men … The people who talk about religion and the Church are men …" (*Ibid.*, 9).

lui donner à manger. Tous deux parlent de filles, de sports, et s'appellent par leurs prénoms, poussant la courtoisie jusqu'à se montrer ravis de faire connaissance.[10] Ils partagent une même cigarette, se sourient et badinent sur leur apparence. Jody avoue à Fergus qu'il le trouve joli garçon avec « son sourire de tueur et son visage angélique ».[11] Il lui montre des photos personnelles d'une belle femme noire, sa petite amie, Dil. « Vous faites un beau couple »,[12] remarque Fergus. Le lendemain, Jody donne à Fergus les photos de Dil, avec son adresse, et lui demande de la retrouver s'il est tué pour qu'elle sache qu'il ne l'oubliait pas.[13]

La relation tourne au flirt homoérotique lorsque Fergus accompagne Jody à l'extérieur pour qu'il soulage sa vessie. Menotté, l'otage ne peut procéder aux gestes nécessaires pour ce faire et demande donc à son ravisseur de l'aider à sortir son « morceau de viande » de son pantalon.[14] De retour dans la maison, ils s'amusent du cocasse de la situation, échangent des remerciements et des politesses outrancières : « Tout le plaisir était pour moi ».[15] Leurs éclats de rire rendent furieux Peter Maguire, le chef de l'opération, qui tance Fergus vertement et lui demande finalement d'exécuter le prisonnier. Comme dans les textes d'O'Connor et de Behan, le ravisseur se montre réticent à tuer son otage avec lequel il a sympathisé.[16] Il le laisse s'enfuir, mais celui-ci est écrasé accidentellement par un véhicule blindé de l'armée dont il est membre. A l'instar de *L'Otage*, *The Crying Game* illustre à quel point l'ironie peut présider à certains faits cruels.

Ayant manqué à ses devoirs, Fergus doit disparaître et se réfugie à Londres. Hanté par le souvenir de Jody, il se rend au Metro Bar et rencontre Dil, mais reste muet sur ce qui s'est passé en Irlande. Tous deux cherchent à se plaire pendant quelques temps. Lorsqu'ils s'apprêtent à passer la nuit ensemble, Dil se déshabille et se révèle être un homme. C'est un choc pour Fergus qui avait peut-être refusé de voir que le Metro Bar est

---

10   "Nice to meet you, Fergus" (Jordan, *The Crying Game, A Neil Jordan Reader*, 192).
11   "You're the handsome one with the killer smile and the baby face" (*Ibid.*, 185).
12   "You make a nice couple" (*Ibid.*, 190).
13   "Just tell her Jody was thinking –" (*Ibid.*, 200).
14   "It's only a piece of meat" (*Ibid.*, 193).
15   "The pleasure was all mine" (*Ibid.*, 194).
16   Jody considère même Fergus comme son ami: « You're my friend » (*Ibid.*, 204).

un pub essentiellement fréquenté par des couples gays, des travestis et des transsexuels. Il n'abandonne pas Dil pour autant. Celle-ci, par amour pour lui, accepte sur sa demande de se couper les cheveux, de porter les vêtements de Jody et de redevenir un garçon. Fergus souhaite ainsi la protéger de ses anciens « amis » qui ont retrouvé sa trace. Et réciproquement, il est mis à l'abri du danger par Dil qui n'hésite pas à tuer Jude, l'intraitable activiste de l'IRA. Fergus assume le meurtre, est jugé, condamné, emprisonné, mais visité régulièrement par Dil qui lui manifeste ainsi toute sa gratitude et son amour.

Variation du 'connais-toi toi-même', le thème majeur du film est finalement la découverte de soi, consécutive à la révélation d'éléments identitaires demeurés jusqu'alors insoupçonnés. L'attirance d'un homme pour une femme qui s'avère être un homme illustre que la personne dont on tombe amoureux n'est pas toujours celle que l'on croyait. Cette thématique, développée dans le scénario et le film d'un Irlandais au début des années 1990, est audacieuse et téméraire. Au risque de choquer les bienséances, elle bouleverse les stéréotypes. *The Crying Game* est une œuvre expérimentale qui valorise le paradoxe, la multiplicité et la différence.

***

Au fil du temps, les modes de représentation littéraire et cinématographique des Troubles évoluent. Dans les années 1970 et 80, le conflit sectaire est abordé de manière réaliste par des écrivains ou réalisateurs non dénués de parti pris, pour lesquels l'art est en mesure de refléter la réalité nord-irlandaise, aussi complexe soit-elle.[17] A partir des années 1990, les Troubles sont abordés de manière beaucoup plus oblique, distanciée et ironique par une nouvelle génération d'artistes qui remet en cause les présupposés d'une représentation réaliste et réévalue avec soupçon le métarécit des événements.[18]

---

17 Brian Moore, Bernard MacLaverty, Benedict Kiely ou Seamus Deane pourraient être cités à titre d'exemples.

18 Cette perspective est adoptée par Eoin McNamee, Colin Bateman, Glenn Patterson ou Robert McLiam Wilson, pour n'en citer que quelques-uns, lesquels sont, il convient de le souligner, tous nés en Irlande du Nord dans les années 1960.

Membre de cette génération, Neil Jordan, en introduisant la question du genre dans sa représentation des Troubles, brise le mythe de la violence héroïque, traditionnellement exploité pour dépeindre un nationalisme sentimental sous ses plus belles couleurs. *The Crying Game* défie à la fois les allégeances politiques et la morale sexuelle puritaine. La complexité des personnages démythifie l'approche traditionnelle du héros viril et guerrier, déconstruit les visions simplistes qui cantonnent chacun dans une identité précise et normée et déstabilise les constructions habituelles selon un sexe et un genre. Tout comme la couleur de peau ne détermine plus la nationalité de façon fiable, la sexualité n'est pas systématiquement assimilable au genre. Membre de l'IRA, attaché aux conventions nationalistes catholiques, Fergus est littéralement troublé par Jody et Dil qui évoluent dans un univers tout autre que le sien. Comme le souligne Eibhear Walshe dans *Sex, Nation, and Dissent in Irish Writing*, une inadéquation entre sexe et genre perturbe la représentation traditionnelle de la division des sexes : « Dans toute littérature nationale, la présence de gays et de lesbiennes *trouble* les représentations implicites de ce qui constitue traditionnellement un 'homme' et une 'femme' ».[19] Le scénario relate la crise identitaire de Fergus qui l'entraîne progressivement à rejeter la masculinité emblématique du républicanisme paramilitaire. L'attirance qu'il éprouve pour Jody et son identification à lui – puisqu'il occupe finalement sa place – l'amènent à réévaluer sa propre identité, aussi bien politique que sexuelle. Contrairement aux habituelles représentations stéréotypées, la masculinité est ici instable et négociable. En l'occurrence, elle ne se manifeste pas par des faits de guerre, mais dans une histoire d'amour que Fergus ne tient pas à voir finir dans les larmes, comme l'évoque la chanson éponyme :

> Je sais tout ce qu'il faut savoir sur le jeu des pleurs ;
> J'en ai eu ma part du jeu des pleurs ;
> D'abord les baisers, puis les soupirs,
> Et puis avant même que tu saches où tu en es,

---

19   "A lesbian and gay presence within any national literature *troubles* privileged for-
     mations of what traditionally constituted 'woman' and 'man'" (Eibhear Walshe,
     Sex, Nation, and Dissent in Irish Writing, Cork: Cork University Press, 1997, 2).
     C'est moi qui souligne.

Tu me dis au revoir
[...]
Je n'en veux plus de ce jeu des pleurs.[20]

Assez de larmes, de souffrances et de malheurs : telle est la conclusion du scénario face aux actes de violence sectaire qui déchirent les îles britanniques, d'où le choix de cette chanson-thème. L'interprétation de celle-ci par Boy George dans le générique de fin n'est pas anodine : elle prolonge implicitement la thématique de l'ambiguïté, du travestissement. En effet, l'artiste anglais, encore très populaire lors de la sortie du film, se distingue par son style androgyne, ses maquillages savants et ses costumes extravagants.[21]

The Crying Game entremêle histoire collective et histoire individuelle, notamment à travers le parcours de Fergus qui est présent du début à la fin. Son prénom est significatif : il renvoie non seulement à un personnage de la pièce de Behan,[22] mais surtout à un Roi d'Ulster dans la mythologie celtique.[23] Il évoque grandeur et puissance et correspond bien, en l'occurrence, au protagoniste qui œuvre en vue d'une Irlande unie et indivisible. Sa participation au conflit, dans les rangs de l'IRA, lui donne l'occasion de

20   "I know all there is to know about the crying game
       I've had my share of the crying game
       First there are kisses, then there are sighs
       And then before you know where you are
       You're sayin' goodbye
       [...]
       Don't want no more of the crying game".
21   Le film commence sur des images de fête foraine et la chanson de Percy Sledge « When a Man Loves a Woman » (1966), laquelle s'avère rétrospectivement ironique. Par comparaison, ces chansons des génériques de début et de fin font allusion à l'évolution du protagoniste au fil de l'histoire.
22   Dans la pièce de Brendan Behan, le surveillant de l'otage, désigné jusque-là sous l'appellation « volontaire de l'IRA/*IRA volunteer* », dit à Teresa : « Tu peux m'appeler Fergus / You can call me Fergus » (Behan, *The Hostage*, 227).
23   Grand Roi d'Ulster, Fergus possédait des chaussures grâce auxquelles il pouvait se déplacer sous l'eau. Il ne se lassait pas d'explorer les lacs et rivières d'Irlande jusqu'à ce qu'il rencontrât un féroce cheval aquatique dans le Loch Rury. Il eut si peur que son visage en resta déformé. Comme seul un roi sans tache pouvait régner sur l'Irlande, Fergus retourna dans le lac pour y tuer le monstre. Il disparut à jamais sous les flots, mais auparavant son visage avait retrouvé sa sérénité.

s'impliquer, mais aussi de « grandir » et perdre son innocence, à bien des égards. Cette expérience passe par un certain nombre de troubles, terme polysémique sur lequel joue le scénario. En effet, aux Troubles désignant ces trente années de violence liée à la question de l'Irlande du Nord s'ajoute le *trouble* intérieur du protagoniste. Désordre et agitation s'imposent non seulement dans son environnement, mais aussi dans sa vie affective et relationnelle.

Irlandais à Londres, Fergus est l'outsider, tout comme Jody en Irlande. Membre d'un groupe minoritaire, il est identifié comme « autre » et différent : il n'est pas anglais, comme le lui fait remarquer Dil dès leur première rencontre.[24] De la même façon, le chef du chantier sur lequel il travaille souligne son identité irlandaise de manière très stéréotypée en l'appelant « Paddy ».[25] Le statut marginal de Fergus se confirme lorsqu'il prend conscience de son éventuelle orientation sexuelle. Il est alors confronté à un autre aspect de son identité qui le rend, une nouvelle fois, « différent ». Progressivement, il en vient à comprendre que le genre n'a rien à voir avec le sexe, et qu'il est peut-être lui-même non conforme à la norme. Ce questionnement sème le *trouble* en lui, dans un premier temps, mais s'avère peu à peu assumé et résolu à la fin du film, lorsqu'il fait part à Dil de son dévouement absolu à son égard, peu importe que la personne aimée soit une femme ou un homme.[26]

La ville de Londres est dépeinte comme le lieu où un tel mode de vie est possible : elle permet à Fergus non seulement d'échapper au piège oppressant de son environnement sectaire, mais aussi de s'affranchir des catégories impératives du genre. Cette dimension normative qui fixe les identités en deux essences exclusives est dénoncée par la perspective queer[27] dans le prolongement de l'ouvrage fondateur de Judith Butler *Trouble dans le genre (Gender Trouble)* qui critique le système de partition de l'humanité en sexes, non seulement pour sa binarité oppressive, mais également dans sa

---

24   "Not English" (Jordan, *The Crying Game, A Neil Jordan Reader*, 209).
25   "Do it on your own time, Paddy" (*Ibid.*, 235).
26   "I'd do anything for you, Dil" (*Ibid.*, 263).
27   Le mot « queer » fait son entrée dans le vocabulaire français et les éditions 2019 du *Petit Larousse* et du *Petit Robert*. Il définit une « personne dont l'orientation ou l'identité sexuelle ne correspond pas aux modèles dominants ».

prétention même à faire du sexe un indice pertinent des divisions du monde social. Dans cette veine, le scénario et le film de Neil Jordan questionnent ces modèles de dimorphisme qui établissent deux groupes distincts et antagonistes et renvoient à un rapport social marqué par le pouvoir et la domination. Les critères d'assignation sur lesquels repose le conflit, selon la nationalité, le positionnement politique ou confessionnel, peuvent être pensés en analogie avec d'autres formes de domination, et comparés aux rapports de sexe et de genre. La dimension queer donnée au scénario ne saurait donc être considérée indépendamment des stratégies politiques qui en forment le contexte :

> Dans les années 1970, penser le genre en analogie avec la classe revient à mobiliser la principale « clé conceptuelle » des luttes politiques de l'époque, facilitant ainsi l'érection du genre en authentique enjeu collectif nécessitant une « libération ».[28]

C'est ainsi que « le genre s'articule à d'autres rapports de domination, non plus sous la seule forme de la comparaison, mais aussi sous la forme de l'intersection, c'est-à-dire de la simultanéité ou de l'intrication des formes de domination de race, de classe et de sexe ».[29] L'intersectionnalité est un terme employé par l'universitaire américaine Kimberlé Crenshaw dans une enquête relative à l'oppression vécue par les femmes de couleur dans les classes défavorisées de la population aux Etats-Unis.[30] Par extension, l'intersectionnalité désigne la réflexion politique concernant la situation des individus subissant simultanément plusieurs formes de domination ou de discrimination.

Selon Crenshaw, tout individu se situe nécessairement à l'intersection de plusieurs rapports sociaux. Il se voit néanmoins souvent réduit à un élément identitaire particulier qui semble le résumer. Cette constante est illustrée par *The Crying Game* dont chacun des personnages est déterminé

---

28   Laure Bereni, Sébastien Chauvin, Alexandre Jaunait & Anne Revillard, *Introduction aux Gender Studies. Manuel des études sur le genre* (Bruxelles : De Boeck, 2008), 191.

29   *Ibid.*, 191–192.

30   Kimberlé Crenshaw, 'Mapping the Margins: Intersectionality, Identity Politics, and Violence against Women of Color', *Stanford Law Review* 43/6 (1991), 1241–1299.

par une et une seule de ses caractéristiques, et donc réduit à une expression stigmatisée de son identité, qu'il s'agisse de sa nationalité, sa couleur de peau ou son orientation sexuelle : Fergus n'est autre que « Paddy » sur le chantier londonien[31] ; Jody est ouvertement traité de « nègre » en Irlande[32] ; quant à Dil, elle s'entend désignée comme « sale connasse de gouine »[33] par un homme vulgaire qui ne voit en elle qu'un homosexuel travesti. Ces stigmatisations visent à condenser une multiplicité de traits en un seul pris pour cible, mais lorsqu'elles sont envisagées ensemble, elles attestent qu'individus et groupes sociaux se trouvent confrontés à des défis similaires, propres à la plupart des minorités, d'où la solidarité qui unit ces trois personnages. Il n'en reste pas moins que de tels propos infamants isolent, marginalisent, au pire font de l'autre un monstre.

Or, pour Neil Jordan, le monstre n'est pas le garçon qui trompe son monde en s'habillant en femme, mais bien plutôt cette militante radicale, Jude, qui, dans la première scène du film, attire Jody dans un piège pour favoriser son enlèvement et faire de lui un prisonnier. Une fois que celui-ci est à sa merci, elle est la seule à le frapper et se montre sans pitié. Plus tard, elle retrouve la trace de Fergus et le harcèle pour qu'il reprenne ses activités terroristes. Tout au long du film, qu'elle soit la blonde ingénue qui séduit les hommes sur le champ de foire, la nationaliste typique de l'IRA dans son pull d'Aran sur le lieu de détention ou encore la brune femme d'affaire vêtue d'un élégant tailleur dans les quartiers chic de Londres, Jude est dépeinte comme une femme dangereuse,[34] voire monstrueuse. Comme le déclare lui-même Neil Jordan, pour qui toute œuvre de fiction semble devoir compter un monstre parmi ses personnages : « C'est tout à fait consciemment que j'ai fait de Jude un monstre ».[35] De toute évidence,

31   "Do it on your own time, Paddy" (Jordan, *The Crying Game, A Neil Jordan Reader*, 235).
32   "I get sent to the only place in the world they call you nigger to your face [...] (*He imitates a Belfast accent*) Go back to your banana tree, nigger" (*Ibid.*, 191).
33   "Scrag-eyed dyke cunt" (*Ibid.*, 218).
34   Jody ne s'y trompe pas lorsqu'il dit à Fergus : « Ne me laisse pas avec elle, mec. Elle est dangereuse / Don't leave me with her, man. She's dangerous … » (*Ibid.*, 186).
35   "I wrote Jude quite consciously as a monster" (Marina Burke, *Film Ireland* 34, April/May 1993, 18).

la représentation emblématique de l'Irlande sous des traits féminins est ici sérieusement mise à mal : en effet, l'unique femme biologique du film est un monstre et la seule femme bienveillante est un homme, ce que certaines critiques n'ont pas manqué de trouver offensant.

Le renversement des stéréotypes est un phénomène récurrent dans l'œuvre de Neil Jordan. Ce n'est pas un hasard si, en 2006, il réalise *Breakfast on Pluto*, un film adapté du roman de Patrick McCabe avec lequel il écrit le scénario. Ce texte traite également de l'indétermination du genre dans le contexte des Troubles. Ces derniers s'entremêlent avec les troubles du protagoniste Patrick, qui se fait appeler Pussy lorsqu'il est travesti. A l'image des victimes des attentats terroristes fomentés par les paramilitaires des deux bords, il est au mauvais endroit au mauvais moment et, de ce fait, subit tourments et injustices de la part du « camp adverse ». Pussy aspire à voler vers les étoiles, à passer par la planète Mars et prendre le petit-déjeuner sur Pluton, d'où le titre du roman, également inspiré d'une chanson. Il n'est plus tenu par des pénibles contraintes, qu'il s'agisse de la force gravitationnelle de la terre ou des règles de la société en matière de comportement d'usage ou de tenues vestimentaires. Aussi son corps est-il libre. C'est pourquoi Pussy a plaisir à fredonner 'Breakfast on Pluto', dont les paroles décrivent sa « réalité » et son aspiration à vivre autre chose quand son physique et son mental sont mis à rude épreuve :

> Va où tu veux,
> Va où tu veux sans quitter ton siège
> Et laisse divaguer tes pensées
> Tu peux valser si tu vis dans tes rêves ;
> Nous irons voir les étoiles et voyagerons vers Mars ;
> Un petit-déjeuner sur Pluton nous sera préparé ![36]

---

36 "Go anywhere,
Go anywhere without leaving your chair
And let your thoughts run free
Living within all the dreams you can spin
We'll visit the stars and journey to Mars
Finding our breakfast on Pluto!"

Cette chanson de Don Partridge (1969) évoque la capacité de chacun à se détacher de son enveloppe charnelle pour échapper aux brimades, aux humiliations, aux souffrances, autant d'expériences extracorporelles qui s'apparentent à des techniques de survie. Dans ses paroles, cette chanson partage avec « The Crying Game » un désir d'ailleurs, sur Mars, Pluton, sur la Lune, dans les nuages ou au milieu des étoiles. Le locuteur, blessé dans son amour propre, aspire à réaliser son rêve, à voler haut dans le ciel, pour laisser ici-bas tous ses tracas. Il est vrai que, vus d'une autre planète, les Troubles d'Irlande du Nord semblent bien dérisoires …

Ce rêve d'être catapulté en un voyage astral résulte des blessures éprouvées par le protagoniste qui se sent parfois bien seul et cogite beaucoup. Sa mise à l'écart est évoquée avec un humour teinté d'amertume par Pussy : « Vous aviez juste l'impression d'être une merde de chien sur un trottoir, avec des gens bien habillés penchés sur vous en demandant : 'Qui donc a bien pu laisser traîner cette horrible cochonnerie ?' »[37] Pussy est un bon élève, mais devient le bouc-émissaire des autres de par sa voix aiguë, ses imitations des stars féminines et sa propension à porter des boucles d'oreilles et des minijupes à paillettes … « Plus le temps passait, plus il devenait tout à fait évident que je n'allais pas devenir en grandissant l'Adolescent le plus populaire de la ville »,[38] remarque-t-il avec beaucoup de lucidité.

Suivant le schéma de l'intersectionnalité, lorsqu'il séjourne en Angleterre, sa nationalité irlandaise fait de lui un suspect tout désigné : il est arrêté par la police britannique qui voit en lui l'auteur de l'attentat à la bombe d'un pub londonien. Aussi fait-il non seulement l'objet d'insultes relatives à sa nationalité – « Sale putain d'Irlandais de merde »[39] – mais aussi et surtout à son orientation sexuelle : « cette sale pute de tapette ».[40] Certains prennent toutefois sa défense en soulignant, consciemment ou non, l'instabilité de son genre : « *Il* est ma copine ».[41] Patrick-Pussy est de sexe masculin, mais en se travestissant, il montre qu'il peut revêtir à la fois le genre et le sexe féminin, attestant ainsi que la masculinité n'est autre

---

37   Patrick McCabe, *Breakfast on Pluto* (Paris : Asphalte, 2011), 85.
38   *Ibid.*, 33.
39   *Ibid.*, 82.
40   *Ibid.*, 63.
41   « *He*'s my girlfriend ». C'est moi qui souligne.

qu'une construction culturelle. Son ambivalence remet en cause le postulat binaire hétérosexuel, ignore l'idée même de catégorisation non seulement sur le plan genré, mais aussi moral, religieux ou politique. Quand il perd son ami et amant dans un attentat, il remarque :

> Il y a ceux qui disent que c'était l'IRA, d'autres que c'était l'*Ulster Defence Association*, et d'autres encore affirment que c'était l'œuvre des deux. Je n'en savais rien, et je m'en contrefoutais. Tout ce que je savais, c'était que ce bon vieux Totoche n'était plus ![42]

Le protagoniste se situe au-dessus du parti pris, du positionnement ferme et immuable. Bien que le roman soit publié en 1998, l'année de la signature des accords de paix, les Troubles passent au second plan. Pussy est témoin de la violence ambiante et compte de nombreux morts dans son entourage, mais ne prend pas pour autant parti pour un camp ou un autre. C'est « le cirque toutes les nuits »[43] et la tension monte d'un cran dans la province d'Irlande du Nord, mais le protagoniste se dit « trop accaparé par sa propre révolution pour se soucier de choses aussi triviales ».[44] Il est indéniable que ce roman et son adaptation cinématographique s'intéressent bien davantage aux problèmes d'un individu qu'à ceux des Irlandais dans leur ensemble. En effet, Pussy se décrit comme « une banale prostituée travestie qui n'a rien à faire de la politique ».[45]

Sur le plan symbolique, la focalisation du texte sur le style quelque peu 'glamour' du protagoniste travesti se justifie avant tout comme un rejet de la bigoterie, des étiquettes et des cloisonnements traditionnels et formalistes, mais elle est peut-être aussi à percevoir comme une façon de dénoncer le travestisme des versions déformées de l'histoire nord-irlandaise que la propagande politique et les manipulations médiatiques de tous ordres concourent à répandre. On a donc affaire à une subversion du genre à double titre dans *Breakfast on Pluto* mais aussi dans *The Crying Game* : d'une part, parce que les personnages illustrent qu'il y a du jeu entre genre et sexualité, d'autre part parce que le mode de représentation visant à appréhender la réalité

---

42   *Ibid.*, 46.
43   *Ibid.*, 84.
44   *Ibid.*, 34.
45   *Ibid.*, 151.

complexe du conflit selon la tradition réaliste se voit ici défié par une mise à distance des événements et de ses parties prenantes. En effet, Jordan et McCabe renoncent à saisir la réalité, puisqu'elle n'existe pas en tant que telle, étant toujours d'emblée manipulée, interprétée et narrativisée. Comme le souligne Sylvie Mikowski dans *Le Roman irlandais contemporain* :

> Les jeunes personnages, que l'on devine porte-paroles de leur créateur, manifestent une totale incrédulité face aux 'métarécits' qui servent depuis trente ans à justifier la violence et la barbarie autour d'eux ; ils les renvoient dos-à-dos pour ce qu'ils sont, c'est-à-dire de pures constructions discursives qui n'entretiennent plus aucun rapport avec la réalité.[46]

The Crying Game et *Breakfast on Pluto* n'ont pas pour ambition de nous faire progresser dans notre compréhension de la violence liée à la question nord-irlandaise. Ces textes n'ont pas pour objectifs d'examiner les racines socio-politiques du conflit, lesquelles sont de toute façon inaccessibles, car noyées sous un torrent de préjugés transmis de génération en génération depuis des lustres. Ils donnent lieu à une réflexion sur le passé qui se justifie dans le cadre de communautés qui peinent à se définir. Où en sont les communautés concernées par le conflit dans leur quête d'identité ? Sont-elles en mesure de déterminer avec précision ce qui les caractérise, d'établir clairement un ensemble de traits qui leur sont propres et leur confèrent une individualité ? Ne sont-elles pas plutôt caractérisées par une certaine ambiguïté, voire une ambivalence, à l'image des protagonistes travestis ?

En donnant une dimension queer à leur œuvre, Neil Jordan et Patrick McCabe témoignent d'une volonté d'aborder les Troubles dans une perspective essentiellement humaine, dénuée de tout esprit partisan. Leur choix d'attribuer à leur protagoniste un genre ne correspondant pas à leur sexe abat les frontières, ouvre des perspectives et laisse passer un vent de liberté. Jordan et McCabe rappellent que les belligérants, avant d'être identifiés comme anglais ou irlandais sont unis par une même humanité, au même titre que les personnes dont l'orientation sexuelle n'est pas la plus répandue.

---

46 Sylvie Mikowski, *Le Roman irlandais contemporain* (Caen : Presses Universitaires de Caen, 2004), 208.

Ils témoignent d'un refus de se laisser enfermer dans des partis pris, des idées préconçues et des stéréotypes, quels qu'ils soient.

Au-delà des querelles issues d'une vision réductrice imposant un positionnement dans un camp ou l'autre, ces auteurs affichent l'étendue des possibles qu'offre l'espèce humaine et produisent des textes qui se distinguent par leur fluidité. Ils visent à ouvrir de nouveaux espaces, à bouleverser les démarcations sclérosantes, que ce soit entre Anglais et Irlandais, catholiques et protestants, unionistes et nationalistes, hétéro– et homosexuels ou encore hommes et femmes. *The Crying Game* et *Breakfast on Pluto* nous invitent à reconnaître que la production d'une frontière entre deux catégories est toujours oppressive, que le dualisme débouche souvent sur le duel. C'est pourquoi ils subvertissent les présupposés normatifs et dénoncent toute forme de violence, qu'elle soit imposée par une situation sociopolitique inextricable ou des normes corporelles restrictives. Ces textes valorisent le questionnement, le paradoxe et la différence. Ils explorent les possibilités d'une culture plurielle et d'une identité révisable car, comme le constate Pussy sans détours, les tordus ne sont pas toujours ceux qu'on croit …[47]

---

47   Considéré par les autres comme bizarre et déviant, traité de barjot (« Head-the-Ball », 54), de sale malade (« dying-looking bastards the likes of you », 21) et de putain de taré (« facking maniac », 165), Pussy voit « des connards tordus » dans ceux qui tuent le petit chien qu'il a offert à son ami Charlie : « Because that's what they are – wicked! Wicked, wicked, wicked – all of them – to do a thing like that! » (McCabe, *Breakfast on Pluto*, 185).

CHAPITRE 6

De la page à l'écran :

Entretien avec un vampire, Le Garçon boucher, La Fin d'une liaison

Durant les années 1990, sur une période de cinq ans, Neil Jordan réalise trois films adaptés d'œuvres littéraires d'écrivains anglophones : *Entretien avec un vampire* (1994), *Le Garçon boucher* (1997), *La Fin d'une liaison* (1999). Il participe à l'écriture du scénario des deux premiers avec les romanciers, à savoir respectivement Anne Rice et Patrick McCabe.[1] En revanche, il est le seul scénariste du troisième film, l'auteur du roman, Graham Greene, étant décédé quelques années auparavant.

Ces versions cinématographiques attestent, si besoin est, que le champ d'intérêt de Neil Jordan n'est pas réduit puisqu'elles s'inspirent d'un roman d'une Américaine publié en 1975, de celui d'un compatriote irlandais paru en 1992 et d'un roman britannique d'après-guerre. Il est significatif que ces trois textes, apparemment très différents les uns des autres, aient attiré l'attention de Neil Jordan à un point tel qu'il a consacré plusieurs mois de sa vie à l'écriture des scénarios et la réalisation de ces films. Évidemment, le passage d'un médium à un autre entraîne nécessairement un certain nombre de changements.

En l'occurrence, il est intéressant de mettre en regard l'œuvre originale et sa variation, de mesurer les écarts entre l'une et l'autre, mais aussi de déceler ce qui a pu motiver Jordan à réaliser une version filmée de ces textes précis et de montrer en quoi des éléments de ces œuvres littéraires entrent en résonance avec ses propres thèmes de prédilection.

***

---

1   Bien qu'il n'ait pas joué un rôle déterminant dans l'écriture du scénario d'*Entretien avec un vampire*, Neil Jordan a participé à ce travail. Il est à noter toutefois que seul le nom d'Anne Rice apparaît en tant que scénariste sur la bande-annonce du film.

Lorsqu'Anne Rice publie *Entretien avec un vampire*, l'ouvrage connaît un tel succès que l'écrivaine réitère avec d'autres textes de la même veine (sans vouloir faire de mauvais jeux de mots). Le roman est donc le premier opus des *Chroniques des vampires,* qui se composent de dix volumes publiés sur trois décennies.

À San Francisco, un journaliste incrédule recueille les confidences d'un homme mystérieux, Louis, qui affirme être un vampire. Tout au long d'une nuit, il écoute et enregistre le récit de sa vie : son pacte avec le vampire Lestat, son initiation, ses premières extases, l'ivresse du sang, puis ses doutes, ses déchirements, sa quête illusoire de fraternité, ses affrontements avec ses pairs et l'incurable solitude qui l'accompagne depuis des siècles.

Le roman est divisé en quatre parties déterminées selon le lieu où se déroule l'action : la première a pour décor La Nouvelle-Orléans de la fin du dix-huitième siècle où Louis, riche propriétaire de plantation, dépressif et lassé de vivre, rencontre Lestat qui fait de lui un vampire et devient le guide de son âme en perdition. Horrifié par la découverte qu'il lui faut tuer pour vivre, Louis envisage de se séparer de son mentor qu'il en vient à détester. Ce dernier transforme une enfant, Claudia, en vampire afin de retenir son compagnon auprès de lui. Tous trois vivent ensemble, comme une famille, pendant des années en Louisiane, jusqu'à ce que Claudia prenne conscience que son éternel corps de fillette ne lui permettra jamais de s'accomplir en tant que femme. Elle conçoit une haine telle pour Lestat qu'elle se débarrasse de lui avec l'aide de Louis.

La deuxième partie relate le voyage de Louis et Claudia en Europe centrale, berceau du vampirisme, où ils s'informent sur leurs origines et se mettent en quête d'autres créatures de leur espèce.

Après des années d'errance à travers le monde, ils séjournent à Paris où se déroule la troisième partie. Là, ils rencontrent des pairs. Louis est fasciné par l'un d'eux, Armand, chef d'une troupe se produisant sur scène au Théâtre des Vampires. Celle-ci s'apparente à une secte qui juge les deux créatures venues du Nouveau Monde et les déclare coupables d'un crime majeur : elles ont tué leur semblable. Alors qu'Armand et Louis s'attachent l'un à l'autre, la troupe, influencée par l'intraitable Santiago, n'apprécie pas la création d'une enfant-vampire en la personne de Claudia et fait mourir cette dernière en l'exposant au soleil. Louis se venge en brûlant le théâtre et en décapitant les comédiens tour à tour, à l'exception d'Armand avec lequel il quitte Paris.

La quatrième et dernière partie décrit le retour de Louis à La Nouvelle-Orléans. Il sait qu'il va y retrouver Lestat. De fait, celui-ci vivote comme un misérable paria dans un cimetière. Louis est invité à rester auprès de lui, mais part pour San Francisco où il rencontre ce jeune homme qui l'incite à raconter son histoire. A la fin de l'entretien, alors que l'aurore pointe, le journaliste fasciné dit à Louis :

> Vous avez vécu le genre d'aventure que je ne connaîtrai jamais […]. Si seulement vous pouviez me donner ce pouvoir ! Le pouvoir de vivre éternellement […]. Faites de moi un vampire maintenant !
>
> – Après tout ce que je vous ai raconté … C'est ce que vous voulez ? demande Louis incrédule.[2]

Il se laisse convaincre et plante ses canines dans la chair du jeune homme, mais ne le fait pas mourir et disparaît au lever du soleil. Après avoir perdu connaissance, le jeune homme ouvre les yeux, range ses cassettes et son magnétophone et se hâte de rejoindre sa voiture pour s'éloigner de ce lieu inquiétant.

Cet étrange et fascinant récit fait l'objet d'une adaptation cinématographique très esthétique, comme en témoignent les scènes spectaculaires, les décors somptueux, les costumes d'époque et la musique envoûtante.[3] Les jeux d'obscurité et de lumière, le plus souvent produits par des flammes, accentuent l'atmosphère claustrophobe du contexte. Le casting d'hommes jeunes et séduisants – Brad Pitt, Tom Cruise, Antonio Banderas – contribue au succès retentissant du film. Ce dernier relance les ventes du roman qui devient un best-seller vingt ans après sa publication.

La version filmée de Neil Jordan ne verse jamais dans la facilité d'un film démagogique et vulgairement populaire. Elle est globalement fidèle au texte d'Anne Rice dont elle reprend un certain nombre de citations. Toutefois, elle prend parfois des libertés pour accentuer l'effet visuel de scènes particulièrement frappantes, telle celle de la lévitation des protagonistes : lorsque Lestat mord le cou de Louis, tous deux s'élèvent dans les

---

2   Anne Rice, *Entretien avec un vampire* [1976] (Paris : Plon, 2012), 507.
3   Haydn, Haendel, Mozart.

airs, comme transportés au septième ciel en une spirale orgasmique ; dès que le flux s'écoule, Lestat laisse Louis plonger en chute libre dans les eaux du port. D'autres différences non négligeables sont à noter : alors que Louis porte le deuil de son frère dans le roman, il perd une épouse et un enfant dans le film. Un statut d'époux et de père fait de lui un homme hétérosexuel établi dans une vie conventionnelle, tandis que le livre le dépeint comme un éternel adolescent à l'orientation sexuelle incertaine, aisément séduit par un homme, *a fortiori* si celui-ci est jeune et charismatique, comme en témoigne son attirance pour Lestat ou Armand. L'amour de Louis pour Lestat se transforme en une véritable haine dans le roman ; ce sentiment est beaucoup moins visible dans le film. Ce dernier n'est pas aussi violent que le texte-source, bien que le sang y coule abondamment.

A la fin du film, le journaliste avoue qu'il donnerait cher pour être comme Louis, ce qui rend ce dernier furieux. Se sauvant rapidement, le jeune homme prend sa voiture et emprunte le pont du *Golden Gate,* quand soudain Lestat se trouve à ses côtés pour s'abreuver de son sang et lui laisser le choix de sa destinée future.[4] Ce coup de théâtre final est rythmé par une chanson des Rolling Stones au titre significatif, 'Sympathy for the Devil', dont les premières paroles sont les suivantes :

> Please allow me to introduce myself
> I'm a man of wealth and taste
> I've been around for a long, long year
> Stole many a man's soul and faith.[5]

Cette référence implicite au diable est une des rares du film, dont le discours religieux est singulièrement absent. C'est là une différence majeure entre les deux versions. Le roman dépeint le questionnement de Louis, jeune homme catholique torturé à l'idée d'être un suppôt de Satan : « Suis-je damné ? Est-ce le diable qui m'envoie ? Ma vraie nature est-elle celle d'un démon ? Ces questions se bousculaient sans cesse dans

4   Dans le roman, c'est Louis qui enfonce ses canines dans la chair du jeune homme et lui laisse la vie sauve.
5   Permettez-moi de me présenter / Je suis un homme de goût, fortuné / Je suis dans les parages depuis de longues, longues années / Et j'ai volé l'âme et la foi de plus d'un homme.

mon esprit ».[6] Nanti de cet invraisemblable pouvoir de transmettre son état qu'il soupçonne d'être démoniaque, traité de diable par ceux qui découvrent sa vraie nature et le maudissent avant de mourir, Louis se demande s'il est ou non damné. En proie à ses doutes, il entre dans la cathédrale de La Nouvelle-Orléans où son corps est secoué de violents spasmes :

> J'ai levé les yeux et me suis vu, dans une apparition des plus concrètes, gravissant les marches de l'autel, ouvrant le petit tabernacle, tendant des mains monstrueuses vers le ciboire consacré, m'emparant du corps du Christ et répandant les hosties blanches partout sur le tapis. Piétinant ensuite ces hosties sacrées, de long en large devant l'autel, offrant la sainte communion à la poussière. Je me suis alors levé du banc et suis resté là à contempler cette vision. J'en connaissais parfaitement la signification.
>
> Dieu ne vivait pas dans cette église ; ces statues n'incarnaient rien du tout. C'était moi, l'élément surnaturel de cette cathédrale. J'étais la seule créature immortelle et consciente sous ce toit ! Seul. Seul à en devenir fou. La cathédrale s'est effondrée dans ma vision, les saints ont chancelé et sont tombés. Les rats ont mangé la sainte eucharistie et se sont nichés sur les rebords.[7]

Louis a la vision apocalyptique d'un cortège funéraire dont le cercueil contient le corps de Lestat : « Maintenant tu seras maudit par la terre qui a ouvert sa bouche pour recevoir de ta main le sang de ton frère ».[8] Ce verset biblique, condamnation divine du fratricide Caïn, scelle le destin de Louis : interdit de repos, il pleure son immortalité malheureuse et a sous les yeux non plus la dépouille de Lestat, mais celle de son propre frère : « Les ténèbres se refermaient sur moi, m'envahissant de toutes parts ».[9] Saisi d'un intense sentiment de culpabilité, Louis avoue ses meurtres à un prêtre en confession : « Je suis immortel et damné, comme les anges que Dieu a envoyés en enfer. Je suis un vampire »,[10] mais son auditeur ne le comprend pas et le considère comme un provocateur mécréant. « J'ai planté mes dents dans son cou »,[11] conclut Louis.

---

6   Rice, *Entretien avec un vampire,* 117.
7   Rice, *Ibid.,* 224–225.
8   *Ibid.,* 226. La citation est extraite du Livre de la Genèse, chapitre 4, verset 11.
9   *Ibid.,* 227.
10   *Ibid.,* 229.
11   *Ibid.,* 230.

Cette scène est totalement absente de l'adaptation cinématographique. Alors que la violence d'actes sacrilèges, de propos blasphématoires et du meurtre d'un homme de Dieu aurait incontestablement donné lieu à des images spectaculaires, le réalisateur a pris le parti de ne pas inclure cet épisode dans son film. Comment interpréter ce choix ? Est-ce lié à une volonté d'éviter l'accusation d'outrage, les foudres des institutions religieuses, de ne pas heurter la sensibilité d'une catégorie de spectateurs ? Serait-ce l'éducation catholique qu'il a lui-même reçue qui le retient de filmer de telles scènes ?

Le mythe du vampire est délicat car il touche au dogme de la transsubstantiation, ce qui explique pourquoi l'Église catholique préféra nier cette créature :

> Alors que, depuis ses origines, <l'Église> avait admis tout un bestiaire démoniaque avec esprits, revenants, incubes, succubes, sorcières et démons de tous ordres, ce dernier-né, elle le refuse. Une lettre du pape Benoît XIV (1740–1758) interdit les exorcismes contre les vampires, ceux-ci ne pouvant relever que de basses superstitions populaires. Cette réserve, cette crainte de l'Église face aux suceurs de sang peuvent aisément se concevoir : le vampire entame la raison d'être de la chrétienté dans ce qu'elle a de plus fondamental.[12]

Transfusant le sang de la fécondité, le vampire dont la morsure rend la vie est à la fois le grand consolateur et le sauveur suprême. Il donne la vie éternelle à qui s'abreuve de son sang et s'apparente en cela au Fils de Dieu. Le Christ n'a-t-il pas dit : « Qui boit mon sang vivra éternellement » ?[13] Le vampire est une créature dont l'existence n'a rien à devoir à la divinité, dont la puissance est un défi à l'humanité. Son pouvoir de transmission, sa capacité à engendrer des êtres semblables à lui sont-ils sataniques ? Telle est la question qui hante Louis.

Le mythe du vampire est l'ombre du mythe du salut. Il renvoie aux origines du monde et de l'humanité selon la Genèse. Pris en ce sens, il ne saurait être qu'une version perverse et blasphématoire d'un mythe de création.

---

12   John Polidori, *Le Vampire* (d'après Lord Byron), (Arles : Babel, Actes Sud, 1996). Lecture par Jean-Claude Aguerre, 59–60.

13   Jn 6/54–55.

C'est le vampire lui-même qui raconte son histoire, tout comme la créature monstrueuse du *Frankenstein* de Mary Shelley prend en charge le récit. Il y a de la révolte chez ces narrateurs, comme en atteste la manière dont ils expriment leur amertume et agissent avec vengeance.

La révolte est également un sentiment expérimenté par Anne Rice : lors de la rédaction du roman, sa fille de six ans vient de mourir d'une leucémie. Issue d'une famille américano-irlandaise catholique, l'écrivaine s'insurge alors contre Dieu. Comment, s'il existe, peut-il tolérer de tels événements ? Elle écrit ce roman pour sortir de son profond désespoir. Le mythe du vampire y fait le lien entre l'expérience du deuil et la poétique de l'expulsion. En 1998, Anne Rice se rapproche de l'Église Catholique mais, dix ans plus tard, prend de nouveau ses distances avec cette communauté qui, selon elle, n'accueille pas chaleureusement les homosexuels. Soutenant le combat militant de son fils ouvertement gay, elle décrit alors sa foi comme « indépendante ». Les états d'âme de l'auteure sont reflétés par la foncière mélancolie et le questionnement religieux de Louis.

De la même façon, l'identité irlandaise catholique de Neil Jordan transparaît au travers de son film. Chaque adaptation est une œuvre à part entière dont la coloration est déterminée par la personnalité, les opinions et idéologies de l'artiste. Le discours de la religion, très présent dans le roman, n'est guère relayé par le film. Il ne convient pas pour autant de voir là un souci de moralisation, mais le réalisateur, contrairement à l'écrivaine, n'est pas en révolte contre Dieu et voit peut-être dans la violation d'un tabernacle et l'éparpillement d'hosties dévorées par des rats un acte de violence trop étroitement associé à l'histoire personnelle de l'auteure. Contrairement à d'autres écrivains irlandais de sa génération, Neil Jordan ne cherche pas à choquer ; il ne manifeste jamais la moindre hostilité à l'égard de l'Église catholique et se garde bien de la fustiger ou même de la blâmer, que ce soit dans sa fiction ou ses entretiens. En ces années 1990, l'institution religieuse est pourtant la cible de virulentes critiques de la part des médias et de l'opinion publique, suite aux révélations d'agissements scandaleux en son sein, mais le réalisateur reste à l'écart de ce débat.

Un autre aspect au travers duquel le point de vue de Neil Jordan est perceptible concerne la suppression par le film de la deuxième partie du livre. C'est là une autre différence majeure entre le texte et son adaptation cinématographique. En effet, cette dernière fait totalement abstraction du voyage de Louis et Claudia en Europe Centrale, lequel n'est évoqué qu'en quelques secondes par le biais de clichés stéréotypés. Certes il est difficile d'adapter un roman de 500 pages en deux heures de pellicule. Inévitablement, des coupes sombres ont dû être effectuées, mais il est intéressant d'observer pourquoi cette partie a été évacuée, comme si les protagonistes se rendaient directement de La Nouvelle-Orléans à Paris.

Là encore, dans cette deuxième partie, le roman prend une coloration satanique : durant la traversée transatlantique, une étrange « fièvre » s'abat sur le navire. Les malades ont des marques sur le cou. Louis réalise que « dans la damnation, il n'y a nulle paix, nul répit possible. […] Connaître Satan serait une consolation ».[14] Avec Claudia, il arrive dans les Carpates où les autochtones croient que les morts déambulent parmi eux et se repaissent du sang des vivants. Dans une sinistre auberge, les deux protagonistes font la connaissance de Morgan, un touriste anglais désespéré par la mort de sa femme Emily lors de leur nuit de noces. Celui-ci maudit Dieu en montrant son cadavre : les piqûres caractéristiques sont visibles sur sa gorge, preuve qu'un vampire rôde dans les parages. Morgan est d'autant plus aux abois que la population locale veut enfoncer un pieu dans le cœur de son épouse, lui trancher la tête et brûler son corps : « Français et Anglais, nous sommes des hommes civilisés. Eux, ce sont des sauvages ! »,[15] maugrée-t-il. Muni d'un crucifix remis par l'aubergiste, Louis se rend dans les ruines d'un château gothique où il se bat contre le vampire assassin de la jeune femme et parvient à l'éliminer.

Eu égard au lieu où se situe l'action, aux précisions relatives aux moyens d'éloigner ou de détruire ces créatures maléfiques, le roman d'Anne Rice mobilise tout l'attirail du vampirisme. Toutefois, il ne mentionne jamais le nom de Dracula, ni celui de Bram Stoker. En revanche, le film a beau évoquer sommairement le voyage des personnages en Europe Centrale, il fait allusion au compatriote du réalisateur et mentionne même le nom de son héros. En effet, Louis avoue au journaliste n'avoir « rien trouvé

14 Rice, *Entretien avec un vampire*, 252.
15 *Ibid.*, 276.

en Europe, sinon des rumeurs, des superstitions sur l'ail, des crucifix, des pieux dans le cœur.

> – Pas de vampires en Transylvanie ? Pas de Comte Dracula ?
> – Des fictions. Les fictions vulgaires d'un Irlandais fou ».

Compatriote de Bram Stoker, Neil Jordan est sensible au personnage du vampire. C'est là une figure tutélaire, un thème qui résonne en lui.[16] Sa propre fiction n'illustre-t-elle pas ses affinités avec l'auteur de *Dracula* ? Il est significatif que le film mentionne le nom de ce sinistre héros immédiatement associé à la figure vampirique. Lord Ruthven, le héros du *Vampire* de Byron-Polidori, lequel est antérieur à *Dracula*, aurait tout aussi bien pu être évoqué, mais l'allusion n'aurait pas été aussi claire car le texte n'est pas aussi connu.[17] Un second clin d'œil à Dracula est repérable à la fin du film lorsque Louis, de retour à La Nouvelle-Orléans en 1988, assiste dans une salle de cinéma à des levers de soleil dont il ne peut plus jouir dans la réalité : un court extrait de *Nosferatu*, le film de Murnau, est alors présenté en abyme. De toute évidence, l'adaptation cinématographique rend un hommage appuyé à Dracula, contrairement au roman-source.

L'héritage culturel irlandais est repérable non seulement dans ces références ou allusions au vampire de Bram Stoker, mais aussi dans la promesse d'immortalité qui lui est associée. Selon la mythologie celtique, il est un lieu où le temps qui passe n'apporte pas la mort, un lieu peuplé de créatures au corps indestructible, douées d'une beauté et d'une force inaltérables : *Tír na nÓg*, le pays de l'éternelle jeunesse. Dorian Gray, le protagoniste d'Oscar Wilde, semble en être directement issu, dans la mesure où le temps n'a aucune prise sur lui. Ne présente-t-il pas un certain nombre d'éléments communs avec le vampire Louis ? Tous deux sont en effet pris au piège d'un vœu irréfléchi sans prendre conscience qu'il leur faudra un jour en payer le prix. Tous deux sont à la merci d'un corrupteur vénéneux, d'un personnage méphistophélique. Tous deux évoluent dans un univers proche de celui du fantastique : ils échangent leur âme contre la jeunesse éternelle. Le mythe

---

16   Dans le film *Byzantium* qu'il réalise en 2012, Neil Jordan revisite le mythe du vampire.

17   Ruthven donne toutefois son nom à un personnage maléfique du film *Byzantium*.

faustien est atténué, dégradé. D'un ton désabusé, Louis s'exclame : « Voilà maintenant que j'ai traversé deux siècles, vu des illusions se briser les unes après les autres, restant à la fois éternellement jeune et toujours d'un autre temps, moi-même dépourvu d'illusions ».[18] Héros maudits, jouisseurs lassés, ils sont présentés comme ceux par qui le mal arrive, ceux qui salissent, souillent et détruisent.

Le charme de la transgression, le goût du péché, la beauté du diable, les sortilèges du mal, la mise à mort involontaire d'autrui et l'incapacité à soulager sa propre conscience sont des thématiques communes déclinées par *Entretien avec un vampire* et *Le Portrait de Dorian Gray*. Le thème du double y joue également un rôle essentiel : la part d'ombre du personnage qu'il cherche à dissimuler est l'envers satanique de son apparence séduisante. Le vice est caché sous des dehors des plus vertueux. Comme Dorian Gray, Louis ne supporte pas l'autre en lui-même. Symbole d'opposition dualiste, le double est l'image réfléchie, le masque, le portrait : après avoir retiré le paravent, Dorian se retrouve « face à face avec lui-même », jusqu'à ce que lui-même devienne « la chose peinte sur la toile », voire « l'horrible chose », ce qui suppose une mise à distance physique de l'autre en soi, pris comme objet de dégoût. Il s'agit du « face à face lugubre de Narcisse avec son image mortifère ».[19]

A la différence de ces frères non voulus, qu'il s'agisse de Dracula ou de Lestat, Louis n'est pas d'une absolue méchanceté ; il n'est pas une machine à tuer. Il est un nouveau type de vampire, un vampire d'une candeur romantique, tout à la fois bon et méchant. Confronté à un dilemme moral, il garde une conscience humaine. Louis est un être sensé et sensible qui aime et souffre, car il est profondément insatisfait. Nous l'entendons compter son histoire et il sait gagner notre sympathie parce qu'il est aussi malheureux qu'aimable. Dans ce singulier dédoublement, une interprétation psychanalytique verrait une représentation de deux instances psychiques : un ça hargneux et un moi désemparé.

***

18   Anne Rice, *Entretien avec un vampire, Op. Cit.*, 221.
19   Julia Kristeva, *Histoires d'amour* (Paris : Gallimard, 1990), 468.

Les vampires sont perceptibles comme des superhéros, des anges déchus ou de vulgaires garçons bouchers. Francie Brady n'est pas aussi sangui-naire que Louis et Lestat, mais il vampirise une famille dans laquelle il sème le chaos et la mort. *Le Garçon boucher* (1997) est la version filmée de Neil Jordan, adaptée du roman du même titre de Patrick McCabe, publié cinq ans plus tôt.[20]

« Le Garçon boucher », c'est d'abord une chanson de 1961 interprétée par *The Clancy Brothers and Tommy Makem*, relatant une histoire d'amour tragique : « Ça parle d'une femme qui se pend à une corde, tout ça parce que ce garçon boucher lui a raconté des mensonges ».[21] Le goût obsessionnel de la mère de Francie pour cette chanson qu'elle ne cesse d'écouter pourrait bien jouer un rôle sur sa décision finale de se supprimer.

Le garçon boucher, c'est Francie lui-même qui, suite à l'abandon pré-maturé de ses études, travaille dans un abattoir où il débite, empaquette et transporte la viande. Il devient également un boucher au sens le plus vil du terme lorsqu'il abat, éventre et éviscère sauvagement Mrs Nugent, la mère de son camarade Philip, en un accès de folie.

L'intrigue se déroule autour de 1960 à Carn, petite ville d'Irlande au nom symboliquement évocateur de chair, de viande, aux connotations carnivores, voire carnassières.[22] Le film rend bien l'atmosphère désuète de l'époque avec les coiffures, les lunettes, les vêtements des personnages, les rares voitures circulant dans les rues, les spécificités nationales, en particulier le poids de la religion catholique sur la société, mais aussi le contexte inter-national de la Guerre froide, avec les références à Kennedy et Khrouchtchev, à la crise de Cuba, la menace d'extension du monde communiste ou encore la peur d'une guerre nucléaire.

Francie Brady est un jeune adolescent au joli minois surmonté de che-veux roux typiquement irlandais. Fils d'un père alcoolique et d'une mère dépressive qui finit par se donner la mort, il raconte sa propre histoire à la

---

20   Dans les trois cas traités dans ce chapitre, le titre de l'adaptation cinématogra-phique est identique à celui du roman-source.

21   Patrick McCabe, *Le Garçon boucher* (Paris : Plon, 1996), 53.

22   *Carn* est le titre du premier roman de Patrick McCabe, lequel narre la vie des habi-tants de cette petite ville imaginaire, microcosme représentatif de la nation irlan-daise (Patrick McCabe, *Carn*, London: Picador, 1989).

première personne. Ce point de vue unique enferme le lecteur dans une vision limitée des choses et un esprit dérangé qui ne parvient pas à distinguer la réalité du fantasme. Le lecteur est en quelque sorte pris au piège, car il n'a d'autre choix que de partager les hallucinations du narrateur et n'a guère de points de repère stables et fiables où s'ancrer. Au fil de la narration, en effet, le délire paranoïaque de Francie s'intensifie à tel point qu'il aboutit au meurtre.

La famille Nugent est de retour en Irlande après avoir vécu en Angleterre. Elle est l'antithèse de celle de Francie : il y règne ordre, stabilité affective et bien-être matériel. Attentive aux fréquentations de son fils, Mrs Nugent sonne un jour à la porte des Brady pour se plaindre de Francie qui a dérobé les bandes dessinées de Philip. D'emblée, elle attaque et insulte la famille Brady, ce que Francie rapporte avec ses propres mots :

> La Nugent a commencé à parler des cochons. Elle a dit <à m'man> qu'elle connaissait les gens dans notre genre bien avant de partir en Angleterre et qu'elle aurait dû interdire à son fils de s'approcher de quelqu'un comme moi que peut-on espérer d'autre d'un foyer où le père traîne dans les cafés du matin jusqu'au soir, il ne vaut pas mieux qu'un cochon. Et ne croyez pas que nous ne savons pas ce qui se passe dans cette maison oh nous ne le savons que trop ! Pas étonnant que le garçon soit comme il est quel avenir a-t-il à courir la ville à toutes les heures avec ses habits qui lui pendent dessus ça coûte quand même pas cher d'habiller un gamin que Dieu le garde ce n'est pas sa faute mais si on le voit encore avec notre Philip il y aura du raffut. Il y aura du raffut vous pouvez me croire !
>
> Après ça m'man a pris mon parti et les derniers mots que j'ai entendus c'est la Nugent descendant la rue en nous lançant *Des cochons pour sûr que toute la ville est au courant !*[23]

Cette métaphore bestiale déclenche chez le narrateur un délire obsessionnel qui le conduit à s'identifier à un goret. Pour venger sa famille humiliée, il entre par effraction chez les Nugent pour y laisser ses excréments au milieu du salon, saccager la maison, écrire PIG en grosses lettres sur les murs. À chaque fois qu'il en a l'occasion, il harcèle Mrs Nugent et se montre menaçant. Lors d'une ultime visite, plus délirant que jamais, il

---

23   McCabe, *Le Garçon boucher*, 12.

applique le savoir-faire acquis dans son travail pour mettre à mort son ennemie comme il le fait avec un animal à l'abattoir.

L'image du cochon pour désigner l'Irlandais s'inscrit dans la cruelle caricature de certains magazines anglais de la période coloniale. Dans *Le Pleure-Misère*, par exemple, Flann O'Brien dénonce de manière parodique ce stéréotype raciste en décrivant la vie d'une famille dans une chaumière isolée de l'ouest de l'Irlande où humains et animaux s'abritent sous le même toit. La maison est empestée par une odeur épouvantable due à la présence d'un cochon, Ambroise, lequel est tellement énorme qu'il ne peut être expulsé des lieux. Lorsque le gouvernement anglais décide de verser deux livres sterling par an et par tête pour chaque enfant qui renonce au gaélique pour parler anglais, la famille O'Coonassa, comptant plus de cochons que d'enfants dans le foyer, décide de vêtir les porcelets pour les faire passer pour des bambins et recevoir l'allocation gouvernementale. Le *pater familias* justifie cette idée géniale pour persuader son épouse :

> La grosse truie Sarah a une famille nombreuse et tous ses enfants ont une voix vigoureuse, même si on ne comprend rien à leur dialecte. Après tout, savons-nous si leur conversation n'est pas en anglais ? Les petits enfants et les petits cochons ont la même apparence, c'est connu, et remarque bien que leur peau se ressemble beaucoup.[24]

Lors de sa visite, l'inspecteur britannique, peu enclin à s'aventurer au fond de la chaumière enfumée et malodorante, se contente d'interroger l'aîné de la fratrie qui bredouille trois mots d'anglais et note que les douze enfants O'Coonassa maîtrisent la langue de l'occupant. Dans ce texte, Flann O'Brien exploite avec sarcasme la représentation caricaturale de l'Irlandais sous des traits porcins.

Prenant la métaphore à la lettre, Francie Brady estime que, puisqu'on fait de lui un cochon, il se comportera comme tel jusqu'au bout. Comme dans *Entretien avec un vampire*, la part d'humanité du protagoniste cède la place à une sauvagerie bestiale. Les deux films dépeignent une descente aux enfers d'un protagoniste seul, exclu, désemparé, livré à ses obsessions.[25]

---

24   Flann O'Brien, *Le Pleure-Misère* [1941] (Toulouse : Editions Ombres, 1994), 43.
25   Les nombreuses scènes nocturnes des deux films reflètent cette ténébreuse descente aux enfers. Il est également significatif que les deux protagonistes incendient leur maison : d'une part, le feu renvoie aux flammes éternelles de la géhenne, mais

Abandonné tour à tour par sa mère, son père, son oncle, puis renié par son meilleur ami, Francie est envoyé en maison de redressement où le seul personnage apparemment bienveillant s'avère être un prêtre pédophile. Il est ensuite interné en hôpital psychiatrique où il est traité par électrochocs dans un premier temps, pour y séjourner finalement sur plusieurs décennies. La première phrase du récit illustre à quel point le narrateur n'a pas conscience de la réalité : « Quand j'étais jeune il y a vingt, trente ou quarante ans de ça, j'habitais une petite ville où ils me couraient tous après à cause de ce que j'avais foutu sur Madame Nugent ».[26]

La société est dépeinte comme incapable d'aider Francie. Elle ne peut que l'enfermer pour le mettre hors d'état de nuire. Elle est hostile, verrouillée, impitoyable envers celui qui se montre différent. Bien qu'omniprésente notamment à travers des crucifix, des images pieuses, des statues, des processions et prières, la religion n'offre aucun recours. Les prêtres ne s'intéressent à Francie que lorsqu'il prétend être témoin d'apparitions de la Vierge Marie. Autorités publiques, corps médical[27], éducateurs, parents, amis et voisins ne s'avèrent pas plus capables d'apporter un quelconque soutien au jeune homme déséquilibré. L'Irlande dans son ensemble apparaît bien en filigranes comme « une truie dévorant ses petits », comme le remarque Joyce dans *Le Portrait de l'artiste*.[28] C'est ainsi qu'à l'image du vampire Louis, Francie passe de l'innocence à la monstruosité : de victime, il devient prédateur.

Implicitement, le roman, publié en 1992, interroge l'identité de l'Irlande en cette fin de siècle. Les valeurs du passé étant rejetées, sur quels fondements

---

il symbolise aussi, d'autre part, une volonté de purification et de mise à distance d'une situation s'apparentant à un imbroglio infernal.

26 McCabe, *Le Garçon boucher*, 9.

27 Francie n'est pas efficacement traité par le corps médical, qu'il s'agisse des psychiatres de l'hôpital ou du médecin de famille qui, dans le roman comme dans le film, est comparé à Dracula : « Je m'attendais pas à voir Roche alors j'ai eu un petit choc quand j'ai levé les yeux et que je l'ai vu debout qui me regardait fixement. Il se prenait pour qui bordel, le comte Dracula ? » (110–111).

28 « Sais-tu ce que c'est que l'Irlande ? demanda Stephen avec une froide violence : l'Irlande, c'est la vieille truie qui dévore sa portée » (James Joyce, *Portrait de l'artiste en jeune homme* [1915] Paris : Gallimard, 1992, 297). D'aucuns verront également ici une allusion ironique au cliché victorien évoqué plus haut.

la société irlandaise peut-elle dès lors s'appuyer ? Les images de champignon nucléaire, d'explosion atomique, de désolation post-apocalyptique dans une ville réduite en cendres représentent la destruction du passé, mais aucun avenir prometteur ne semble se dessiner. Que renaîtra-t-il de ces cendres ? Le film donne à voir les fantasmes de Francie dans cette ambiance de fin du monde où surgissent des extraterrestres à tête de guêpe chevauchant des montures grotesques, avatars des cavaliers de l'Apocalypse. Chaos et désolation envahissent son univers. La dernière image du roman dépeint Francie en larmes à sa sortie de l'hôpital, marchant dans la neige, alors que le film s'achève sur une note plus optimiste : le protagoniste reçoit des mains de la Vierge Marie un perce-neige, dont la fleur blanche s'épanouit à la fin de l'hiver comme un signe annonciateur de jours meilleurs.

A l'exception de quelques exemples, le film est très fidèle au roman-source. Une étroite association est repérable entre les deux œuvres. Il convient de ne pas perdre de vue que le scénario est le fruit d'une collaboration du romancier et du cinéaste. Tous deux sont non seulement compatriotes, mais également membres d'une même génération. De ce fait, ils partagent des souvenirs communs de l'Irlande des années 1960 et ont pu s'entendre facilement sur les éléments visuels à mettre en valeur dans l'adaptation cinématographique.

Le film est toutefois globalement moins sombre que le roman, peut-être parce que sa bande originale accentue la désinvolture bravache du héros. Les chansons de Frank Sinatra, les musiques jazz, les airs de cavalerie ou encore l'ouverture de « Guillaume Tell » par Rossini dotent l'adaptation d'une légèreté qui contraste avec la gravité du sujet. Ce décalage burlesque est cependant très pertinent : en effet, les grotesques courses-poursuites, filmées au son de fanfares dans des explosions de joie dionysiaque, reflètent la schizophrénie du protagoniste et l'irresponsabilité de ses actes. Francie se montre enjoué alors qu'il sème la dévastation.

Le contraste est également repérable lorsque la sainte messe est transformée en un vulgaire match par un patient de l'asile. La circularité de l'hostie montrée par le prêtre à l'élévation est parodiquement superposée à celle du ballon qui parvient au but :

Quand on est allés à la messe au moment où le prêtre soulève l'eucharistie, <Walter> se lève et crie à pleins poumons, Homme de bonne volonté toi-même ! Maintenant que tu l'as vas-y cours au fond du filet avec ! Bon Dieu l'équipe de cette année est la meilleure de tous les temps ![29]

Le rituel liturgique se voit « rabaissé par un procédé de dégradation »[30] qui tient plus, en l'occurrence, de la farce de potache que de la fureur icono-claste. C'est en ce domaine qu'une fois encore, Neil Jordan se démarque du romancier. La version filmée n'est pas aussi virulente que le roman-source en matière de représentation de la gent cléricale et de l'univers religieux dans son ensemble. Le Francie du film se montre certes irrévérencieux : il invective des statues[31] mais, contrairement à son double romanesque, ne profère pas de blasphèmes et ne commet pas d'actes sacrilèges. Dans le roman, lorsqu'il arrive dans la maison de redressement, Francie visite les lieux accompagné d'un prêtre : « Je lui ai montré la Vierge Marie du doigt. Elle a pas l'air bien, je lui ai dit, elle a besoin de sucer ».[32] Il brise délibérément des statues et lorsqu'il sert la messe, pastiche et parodie le rite en détournant les citations d'usage avec insolence :

> Je portais l'huilier et tout et nous voilà partis moi et le père Sullivan comme deux grands chuchotements avançant le long du couloir vers la chapelle frout frout. *Domine, exaudi orationem meam*, qu'il disait les bras écartés. J'étais supposé dire *Et clamor meus ad te veniat*. Et putain con bordel de merde, voilà ce que je disais à la place. Mais c'était pas grave du moment qu'on marmonnait quelque chose. De toute façon le père Suli n'écoutait jamais.[33]

Le jeune narrateur souligne ici clairement la parodie à laquelle il se livre en mettant en parallèle hypotexte – ce qu'il est censé dire – et hyper-texte – ce qu'il dit à la place – car, en effet, la parodie perdrait son intérêt si le texte-cible, parodié, n'était pas repéré.

La différence essentielle entre le texte et son adaptation concerne la dérive de prêtres pédophiles. Celle-ci est dépeinte dans le détail par le

29 McCabe, *Le Garçon boucher*, 159.
30 Sigmund Freud, *Le Mot d'esprit et sa relation à l'inconscient* [1940] (Paris : Galli-mard, 1988), 308.
31 « Allez vous faire foutre ! » (McCabe, *Le Garçon boucher*, 133).
32 McCabe, *Le Garçon boucher*, 75.
33 *Ibid.*, 82.

roman, alors qu'elle n'est que suggérée par le film. Francie a beau ne pas être innocent, il décrit avec un certain détachement les habitudes lubriques du Père Sullivan dont le surnom – Minus – témoigne des capacités :

> Suli me plante un gros baiser mouillé et baveux en plein sur la bouche […]. Assieds-toi là il m'a dit et il a tapoté ses genoux. Alors j'ai grimpé. Et que fait Minus il sort sa zigounette et commence à la frotter de haut en bas en me faisant sauter sur ses genoux. Puis tout son corps a vibré et il s'est tellement penché en arrière que j'ai cru qu'il allait se couper en deux.[34]

Ces deux moitiés sont révélatrices de la duplicité du personnage. L'ingénuité de la description noircit d'autant plus sa caractérisation et vise à montrer en un jeu de contraste burlesque à nouveau à quel point le spirituel se trouve clairement supplanté par le temporel le plus vil. La narration alterne des descriptions de scènes pédophiles et masturbatoires avec des manifestations de culpabilité de la part de l'ecclésiastique :

> Minus s'est simplement effondré comme un sac en papier et il est resté là en se cachant les yeux et en disant non. […] Il a dit Doux Jésus je suis désolé Francis […]. Alors j'ai rien dit et je suis resté là avec ma zigounette qui roupillait contre ma cuisse tandis que je fumais et que j'apprenais des choses sur Matt <Talbot> et tous les saints. Béni soit Oliver Plunkett ! Coupé en quartiers ! Saint bordel ![35]

Cette précision sur sa propre anatomie laisse entendre que le narrateur est également déshabillé et que le prêtre a probablement abusé de lui.[36] La narration laisse délibérément planer le doute. Deux pages plus loin, une scène semblable se répète :

> Puis la fois d'après il se met à me souffler dans l'oreille. Il disait que j'avais l'odeur des roses de sainte Thérèse et qu'il me donnerait autant de menthes que je voulais si je lui racontais ce que j'avais fait de pire. Je lui ai raconté des choses sur la ville mais

---

34 *Ibid.*, 84–85.
35 *Ibid.*, 85–86.
36 Par la suite, Francie raconte à son ami Joe ce qui s'est passé : « Joe arrêtait pas d'en revenir à l'autre chose alors pour finir je lui ai dit et qu'est-ce qu'il me répond alors il me dit Francie il a pas vraiment fait ça, si ? Je lui ai dit de quoi tu parles Joe il l'a *fait* est-ce que je viens pas de te le dire ? » (*Ibid.*, 103). Que recouvre ce « ça » ? S'agit-il d'abus sexuel ou de la masturbation du prêtre ?

il arrêtait pas de dire non non pire que ça et je sentais sa main trembler sous moi. Quoi que je lui dise c'était pas assez mal. Non il disait tu dois avoir quelque chose de pire que ça quelque chose que tu veux que personne au monde ne sache. Je lui ai dit d'arrêter que je voulais pas qu'il fasse ça et je voulais plus qu'il dise ça. Mais il s'arrêtait pas. J'arrivais tout juste à l'entendre mais il continuait de dire quelque chose que tu ne pourrais jamais te pardonner une chose terrible Francis une chose terrible s'il te plaît dis-moi j'ai dit arrêtez ! Mais il continuait puis j'ai encore entendu m'man c'était pas ta faute Francie je l'ai attrapé au poignet et je l'ai tout simplement agrippé j'y ai plongé mes dents il est devenu blanc et il a crié Non Francie ! J'ai crié *arrêtez ne redites plus jamais ça !*[37]

Cette dialectique du « pire » correspond à une soif du prêtre d'entendre une confession des plus salaces. Toutefois, la pire action que Francie ait jamais faite jusqu'alors n'est pas de l'ordre du sexuel. Elle est relative à un sentiment de culpabilité filiale : il ne peut se pardonner de n'avoir pas su protéger sa mère et prévenir sa mort, alors qu'il lui avait promis de toujours veiller sur elle. C'est pourquoi lors de cette scène, confronté à cette pénible réalité, il se fâche et réagit avec agressivité.

Le film occulte ces passages et se contente de représenter Francie sur un canapé aux côtés de l'homme d'église qui se penche sur lui pour lui parler à l'oreille, alors que le spectateur devine l'activité à laquelle se livre la main de l'homme sous sa soutane. Le prêtre se masturbe, mais n'a pas de gestes déplacés vis-à-vis de l'adolescent. L'épisode est même traité sur le mode désinvolte et relèverait presque du comique de situation s'il n'était pas aussi scabreux. En tout état de cause, le jeune protagoniste du film n'est aucunement traumatisé, ni même perturbé par les agissements objectivement inacceptables de l'homme, puisqu'il n'est pas à proprement parler sa victime.

Comme il le dit lui-même, Neil Jordan souhaite, à travers ce film, représenter le rôle majeur exercé par l'Église catholique dans la société irlandaise du milieu du vingtième siècle :

Mes films jouent toujours aux frontières de la fantaisie. Ma fascination découle moins de la culture irlandaise mais elle doit être plutôt le fruit de mon éducation catholique [...]. J'ai voulu rappeler, à travers « Le Garçon boucher », l'ambiance

37   *Ibid.*, 88.

bizarre de l'Irlande de mon enfance. C'était un pays pauvre et isolé, plein de naïveté, de paranoïa et de superstition. L'Église catholique contrôlait tout. Elle déterminait les vêtements et semblait même faire le lit des gens.[38]

Neil Jordan ne fait pas montre d'apostasie dans ses productions artistiques. Il ne semble pas avoir de comptes à régler avec l'Église catholique, contrairement à bon nombre de ses confrères, dont Patrick McCabe qui, lui, s'attache à partager son sentiment personnel et à montrer la nocivité de l'influence ecclésiale sur la société. Neil Jordan ne s'inscrit pas dans cette mouvance. Toutefois, il ne faudrait pas pour autant voir en lui un membre soumis du troupeau de fidèles, témoignant de parti pris en faveur de l'institution religieuse. Ses choix en tant que réalisateur attestent d'une attitude non dénuée de critique à l'égard de l'Église. Par exemple, l'option de confier le rôle de la Vierge Marie à Sinéad O'Connor est une idée burlesque qui relève quasiment de la provocation. En effet, les traits doux et innocents du physique angélique de la jeune femme masquent une rébellion anticléricale particulièrement violente et clairement affichée. La chanteuse irlandaise n'a-t-elle pas, en 1992, ostensiblement déchiré la photo du Pape Jean-Paul II lors d'une émission télévisée de grande écoute pour protester contre les scandales de pédophilie au sein de l'Église catholique ?[39]

Ce choix de casting peut être interprété comme une forme d'adhésion à l'initiative d'une artiste compatriote, bien que le scénario du film n'émette aucun jugement vis-à-vis de l'institution ou de ses représentants. De toute évidence, Neil Jordan s'intéresse bien davantage aux « frontières de la fantaisie » et aux « bizarreries » de l'époque, pour reprendre ses propres termes. Il représente des scènes d'une inquiétante étrangeté sans chercher à dénoncer des coupables dans le monde réel. Ses adaptations d'*Entretien avec un vampire* et du *Garçon boucher* témoignent d'un intérêt pour le péri-humain, pour des personnages atypiques situés en périphérie, à la marge de

---

38   Marcus Rothe, 'Neil Jordan remonte aux sources rêvées de son enfance', *L'Humanité* (6 mai 1998).

39   Cet acte provocateur eut lieu lors d'une performance musicale le 3 octobre 1992 dans l'émission de divertissement *Saturday Night Live* sur la chaîne de télévision américaine NBC.

la société, des créatures hybrides, à la fois ancrées dans la condition humaine et en même temps différentes et surréelles. Le basculement dans l'étrange, l'extraordinaire est un thème constant de l'œuvre de Neil Jordan qui rejoint les préoccupations des écrivains dont il adapte les romans.

***

Enfin, sa troisième adaptation d'une œuvre littéraire, *La Fin d'une liaison*, témoigne, une fois encore, que l'irrationnel et la vie quotidienne peuvent être profondément imbriqués. Le roman du même titre, écrit en 1951 par Graham Greene, relate une histoire d'amour adultère liant le narrateur, Maurice Bendrix, à Sarah, épouse d'Henry Miles. L'intrigue se déroule à Londres durant la Seconde Guerre mondiale. Lors d'une nuit passée ensemble en juin 1944, une bombe détruit une partie de l'appartement de Bendrix. Ce dernier, coincé sous la porte d'entrée de la maison, soufflée par l'explosion, reste étendu, inconscient, ensanglanté. Sarah le croit mort. Désemparée, elle s'agenouille et prie :

> Mon Dieu, faites-moi croire [...]. Je veux croire. Qu'il soit vivant et je croirai. Qu'une chance de vivre lui soit accordée [...]. Je l'aime et je donnerai n'importe quoi si vous faites qu'il soit vivant [...]. Je renoncerai à lui pour toujours, mais qu'il soit vivant et qu'il ait sa chance.[40]

Lorsqu'il réapparaît miraculeusement, elle réalise que sa prière est exaucée et que son vœu doit être respecté. Elle met un terme à cette liaison sans fournir d'explications à son amant qui, athée, ne les comprendrait pas. Progressivement, elle se rapproche des valeurs spirituelles et en vient à professer sa foi – « Je crois en Dieu » - peu de temps avant de mourir d'une infection pulmonaire en février 1946.

Les protagonistes sont affectés *a contrario* par les événements de l'Histoire. En effet, la guerre, avec ses bombardements et en particulier le blitz qui ravage la ville de Londres, est associée à une période heureuse pour les amants, alors que l'année 1945, qui célèbre la victoire et la libération, est entachée de tristesse, de souffrance et de dépression, puisque tous deux sont hantés par le souvenir de l'autre sans pouvoir faire le deuil de leur amour.

40   Graham Greene, *La Fin d'une liaison* (Paris : Robert Laffont, 1951), 164.

Le roman est un récit de conversion. Il a une portée autobiographique, non seulement du fait du passage du protestantisme au catholicisme de son auteur à l'âge de 22 ans, mais aussi du fait de sa propre liaison adultère avec une femme mariée.[41] Dans l'ensemble de son œuvre, Graham Greene s'attache à des êtres ambigus et aux cas limites de l'orthodoxie, comme en témoigne Bendrix, homme jaloux de sa maîtresse qui le « trompe » avec Dieu. Percevant ce dernier comme un rival, il déploie tous ses efforts pour reconquérir Sarah en vain. Bien que se considérant comme foncièrement athée, il s'adresse à Dieu à la fin du récit lors d'une scène qui tient à la fois de la prière et du règlement de compte :

> Vous me l'avez prise, mais Vous ne me tenez pas encore […]. Je ne veux pas de Votre paix et je ne veux pas de Votre amour. Je voulais quelque chose de très simple et de très facile : je voulais que Sarah fût mienne toute la vie, mais Vous l'avez emportée. Par Vos grandes entreprises, Vous détruisez notre bonheur comme un moissonneur détruit un nid de souris : je Vous hais, Dieu, je Vous hais comme si Vous existiez […]. O Dieu, Vous en avez fait assez. Vous m'avez assez dépouillé. Je suis trop vieux et trop fatigué pour apprendre à aimer, laissez-moi tranquille à tout jamais.[42]

La lutte de la foi et du doute, la quête de l'identité en Dieu ou la trahison comme vecteur du salut sont des thématiques de prédilection du romancier britannique. Dans l'ensemble de cette œuvre, l'homme tente d'arracher les autres au chemin qu'il ne veut pas les voir prendre, dans un climat de tension qui doit beaucoup à l'expérience de critique cinématographique de l'auteur. Car Graham Greene, à l'image de Neil Jordan, est non seulement romancier, mais travaille aussi pour le cinéma : il adapte des œuvres à l'écran et écrit des scénarios, dont ce grand classique du film noir, *Le troisième Homme*, en 1949.

L'ambiance mystérieuse de l'intrigue de *La Fin d'une liaison* influe probablement sur la rédaction du récit que Neil Jordan publie quelques années plus tard, *Dans les Eaux troubles*. Les deux romans n'ont-ils pas pour protagoniste un homme hanté par le fantôme d'une femme ? Celle-ci, de son vivant, n'est-elle pas prise en filature par un détective dont l'objectif

---

41   Graham Greene ne s'est jamais caché d'avoir une liaison avec Catherine Walston, l'épouse d'un ami.
42   Greene, *La Fin d'une liaison,* 323–325.

est de percer ses secrets ? Dans le roman de Greene, ledit détective peine à mettre à jour la vie cachée de Sarah. Il lui faut voler son journal intime pour que ses secrets soient dévoilés. Bendrix découvre alors que si elle refuse de le voir, ce n'est pas parce qu'elle a pris d'autres amants, mais parce qu'elle a fait une promesse à Dieu et se doit d'honorer son engagement en remerciement d'une demande exaucée.

Comme dans les deux adaptations cinématographiques précédemment traitées, il s'agit ici d'une parole aux effets déterminants, prise au pied de la lettre, d'un vœu exprimé dans le feu de l'action par un locuteur qui n'en perçoit pas les éventuelles conséquences. En traitant les Brady de cochons, Mrs Nugent ne réalise pas la portée de son insulte sur le comportement de Francie. En formulant ces mots, elle signe son arrêt de mort. Dans *Entretien avec un vampire*, Louis, au seuil de la mort, fait le choix, par sa parole, de se livrer corps et âme à Lestat et scelle ainsi son destin pour l'éternité. Dans *La Fin d'une liaison*, Sarah, elle aussi confrontée à la mort, supplie Dieu de laisser la vie sauve à son amant, en échange de quoi elle promet d'amender son comportement coupable en renonçant à cette relation adultère. Prise au mot, elle estime devoir respecter son engagement solennel et rompt donc avec Bendrix, bien que son engagement fût exprimé sur une méprise, son amant n'étant pas mort, mais seulement blessé. Sarah fait preuve d'abnégation totale en respectant son vœu, mais lorsque Bendrix découvre la vérité, il refuse de renoncer de manière sacrificielle à ce qu'il considère comme leur intérêt commun.

C'est là un des points de divergence entre le roman et sa version filmée. Dans le premier, Bendrix et Sarah se rencontrent à deux reprises après 18 mois de silence : d'abord à l'occasion d'un déjeuner au restaurant, puis d'un rendez-vous dans une église de Londres. Les retrouvailles se limitent à des échanges verbaux. Dans le film, en revanche, les deux protagonistes se rendent à Brighton où leur liaison reprend. La station balnéaire est pour Neil Jordan un lieu magique où tout est possible, un espace de liberté, de joie innocente, comme en témoigne l'ambiance de fête foraine sur la jetée.[43] Lors de ce séjour, Bendrix fait part à Sarah de son désir d'avoir un

---

43   Des scènes des films de Neil Jordan *Mona Lisa* et *Byzantium* se déroulent à cet endroit précis.

enfant avec elle. Il pense qu'elle va quitter définitivement son mari, mais apprend par la bouche de ce dernier que celle qu'ils aiment est condamnée. Son espérance de vie n'étant plus que de six mois, tout projet d'avenir est désormais hors de question. Sur la demande d'Henry, Bendrix emménage donc dans la maison du couple où les deux hommes veillent la moribonde tour à tour. Dans le texte initial, ce n'est qu'après la mort de Sarah qu'il s'installe chez eux.

L'éternelle histoire du trio mari-femme-amant, qui pourrait être d'une déconcertante banalité, est ici digne d'intérêt du fait de la profondeur psychologique, la complexité et l'ambivalence des personnages dont le lecteur suit l'évolution au fil du récit.

Alors que Sarah est présentée initialement comme une femme facile – « Qui la voulait la prenait »[44] – elle se convertit, vit comme une ermite dans le désert et devient quasiment une sainte. Son journal intime a les élans d'un écrit spirituel. Elle y invoque Dieu avec des accents augustiniens : « Que ferai-je, mon Dieu, de ce désir d'aimer ? »[45] écrit-elle, tiraillée entre le désir physique d'un homme et sa promesse faite au Divin. Les pages écrites en 1944 sont celles d'une femme malheureuse liée à un « absurde serment »,[46] une femme révoltée à l'idée que son amant ne pourra comprendre sa décision radicale. Mais au fur et à mesure du journal, une sérénité s'installe et transparaît. Les ultimes pages, rédigées en 1946, attestent que la rédactrice est désormais en paix, bien que gravement malade : « Je n'ai plus peur du désert puisque Vous êtes là ».[47] Après sa mort, elle intervient de manière bienveillante auprès de ceux qui l'ont connue et aimée et exauce les prières qui lui sont adressées : implorée par Bendrix, elle l'aide à sortir du danger lorsqu'il est tenté par les charmes de Sylvia à qui il ne veut pas faire de mal en envoyant sa mère entre eux ; elle guérit Lance Parkis, le fils du détective privé, de terribles douleurs abdominales ; enfin, Sarah, de son vivant, rencontre Richard Smythe, un orateur rationaliste et échange avec lui des arguments qui confirment ou infirment l'existence de Dieu. L'homme souffre d'une maladie de peau qui ravage la moitié de son

---

44   Greene, *La Fin d'une liaison,* 308.
45   *Ibid.,* 161.
46   *Ibid.,* 181.
47   *Ibid.,* 191

visage. Amoureux de Sarah, lorsqu'il apprend sa mort, il se rend auprès de son corps pour lui rendre hommage et subtilise une mèche de ses cheveux sur laquelle il s'endort le soir suivant. Le lendemain matin, son visage est totalement purifié. Il relate les faits par téléphone à Bendrix :

> Je n'ai subi aucun traitement pour mon visage. Il s'est nettoyé, subitement, en une nuit.
>
> – Comment ? Je continue à ne …
>
> Il reprit sur un ton solennel de conspiration :
>
> – Vous et moi sommes seuls à savoir comment. Inutile de tourner autour. J'avais tort de vous le cacher : c'est un …
>
> Mais je raccrochai avant qu'il eût pu prononcer ce mot stupide du vocabulaire journalistique qui est l'équivalent de « coïncidence ».[48]

Ce que d'aucuns interprètent comme des miracles[49] ne sont que des coïncidences pour d'autres. Et Bendrix de poursuivre : « J'essayai de rassembler toute ma foi dans la coïncidence, […] me demandai combien de coïncidences il allait encore se produire ».[50] Perturbé, doutant de son propre athéisme, il en vient à se demander « si la guérison par la foi est possible ».[51]

L'époux de Sarah, Henry, est quant à lui dépeint comme un être totalement dévoué à son poste de haut fonctionnaire civil. Il n'a pas de désir

---

48 *Ibid.*, 320.

49 Le miracle, ce fait extraordinaire, supposé étranger aux lois naturelles, où l'on croit reconnaître une intervention divine et auquel on confère une signification spirituelle, est source d'intérêt et d'interrogation pour Neil Jordan, réalisateur d'un film intitulé précisément *The Miracle* (*L'Etrangère*) en 1991, tout comme il l'est pour Graham Greene qui écrit dans la préface de son roman : « Si nous devons croire à un pouvoir qui nous soit infiniment supérieur en puissance et en connaissance, la magie fait inévitablement partie de notre croyance – ou plutôt, le mot de magie est celui que nous employons pour le mystérieux et l'inexplicable – comme les stigmates du Padre Pio que j'ai vus à quelques pas de moi, pendant qu'il célébrait la messe de très bonne heure, dans son monastère en Italie du Sud » (Greene, *La Fin d'une liaison*, 11).

50 Greene, *La Fin d'une liaison*, 320–321.

51 *Ibid.*, 324.

physique pour son épouse et donc pas de commerce charnel avec elle, mais se montre très respectueux à son égard, même s'il souffre de cette situation, comme en attestent ses larmes. Leur relation est basée sur le non-dit. Bien qu'il sache qu'elle a des liaisons avec d'autres hommes, il ne la juge pas. Il est dépeint par le récit comme un homosexuel frustré, en particulier lorsqu'il invite l'amant de sa défunte épouse à dormir chez lui, puis à partager sa vie en s'installant dans sa maison. De toute évidence, il aspire à une forme d'intimité avec un homme, comme il le reconnaît lui-même en présence de Bendrix à qui il confesse : « Ces promenades du soir avec vous me donnent beaucoup de joie [...]. Ce sont, à vrai dire, mes seules joies ».[52]

Bien qu'il prenne en charge une grande majorité du récit, Bendrix, quant à lui, est le personnage le moins sympathique du trio. Lors de sa liaison, il se montre querelleur, harcèle et tourmente Sarah. Humilié d'être abandonné sans explications, il réagit comme un phallocrate avide de jouissances égoïstes et dominatrices : « si je pouvais la posséder une fois encore, fût-ce de façon rapide, brutale et peu satisfaisante, je retrouverais la paix ; mon organisme en serait délivré, et ce serait ensuite moi qui la quitterais, je ne serais pas quitté par elle ».[53] Haineux, jaloux, enfermé dans un esprit de vengeance, il cherche à prendre Sarah au piège en engageant un détective pour la suivre, alors qu'Henry renonce rapidement à cette idée saugrenue. Ce dernier est furieux lorsqu'il apprend l'initiative de Bendrix : « Ce que vous avez fait est monstrueux ».[54]

Alors que Bendrix sait que Sarah a été baptisée en secret lorsqu'elle était enfant, qu'elle a « attrapé la foi comme on attrape une maladie », est « tombée croyante comme on tombe amoureuse »,[55] il dissuade Henry d'organiser des funérailles catholiques, malgré les pressions de ceux qui l'ont côtoyée dans ses derniers jours. Son rejet de la religion est immuable. Bendrix reste fermement attaché à ses principes et se montre arrogant, obtus et macho, comme en attestent les propos révoltés et presque risibles qu'il adresse au Divin en qui il ne voit qu'un rival amoureux : « Sarah a été à moi, pas à Vous. Vous ne l'avez pas possédée, c'est moi qui l'ai eue [...].

---

52 *Ibid.*, 324–325.
53 *Ibid.*, 52.
54 *Ibid.*, 116.
55 *Ibid.*, 252.

C'est moi qui la pénétrais, pas Vous. […] Ce n'est qu'une coïncidence qui a failli la ramener vers Vous à la fin ».[56]

Les trois protagonistes du film sont assez conformes aux modèles romanesques, même si le Bendrix de Greene est plus détestable que celui de Jordan.[57] Les personnages secondaires, quant à eux, sont moins nombreux dans l'adaptation cinématographique que dans le texte original. En effet, l'orateur rationaliste Richard Smythe n'apparaît pas dans la version filmée. Il se contente de donner son nom au Père Crompton qui devient le Père Smythe,[58] en qui Bendrix voit le nouvel amant de Sarah, ce qui alimente son hostilité à l'égard des hommes d'église. En revanche, le film ne dépeint pas le prêtre de manière aussi négative que le récit qui le qualifie de « laid, blafard, empoté, rigide, suffisant, amer, sinistre et ridicule ». De manière générale, la caractérisation des personnages est plus accentuée dans le texte que dans le scénario. En outre, les taches lie-de-vin qui défigurent Smythe dans le roman sont transférées sur le jeune Parkis dans le film ; l'enfant est guéri par la tendresse bienveillante de Sarah qui, malgré le caractère repoussant de cette anomalie, n'hésite pas à accorder un « baiser au lépreux ». C'est là le seul miracle de l'adaptation cinématographique, alors qu'ils sont au nombre de trois dans le roman.

La Fin d'une liaison est une histoire de fantôme aux accents métaphysiques. Elle questionne l'intervention de puissances surnaturelles dans nos vies et pose donc la question de l'existence de Dieu. Aux hommes prisonniers des forces ténébreuses du mal, dont la guerre est le signe, est offerte une possibilité de rédemption, une planche de salut. L'être humain n'en demeure pas moins tiraillé entre sensualité et spiritualité, entre le monde du désir charnel et celui des choses d'en haut. Dans la droite ligne de la doctrine de Saint Augustin, dont le nom est mentionné dans le récit,[59] l'homme ne peut

---

56   *Ibid.*, 282–283.
57   Dans le roman, Bendrix est haineux, jaloux et égoïste. Il est présenté sous des traits plus aimables dans le film.
58   Du fait de la contraction de deux personnages en un seul, l'insistance pour que des funérailles catholiques soient organisées est donc moindre dans le film, puisqu'elle n'émane que d'un seul personnage.
59   Après la mort de Sarah, lors du dîner rassemblant Henry, Bendrix et le Père Crompton, ce dernier déclare : « Saint Augustin demandait d'où venait le temps.

accéder à la connaissance du Créateur uniquement par sa raison, car il est radicalement corrompu par le péché originel. Aussi doit-il se soumettre à l'autorité transcendante par la foi en la grâce que Dieu lui accorde.

Malgré un certain nombre d'obstacles et de tentations, Sarah emprunte le chemin de la foi chrétienne, alors que Francie et Louis, dans les deux films évoqués précédemment, en prennent un tout autre. Le premier part à la dérive du fait de ses troubles psychiques, le second se tourne vers une voie dangereuse, suite à une mauvaise rencontre. Sa transformation en vampire a lieu dans un cimetière où la statue d'un ange le suit du regard et l'observe de côté pour signifier que le jeune homme s'écarte du droit chemin et prend une route risquant de le mener à la perdition. Les trois adaptations cinématographiques de Neil Jordan renouent avec les éternelles questions du bien et du mal : certains protagonistes évoluent sur un chemin de conversion, alors que d'autres prennent celui de la perversion.

***

L'adaptation est un ajustement qui transforme une œuvre existante. Dans le cas qui nous intéresse, elle est cinématographique et passe donc d'un 'dire' à un 'montrer' : l'appropriation interprétative d'un texte est suivie d'une représentation à travers un médium filmique. Le recours à la caméra révèle inévitablement des divergences par rapport au texte-source. En l'occurrence, Neil Jordan développe, supprime, transforme, fait des choix esthétiques qui peuvent modifier le sens du texte initial. Son adaptation reflète sa lecture personnelle des textes : elle est en cohérence avec ce qu'il est, ce qu'il comprend, ce qu'il croit, comme en atteste son approche des questions religieuses. Elle correspond aussi à l'horizon d'attente du public qui n'est pas le même en 2000 qu'en 1950 : alors que le roman de Graham Greene met en valeur la grandeur d'âme de Sarah qui ne manque pas à sa promesse faite à Dieu, la version adaptée souligne l'ironie du sort puisque

---

Il disait : 'Le temps sort de l'avenir qui n'existe pas encore, pénètre dans le présent qui n'a pas de durée et disparaît dans le passé qui a cessé d'exister'. Je ne sache pas que nous comprenions le temps mieux qu'un enfant » (Greene, *La Fin d'une liaison*, 306).

la jeune femme apprend l'imminence de sa mort au moment où elle s'apprête à changer de vie.

En règle générale, bien qu'elle ne soit pas inscrite dans le projet adaptatif, la fidélité à l'œuvre originale caractérise ces trois adaptations visuelles. Ces dernières ne prennent pas de liberté excessive par rapport aux textes-sources, que le romancier ait participé ou non à l'écriture du scénario. Elles s'inscrivent dans le prolongement du texte, dont elles respectent la lettre et l'esprit. Étant lui-même écrivain, Neil Jordan est peut-être particulièrement sensible à cette notion de fidélité. Toutefois, lorsque le propos et le contexte lui semblent excessivement sombres, il n'hésite pas à ajouter quelques touches d'humour.[60]

Paradoxalement, Neil Jordan n'adapte pas ses propres textes sur grand écran, mais préfère travailler à partir d'œuvres allogènes. Pourquoi ces trois romans ? Parce qu'ils se focalisent sur un basculement dans l'étrange, sur un passage de l'ordinaire à l'extraordinaire et entrent ainsi en résonance avec son œuvre littéraire personnelle. Ces trois adaptations filmiques présentent en effet des éléments de convergence avec la fiction du réalisateur : l'oralité du récit, l'univers surnaturel, le décor gothique ou la part d'ombre et de lumière présente en chaque individu sont des thèmes récurrents de sa production littéraire. De la même façon, les protagonistes de ces films ressemblent curieusement aux personnages typiques de sa fiction, qu'il s'agisse de morts-vivants oscillant dans un état intermédiaire, d'êtres hantés par des fantômes ou métamorphosés en monstres, de personnages aux tendances homoérotiques ou incestueuses, ou encore d'hommes et de femmes en proie à des questions métaphysiques et en quête de Dieu. Ces points communs expliquent son intérêt pour ces

---

60   Jeune vampire, Claudia, qui ne se prive pas d'égorger ses proies au milieu du salon richement décoré, se fait tancer par Lestat qui semble uniquement contrarié de constater des taches de sang sur les tapis et canapés : « Pas à la maison ! », s'écrie-t-il excédé. De la même façon, dans « Le Garçon boucher », les scènes où les ménagères irlandaises, engoncées dans leur imperméable et leur foulard, échangent des commérages et commentent les faits et gestes de Francie avec force roulements d'yeux et froncements de sourcils sont particulièrement comiques.

textes qu'il aurait pu lui-même écrire[61] et dont il aurait sans doute aimé être l'auteur. Or, il l'est d'une certaine manière : l'adaptation n'est-elle pas une activité éminemment subjective qui aboutit à la création d'une œuvre nouvelle ?

---

61 Michel Charles développe l'idée qu'un texte littéraire s'écrit par l'abandon de textes possibles dont il porte la trace. Certains textes réactivent les possibles contenus dans d'autres textes. L'intertextualité est le résultat d'une interaction entre les possibles que contient un texte et l'exploitation de ces possibles dans d'autres textes (Cf. Michel Charles, *Introduction à l'étude des textes,* Paris : Seuil, 1995).

Démembrements et dislocations

Les Ombres ou le récit d'une comédienne décapitée

Résonances gothiques

Dans son ouvrage paru en 1973, Harold Bloom réécrit l'histoire littéraire dans les termes du complexe d'Œdipe et fonde sa théorie de *L'Angoisse de l'influence* sur l'idée d'un conflit intergénérationnel. Selon son approche, tout jeune écrivain vit dans l'ombre d'un illustre prédécesseur comme un fils opprimé par son père. Il cherche à désarmer cette rivalité œdipienne en produisant un texte qui révise, dénature et déforme l'œuvre d'un prédécesseur.

L'écriture est donc réaction au travail d'un précurseur. Elle est prise de position d'un individu qui tente de négocier avec l'autorité de l'œuvre antérieure dont l'auteur devient, d'une certaine manière, celui de l'œuvre seconde, puisqu'il s'exprime à travers elle, tel un revenant qui reprend vie, comme le développe Bloom à travers la notion d'*apophrades* :

> *Apophrades* ou le retour des morts. J'emprunte le mot à cette période lugubre et malheureuse de la Grèce antique où les morts revenaient habiter les maisons dans lesquelles ils avaient vécu.[1]

L'œuvre seconde est ainsi porteuse de fantômes, ceux des textes potentiels qu'elle n'actualise pas, ceux des possibles contenus dans d'autres textes et auxquels elle redonne vie, mais aussi ceux qu'elle convoque de façon plus ou moins intentionnelle. Ces fantômes sont évoqués sous forme d'ombres dans le discours critique sur la littérature irlandaise :

[1] "*Apophrades,* or the return of the dead; I take the word from the Athenian dismal or unlucky days upon which the dead returned to reinhabit the houses in which they had lived" (Harold Bloom, *The Anxiety of Influence, A Theory of Poetry*, Oxford: Oxford University Press, 1973, introduction, 15).

– En effet, Benedict Kiely admet : « Ce que j'essaie de produire, ce sont les pensées fortuites d'un soi-disant romancier qui tente d'écrire dans *l'ombre* de James Joyce ».²
– Dermot Bolger remarque : « Joyce et les autres sont souvent des *ombres* sous lesquelles les nouvelles générations d'écrivains irlandais essaient de ne pas être maintenues ».³
– Augustine Martin constate : « Notre modeste tradition est couverte des *ombres* gigantesques et écrasantes de Joyce et Yeats ».⁴
– Quant à Neil Corcoran, il justifie le titre de son essai de la façon suivante : « La littérature d'aujourd'hui se situe 'après Yeats et Joyce' car sur elles se projettent leurs *ombres* : il s'agit en effet d'une littérature hantée par les créations de ces écrivains incontournables du début du siècle ».⁵

Dans cette étude, qui date de 1997, Neil Corcoran cite le jeune romancier Ferdia MacAnna pour qui *Ulysse* est le cauchemar des jeunes écrivains contemporains, à tel point que certains d'entre eux, renonçant à rivaliser avec Joyce, décident finalement d'abandonner l'écriture.⁶ MacAnna donne l'exemple de Neil Jordan qui, à la fin des années 1990, après avoir publié un recueil de nouvelles et deux romans, met un terme à sa carrière

2   "What I am trying to offer are the random thoughts of a would-be novelist trying to practice under the *shadow* of James Joyce" (Augustine Martin, ed., *James Joyce, the Artist and the Labyrinth*, London: Ryan Publishing, 1990, 42). C'est moi qui souligne.
3   "Frequently Joyce and others are *shadows* that newer Irish writers are trying to avoid being pushed under" (Dermot Bolger, ed., *The Picador Book of Contemporary Irish Fiction*, London & Basingstoke: Pan Books, 1993, viii). C'est moi qui souligne.
4   "Our own modest tradition has fallen under the immense and crippling *shadows* of Joyce and Yeats" (Augustine Martin, *Bearing Witness. Essays on Anglo-Irish Literature*, Dublin: UCD Press, 1996, 83). C'est moi qui souligne.
5   "[Today's] literature is […] 'after Yeats and Joyce', […] that is to say, a literature always to some degree *shadowed* by the achievements of these un-ignorable turn-of-the-century writers" (Neil Corcoran, *After Yeats and Joyce. Reading modern Irish Literature*, Oxford, New York: Oxford University Press, 1997, preface, vii-viii). C'est moi qui souligne.
6   "*Ulysses* is the nightmare from which Dublin is trying to awake […]. Many contemporary writers choose not to read it" (Ferdia MacAnna, "The Dublin Renaissance", *The Irish Review* 10 (Spring 1991), 18, cité par Corcoran, *After Yeats and Joyce*, 123).

littéraire pour se consacrer au cinéma et parvenir ainsi à se libérer de l'héritage encombrant de figures tutélaires intimidantes.[7] Quelques années auparavant, Jordan avait en effet expliqué :

> Quand j'ai commencé à écrire, une question s'imposait à moi : comment écrire des histoires sur la vie urbaine contemporaine irlandaise sans me laisser envahir par la langue et la mythologie de Joyce ?[8]

Rétrospectivement, nul ne peut nier que, même s'il lui est arrivé de rester en retrait du paysage littéraire pendant une dizaine d'années durant laquelle il n'a rien publié, Neil Jordan n'a, de toute évidence, pas mis fin à sa carrière de romancier, comme en atteste la parution de cinq romans, ultérieurs à la publication de l'essai de Corcoran.[9]

Qui plus est, deux d'entre eux portent en épigraphe un vers extrait d'un poème de Yeats.[10] C'est le cas des *Ombres*, roman paru en 2004. On peut voir là la preuve que Neil Jordan, alors âgé de 54 ans, qui n'est certes plus un jeune écrivain, accepte de s'inscrire dans une filiation et se sent désormais en mesure d'écrire de la fiction sans pour autant souffrir d'une angoisse particulière, sans déplorer que d'illustres prédécesseurs lui fassent de l'ombre. Ce n'est certainement pas un hasard si ce terme symptomatique d'« ombre » (*shade*) est celui qu'il retient pour intituler ce roman publié après un long silence. C'est en effet le mot que Yeats utilise lui-même

---

7   "He <MacAnna> cites the case of Neil Jordan, who turned from writing to film-making in the attempt to cast off the long *shadow* of Joyce" (Corcoran, *After Yeats and Joyce,* 123).

8   "When I started writing I felt very pressured by the question: how to write stories without being swamped in the language and mythology of Joyce?" (Kearney, ed., *Across the Frontiers – Ireland in the 1990s,* 196–197).

9   *Shade* (2004), *Mistaken* (2011), *The Drowned Detective* (2016), *Carnivalesque* (2017), *The Ballad of Lord Edward and Citizen Small* (2021).

10   *Carnavalesque* et *Les Ombres.* L'édition originale du premier roman de Neil Jordan, *Le Passé,* débutait également par une épigraphe extraite d'un poème de Yeats, mais celle-ci n'apparaît plus dans les éditions suivantes. La citation retenue – 'Eternity is passion' – était le premier vers de la huitième section du poème « Supernatural Songs » issu du recueil de 1935, *A Full Moon in March.*

pour évoquer les fantômes.[11] Le terme est repris en écho par l'épigraphe,
extraite d'un poème écrit à la mémoire des amies défuntes du poète, Eva
Gore-Booth et Constance Markiewicz : « Chères ombres, maintenant
vous savez tout ».[12] Le mot est à comprendre comme la représentation de
l'âme ou de l'esprit des morts, à laquelle l'imagerie mythique attribue un
séjour souterrain, un autre monde, qui n'est jamais très éloigné de celui
des vivants, selon Yeats,[13] lequel se montre toujours intrigué par cet état
mystérieux qui succède au trépas, comme en atteste son poème « Byzantium », par exemple :

> Devant moi flotte une image, homme ou ombre, Ombre plutôt qu'homme, image
> plutôt qu'ombre ;
>
> [...]
>
> Une bouche que la buée du souffle a fui ;
>
> [...]
>
> Je l'appelle mort-dans-la-vie et vie-dans-la-mort.[14]

Le poème évoque une bouche dépourvue de souffle, qui ne manque pas de
rappeler celle de la narratrice du roman de Neil Jordan.

En 1900, Nina a trois ans. Elle vit dans la vaste demeure familiale avec
ses parents, des industriels anglo-irlandais fortunés.[15] Petite fille fantasque

---

11   "The shade of the departed appearing at times" (William Butler Yeats, *Writings on Irish Folklore, Legend and Myth*, London: Penguin, 1993, 48).

12   "Dear shadows, now you know it all" (W. B. Yeats, 'In Memory of Eva Gore-Booth and Con Markiewicz', *The Winding Stair and Other Poems* [1933] in *Collected Poems*, London: Macmillan, 1989, 263).

13   "In Ireland this world and the other are not widely sundered" (William Butler Yeats, 'Tales from the Twilight', from the *Scots Observer* (1890) in *Writings on Irish Folklore, Legend and Myth*, 58).

14   "Before me floats an image, man or shade / Shade more than man, more image than a shade [...] / A mouth that has no moisture and no breath [...] / I call it death-in-life and life-in-death" (W. B. Yeats, 'Byzantium', *The Winding Stair and Other Poems* [1933] in *Collected Poems*, 280). Rappelons que 'Byzantium' est égale-ment le titre d'un film de Neil Jordan réalisé en 2012.

15   Son père est anglais, sa mère irlandaise.

à l'imagination galopante, elle crée un univers parallèle. Entre contes et légendes, Nina s'invente des histoires et parle régulièrement à sa poupée Hester, mais aussi à une mystérieuse amie secrète, une présence fantomatique qu'elle seule peut voir. Elle se lie d'amitié avec deux enfants d'ouvriers vivant de l'autre côté de l'eau, Janie et son frère quelque peu attardé, George. Le trio s'élargit avec l'arrivée de Gregory, le demi-frère de Nina, dont elle ignorait l'existence jusqu'alors. Ces quatre jeunes gens deviennent inséparables et forment un solide quatuor au sein duquel, au fil du temps, se tissent des relations amoureuses. Lorsqu'en 1914, George et Gregory s'apprêtent à partir pour le front, Nina se donne à eux tour à tour, comme pour consolider les liens qui les unissent.[16] Sur les champs de bataille des Dardanelles, les deux garçons veillent l'un sur l'autre. Nina, quant à elle, met un terme à sa grossesse avec l'aide de la domestique, enterre le fœtus à la hâte dans son châle et, se sentant incomprise par ses parents, prend le bateau pour l'Angleterre où elle débute une carrière de comédienne de théâtre.

À leur retour du front, George, défiguré, présente de graves séquelles qui l'obligent à séjourner en hôpital psychiatrique ; Gregory, quant à lui, s'installe à Londres et devient l'impresario de Nina jusqu'à ce que leurs chemins se séparent, quand tous deux tombent amoureux du même homme. Nina part alors pour Hollywood, devient actrice de cinéma et accède à la célébrité. Après la Seconde Guerre mondiale, elle revient en Irlande et décide de demeurer dans la maison familiale, abandonnée depuis le décès de ses

---

16   Trouble de la limite par excellence, l'inceste est un thème récurrent du roman gothique, comme en témoignent *Le Château d'Otrante* d'Horace Walpole ou *Le Moine* de Matthew Gregory Lewis, entre autres. La transgression de l'interdit sexuel, violation la plus flagrante des structures familiales, est en effet l'un des plus grands crimes commis dans ces œuvres. Certains critiques, tels Claire Kahane, lui attribuent même la terreur propre au genre. Or le roman qui nous intéresse ici se distingue des « classiques » du roman noir : en effet, l'inceste n'inspire pas spécialement d'horreur à ceux qui s'y livrent. Nina n'est pas une victime outragée. Dénuée d'innocence, elle débute une liaison avec son demi-frère sur sa propre initiative et porte donc une part de responsabilité dans son malheur. De la même façon, Gregory n'a rien d'un bourreau : il n'est ni voué au mal, ni totalement coupable. En outre, sa foncière homosexualité contribue à remettre en cause l'archétype de la masculinité prédatrice des terribles protagonistes des romans gothiques d'antan. Il en va de même du handicap de George.

parents. Pensant pouvoir renouer leurs relations d'antan, Nina fait sortir George de l'asile et lui confie des travaux domestiques. Lorsque celui-ci, en creusant la terre, découvre incidemment le châle de Nina et son macabre contenu, il se sent trahi et décide de se venger[17] : c'est alors qu'il étrangle celle qui était son amie, la décapite et jette son corps dans la fosse septique de la propriété.[18] Nina voit alors sa vie défiler sous ses yeux, comme un film dont elle est à la fois actrice et spectatrice. C'est ainsi qu'elle relate les événements de son existence, les circonstances de son meurtre et son passage dans l'autre monde, tout en restant une ombre silencieuse et observatrice de l'univers diégétique.[19] Désincarnée, sa voix, issue de l'au-delà, dote la narration d'une omniscience idéale :

> Comment expliquer mon œil dénué de chair et de sang, ma vision constante ? […]
> Comment se fait-il que je sois partout et nulle part ? […] Je suis le narrateur par-
> fait, j'habite le passé et le présent, je danse entre les deux, je ne suis rien sinon mon
> histoire […]. Une présence, j'en ai une, mais de substance point.[20]

17   George, défiguré, monstrueux, de retour de la guerre, se comporte comme une bête sauvage. Il ne manque pas de rappeler d'autres créatures issues de la fiction de Neil Jordan dont les titres mentionnent explicitement une bête ou un monstre (*Le Rêve d'une bête, Sunrise with Sea Monster*, titre original de *Lignes de fond*). Il est à noter que, dans cette œuvre, la bête ou le monstre est toujours de sexe masculin. Dans *Les Ombres*, l'assassinat de Nina par George est interprétable comme une parodie de « La Belle et la Bête », déjà évoquée précédemment. Dans le conte de fées, la Bête, délivrée de son sortilège par l'amour d'une femme, peut envisager un avenir avec elle. Ici, la Bête ne peut se départir de son apparence monstrueuse et repoussante (bien que Nina semble en faire abstraction) et se comporte sauvage-ment en assassinant celle qui fut sa belle. Un autre écho du conte de fées est relatif aux relations père-fille, lesquelles sont également détournées ici. En effet, alors que la Belle éprouve un amour œdipien excessif pour son géniteur, Nina quitte son père définitivement et rompt tout contact avec lui, au grand désespoir de ce der-nier.

18   Dans la Rome antique, les premiers martyrs chrétiens étaient fréquemment mis à mort et jetés dans les égouts de la ville comme l'illustre Callista, l'héroïne du roman du Cardinal John Henry Newman (*Callista* [1857] Paris : Téqui, 2019).

19   La prise en charge du récit par une voix d'outre-tombe n'est pas un phénomène nouveau dans la littérature irlandaise, comme l'illustrent *Malone meurt* de Beckett ou *Le troisième Policier* de Flann O'Brien. Plus récent, le roman de Mike McCormack *D'Os et de lumière* (2016) s'inscrit également dans cette lignée.

20   Neil Jordan, *Les Ombres* (Paris : Editions de l'Olivier, 2004), 117–118.

Nina a accès à un mode de connaissance pure qui se passe de tout contact matériel. Dans son observation du monde, elle n'aperçoit finalement que le reflet de son moi, son propre fantôme, qui est là depuis le début.[21] De la première à la dernière page, le récit alterne les époques, mais aussi les points de vue pour transcrire un climat brutal, chaotique, envoûtant, teinté de surnaturel. Durant les jours suivant des funérailles sans corps, celui-ci restant introuvable aux enquêteurs, la pluie tombe incessamment, fait grossir le fleuve dont les eaux se mêlent à celles de la mer, envahissent la fosse et libèrent son contenu.

L'expulsion de Nina hors de la cuve obscure dont elle est prisonnière est assimilable à une naissance ou une renaissance. Libérée, elle peut « naître » à la fin du récit, une fois qu'elle con-*naît* la vérité et les raisons pour lesquelles elle a été tuée. La connaissance, dont le registre se rapproche de celui de la naissance, est ici considérée comme une acquisition permise par le passage de vie à trépas, comme le souligne l'épigraphe du roman : « Chères ombres, maintenant vous savez tout ». Ces mots de Yeats laissent supposer que la connaissance fondamentale des mystères de l'existence passe par la mort.[22]

---

21 Ce reflet fantomatique se rattache au motif du double comme producteur d'une inquiétante étrangeté. L'association de Nina avec sa poupée ou son amie imaginaire génère un dédoublement, une division du moi qui se rattache au *Doppelgänger* de la tradition gothico-fantastique. C'est là une spécificité de l'œuvre de Neil Jordan, dans laquelle la thématique du double est omniprésente sous tous ses aspects, comme en attestent les associations binaires de la protagoniste avec sa voisine Janie ou son voisin et ami George. Nina est également appariée à Gregory, son demi-frère, puis forme un tandem avec Jonathan. Par ailleurs, dans cette thématique entrent aussi les rôles interprétés par la protagoniste comédienne. Ses « autres noms » sont en quelque sorte des *alter ego* : Nina joue Rosalind, the Colleen Bawn et Orinthia, héroïnes respectives de Shakespeare, Boucicault et Shaw.

22 Or, ce n'est pas ce que dit le poème qui se poursuit par ces mots : « now you know it all / All the folly of a fight / With a common wrong or right ». La « folie de la lutte » fait référence aux combats menés par les deux sœurs, Constance Markiewicz et Eva Gore-Booth, qui se consacrent au peuple auquel elles n'appartiennent pas, de par leur naissance : Constance participe à l'Insurrection de Pâques 1916, puis devient Ministre du Travail. Arrêtée, elle est condamnée à mort, peine ensuite commuée en emprisonnement. Eva, en Angleterre, travaille pour le mouvement en faveur du vote des femmes et pour les *Trade Unions*. Plutôt que de

Le poème s'inscrit en résonance avec le roman qu'il inaugure, eu égard aux thèmes des ombres, de morts féminines prématurées, mais aussi, plus généralement, au motif de la destruction, l'univers de la Big House étant voué à disparaître. Le thème de la connaissance, mis en exergue par la citation, est également manifeste dans le roman dont la narratrice se décrit comme une femme absolument omnisciente, comme en attestent les deux premiers mots du récit : « Je sais ».[23]

L'accès à la connaissance est également à l'origine de la légende celtique de la Boyne évoquée par le roman, dont l'intrigue se situe sur son estuaire. Le fleuve doit son nom à Boann qui outrepasse l'interdit en mangeant des noisettes magiques, réservées aux « saumons de la connaissance » : les eaux du puits, outragées, bouillonnent et grossissent pour engloutir l'intruse et former un torrent qui devient le fleuve Boyne. La fin du roman, décrivant la crue et la dérive de la narratrice au fil de l'eau, fait ainsi de Nina un avatar de la déesse mythologique.[24]

Les résonances de mythes celtiques dans le roman ne sont pas seulement perceptibles dans le caractère symbolique de l'eau, mais aussi dans la pratique rituelle traditionnelle de la « tête coupée ». Celle-ci acquiert les propriétés d'un chaudron magique, le récipient de régénération typique de l'Autre Monde.[25] La mort et la décollation de Nina font d'elle une créature métamorphosée qui, comme dans la mythologie celtique, conserve sa faculté de penser et de parler.

Nina, dont la tête est abandonnée dans la fosse, est à la fois chez elle sans y être véritablement. De ce fait, elle s'inscrit parfaitement dans le *Unheimlich*, terme que Freud utilise pour décrire le phénomène d'inquiétante étrangeté,

---

les voir mettre en pratique leur compassion sociale, Yeats ne cache pas qu'il préférerait qu'elles laissent libre cours à leur talent artistique dans leur grande propriété de Lissadell.

23   Jordan, *Les Ombres*, 3.

24   L'histoire de Boann confirme la coutume celte de personnifier les cours d'eau sous forme d'esprits portant un nom. Qui plus est, il n'est pas anodin que la grande maison des protagonistes du roman soit située sur l'estuaire : le fleuve, force de vie possédée par l'esprit, est considéré comme sacré sur les lieux de ses confluents.

25   Dans le Mabinogion, la tête coupée d'un chef, Bendigeit Vran, converse avec ses compagnons, les encourage et les conduit à bon port pendant leur voyage.

associant l'étrange au familier. La racine *Heim* (correspondant à l'anglais *home*) est précédée du préfixe privatif *Un-*. Nina fait partie de la maison, mais n'a aucune prise sur elle, sa présence n'étant que fantomatique. « Ce qui paraît au plus haut point étrangement inquiétant est ce qui se rattache au retour des morts, aux esprits et aux fantômes »,[26] écrit Freud dans son essai consacré à ce phénomène ; il remarque un peu plus loin : « Des membres séparés, une tête coupée [...], recèlent un extraordinaire potentiel d'inquiétante étrangeté, surtout lorsqu'il leur est accordé une activité autonome ».[27] Comment ne pas voir « une activité autonome » dans la prise en charge du récit, à partir du fond d'une cuve obscure et isolée ?

Cette bouche s'exprimant dans l'obscurité rappelle l'univers de Beckett, en particulier la pièce *Pas moi – Not I –* où seule une bouche est visible au milieu d'une scène obscure, le reste du visage étant plongé dans l'ombre. Désincarnée, cette bouche débite mécaniquement :

> Petit bout de femelle [...] incapable de réagir ... comme engourdie ... incapable d'un son ... crier au secours pas question ... [...] silence de mort assuré ... rien en elle qui bouge ... faire le noir ... aucune sensation d'aucune sorte ... [...] mais le cerveau toujours ... en état de marche ... [...] pas un bruit ... silence de tombe ... [...] peu à peu elle sent ... ses lèvres remuer ! ... [...] flot de paroles ... [...] la bouche devenue folle ... [...] ne peut pas l'arrêter ...[28]

Cette pièce de Beckett est bien connue de Neil Jordan puisqu'il l'a adaptée pour l'écran en un court-métrage de 14 minutes en 2001,[29] soit trois ans avant la publication des *Ombres*. Il est probable qu'il avait alors déjà le projet d'écrire un roman dont la narratrice, morte, ne serait finalement qu'une « bouche » s'exprimant à partir des ténèbres de l'au-delà. Interrogé sur cette production et invité à commenter la symbolique de cette

26   Freud, *L'inquiétante Etrangeté et autres essais,* 246.
27   *Ibid.,* 250.
28   Samuel Beckett, *Oh les beaux jours* suivi de *Pas moi* [1972] (Paris : Editions de Minuit, 1974), 81–95.
29   Ce court-métrage, réalisé par Neil Jordan et le producteur Stephen Wooley, est totalement focalisé sur la bouche de Julianne Moore, apparaissant en gros plan sur l'écran.

bouche, Neil Jordan apporte une réponse intéressante, eu égard au roman alors en gestation :

> On dirait une grotte. On dirait un vagin. Ça ressemble vraiment au conduit par lequel on vient au monde. Ça ressemble à un lieu d'où l'on naît, un lieu où on pourrait mourir.[30]

Les propriétés magiques de la tête humaine, isolée du corps, dont l'importance est attestée par les mythes celtiques, se perpétuent dans la tradition chrétienne, dans laquelle, de la même façon, la mort n'a pas le dernier mot. La tête d'un martyr décapité peut être objet de vénération : à Drogheda, dans la ville proche de la propriété familiale, l'église St Pierre contient une châsse vitrée exposant la tête embaumée d'Oliver Plunkett.[31] C'est précisément là que, dès leur première rencontre, Nina emmène Gregory qui soupçonne sa demi-sœur de vouloir l'effrayer.

Ces éléments macabres ne détonnent pas dans le paysage. Rappelons que l'intrigue se situe sur l'estuaire de la Boyne, fleuve riche de légendes et d'histoires, dont les eaux charrient les fantômes de tous ces rois, moines, combattants et pilleurs qui, au fil du temps, se sont illustrés dans sa vallée. Les rives du fleuve, parsemées de châteaux médiévaux et d'abbayes en ruines, fournissent un décor parfaitement adapté à l'intrigue. Un tel environnement s'ajoute à certains critères propres à la littérature gothique repérables dans le roman. A l'instar de Melmoth, par exemple, Nina, malgré sa mort, renaît pour jouir de pouvoirs extraordinaires et mener « une existence posthume et surnaturelle ».[32]

Ces spécificités sont cependant parfois quelque peu détournées car, en effet, selon les procédés gothiques conventionnels, une jeune fille innocente est enlevée par un scélérat tyrannique et séquestrée dans les souterrains d'une imposante bâtisse. Or il se trouve qu'ici, la protagoniste n'est ni jeune,

---

30   "It looks like a cave, it looks like a vagina […]. It definitely looks like a birth canal […] it looks like somewhere where you'd be born out of, somewhere where you might die" (Zucker, ed., *Neil Jordan: Interviews*, 155).

31   Archevêque d'Armagh, exécuté à Londres en 1681 après un procès inique et frauduleux, Oliver Plunkett fut béatifié en 1920 et canonisé en 1975.

32   "a posthumous and preternatural existence" (Charles Maturin, *Melmoth the Wanderer* [1820], London: Penguin, 2000, 381).

ni vraiment innocente : de son vivant, elle se montre même plutôt intrigante et manipulatrice. De la même façon, son assassin fait, certes, preuve
de cruauté, mais son comportement violent est justifié par ses défaillances
mentales. Enfin, en l'occurrence, l'incarcération n'a pas pour décor un
château ou une abbaye médiévale, mais une vulgaire fosse septique. De
toute évidence, le roman exploite les procédés gothiques, pour mieux les
détourner, comme en une grotesque parodie. Il reprend et actualise les
spécificités d'une tradition, tout en les abordant avec un certain détachement ironique. Aussi pourrait-il être qualifié de 'néo-gothique'. Comme
le constate Chris Baldick en 1992 :

> En théorie et en pratique, il est tout à fait possible d'imaginer une histoire gothique
> contemporaine du temps de l'auteur, à condition qu'elle se déroule dans un espace
> relativement clos où prévaut encore un règlement archaïque et barbare.[33]

Existe-t-il un lieu plus restreint qu'une fosse septique ?[34] Celle-ci, avatar
du tombeau, est située sur le terrain de la *big house* d'un couple anglo-
irlandais.[35] La propriété, entourée d'un paysage sauvage et désolé, à l'estuaire d'une vallée fluviale, fournit une topographie idéale pour alimenter
une histoire étrange, un goût de l'évasion hors du réel dans lequel on
relève la marque des terres celtes. Situé en bordure du monde réel, le territoire celte est liminal, à demi spectral,[36] a fortiori lorsqu'il s'agit d'une

33 "In principle and in practice it is perfectly possible to have a Gothic story set in
the author's own time, provided that the tale focuses upon a relatively enclosed
space in which some antiquated barbaric code still prevails" (Chris Baldick, ed.,
The Oxford Book of Gothic Tales, Oxford – New York: Oxford University Press,
1992, introduction, xv).

34 Neil Jordan se dit particulièrement intéressé par le procédé du confinement,
tel qu'il est exploité par son compatriote : « There is something about the way
Beckett confines actors which is very interesting » (Rockett, *Neil Jordan. Exploring Boundaries*, 275).

35 "For a variety of reasons, the Anglo-Irish were intrigued by the supernatural, fai-
ries and the afterlife" (Robert Welch, introduction à W. B. Yeats, *Writings on Irish
Folklore, Legend and Myth*, xix).

36 Joep Leerssen, *Remembrance and Imagination: Patterns in the Historical and Literary Representation of Ireland in the Nineteenth Century* (Cork: Cork University
Press, Field Day Monographs 4, 1996), 190–191.

zone intermédiaire entre la terre et l'eau, là où le fleuve se jette dans la mer. L'Irlande est un pays façonné par les fantômes, selon Neil Jordan[37] dont la fiction s'inscrit dans l'héritage d'un courant qui n'a jamais cessé d'irriguer la littérature irlandaise.[38] L'essai de Claude Fierobe *Les Ombres du fantastique* illustre la pérennité de « cette relation organique existant entre le gothique et l'Irlande ».[39]

La silhouette évanescente de Dracula ne se devine-t-elle pas à la sortie de l'église où sont célébrées les funérailles de Nina en l'absence de son corps ? L'allusion intertextuelle n'est-elle pas une façon de rappeler que celle dont ils s'apprêtent à honorer la mémoire est à la fois présente et absente ?

> La flèche de l'église, derrière sa tête, coiffe <Gregory> d'un chapeau conique, les haies de fuchsias, de part et d'autre du chemin étroit, lui font des ailes de chauve-souris ou encore un manteau de sorcière. Le vent souffle de la rivière, ride l'eau, noircit les herbes, comme si l'univers se gondolait.
>
> Les morts s'esclaffent. Un cercueil vide et un encensoir agité au-dessus d'un cadavre absent ! Pourquoi s'en priveraient-ils ? Mais c'est un rire forcé qu'ils lâchent, un horrible bruit de gorge devant une blague mal racontée.[40]

Nina appartient à la communauté des « morts-vivants » ou des « non-morts », *the Undead* étant le titre initial considéré par Bram Stoker pour son célèbre roman. Ce terme s'applique, à l'origine, uniquement aux vampires, mais le sens s'étend à de nombreuses autres créatures surnaturelles au fil du temps, et l'héroïne des *Ombres* peut être considérée comme l'une d'elles.

Nina Hardy partage de nombreuses caractéristiques avec les protagonistes féminines de Bram Stoker. Son nom l'assimile, par proximité sonore, à la Mina Harker de *Dracula*, mais elle est aussi et surtout la sœur jumelle de « La Dame au Linceul », celle qui n'est en rien une morte ordinaire :

---

37 "Ireland is a country formed from ghosts" (Zucker, ed., *Neil Jordan: interviews*, 98).
38 Claude Fierobe, *Les Ombres du fantastique. Fictions d'Irlande* (Dinan : Terre de Brume, 2016), 85.
39 *Ibid.*, 10.
40 Jordan, *Les Ombres*, 136.

On ne meurt qu'une fois ! <mais> la Dame au Linceul n'a-t-elle pas justement échappé à la règle ? [...]. Son comportement obéit à certaines lois, mais pas exactement à celles qui régissent la vie des êtres humains [...]. Sa présence <est> étrange. Ni les verrous ni les grilles, ni les portes même de la mort <ne sont> des obstacles pour elle. Une telle liberté d'action et de mouvement lui <permettent> d'aller partout sans encombre, et par là même de tout voir et de tout savoir. [41]

A l'instar de la dame au linceul, Nina possède des dons surnaturels. Sa mort est suivie d'une existence qualifiée de « glaciale, austère et monstrueuse »,[42] durant laquelle elle relate son histoire dont elle n'ignore plus les détails, puisqu'elle est désormais omnisciente.

Ce brouillage entre vie, mort et renaissance contribue à faire d'elle un être extraordinaire, issu d'anciennes légendes fantastiques. Vomie par la cuve à la suite d'une crue, Nina constate :

Je suis la rivière maintenant, les algues sont mes cheveux, les bernaches mon lit, l'immense masse d'eau féminine me pousse lentement vers la maison quand la mer monte, m'en éloigne quand elle se retire.[43]

Projetée hors de la fosse par les éléments en furie, Nina Hardy est emportée par le courant, tel un serpent d'eau. Il n'est sans doute pas anodin que son patronyme soit l'anagramme de 'hydra', cette créature monstrueuse du marais de Lerne, dont les têtes repoussent immédiatement lorsque l'une d'elles est coupée. Il faut qu'Héraclès tranche aussi l'unique tête immortelle de l'hydre pour parvenir à avoir raison d'elle.

La notion d'anagramme est source d'intérêt pour Ferdinand de Saussure. Dans son étude, restée inachevée, le linguiste fait l'hypothèse que des textes classiques grecs et latins sont porteurs d'anagrammes de noms de héros et de dieux. Julia Kristeva s'intéresse à sa théorie dans laquelle elle voit une annonce de sa propre conception de l'intertextualité. Selon elle, ces mots obtenus par transposition des lettres d'un autre mot participent du phénomène intertextuel. En effet, le concept d'anagramme permet de

---

41   Bram Stoker, *La Dame au linceul* [1909] (Arles : Actes Sud Babel, 1996), 111/113/ 86/38.

42   *Ibid.*, 96.

43   Jordan, *Les Ombres,* 366.

concevoir et d'illustrer l'idée qu'un texte littéraire est constitué de lettres, et qu'il renvoie à ces lettres plus qu'au réel. En outre, l'anagramme est encore une manière d'illustrer que le sens d'un texte ne réside pas dans ce qu'il semble dire du monde à première lecture, mais dans son agencement d'un matériel textuel caché. Le sens caché permet à Kristeva d'exploiter le paradigme freudien de l'inconscient du texte et du sens latent, tout en tirant la théorie du côté du jeu de lettres et de langage : on retrouve ainsi son idée du « génotexte ».[44]

Est-ce une coïncidence si, dans le titre original du roman – *Shade* –, on décèle également la présence du nom 'Hadès', cette divinité lugubre qui règne sur le royaume des Enfers ? Comme Nina, dont le corps est abandonné dans les ténèbres souterraines, Hadès a pour demeure une prison où sont enfermés les trépassés. Ces morts sont condamnés à résider perpétuellement dans le séjour des ombres où règne la nuit éternelle. Attachés au gouffre, dépourvus de force, de lumière et de matérialité, ils sont le reflet affaibli de ce qu'ils ont été.[45]

Selon la loi anagrammatique, de 'shade' à 'hadès', un glissement s'opère de l'ombre à l'enfer, comme si Neil Jordan avait voulu, dans l'acte même de la composition, démontrer une fécondité, une puissance productive dont le mot « Hadès » serait la source. En passant par un mot-clé sur lequel il se construit, le texte en dit plus que ce qu'il avoue ouvertement. Comme Nina dont le corps est caché dans la terre, sous une trappe, le mot-thème est caché dans le texte, sous un mot. L'anagramme est un « mot sous un

---

44 Tout texte est constitué d'autres textes qu'il retravaille. D'ailleurs l'étymologie du mot 'texte', qui renvoie au tissage, souligne encore cette quasi-synonymie. A partir de la notion de texte ainsi définie, Julia Kristeva forge les composés *génotexte* et *phénotexte*. Le *phénotexte* est la partie du texte qui obéit aux lois et conventions de la communication, alors que le *génotexte* est la part du texte, assez proche de la notion d'inconscient ou de pulsion, qui n'est pas régie par ses lois et se caractérise par une expression plus libérée : l'intertextualité peut alors se définir dans cette optique comme un entrelacement du *phénotexte* et du *génotexte*. Certains textes oblitèrent et contrôlent le *génotexte* qui n'est pas apparent, alors que d'autres auteurs, tels Joyce ou Beckett, le mettent au centre de leur écriture.

45 Dans *L'Odyssée*, lors de son voyage aux Enfers, sa *Nekyia*, Ulysse ne peut étreindre sa mère car elle n'est qu'une ombre.

mot », comme le souligne le titre de l'essai de Starobinski sur la méthode saussurienne.[46]

Il est aussi dislocation de l'arrangement spatial des lettres d'un terme, et reflète en cela le bouleversement de l'ordre chronologique des événements narrés, tout comme il mime le corps démembré de la protagoniste, s'harmonisant ainsi parfaitement au fantastique que Caillois définit comme « une rupture de l'ordre reconnu ».[47]

Les mots ne sont pas choisis au hasard, en particulier ceux d'un titre. Ils montrent à quel point la lecture s'appliquant à décrypter des combinaisons signifiantes révèle de singulières superpositions et peuvent ainsi redonner vie à des souvenirs qui hantent la mémoire. Comme l'écrit Starobinski : « Au lieu d'être le motif directeur de la création poétique, l'anagramme pourrait n'être qu'un *fantôme* rétrospectif éveillé par le lecteur ».[48]

Reste à savoir si celui-ci est le fait d'une volonté ou du hasard … Le mot anagrammisé est-il un procédé d'écriture voulu par l'auteur ou le résultat d'une interprétation qui met les mots en rapport, au-delà de la volonté propre de l'écrivain ?

Si l'on ne peut apporter la preuve absolue que ces jeux sur les mots sont intentionnels de la part de l'auteur, on peut toutefois constater, d'une part, que la recherche d'anagrammes est une activité à laquelle se livre volontiers la protagoniste des *Ombres*,[49] mais également les personnages de l'ensemble de la fiction de Neil Jordan. De toute évidence, l'auteur lui-même a plaisir à jouer avec les mots.[50]

D'autre part, il convient de souligner que le procédé est repérable dans un des premiers romans gothiques irlandais, *Carmilla* de Le Fanu : « Elle se fait appeler Carmilla ? demanda le général. Je vois, et aussi Millarca. C'est la même personne qui, il y a bien longtemps, se nommait Mircalla ».[51]

---

46   Jean Starobinski, *Les Mots sous les mots. Les anagrammes de Ferdinand de Saussure* (Paris : Gallimard, 1971).

47   Roger Caillois, *Au Cœur du fantastique* (Paris : Gallimard, 1965), 161.

48   Starobinski, *Les mots sous les mots,* 138. C'est moi qui souligne.

49   « George, Gorgée, Egg Roe, ogre, Gregory » (Jordan, *Les Ombres*, 13).

50   Par exemple : « Andy, Ynad, Nyad, Dany » (Neil Jordan, *Carnivalesque*, London: Bloomsbury Publishing, 2017), 43).

51   John Sheridan Le Fanu, *Carmilla* [1872] (Arles : Actes Sud Babel, 1996), 124.

Carmilla, alias Millarca ou Mircalla, est un vampire qui se perpétue à l'infini, se réincarne à travers le temps, et répète inlassablement le même geste exterminateur au cours de sa mission de vie et de mort. Son nom anagrammisé affiche une apparition du même sous la figure de l'autre. Comme l'hydre de Lerne, Carmilla ressurgit indéfiniment et ne disparaît définitivement qu'à partir du moment où sa tête est tranchée, son cadavre brûlé et où ses cendres sont dispersées sur les eaux d'une rivière.

« Le fantastique de Le Fanu mêle à la fois tradition du roman gothique et légendes irlandaises »[52] et, de toute évidence, Neil Jordan s'inscrit dans son héritage. Tout porte donc à croire qu'il est, le plus souvent, conscient des détails qui composent son écriture.

Le roman s'achève sur un symbole de liberté : une femme livrée aux mouvements oscillatoires des marées. Cette image apparaît comme une métaphore obsédante dans la production artistique de Neil Jordan : elle ressurgit en effet dans son film réalisé quelques années après la publication de ce roman. Emportée par la mer, Nina s'efface du texte pour réapparaître sur la pellicule, sous les traits d'Ondine, dans le film éponyme.[53]

Ondine est le nom d'une jeune femme pêchée dans le filet de Syracuse (alias Colin Farrell), pêcheur alcoolique en voie de repentance. Ce dernier porte secours à l'étrange naïade[54] (Alicja Bachleda) et se demande si elle

---

52 *Ibid.*, postface de Gaïd Girard, 142.

53 « Ondine », dès son titre, renvoie à l'univers théâtral et, en particulier, à la pièce éponyme de Jean Giraudoux où la protagoniste trouvée au bord d'un lac, « un être privé de vie humaine, de voix humaine », trahit les siens lorsqu'elle va vers un homme chez qui elle introduit « le bizarre, le surnaturel et le démoniaque ». Aussi le pêcheur l'identifie de manière lapidaire : « C'est elle le monstre ! » (Jean Giraudoux, *Ondine*, Acte III, Paris : Bernard Grasset, 1939, 151–163).

54 « Tu n'as qu'à m'appeler Ondine. Ça veut dire 'la fille sortie des eaux' », dit à Syracuse la femme mystérieuse. Celle-ci prétend avoir été morte et croit se souvenir qu'elle s'est noyée. Syracuse l'héberge dans la maison de sa mère décédée où elle pourra rester « toute sa vie », lui dit-il. Sa fille handicapée, Annie, pense qu'Ondine est une sirène ou une *selkie,* ce dont elle ne peut avoir confirmation, car la jeune femme prétend tour à tour l'être et ne pas l'être. Cette dernière va jusqu'à se prêter au jeu d'Annie d'enterrer un « pelage de phoque » dans le jardin pour pouvoir rester sept ans sur terre, comme le veut la légende. Le « pelage de phoque » est en réalité une cargaison de drogue que la jeune femme et son mari,

n'appartient pas à la famille des *selkies*, ces créatures imaginaires issues du folklore du nord des îles britanniques. Ces jeunes filles revêtent une peau de phoque dans le but de se métamorphoser en cet animal marin. Une fois sortie de l'eau, ce qu'elles font toujours la nuit, elles quittent leur peau et dansent au clair de lune. Interrogé sur les sources de son film, Neil Jordan reconnaît, une fois encore, avoir été inspiré par l'œuvre de Yeats, et plus particulièrement le conte « La Dame de Gollerus », dans lequel un pêcheur épouse une femme découverte dans ses filets, laquelle, au bout de quelques années, retourne à sa vie d'antan sous la mer.[55]

Il ne fait désormais aucun doute que les ombres de célèbres hommes de lettres irlandais sont si régulièrement convoquées dans la production artistique de Neil Jordan qu'elles tendent à en devenir une spécificité. De toute évidence, cette source d'inspiration n'est pas génératrice d'angoisse : elle est pleinement assumée et témoigne d'une fierté à continuer de tisser des liens étroits avec des œuvres emblématiques d'une culture à la fois locale et universelle.

---

trafiquants roumains, ont jetée à la mer dans la panique lorsque des garde-côtes ont voulu intercepter leur bateau quelques jours plus tôt. Alors qu'un aspect surnaturel relatif à l'identité d'Ondine – alias Yohanna – donne une portée fantastique à l'histoire, la fin du film dissipe le doute par une explication rationnelle justifiant la présence de la jeune femme dans les filets du pêcheur.

55 « Je parlais de Yeats à propos d'*Ondine* parce qu'au début de sa carrière, il a publié un ouvrage de *Contes et légendes populaires d'Irlande*. L'un de ces contes s'appelait 'La Dame de Gollerus' : il y était question d'un pêcheur qui sort une femme de l'eau et l'épouse, mais celle-ci, malheureuse sur terre, retourne finalement à la mer » – "The reason I talked about Yeats with regard to *Ondine* is because Yeats collected fairy tales. Early on in his career he had a book called *The Irish Fairy and Folk Tales of Ireland*. [...] One of these fairy tales he collected was called 'The Lady of Gollerus', and it was about a fisherman who pulls a woman from the sea, he marries her, and she goes back to the sea, eventually" (Zucker, ed., *Neil Jordan: Interviews*, xxiv).

Résonances scéniques

Les voix de Yeats, Stoker ou Beckett ne sont pas les seules à être convoquées par *Les Ombres*. L'univers gothique n'est qu'un aspect du roman. Dans la mesure où sa protagoniste est une comédienne, les rôles qu'elle joue ne peuvent être ignorés. On se souvient que Renée, la mère du narrateur du *Passé*, se produit sur scène à travers l'Irlande durant sa grossesse et interprète les rôles de Rosalind dans la comédie de Shakespeare *Comme il vous plaira* : « Selon le premier critique, la Rosalind de Renée rendrait Shakespeare agréable, même à ceux qui n'ont jamais rien lu d'autre que des horaires de train ».[56] Lili, qui l'accompagnait dans cette tournée, se souvient :

> On a massacré des comédies, *Mesure pour Mesure*, *Comme il vous plaira* ; on a mis en scène tous les vieux standards, *La Colleen Bawn*, *L'Asile des pauvres* [...]. Mais peu importe ce que chaque histoire raconte ; à travers elles, c'est toujours la même chose qui revient : une histoire d'amour, me semble-t-il.[57]

Comme il vous plaira et *La Colleen Bawn* sont également les pièces dans lesquelles Nina Hardy s'illustre. Ces dernières, nées sous les plumes respectives de Shakespeare et Boucicault, migrent dans la fiction de Neil Jordan, puisque, d'abord mentionnées dans *Le Passé*, elles réapparaissent dans *Les Ombres*. Elles appartiennent à la fiction tout en faisant référence au monde réel, dans la mesure où elles existent et se soumettent aux critères de vérification qui accréditent le récit d'un « effet de réel » et accroissent sa vraisemblance. Elles opèrent ainsi une continuité entre les deux mondes, sont envisageables comme des points de jonction et

---

56   "The first critic said that Renee's Rosalind would make Shakespeare enjoyable even to those whose reading had never gone beyond a train timetable" (Jordan, *The Past*, 224).

57   "We did botched-up versions of the comedies, *Measure for Measure, As You Like It,* we did all the old staples, *The Colleen Bawn, The Workhouse Ward* [...]. But no matter what story each of them told, the same story always told itself through them. Which was love, I suppose" (*Ibid.*, 214).

permettent au lecteur de s'y reporter pour établir des similitudes entre œuvre enchâssante et œuvre enchâssée.

Régulièrement, le récit de Neil Jordan est émaillé de citations, références et allusions à diverses pièces de théâtre qui invitent le lecteur à les mettre en relation avec le roman qu'il est en train de lire. Ces textes mis en abyme agissent comme des repoussoirs génériques dans la mesure où ils n'appartiennent pas au même genre que celui qui les accueille. Il y a fort à parier, quoiqu'il en soit, que le texte inséré est porteur d'un contenu qui peut interférer avec des éléments du récit qui lui sert de support. Ce procédé constitue une instance médiatrice du dialogue avec la bibliothèque. Il s'agit là d'une forme particulière d'intertextualité, comme le souligne Henri Mitterand dans son commentaire de la mise en représentation d'un texte dans un autre :

> Le texte se regarde dans le miroir de son intertexte qui est aussi son avant-texte, comme les personnages se découvrent et se dédoublent dans le miroir que leur tend <la pièce>. Double mise en abyme, par là même : non seulement celle de l'intrigue et de ses personnages, mais aussi celle d'un motif qui court à travers tout le roman, celui du double, du double dans le miroir.[58]

Le double est attesté par une présence récurrente dans la fiction de Neil Jordan. En l'occurrence, n'y a-t-il pas dédoublement équivoque entre la comédienne et son rôle lorsque Nina quitte la demeure familiale pour « *devenir* Rosalind »,[59] lorsqu'elle intègre une troupe de comédiens en Angleterre et prétend *s'appeler* Rosalind ?[60] Son identité est brouillée par une confusion entre le réel et le fictif. Tout comme l'enfant Nina donne vie à sa poupée et attribue un comportement humain à une amie totalement imaginaire, une fois adulte, elle endosse si bien le rôle de Rosalind qu'elle *devient* son personnage : « Nina adorait le personnage de Rosalind », dit Gregory à Janie, et Nina elle-même de se souvenir :

> De Rosalind, je garde le souvenir d'un assortiment de couleurs, d'une profusion d'odeurs, d'une foule de stratagèmes, d'une intelligence que je n'aurais jamais pu

---

58   Henri Mitterand, *Le Roman à l'œuvre. Genèse et valeurs* (Paris : PUF, 1998), 55.

59   Jordan, *Les Ombres*, 307. C'est moi qui souligne.

60   *Ibid.*, 269. C'est moi qui souligne.

égaler, mais, une fois dans sa peau, j'étais heureuse d'être cet esprit lumineux, ce puits de gentillesse, cette muse affectueuse, ironique.[61]

La comédie pastorale de Shakespeare est mise en scène par les quatre enfants dans le jardin de la grande maison lors de leurs vacances d'été : Nina y joue le rôle de Rosalind, Janie celui de Celia,[62] Gregory est Orlando et George interprète Pierre de Touche, le bouffon. Ce dernier est amoureux de Rosalind qui, elle, aime Orlando. Il n'est pas anodin que Renée et Nina interprètent Rosalind sur scène : toutes trois sont tiraillées entre deux hommes. Le marivaudage amoureux de la pièce calque celui des romans *Les Ombres* et *Le Passé*. Il y a là convergence et unité entre les textes. De ce fait, il n'est pas exclu que la personnalité fantasque de l'héroïne shakespearienne oriente les désirs et modèle les comportements de celles qui l'interprètent.

Pour Renée et Nina, eu égard à leur jeunesse, la comédie de Shakespeare participe à la construction des caractérisations de leur personnage. Elle représente une lecture de formation, voire d'identification. Elle joue un rôle actif au service de l'intrigue du roman, car elle nourrit leur imagination de jeune comédienne qui vit ses rêves, à l'image du personnage interprété. Chacune des deux comédiennes revêt l'identité de la fille du duc exilé et construit ses propres fantasmes et ses velléités de combat et de révolte sur le socle de ce que son *alter ego* dit et fait dans l'enceinte d'une pièce en cinq actes.

***

Quand George est autorisé à sortir de l'hôpital psychiatrique, malgré ses lourdes séquelles psychologiques, il revient à Baltray House dès le milieu de la nuit. Dans ce jardin où il a connu le bonheur, il se perche sur la balançoire et cite spontanément un vers de la comédie : « Si un cerf veut une biche, qu'avec Rosalind il s'affiche ».[63] Cliché du théâtre

---

61   *Ibid.,* 192.
62   Comme Celia dans la pièce, le rôle de Janie dans le récit est mineur et sa place minime.
63   Jordan, *Les Ombres*, 315. "If a hart do lack a hind / Let him seek out Rosalind" (William Shakespeare, *As You Like It*, III, ii, 97–98).

shakespearien, le jeu de mots sur les termes anglais *hart* (le cerf) et *heart* (le cœur) impose l'idée d'un jeu amoureux qui apparaît comme l'interface de la chasse à courre. L'objet de cette activité est le cœur de l'être aimé, désigné par homophonie sous le nom du cerf royal. Le chasseur George ne saurait poursuivre, en guise de cerf, que son cœur amoureux de Nina, mais il s'apparente lui-même également à une bête à cornes[64] car il se sent cocufié. C'est par un sentiment d'amour trahi que George tue Nina dans un accès de folie. Comme Pierre de Touche, il n'est qu'un bouffon qui souffre d'un complexe d'infériorité et réalise douloureusement qu'il a toujours été réduit à ce rôle pathétique :

> C'était une histoire de bouffon, il le savait […]. Il avait toujours été le bouffon et avait traîné son histoire de bouffon, dans l'ignorance de ses secrets, de sa trame […]. Il pleurait, horrifié de découvrir, quelque part au fond de lui, que toutes ces années auraient pu être différentes.[65]

Rosalind n'est pas gibier mais chasseresse, comme en témoigne son déguisement en Ganymède. Ce travestissement lui permet d'organiser une chasse amoureuse à laquelle elle participe. Elle est l'ordonnatrice d'œuvres d'amour et inspire en cela Nina qui s'entend également à prendre des initiatives. La position de cette dernière, cachée dans sa fosse, est comparable à celle de son modèle, masquée sous un déguisement masculin : chacune d'elles observe de l'extérieur et profite de l'amant, sans avoir à manifester sa propre présence.

Pour justifier son comportement avec George, Nina pourrait reprendre à son compte les mots de Rosalind sur la manière de procéder avec un homme transi d'amour :

> Tantôt je lui faisais bon accueil, tantôt je me reprenais ; un jour, je pleurais sur lui et un autre, je lui crachais au visage ; je fis tant que mon soupirant passa de ses violents accès d'amour à des accès de folie violente qui lui firent renoncer au torrent du monde pour aller vivre dans une sévère retraite monastique. Voilà comment je le guéris.[66]

64　"a horned-beast" (*Ibid.,* III, iii, 45).
65　Jordan, *Les Ombres,* 358.
66　William Shakespeare, *Comme il vous plaira* in *Œuvres complètes* (Paris : Gallimard, Bibliothèque de La Pléiade, 1959), III, ii, 131.

Nina pense « guérir » George en lui proposant d'être son jardinier et le sortir ainsi de sa « sévère retraite monastique » que constitue son long séjour en hôpital psychiatrique. Mais l'état d'innocence ne peut être rétabli et les illusions de George sont bel et bien détruites. Amour et folie vont de pair depuis la nuit des temps.

Les convergences entre texte enchâssant et texte enchâssé sont manifestes. Tous deux exploitent les thématiques du désir, du conflit, de la violence, du sacrifice. Non seulement ils correspondent, mais répondent également aux situations vécues par les personnages. Entre les deux œuvres s'amorce donc un véritable dialogue.

Comme en un miroir lui renvoyant l'image de l'héroïne dramatique qu'elle interprète, la protagoniste du roman peut ainsi voir par anticipation ce que lui promet sa propre destinée. Il en va de même du rôle que Nina interprète par la suite.

***

Au début du dix-neuvième siècle, dans le Comté de Limerick, une jeune paysanne est assassinée à l'instigation de son amant, afin qu'elle ne fasse plus obstacle à son mariage avec une riche héritière. Ce fait divers qui alimenta la chronique et fit la une des journaux irlandais inspira le roman de Gerald Griffin, *Les Collégiens*.[67] Le titre de ce roman est justifié par le fait que le traître de l'histoire et son meilleur ami sont étudiants à *Trinity College Dublin*. Avant le meurtre, le beau parti en vue se dérobe et le jeune homme de bonne famille se résout à épouser la paysanne, mais il est trop tard : le serviteur zélé, chargé d'exécuter la basse besogne, s'est empressé de l'accomplir. Son maître, rongé par le remords, tombe aux mains de la justice.

Ce sinistre événement inspire le dramaturge irlandais Dion Boucicault qui, en 1860, publie une pièce intitulée *The Colleen Bawn*.[68] Alors que le fait divers sur lequel il se base est une tragédie, l'auteur choisit d'écrire un mélodrame et de lui donner une fin heureuse. En effet, Myles na gCopaleen parvient à contrecarrer la tentative de meurtre perpétrée par Danny Mann.

67 Gerald Griffin, *The Collegians* [1829] (Newark, NJ: Palala Press, 2016).
68 Dion Boucicault, *The Colleen Bawn or the Brides of Garryowen* [1860] (London: Franklin Classics, 2018).

L'autre compère, quant à lui, Hardress Cregan, accepte d'épouser la petite paysanne, Eily O'Connor, et de surmonter ainsi la différence de classe qui les sépare. Cette pièce populaire remporta un immense succès en son temps. Elle fit sensation dans les villes et villages d'Irlande où elle fut mise en scène. Il n'est donc guère étonnant que Nina assiste à une répétition de ce mélodrame à Laytown :

> Sur une scène en bois, une jeune fille pleurait son honneur perdu par la faute d'un gentilhomme. Derrière elle, des peintures représentaient un cottage au toit de chaume dans un paysage de tourbières irlandaises. Je regardai la fille et, malgré ses gestes guindés et sa diction ampoulée, ne tardai pas à me faire prendre par son histoire, sa mort imminente dans le lac invisible derrière le cottage. Et je me dis alors que c'était là une chose à laquelle je pourrais consacrer mon existence inutile.[69]

L'interprète du rôle principal devant interrompre sa tournée pour cause de maternité imminente, Nina saisit l'occasion pour rejoindre la troupe et occuper la place. De Liverpool, elle écrit à son amie :

> Chère Janie, je suis à Liverpool et vais bientôt descendre vers le Pays de Galles [...]. Sœur Catherine disait que le théâtre n'était pas une profession convenable, tant s'en faut [...], mais figure-toi que je tiens le rôle de la Colleen Bawn, Eily O'Connor ; ce n'est pas Rosalind, c'est sûr, mais à chaque jour suffit sa peine. Danny Mann, le bossu, est censé avoir noyé Eily dans un lac, mais elle ressuscite grâce à Myles na gCopaleen, Myles des petits poneys, si tu as oublié ton irlandais, ce qui est mon cas ou tout comme.[70]

Plus tard, à Brighton, un réalisateur remarque Nina et lui propose de tourner dans un film muet « La véritable Tragédie de la Colleen Bawn ». Pour ce faire, il l'emmène à Londres. C'est ainsi que le rôle lui apporte une certaine renommée.

Comme on peut le constater dans les extraits précédents, Nina parle de la pièce mais ne la fait pas parler. Alors que la comédie de Shakespeare est citée dans le roman, le mélodrame de Boucicault ne l'est jamais. La coprésence des textes ne joue pas sur le même plan. En l'occurrence, une pratique intertextuelle explicite est bien à l'œuvre : le nom de la Colleen

---

69   Jordan, *Les Ombres,* 230.
70   *Ibid.,* 278.

Bawn est mentionné et l'intrigue résumée de manière assez générale. Néanmoins, elle n'est pas littérale puisque le récit des *Ombres* ne contient aucune
citation précise de la pièce.

Cette histoire entre toutefois en résonance avec le roman de Jordan.
Empreinte de gothique et de surnaturel, la toile de fond des deux intrigues
est comparable. Le jeu des protagonistes repose sur un quatuor composé de
deux personnages masculins et deux féminins.[71] La belle héroïne, courti-
sée par deux hommes que tout oppose, s'adonne à des amours de jeunesse
sans tenir compte des différences de classe et finit (ou presque) noyée par la
vengeance d'un meurtrier marginal. Nina évoque toutefois l'histoire d'Eily
avec humour et détachement, peut-être parce qu'elle aussi est partagée entre
deux amoureux. Elle semble croire que le vingtième siècle qui est le sien est
beaucoup plus évolué que le précédent. Et cependant, le destin qui l'attend
est pire que celui de l'héroïne de Boucicault : alors qu'Eily est sauvée de la
noyade *in extremis*, Nina meurt pour de bon de la main de son ex-amant,
à l'image de la jeune fille réelle dont s'inspire le rôle. Par son jeu scénique
et l'implication dont elle témoigne à l'égard de cette interprétation qui lui
apporte la gloire, Nina endosse sa destinée sans le savoir. Au-delà du jeu
d'intégration intertextuelle, l'histoire de la Colleen Bawn a valeur implicite
de prédestination, d'annonce prémonitoire de l'intrigue, de préparation
du dénouement du récit enchâssant. La trame de la pièce esquisse le destin
de la protagoniste du roman dans lequel on sent les influences qui le sous-
tendent et dans lequel il est possible de déceler un sous-texte.

***

Enfin, à Londres, Nina se lasse de ses rôles au cinéma qui « manquent de
naturel »[72] :

> C'est Monsieur Shaw qui me délivra, il se présenta au studio un matin d'hiver, dans
> le cadre d'une visite quasi royale, pour voir l'endroit où l'on produisait ce nouveau
> phénomène qui remplissait les salles de cinématographe et me promit une pièce,
> cent pour cent parlée [...]. J'interprétai Orinthia dans *La Charrette de pommes* et
> tout le monde en fut satisfait [...]. Son affection de septuagénaire se révéla aussi

71 Chacun des personnages du roman a en quelque sorte son « pendant » dans la
    pièce : Nina/Eily, Gregory/Hardress, George/Danny, Celia/Anne.
72 *Ibid.*, 317.

passionnée que celle de n'importe quel jeune homme de dix-neuf ans et sa jalousie plus compulsive encore. Il suivit la production à Londres et, 258 jours durant, ne cessa de me donner son avis sur mon interprétation, ma diction, mon maintien et mon style. J'allais être son dernier amour purement intellectuel, me prévint-il, je devais donc comprendre sa passion.[73]

La date de parution de *La Charrette de pommes* et la précision relative à l'âge approximatif du dramaturge permettent de situer la scène vers 1930. Là encore, une pièce irlandaise est mise en abyme par le récit. Elle n'est pas citée, mais évoquée par son titre, le nom de son auteur et celui du personnage interprété par Nina.

La Charrette de pommes n'est ni une tragédie, ni une comédie, ni un mélodrame mais, selon une précision architextuelle, une « extravagance politique »[74] qui doit son titre à l'expression anglaise *upsetting the apple-cart*. Les charrettes de pommes que Shaw renverse ici sont celles de la royauté et de la démocratie. La pièce est une parabole sur la démocratie parlementaire moderne en deux actes interrompus par un interlude. Elle se compose de débats entre le roi d'Angleterre Magnus et son cabinet indiscipliné qui traite son souverain avec mépris et le considère comme une marionnette. Les ministres exigent que le roi ne fasse plus de discours, n'ait plus droit de veto et n'influence plus l'opinion publique par le biais de la presse et de la plateforme électorale. Or le roi fait échouer ce projet : plutôt que de remplir une fonction totalement inutile, il préfère abandonner son trône et saisir sa chance de devenir lui-même Premier Ministre élu par le peuple. L'interlude met face-à-face le roi Magnus et sa maîtresse Orinthia. Cette dernière, jolie femme capricieuse et jalouse, fait une scène au souverain car elle ne veut plus être sa favorite, mais son épouse en titre, autrement dit la reine.

Ce rôle convient parfaitement à Nina Hardy qui, elle aussi, sait se montrer exigeante et intrigante. Sa double liaison avec deux hommes d'extraction différente fait écho à celle du roi de la pièce, Magnus, tiraillé entre Jemima, son épouse légitime, et Orinthia, sa maîtresse. La différence sociale des deux femmes est évoquée métaphoriquement par cette dernière qui se perçoit comme une déesse comparativement à la reine :

---

73   *Ibid.,* 318. Il est exact que le dramaturge George Bernard Shaw portait un vif intérêt au cinéma, d'autant plus que certaines de ses pièces firent l'objet d'adaptations pour le grand écran : *Pygmalion* (1938) devint « My Fair Lady » en 1964.

74   a political extravaganza.

ORINTHIA : Le Ciel te fait cadeau d'une rose et tu gardes un chou ![75]

La rivalité amoureuse exige que l'une des deux disparaisse :

MAGNUS : Mais, ma femme ? La reine ? Que va devenir ma pauvre et chère Jemima ?

ORINTHIA : Oh, tu n'as qu'à la noyer ![76]

Comme dans le roman, noyade et décollation sont les méthodes retenues pour expédier autrui dans l'au-delà :

MAGNUS : Ils nous apportent des papiers à signer. Vous n'avez pas le temps de les lire, alors que je suis censé tout lire. Je ne suis pas toujours d'accord, mais je dois signer : il n'y a rien d'autre à faire. Les ordres d'exécution, par exemple. Non seulement je dois signer les arrêts de mort de sujets qui, à mon avis, ne devraient pas être tués, mais je ne suis même pas autorisé à publier des arrêts de mort pour un grand nombre de ceux qui, à mon avis, devraient l'être.

BOANERGES (sarcastique) : Vous aimeriez pouvoir dire « Qu'on lui coupe la tête ! », n'est-ce pas ?

MAGNUS : Nombreux sont ceux qui ont si peu de choses dans la tête qu'elle ne leur manquerait même pas. Il n'empêche que tuer n'est pas une mince affaire.[77]

---

75 "Heaven is offering you a rose, and you cling to a cabbage!" (Bernard Shaw, *The Apple Cart*, Leipzig: Bernhard Tauchnitz, 1932, 149).

76 MAGNUS: But my wife? The queen? What is to become of my poor dear Jemima? ORINTHIA: Oh, drown her (*Ibid.,* 155).

77 MAGNUS: They bring us papers we sign. You have no time to read them. But I am expected to read everything. I do not always agree; but I must sign: there is nothing else to be done. For instance, death warrants. Not only have I to sign the death warrants of persons who in my opinion ought not to be killed; but I may not even issue death warrants for a great many people who in my opinion ought to be killed.

Bien qu'évoquée sur un ton différent, la décollation est un thème commun aux deux textes :

> ORINTHIA : Je crois que tu signerais mon arrêt de mort sans lever le petit doigt.
>
> MAGNUS : Ce n'est pas faux.[78]

Ironiquement, ces mots d'Orinthia et Magnus pourraient être repris textuellement par Nina et George. L'interprétation de l'héroïne de Shaw place Nina en seconde position dans la situation de l'amante humiliée, délaissée. Ce rôle pourrait lui permettre de réaliser ce que George a vécu, ce qu'elle lui a fait subir. Car en effet, la mise en abyme de pièces mettant en scène un personnage écartelé entre deux amours rappelle le dilemme auquel Nina est confrontée. Les rôles qu'elle interprète la renvoient à sa propre histoire et la mettent en garde des risques liés à la simultanéité de deux liaisons amoureuses.

L'intrigue de la pièce est un miroir tendu à la comédienne qui l'incite à la clairvoyance, voire l'introspection. Comme dans le théâtre de Molière ou de Shakespeare, la mise en abyme dévoile une vérité cachée ; elle est censée ouvrir les yeux du spectateur et agir sur sa conscience. Par ce jeu de miroirs et d'échos, le sous-texte – ou *sub-plot* – donne une profondeur au récit. L'introduction de personnages issus de l'univers dramatique, jumeaux de la protagoniste du roman d'accueil, illustre à quel point la littérature reflète des réalités humaines. L'autotélisme de l'œuvre d'art ne manque pas de donner à réfléchir sur des questions existentielles.

Le titre du roman de Neil Jordan ne désigne pas tant la présence invisible de la narratrice défunte que les ombres tutélaires de tous les « pères » spirituels de l'auteur : Yeats, Stoker, Beckett, d'une part, Shakespeare, Boucicault et Shaw, de l'autre. A l'exception du barde d'Avon, les ombres

---

BOANERGES \<sarcastic\>: You'd like to be able to say 'off with his head!', wouldn't you?
MAGNUS: Many men would hardly miss their heads, there is so little in them. Still, killing is a serious business (*Ibid.*, 70).

78 ORINTHIA: I believe you would sign my death warrant without turning a hair. MAGNUS: That is true in a way (*Ibid.,* 146).

convoquées par Neil Jordan sont issues de la même terre que lui. Sa fiction est bien « la scène d'une intertextualité où se lit l'Irlande ».[79] Elle établit délibérément des connexions avec des textes fondateurs qu'elle incite à (re) découvrir. Ce faisant, l'œuvre de Neil Jordan s'inscrit dans un héritage culturel où les liens de filiation assumés mettent en relief la problématique spéculaire de l'identité et de la différence, la dialectique du même et de l'autre, la tension entre continuité et rupture et l'articulation entre passé et présent.

---

79   "Irish literature is the scene of an intertextuality in which Ireland is itself read" (Corcoran, *After Yeats and Joyce*, vi).

CHAPITRE 8

Confusion :
division, duplication et usurpation

Au début de l'année 2011, peu de temps avant la publication de *Confusion*, Neil Jordan déclare lors d'un entretien :

> Je connais très bien toutes les émotions dont il est question dans ce roman. Ce sont plutôt des doutes qui vous obsèdent, le sentiment que vous n'avez pas vraiment vécu votre vie, que vous n'avez pas eu la vie que vous auriez dû avoir. Il s'agit d'une véritable sensation de perte. Je crois que la raison pour laquelle on a recours à la fiction, si tant est que la fiction existe, est liée à la commodité d'avoir différents personnages sous la main ; ces personnages ont une existence autonome et vous pouvez mettre en eux des choses personnelles qui vous concernent … Bien sûr, Kevin et Gerry ont tous deux quelque chose de moi.[1]

L'univers spatio-temporel dans lequel les protagonistes évoluent est *grosso modo* celui de Neil Jordan, comme le confirment des indices de la narration : Kevin et Gerry sont en effet adolescents dans les années 1960, jeunes gens dans les années 1970 et quinquagénaires dans les années 2000. Des références à des films, des chanteurs, des groupes rock, des concerts ou encore des faits divers permettent de dater précisément des

---

[1] "The bundle of emotions I talk about in this novel, I know them very well, it's more of a kind of nagging suspicion, a sense that you haven't really lived your own life, that you haven't lived the life that you should have. This is about a very real sense of loss. […] I suppose the reason one uses fiction, if fiction exists, is because you can have these different personae and these characters have an independent life through which you then filter all kinds of personal stuff. That seems to be the nature of the game … Of course Kevin and Gerry are both absolutely a part of me" (Helen Brown, "*Mistaken*: Neil Jordan Interview", *The Telegraph*, 14 January 2011).

scènes relatées.[2] Des constructions architecturales peuvent également servir d'indices : « J'ai vu disparaître dans la brume le Spire en métal qui a remplacé la Colonne ».[3] Achevée en 2003, cette flèche très contemporaine, bâtie sur le lieu même où s'élevait jadis la Colonne Nelson, fortement endommagée par l'IRA en 1966, est un point marquant de la ville de Dublin où se déroule la majeure partie de l'intrigue. De telles références permettent au lecteur de se repérer dans le temps, mais aussi dans l'espace. En effet, les descriptions topographiques sont très minutieuses, de sorte qu'il serait possible au lecteur de suivre précisément le parcours emprunté par les personnages :

> Je tournai à droite à Bakers Corner et pris Kill Avenue en direction de Foxrock Church. [...] La voiture tourna à droite sur la route à quatre voies, prit à gauche dans Leopardstown Road, passa devant l'hippodrome et emprunta un chemin que je n'aurais jamais trouvé seul, au milieu des zones industrielles et des nouveaux hôtels.[4]

Cette cartographie est si détaillée qu'elle donne l'impression de suivre les indications d'un GPS. En outre, les 82 courts chapitres qui composent le roman ont tous pour titre un toponyme. Il s'agit le plus souvent d'un lieu déterminé de la capitale irlandaise : une rue, un parc, un pub, un grand magasin ... Peut-être faut-il percevoir ici un clin d'œil à *Ulysse* et aux pérégrinations de Leopold Bloom dans la ville de Dublin. En tout état de cause, cette rigueur dans la précision des détails contraste avec la confusion relative aux deux protagonistes.

    La thématique de la méprise, affichée dès le titre, est évoquée dès la première phrase du récit : « On m'avait pris pour lui si souvent que lorsqu'il

---

2   Par exemple, la narration mentionne « Sous le Ciel bleu d'Hawaï » avec Elvis Presley (1961), « Les Maîtresses de Dracula » avec Christopher Lee (1960) ou encore « 2001, l'Odyssée de l'espace » (1968). Les rock stars Manfred Mann ou David Bowie dans "Ziggy Stardust" sont également évoquées, tout comme le concert de Fleetwood Mac à la Roundhouse de Dublin en 1970. Enfin, il est fait référence à Charles Manson qui s'est rendu tristement célèbre par les meurtres qu'il a perpétrés aux Etats-Unis au début des années 1970.

3   Neil Jordan, *Confusion* (Paris : Editions Joëlle Losfeld, 2011), 36.

4   *Ibid.*, 15.

est mort, j'ai eu l'impression qu'une partie de moi mourait aussi ».[5] Le roman s'ouvre sur les funérailles de Gerald Spain, écrivain quinquagénaire, au cimetière de Deansgrange, dans la banlieue de Dublin. C'est là que le narrateur, Kevin Thunder, rencontre Emily, la fille du défunt, qu'il a vue lorsqu'elle était enfant, avant qu'il ne s'éloigne de son père. Le roman est le récit rédigé par Kevin à l'attention d'Emily. Il retrace le parcours des personnages jusqu'au *hic et nunc* du jour de l'inhumation.

Kevin a grandi à Clontarf, dans la partie nord de Dublin, à Marino Crescent, juste à côté de la maison natale de Bram Stoker, l'auteur de *Dracula*.[6] Ce détail alimente l'imagination fertile du garçon. À plusieurs reprises, Kevin est pris pour un autre : il essuie les reproches d'un contrôleur de bus qui prétend qu'il a fraudé, se fait tancer par un vigile de grand magasin qui reconnaît en lui un voleur à la tire ou par les propriétaires d'une salle de jeux qui l'expulsent pour faits de délinquance. De même, un garçon qu'il n'a jamais vu évoque en sa présence des aventures qu'ils ont soi-disant partagées ; des jeunes filles flirtent avec lui en faisant allusion à des comportements qu'il n'a pas eus puisqu'il les côtoie pour la première fois. Kevin en vient donc à conclure qu'il a un sosie dans cette ville. Il finit par repérer et rencontrer ce dernier : il s'appelle Gerald Spain et vit dans le quartier huppé de Ranelagh, dans la partie sud de la ville. Lors de leur premier face à face, Kevin se porte au secours de Gerald, impliqué dans une rixe. Il se trouve alors face à un miroir, comme le souligne la figure du chiasme fondée sur la symétrie :

Je me suis surpris à me regarder […].
« Il m'a pris pour toi.
– Il t'a pris pour moi » […].
Il était moi d'une certaine manière […].
« Toi pour moi et moi pour toi » […].
J'avais la même taille que lui. Ses cheveux avaient la même longueur que les miens. Son visage était le même que le mien.[7]

5 *Ibid.*, 9. Dans le texte original, le terme 'mistaken' fait écho au titre du roman : "I had been mistaken for him so many times that when he died it was as if part of myself had died too" (Neil Jordan, *Mistaken*, London: John Murray, 2011, 1).
6 Rappelons que Neil Jordan a lui-même vécu en ce lieu.
7 Jordan, *Confusion*, 66, 138.

Dans un premier temps, le jeu de dupes consistant à se faire passer pour l'autre réjouit ceux qui s'y livrent, mais laisse rapidement la place à un sentiment de malaise car l'imposture a parfois des effets inattendus : « Il y a tromperie, mais quand ça commence, ça ne s'arrête pas ».[8] Darragh, une jeune fille fragile, en fait les frais puisque de graves problèmes psychiques l'obligent à rester internée. Les deux garçons se trouvent pris dans l'engrenage de leur mystification, ce qui crée un trouble identitaire en particulier chez le narrateur qui souffre d'un complexe d'infériorité et a le sentiment de ne vivre que par procuration. En effet, les femmes avec lesquelles il a des liaisons pensent avoir affaire à Gerry et non à Kevin. Ce dernier n'a donc pas de vie amoureuse : « 'Chéri', a-t-elle soupiré. Personne ne m'avait jamais appelé ainsi et j'ai trouvé cela inexplicablement touchant ».[9] Kevin n'est jamais aimé ou choisi pour ce qu'il est. Hormis ses parents, personne ne semble avoir de la considération pour lui. Il est en partie responsable de cette situation du fait qu'il ne rétablit jamais la vérité face à ceux qui le prennent pour Gerry. Victime de son propre jeu, il en arrive à la désolante conclusion : « Je ne suis qu'une ombre. Je n'ai jamais eu de vie véritable ».[10] L'ouvrage de Sartre volé dans une librairie par la future femme de Gerald a une portée symbolique lorsque son titre, *L'Être et le néant*, est transposé sur les deux garçons. Gerald est l'être qui brille sous la lumière des projecteurs en devenant un écrivain renommé, alors que Kevin est le néant qui n'évolue qu'en fonction de lui : « Mon vrai nom était zéro, que dalle, un blanc […]. Je devenais un néant, une absence d'homme ».[11] L'un étant une figure lumineuse, l'autre passe nécessairement dans l'ombre. La confusion des identités s'inscrit dans un jeu de miroirs les mettant en opposition.

Lorsque Gerald Spain publie ses premiers textes sous le pseudonyme Kevin Thunder, il justifie ce choix de la façon suivante : « Être toi pendant un moment a été une libération ».[12] Cette notion d'affranchissement est évoquée par Neil Jordan lui-même. Lors d'un entretien, celui-ci confesse en effet que, pour faire œuvre de création dans l'Irlande de sa jeunesse, il lui fallait être écrivain car le cinéma irlandais n'existait pas :

8   *Ibid.*, 256.
9   *Ibid.*, 273.
10   *Ibid.*, 320.
11   *Ibid.*, 301.
12   *Ibid.*, 149.

Aussi, quand j'ai commencé à faire des films, j'ai ressenti une immense libération ; c'était comme si ces réalisations étaient celles d'une autre personne, non-irlandaise, comme s'il y avait quelqu'un d'autre en moi que je n'avais jamais imaginé devenir.[13]

Neil Jordan n'a pas pour autant fait le choix de la pseudonymie pour son œuvre littéraire ou cinématographique, mais cet aveu souligne bien la dichotomie qui sépare sa carrière artistique en deux volets et les effets schizophréniques imposés par cette ambivalence. Quoiqu'il en soit, il semble pouvoir écrire sur le mythe du double par expérience.

Au terme de leurs investigations visant à connaître les raisons de leur ressemblance, Gerald et Kevin découvrent qu'ils sont en réalité frères jumeaux, nés d'un clown étranger et d'une artiste de cirque.[14] Celle-ci les a confiés dès la naissance à des religieuses qui les ont fait adopter. Une telle explication rationnelle oriente l'univers quelque peu fantastique du récit vers le genre de l'étrange, tel que le définit Todorov :

Dans les œuvres qui appartiennent à ce genre, on relate des événements qui peuvent parfaitement s'expliquer par les lois de la raison, mais qui sont, d'une manière ou d'une autre, incroyables, extraordinaires, choquants, singuliers, inquiétants, insolites et qui, pour cette raison, provoquent chez le personnage et le lecteur une réaction semblable à celle que les textes fantastiques nous ont rendue familière.[15]

L'étrangeté est une spécificité de l'univers fictif jordanien, comme en atteste la récurrence de l'adjectif « étrange » dans le récit. Cette occurrence répétée fait écho à *La Comédie des erreurs* de Shakespeare, dans laquelle il est question de « deux beaux garçons se ressemblant à tel point,

13 "The culture I grew up in, the only creative endeavour that was open to an Irish person was literature … Irish people didn't make films […]. So when I began to make films I experienced this huge release, it was like somebody else was doing this thing, somebody unIrish. It was like there was this different person inside me that I had thought I would never be" (Helen Brown, "Neil Jordan: Interview", *The Telegraph*, 14 Jan. 2011).

14 Cissy Hassett, génitrice des jumeaux, se montre peu sensible aux retrouvailles : lorsque Kevin la rencontre, elle ne manifeste pas la moindre émotion et semble beaucoup plus éprouvée par la mort d'un lionceau et la tristesse de la lionne qui a perdu son petit, une configuration pourtant comparable à la sienne.

15 Todorov, *Introduction à la littérature fantastique*, 51–52.

chose *étrange*, qu'ils ne pouvaient être distingués que par leur nom ».[16]
La pièce est du reste évoquée par Gerald en fin de roman dans une lettre
adressée à Kevin :

> Nous sommes jumeaux, comme dans les fables sur la séparation et la confusion, avec,
> je ne peux que l'espérer, la réconciliation à la fin. Je me souviens que Shakespeare
> en a écrit une, avec deux paires de jumeaux séparés, mais c'était une comédie, et si
> nous avons eu de bons moments, je ne crois pas que l'un de nous puisse qualifier
> notre expérience commune de comique.[17]

Le roman de Neil Jordan pourrait avoir pour titre « La Tragédie des
erreurs », l'état de confusion – *mistaken* – étant basé sur une méprise – *a
mistake* – suscitée par les traits identiques que partagent les deux frères.
La caractérisation de l'un s'opère indéfectiblement *par rapport* à l'autre.
Chacun semble imparfaitement compréhensible aussi longtemps qu'il
n'est pas réuni à l'autre en une unité, et c'est bien ainsi qu'ils se perçoivent
eux-mêmes : « Nous étions les deux moitiés d'une même personne ».[18]
Lorsque Kevin parle de son frère à Emily, il confesse : « Il m'a dit peu
de temps avant la fin qu'il n'avait vécu qu'une demi-vie. Et nous sommes
deux dans ce cas ».[19] Les jumeaux sont à l'image de leur ville : ils forment
une unité scindée en deux parties. Les rives nord et sud de Dublin, dans
lesquelles chacun d'eux a vécu, sont séparées par « le fleuve qui la traverse
en son milieu comme un couteau ».[20] À cet égard, il est révélateur que
Kevin émigre dans la ville réunifiée de Berlin. Cet état de fait ne manque
pas de rappeler le mythe exposé par Aristophane dans *Le Banquet* de Platon :

> Au temps jadis, notre nature n'était pas la même qu'à présent […]. La forme de
> chaque humain constituait un tout, avec quatre mains, quatre jambes, deux visages,
> quatre oreilles, deux organes de la génération et le reste à l'avenant […]. Ces êtres
> primitifs avaient une force terrible et un orgueil immense. Ils s'attaquèrent aux
> dieux et tentèrent d'escalader le ciel pour les combattre. […] Alors Zeus parla : « Je

---

16   William Shakespeare, *La Comédie des erreurs* (I, i). C'est moi qui souligne.
17   Jordan, *Confusion*, 326.
18   *Ibid.*, 12.
19   *Ibid.*, 78.
20   *Ibid.*, 101.

vais couper par moitié chacun d'eux ». [...] Quand donc ces créatures androgynes eurent été dédoublées par cette coupure, chacune, regrettant sa moitié, tentait de la rejoindre. Elles ne voulaient rien faire l'une sans l'autre.[21]

Chaque être humain n'est donc qu'une fraction dont il existe un complément, le *symbolon*. Quand un être rencontre la moitié de lui-même, il s'identifie et se soude à elle de sorte qu'ils ne font plus qu'un. Dans le mythe d'Aristophane, les deux moitiés d'androgyne sont séparées par leurs fautes ; dans *Confusion*, en revanche, les deux frères ne sont pas responsables de cette scission.

Le roman est indissociable du contexte dans lequel il paraît. En effet, la première décennie du nouveau millénaire en Irlande est marquée par la révélation de nombreux scandales dans l'Église catholique. Parmi ceux-ci, il est dévoilé que, tout au long du vingtième siècle, beaucoup de femmes n'étant pas en mesure d'élever leurs enfants furent contraintes de les abandonner à des religieuses qui les confièrent à des parents adoptifs. Le film de Stephen Frears *Philomena*, paru en 2012, soit un an après la publication de *Confusion*, relate l'arrachement, la privation, l'esseulement et le long processus de reconstitution d'un douloureux passé vécus par une mère et son fils qu'elle a si peu connu.[22] Cette même année, le Comité des Nations Unies contre la torture publie un rapport sur les couvents de la Madeleine, met en cause l'État irlandais et demande une enquête détaillée : il s'avère qu'entre 1922 et 1996, 10.000 mères célibataires ont travaillé gratuitement

---

21   Platon, *Le Banquet* (Paris : Gallimard, Paris, 1973), 189c-193a.
22   Dans l'Irlande catholique des années 1950, Philomena Lee, une adolescente, est enceinte. Sa famille, qui redoute le scandale, l'envoie dans un couvent où on ne l'autorise à voir son bébé qu'une heure par jour. A l'âge de trois ans, l'enfant lui est subitement retiré pour être adopté par des Américains. Après des dizaines d'années à le rechercher sans résultat, Philomena rencontre Martin, un ancien correspondant de la BBC récemment licencié, qui la persuade de l'accompagner aux Etats-Unis sur les traces de son fils. Entre la vieille dame attachée à sa foi catholique et le journaliste désabusé naît une relation pleine de respect. Le film met en accusation les religieuses. Ces dernières se sont montré cruelles : elles ont menti, détruit les archives, refusé de se remettre en cause. Alors que Martin les considère comme coupables, Philomena renonce à ruminer des sentiments de haine et de rancœur et leur accorde son pardon.

en tant que blanchisseuses dans des laveries d'établissements religieux. Symboliquement, ces femmes « déchues » devaient laver leurs péchés et se repentir en prenant modèle sur la Marie-Madeleine de l'évangile. Ces révélations inspirèrent le film à succès de Peter Mullan *The Magdalene Sisters*. Les conditions de vie dans ces maisons de correction étaient telles que beaucoup d'enfants mouraient en bas âge, comme en atteste la découverte de nombreux cadavres dans une fosse commune à proximité d'un bâtiment conventuel. Les enfants bien portants, quant à eux, étaient séparés de leur mère et adoptés par des familles catholiques. Ces révélations créent une onde de choc dans l'opinion publique. Une fois encore, il est à noter que Neil Jordan n'émet pas de jugement sur de telles dérives.[23] Le scandale n'est qu'implicitement évoqué. Lorsque Kevin frappe à la porte de la congrégation, la sœur tourière se montre réticente à le laisser entrer : « Nous ne voulons pas d'ennuis. Nous en avons eus assez à cause des journalistes »,[24] une réaction défensive que Kevin justifie en présence d'Emily :

> « Envisagez les choses selon son point de vue. Des générations perdues dans le pays ont soif de vengeance.
>
> – En faites-vous partie ?
> – Non. J'ai eu de la chance ».[25]

Cette remarque pourrait être formulée par l'auteur lui-même. De toute évidence, Neil Jordan n'éprouve pas de ressentiment envers les communautés religieuses. De tels propos métafictionnels sont fréquents dans le récit et les personnages sont parfois envisageables comme des porte-parole de l'écrivain, par exemple lorsque l'un d'eux confesse : « Peut-être que je ne sais pas dessiner la réalité »[26] ou encore « Si on emploie la troisième personne du singulier pour parler de soi, si on invente un nom, un personnage, un masque, on se rend compte qu'on parle d'une

---

23   Le narrateur se contente d'une remarque acerbe sur les Frères des Ecoles chrétiennes, « qui n'avaient de chrétien que le nom » (Jordan, *Confusion*, 61). Toutefois, les religieuses qui auraient pu, en l'occurrence, être critiquées ou mises en cause ne le sont absolument pas.

24   Jordan, *Confusion*, 239.

25   *Ibid.*, 251.

26   *Ibid.*, 214.

voix différente, qu'on révèle des aspects de soi qui autrement resteraient cachés ».[27] Quand Gerald, sombrant dans l'alcoolisme et la toxicomanie, cesse d'écrire, Kevin prend le relais pour relater leur histoire sous la forme d'une longue lettre à sa nièce Emily :

> Je suis l'écrivain, après tout, qui tape sur ce vieux truc que je lui ai acheté, qui ressuscite les souvenirs : les cygnes sur la Tolka, les tulipes de Fairview Park, le vampire, tout cela. Mais les souvenirs sont peu fiables et étrangement agréables, on peut s'y complaire, inventer un détail. Parfois l'après-midi passe, je regarde deux pages tapées à la machine et je m'interroge : de qui était-ce la vie ?[28]

« Si tous les hommes étaient jumeaux, il n'y aurait que des méprises », remarque le protagoniste d'un roman japonais.[29] Le sort des jumeaux est rarement heureux car leur existence même est considérée comme le franchissement d'une règle naturelle, une perversion de la nature, dans la mesure où toute personne est pensée comme unique et que la répétition est bannie comme dangereuse. Les jumeaux sont le fruit d'une bizarrerie spectaculaire, d'un vertige « dionysiaque » – car 'deux fois nés' – et s'apparentent donc à des créatures monstrueuses, selon René Girard :

> La réalité entière est prise dans le jeu, produisant une entité hallucinatoire qui n'est pas synthèse, mais mélange informe, difforme, monstrueux, d'êtres normalement séparés. [...] On cherche à classer les monstres ; ils paraissent tous différents mais en fin de compte ils se ressemblent tous ; il n'y a pas de différence stable pour les séparer les uns des autres [...]. Le principe fondamental, c'est que le double et le monstre ne font qu'un [...]. Il n'y a pas de monstre qui ne tende à se dédoubler, il n'y a pas de double qui ne recèle une monstruosité secrète.[30]

Le repérage du double monstrueux suscite une réaction violente chez Loretta, cette jeune femme avec qui Gerald a une liaison lors d'un séjour aux Etats-Unis. Sur la demande de ce dernier qui lui propose de « prendre sa vie »,[31] Kevin se rend à New York, se fait passer pour son

---

27   *Ibid.*, 148.
28   *Ibid.*, 345.
29   Yasunari Kawabata, *Kyôto* (Paris : Biblio romans Livre de poche, 1987), 248.
30   René Girard, *La Violence et le sacré* (Paris : Grasset Hachette, 1972), 237.
31   Jordan, *Confusion*, 269.

frère et rencontre la jeune femme dans le but de la convaincre de ne pas garder l'enfant qu'elle attend de lui. Mais les choses tournent mal : Loretta découvre le subterfuge et réagit comme une furie. Dans l'espace exigu de l'escalier d'une cave, elle agresse physiquement Kevin :

> Elle m'a frappé au visage […]. Elle s'est mise à me cogner dessus sans arrêt en une sorte de ballet, de la paume, du dos de la main, du poing. J'ai dû reculer devant l'attaque […]. Elle a propulsé sa tête vers moi […] faisant jaillir le sang de ma bouche ouverte. Elle a reculé la tête pour recommencer, mais j'ai saisi son chignon dans mon poing et j'ai fait pivoter son visage pour l'en empêcher. Elle a rejeté la tête en arrière, violemment cette fois, et nous aurions tous deux dévalé cet escalier métallique si mon autre main n'avait pas agrippé son kimono noir et ne l'avait tirée vers moi. […] Elle a projeté le verre dans ma direction […].
>
> Ma main a volé vers la sienne et l'élan de son coup raté l'a entraînée. J'avais refermé les doigts sur les siens et nos deux mains ont continué le mouvement et enfoncé le verre dans sa gorge. On peut donc dire que nous l'avons fait à deux. Le verre s'est brisé contre son menton et ce qui restait du pied a découpé une demi-lune dans la peau dessous. Elle a émis un gargouillement sourd. J'ai senti le goût du vin millésimé dans ma bouche et soudain un énorme geyser de sang a jailli. Je n'aurais jamais cru que son corps sous-alimenté pouvait en contenir autant. J'ai été aspergé de gouttes pompées sans doute par son cœur mourant. […]
>
> Le sang jaillissait de sa gorge tranchée sur mes lèvres ; il se mélangeait au vin en une bile salée et tannique. […] Elle empoignait mon col d'une main, mes cheveux de l'autre […]. Elle s'accrochait à moi avec une vigueur extraordinaire […]. Sa main, qui ne relâchait pas sa terrible étreinte, a fini par s'immobiliser en une position arthritique et, après une série de frissons de moins en moins violents, s'est pétrifiée.
>
> Elle était morte […] et je l'avais tuée.[32]

La proximité des corps des protagonistes, le jaillissement du sang de la gorge de l'un d'eux vers la bouche de l'autre évoquent clairement le mode opératoire du Comte Dracula avec ses proies, et laissent entendre que Kevin, hanté par cette figure tutélaire, est désormais devenu un vampire à part entière. Enfant, il le subodore déjà. Son imagination fertile l'incite à croire que la vieille dame de la maison adjacente occupée jadis par Stoker est la gouvernante d'un vampire. Le jeune garçon, qui confond l'écrivain

---

32   *Ibid.*, 299–300.

et son personnage, fait du Comte Dracula son voisin et grandit donc à l'ombre d'un vampire. Celui-ci est une voix intérieure à laquelle il ne peut se soustraire qui chuchote à son oreille, pénètre ses pensées et reste en permanence tapi à ses côtés. Le fantasme s'insinue dans sa vie sous la forme d'une invisible présence. Il se manifeste sous les traits d'un pervers qui observe fixement le garçon à la sortie des bains de mer et désire avidement le sang qui coule dans ses veines. La hantise du vampire s'exprime sous la forme d'un rapt non seulement de l'esprit, mais aussi potentiellement du corps. Le vampire pédophile est chargé d'un érotisme particulier où il est permis de voir s'accomplir une union interdite, réprouvée par la morale et la loi. Un glissement s'opère lorsque cette entité maligne et perverse est revêtue par Kevin lui-même lors de ses nuits sans sommeil :

> J'ai senti de nouveau la présence du vampire […], la présence d'un être aux yeux grands ouverts qui observait et ne dormait jamais. Il me fallut un certain temps pour me rendre compte, dans les ténèbres emplies de craquements, que j'étais cet être […]. Le vampire était moi.[33]

Cette identité nouvelle est confirmée par le comportement du narrateur avec Loretta à la fin du récit. Après avoir fait l'amour avec elle, il observe les draps :

> – Tu saignes, ai-je dit.
> – Je sais.
> – Tu n'es pas enceinte.
> – Et tu n'es pas Gerald.[34]

Cette tâche est un avant-goût incitant « le faux Gerald » à faire couler davantage de sang pour assouvir sa soif vampirique, ce qu'il ne manque pas de faire. Elle est comparable à ces quelques gouttes qui surgissent sur le menton de Jonathan Harker lorsqu'il se coupe en se rasant dans le deuxième chapitre de *Dracula*. Celles-ci font naître en son hôte « une sorte de folie démoniaque ».[35] Le sang appelle le sang. La remarque de Loretta – « tu n'es pas Gerald » – contient implicitement la question

---

33   *Ibid.*, 87–88.
34   *Ibid.*, 296.
35   "a sort of demoniac fury" (Stoker, *Dracula*, 30).

« qui es-tu donc ? ». La ressemblance étrangement inquiétante de cet inconnu avec l'amant qu'elle pensait retrouver laisse entendre que son interlocuteur pourrait bien être une créature douée d'une capacité de métamorphose, telle un vampire. Comme d'autres œuvres littéraires ou cinématographiques de Neil Jordan, *Confusion* relate le basculement d'un être humain dans le vampirisme. C'est là une spécificité de l'artiste qui reconnaît lui-même :

> Mon esprit fonctionne toujours du réalisme vers un rêve ou un cauchemar plus général [...]. Quand je regarde tout ce que j'ai fait, j'ai toujours essayé de commencer avec des moyens ordinaires et essayé de les mener vers des fins insolites et peut-être bizarres.[36]

Suite à ce meurtre sanguinaire, les chemins des deux frères se séparent. Gerald, horrifié par le crime impuni perpétré par son frère, lui signifie son désir de ne plus le revoir. La ressemblance devient alors dissemblance. Gerald est dépeint comme un homme d'une pâleur grise, aux cheveux longs, qui boit trop et prend de l'embonpoint, tandis que Kevin a le teint hâlé, le crâne rasé, cultive sa sveltesse et boit du jus de goji.[37] Décrits comme absolument identiques au début du récit, les deux personnages sont placés dans deux catégories antithétiques à la fin. Le statut romanesque du personnage repose sur un jeu d'opposition catégorique tel qu'aucun des deux protagonistes ne peut être étudié séparément, chacun d'eux étant déterminé avant tout par la manière dont il s'oppose à l'autre. Chacun d'eux ne semble exister jamais qu'en « négatif » de l'autre, et ne parvient à s'affirmer qu'en s'opposant à lui.

Leur statut social s'est également inversé : celui qui a grandi dans l'opulence en est réduit, à la fin de sa vie, à être locataire d'une petite pièce, alors que son frère, qui a été élevé dans un foyer prolétaire, est désormais membre d'une classe supérieure aisée. Ce jeu de permutation s'incarne à nouveau en un seul personnage double : Gerald, séparé de son épouse, en proie à ses addictions, prend la place de Kevin en s'installant au 14 Marino Crescent, dans une chambre louée au père de ce dernier. Celui-ci confond

36 Neil Norman, 'Neil Jordan and the Angel of Death', *The Face* (Dec. 1982).
37 Jordan, *Confusion*, 318, 328.

les garçons qui, tous deux, l'accompagnent vers la mort. Le père adoptif de l'un d'eux devient en quelque sorte un père de substitution rassemblant les deux frères pour un temps, jusqu'à la mort de Gerald, laquelle renvoie au début du récit. Il faut que l'un d'eux, écrivain professionnel, disparaisse pour que l'autre s'essaie à son tour à l'écriture. Arrivé au bout de l'exercice, Kevin semble toutefois dépourvu de repères, comme le sous-entend le titre du dernier chapitre de son récit, « Nulle part ». A l'inverse des chapitres précédents ayant pour titres des toponymes précis, l'ultime section affiche un non-lieu, une utopie, un vide auquel le protagoniste, privé de sa « moitié », se trouve désormais confronté.

***

La diégèse du roman a beau couvrir la seconde moitié du vingtième siècle, elle n'évoque jamais le problème nord-irlandais. Certes l'intrigue se déroule essentiellement à Dublin, mais la République fut également affectée par les Troubles et les attentats terroristes. De la même façon, elle fut signataire des accords de paix de 1998. Or le récit ne fait pas la moindre allusion à ces événements. D'ordinaire, toutefois, Neil Jordan ne néglige pas les questions politiques nationales, comme en témoigne la réalisation de trois films sur les Troubles nord-irlandais.[38] Sa génération est inévitablement marquée par l'explosion de violence de la fin des années 1960 et ses conséquences désastreuses. Dans une recension du court-métrage de Cathal Black « Wheels », paru en 1976, Jordan écrit que la représentation de l'Irlande la plus révélatrice à ses yeux est celle des Troubles d'Irlande du Nord, avec les rues détruites par des bombes, les façades de bâtiments éventrées et les autobus calcinés. Il a lui-même fait l'expérience de la terreur, des menaces et des intimidations. Selon son propre aveu : « En matière de politique irlandaise, ce n'est pas tout noir ou tout blanc. Cette approche des choses n'a jamais été la mienne. C'est sans doute pourquoi je préfère aborder la question de façon plus personnelle »,[39] bien que,

---

38   "Angel", "The Crying Game", "Michael Collins".
39   "I've never really seen things in black and white when it comes to Irish politics, which is why I prefer to examine things from the personal" (Zucker, ed., *Neil Jordan: Interviews,* 122).

toujours selon lui, la plupart des Irlandais éprouve une certaine lassitude et ne sache plus vraiment quoi penser de cette triste situation.[40] Là encore, il y a beaucoup de confusions, de méprises, d'erreurs d'interprétation. Il est donc légitime de se demander si le roman n'a pas finalement une portée allégorique : pour un Irlandais de la République, le citoyen d'Irlande du Nord n'est-il pas un frère jumeau ? Kevin et Gerald ne sont-ils pas les emblèmes de frères de sang séparés par la force des choses, par les aléas de la vie et de l'histoire ? Tantôt ils se rapprochent, tantôt ils s'éloignent, ballotés par des décisions prises à leur place, sans être consultés. Ils n'ont rien à se reprocher mutuellement ; ils ne sont que les victimes d'autorités qui ont fait des choix déterminants pour eux. Les dommages collatéraux sont multiples, les effusions de sang inévitables. La figure imaginaire du vampire est interprétable comme l'esprit de vengeance, l'incitateur de représailles qui exige toujours plus de sacrifices. Si le genre fantastique est aussi attirant pour un Irlandais témoin de ces violences, c'est peut-être parce qu'il est lié « aux états morbides de la conscience qui, dans les phénomènes du cauchemar ou du délire, projette devant elle des images de ses angoisses ou de ses terreurs ».[41] De même que le roman gothique reflète initialement les peurs d'une classe privilégiée située à contrecourant de l'histoire, il n'est pas exclu que l'univers étrange décrit ici s'accorde avec le climat d'inquiétude ressenti par toute une génération et traduise un fond de hantise et d'angoisse émanant d'une situation politique confuse et alarmante, dont les braises mal éteintes sont toujours susceptibles d'être ravivées.

40 "Most Irish people wind up jaded and a bit confused about the whole thing" (Zucker, ed., *Ibid.*, 61).
41 Pierre-Georges Castex, *Le Conte fantastique en France de Nodier à Maupassant* (Paris : José Corti, 1951), 8.

Hantises et vertiges

CHAPITRE 9

Quand les fantômes s'accrochent aux vivants.
Dans les Eaux troubles ou le sortilège du violoncelle

Le 19 avril 2013, récemment opéré d'une déchirure du ligament croisé du genou, Neil Jordan s'autorise une sortie dans le centre-ville de Dublin lorsqu'il est malencontreusement victime d'un accident de la circulation. Alors qu'il traverse Dawson Street une canne à la main, il voit soudain un bus arriver vers lui, hâte le pas tant bien que mal et chute brutalement sur la chaussée. La convalescence est particulièrement longue : « Je n'ai pas pu sortir de chez moi durant une année environ, et pendant deux autres années, je n'arrivais pas à me déplacer comme je le voulais. J'étais incapable d'aller sur un tournage. Alors il m'a fallu renoncer à faire des films ».[1] Cette longue immobilisation est pour lui l'occasion de se remettre à l'écriture : *The Drowned Detective* et *Carnivalesque* sont écrits durant cette période. Elle explique peut-être pourquoi les protagonistes de ces romans marchent autant …

Au cours des trois années précédentes, au contraire, le romancier-réalisateur se déplace beaucoup : il se rend fréquemment en Europe centrale afin de procéder au tournage de la série télévisée *Les Borgia*, fruit d'une collaboration de sociétés de distribution canadienne, hongroise et irlandaise. Lors d'un de ces voyages, Jordan fait la connaissance d'un détective privé et l'interroge sur son métier qu'il trouve fascinant. Ces expériences constituent la base de *The Drowned Detective* qui n'est pas pour autant un roman policier. Paru en 2016, cet ouvrage est traduit en français l'année suivante sous le titre *Dans les Eaux troubles*.

---

1   "I couldn't move out of my house for about a year and for another two years I was kind of incapable – my movement was very restricted so I had to stop making films" (Caoimhe Fox, "From Captain America's to Hollywood and back. Interview with Neil Jordan", *Books Ireland*, May/June 2016, <https://booksirelandmagazine.com/interview-neil-jordan/>).

Le « détective noyé » est Jonathan, un Anglais expatrié dans une ancienne république soviétique avec son épouse Sarah et leur fille Jenny. Bien que le chronotope de l'intrigue ne soit pas clairement déterminé, il est manifeste que l'histoire se déroule en une période contemporaine de la date de publication du roman, comme en attestent les références à Poutine,[2] à la cigarette électronique,[3] aux manifestations transgenres[4] ou aux technologies modernes, telles le GPS ou Google Maps.[5] Quant au lieu où se situe l'action, il s'agit d'une ville d'Europe centrale traversée par un fleuve qui peut être franchi notamment par un grand pont dont les piliers de pierre sont ornés d'anges. Selon la légende, le sculpteur, une fois la construction achevée, se serait jeté dans le fleuve, désespéré de constater qu'il avait oublié de sculpter des yeux sur le visage des statues. Les anges de pierre adossés aux piliers du pont sont donc « aveugles », ce qui les empêche de surveiller le cours d'eau. Cette spécificité architecturale permet au lecteur de reconnaître le *Margit híd,* le pont Marguerite, axe de communication important de la ville de Budapest qui enjambe le Danube et relie les rives occidentale et orientale. Les piles de ce pont sont en effet ornées de colossales statues de pierre représentant des anges ou les génies de la force. Elles sont l'œuvre du sculpteur français Martial Thabard, lequel ne s'est jamais jeté à l'eau et a même vécu plusieurs années après l'édification de ce pont par la Société de Construction des Batignolles en 1871. Cet indice relatif à un ouvrage architectural unique permet au lecteur d'en conclure que l'intrigue du roman se déroule dans la capitale de la Hongrie.

Cette hypothèse peut être confirmée dans le récit par l'emploi de termes hongrois,[6] de prénoms locaux typiques – Istvan ou Ferenc[7] – ou encore par la mention du livre acheté par Sarah, *Neuf Valises*, autobiographie d'un écrivain juif hongrois, Bela Zsolt, parue en 1946.[8] Il convient de souligner que si cette ville est aussi minutieusement décrite par l'auteur, c'est sans

---

2   Neil Jordan, *Dans les Eaux troubles* (Paris : Editions Joëlle Losfeld, 2017), 247.
3   *Ibid.,* 23.
4   *Ibid.,* 167.
5   *Ibid.,* 137 & 26.
6   « *Erzelmi* » (*Ibid.,* 103).
7   *Ibid.,* 77.
8   *Ibid.,* 82.

doute parce qu'elle ne lui est pas inconnue, puisque Neil Jordan a en effet travaillé en Hongrie, en République tchèque et en Roumanie de 2010 à 2013. Bien que certains éléments soient empruntés aux cultures de pays voisins,[9] il semble que le décor de la diégèse du roman s'inspire largement de la capitale hongroise.

***

Le fleuve qui coupe la ville en deux et le pont qui relie les rives de Buda et Pest jouent un rôle primordial dans l'intrigue. En effet, au début du roman, c'est de ce pont que Jonathan plonge dans l'eau pour sauver une jeune femme de la noyade, opération qu'il réitère à la fin du récit pour porter secours à sa propre fille. L'une des premières informations dont le lecteur dispose à propos de ce protagoniste n'est pas qu'il se noie, mais qu'il *est noyé*. Alors que le roman aurait pu s'intituler *The Drowning Detective* pour se focaliser sur la vie d'un homme submergé par toutes sortes de tâches et de tracas du fait de ses missions professionnelles complexifiées par l'environnement corrompu qui l'entoure, sa vie personnelle rongée par le doute et la jalousie ou encore la liaison d'un de ses collègues avec sa propre épouse, il a pour titre *The Drowned Detective,* comme si le protagoniste narrateur avait péri dans l'eau, comme si le récit était pris en charge par un homme mort par noyade. À plusieurs reprises, notamment après avoir raccompagné chez elle la jeune femme sauvée des eaux, Jonathan déclare : « J'avais l'impression de me noyer ».[10] Cette femme, désespérée d'être abandonnée par son professeur de musique, Grigory, dont elle attend un enfant, s'est jetée dans le fleuve délibérément pour mourir, comme le sculpteur de la légende. Elle mène une vie morose dans un petit appartement niché dans les ruelles de la vieille ville, dont le mobilier se limite à un matelas posé à même le sol, un canapé et un violoncelle sur lequel elle ne cesse de jouer les suites de Jean-Sébastien Bach.

Ces mélodies, particulièrement mélancoliques, émouvantes et riches d'inflexions, se diffusent dans l'ensemble du récit. Composées autour de 1720, elles sont redécouvertes au début du vingtième siècle par Pablo Casals

---

9   Des mots roumains se relèvent en effet: « *Vulcanizace* » (*Ibid.,* 10), « *Lecturi Psihice* » ou « *Gelozie* » (*Ibid.,* 13).

10   *Ibid.,* 100–102.

qui consacre sa vie à les interpréter et les enregistrer. Lors de ses visites
régulières à la jeune rescapée qui devient rapidement sa maîtresse, Jonathan
est également « noyé » dans les suites pour violoncelle, non seulement
parce qu'elle les répète inlassablement, mais aussi parce qu'il est amené
à les entendre chez lui : en effet, du fait que Sarah a déniché par hasard
un CD de Pablo Casals dont elle fait profiter les siens quasiment tous les
soirs, Jenny s'exerce à jouer ces mêmes airs au violon. C'est ainsi que, de la
première à la dernière page, les suites pour violoncelle de Bach sont mentionnées à 17 reprises.

***

Dans l'agence de détectives pour laquelle il travaille, Jonathan reçoit la
visite de Monsieur et Madame Pavel qui sont à la recherche de leur fille
Petra, disparue 12 ans auparavant dans une station balnéaire de la Mer
Noire. Excédés par la passivité de la police, ils ont consulté une voyante,
Gertrude, qui, à l'aide de la photo de la jeune fille, leur a laissé entendre
que Petra était quelque part dans la ville, dans une petite pièce qu'elle
ne peut quitter. Ayant rassemblé les éléments relatifs à cette disparition,
Jonathan, le narrateur, informe son collègue qu'il souhaite entreprendre
une enquête sur cette affaire :

> 'Tu n'es pas sérieux ?'
>
> – 'Si', répondis-je.
> – 'Pourquoi ?'
> – 'Parce que j'ai une fille de cet âge', dis-je en levant la photo. Ses cheveux blonds
> et ses yeux pleins d'espoir […]. 'Parce que ce visage va me hanter éternellement
> si je ne le fais pas', lui expliquais-je.[11]

Cette dernière réplique et l'emploi du verbe 'hanter' laissent augurer la
manifestation d'événements surnaturels dans la suite du récit.[12] Dans son
interprétation des propos de Gertrude, Monsieur Pavel pense que Petra
est retenue comme travailleuse du sexe dans l'un des nombreux bordels

---

11   *Ibid.*, 20.
12   Ce thème d'un être qui envahit l'esprit d'un autre est le motif principal du
      film de Neil Jordan *Prémonitions (In Dreams* – 1998) axé sur le paranormal, le
      subconscient et la double vue.

de la ville. La fin du roman montre qu'il ne voit en elle qu'un objet sexuel, puisque les détectives apprennent plus tard que la jeune fille n'a pas disparu, mais fui son père et son comportement inapproprié. Les pas des détectives les guident donc d'abord vers une maison de passe où certes travaille une certaine Petra, mais qui n'est pas celle qu'ils cherchent. Ils en viennent à penser qu'il pourrait être utile de vérifier l'identité des occupants de la morgue.

Lors de ces journées, Jonathan retourne régulièrement chez la jeune violoncelliste et relate trois rencontres avec elle dans son appartement. La première fois, il s'autorise un geste de tendresse et lui caresse la joue.[13] La deuxième fois, il s'aperçoit qu'elle saigne, l'aide à se rendre dans la salle de bains et lave sa robe pendant qu'elle se douche. Elle informe Jonathan qu'elle a perdu un enfant, l'embrasse et lui demande s'ils seront amis ou amants.[14] La troisième fois, elle lui parle de Grigory, mais lui pose aussi des questions sur son épouse auxquelles il ne répond pas.[15] Il convient de souligner que, lors de chacune de ces rencontres, la jeune femme joue toujours le même air de Bach sur son instrument.

A l'occasion d'une nouvelle visite dans ce même appartement, en l'absence de son occupante, Jonathan s'endort et fait des rêves érotiques.[16] Après un échange avec Frank, collègue et amant de sa femme, il envisage de se réconcilier avec Sarah et lui achète un bracelet de perles noires naturelles. Il visite ensuite l'opéra et rencontre derechef sa jeune amante qui répète seule sur scène.[17] Cette dernière, pensant que le cadeau lui est destiné, met le bracelet à son poignet et, en larmes, embrasse Jonathan avec ces mots : « Maintenant nous sommes maudits ».[18] Réalisant qu'il lui faut mettre un terme à cette liaison, Jonathan rédige une lettre d'adieu et la dépose chez elle, en l'absence de la jeune femme dont il ignore toujours le nom. « En descendant l'escalier, cela commença à m'envahir progressivement : un serrement dans la poitrine, une impression de panique, un

13 *Ibid.,* Chapitre 10.
14 *Ibid.,* Chapitre 17.
15 *Ibid.,* Chapitre 22.
16 *Ibid.,* Chapitre 26.
17 *Ibid.,* Chapitre 29.
18 *Ibid.,* 158.

sentiment de perte, comme si quelqu'un était mort ».[19] Dans la rue, Jonathan sent la présence de la jeune femme derrière lui. Elle le rejoint, glisse son bras sous le sien et lui dit :

> C'était tellement différent avec vous. Vous étiez mon jumeau [...]. Vous voulez m'oublier, je comprends. Mais en fait, je vous ai rencontré dans une autre vie. Il existe un autre monde, où cela ne meurt jamais. Et tout cela s'est déjà produit.
>
> – Avec qui ?
> – Vous le savez. Il vit sur l'autre rive. Vous devez m'y emmener.
> – Pourquoi ? demandai-je toujours aussi bêtement.
> – Parce que je ne peux pas y aller seule.[20]

Ils prennent donc le métro, passent sur l'autre rive et se séparent devant chez Grigory. « En tournant au coin de la rue, j'entendis un bruit de verre brisé. Était-elle du genre à lancer des cailloux ? Je trouvai préférable de ne pas regarder derrière moi ».[21]

Jonathan passe ensuite chercher Gertrude, la voyante, pour se rendre à la morgue où ils rejoignent Istvan, un collègue détective. Avec la photo de la jeune fille disparue, Gertrude pointe le tiroir numéro 11 : c'est le cadavre de Petra Pavel, la femme recherchée, qui s'avère être aussi la jeune violoncelliste. Fort troublé, Jonathan demande à un membre du personnel :

> Depuis quand est-elle là ? [...]
>
> – Bientôt trois semaines.
> – Où l'a-t-on trouvée ?
> – Elle flottait dans la rivière.
> – Un suicide ?
> – Probablement. Personne n'a réclamé le corps.[22]

Jonathan réalise que seuls quelques instants se sont écoulés entre sa dernière rencontre avec la jeune femme dans la rue et sa visite à la morgue, que leur relation n'a pris forme qu'à partir du moment où il l'a sauvée de la noyade trois semaines auparavant. Or, si elle est morte ce jour-là,

---

19   *Ibid.,* 174.
20   *Ibid.,* 176.
21   *Ibid.,* 178.
22   *Ibid.,* 187.

comment a-t-il pu la côtoyer par la suite ? C'est alors que le roman bascule dans l'inexplicable. Le réalisme de la narration, dans ses deux premiers tiers, est soudain supplanté par « une intrusion brutale du mystère ».[23] Dès lors, Jonathan se demande si ce qui lui arrive est vrai, si ce qui l'entoure correspond à la réalité ou s'il s'agit simplement d'un rêve ou d'une illusion. Ainsi se trouve-t-il amené au cœur du fantastique, selon la définition de Todorov déjà évoquée :

> Dans un monde qui est bien le nôtre, celui que nous connaissions […], se produit un événement qui ne peut s'expliquer par les lois de ce même monde familier […]. Le fantastique, c'est l'hésitation éprouvée par un être qui ne connaît que les lois naturelles, face à un événement en apparence surnaturel.[24]

Jonathan est plongé – noyé – dans le doute, ignorant si ce qui l'entoure est ou non le fruit de son imagination. Pour tenter de donner une cohérence à ces événements et reconstituer le puzzle, il emmène Gertrude sur le pont duquel il s'est élancé pour sauver Petra, mais aussi dans l'appartement de la jeune femme où il constate que la poussière s'accumule depuis plusieurs semaines :

> Il y avait un canapé, sans violoncelle posé dessus. Et il n'y avait peut-être jamais eu de violoncelle […]. Peut-être étais-je venu seul ici, sortant mouillé de la rivière, peut-être avais-je trouvé cet endroit, cet enfer ou ce paradis vide. Peut-être m'étais-je noyé. Peut-être étais-je mort.[25]

Accentué par la récurrence anaphorique, le modalisateur est une marque privilégiée du discours de l'hésitation propre au fantastique. Il maintient la cohabitation du naturel et du surnaturel. Lorsque Jonathan serait tenté de croire que tout n'est qu'un rêve, une preuve concrète du contraire vient réactiver son questionnement : « Le matelas se trouvait sur le plancher nu et mon enveloppe était posée sur les draps. Quelqu'un l'avait ouverte ».[26] Lorsque, sur le pont, il se demande comment il a pu escalader un parapet

---

23   Castex, *Le Conte fantastique en France de Nodier à Maupassant*, 8.
24   Todorov, *Introduction à la Littérature fantastique*, 29.
25   Jordan, *Dans les Eaux troubles*, 193–194.
26   *Ibid.*, 194.

aussi haut trois semaines plus tôt – « Cela paraissait impossible. Peut-être ne l'avais-je pas fait »[27] – elle se trouve là, à côté de lui, comme un ange de pierre animé, auquel elle s'assimile à tout le moins par son prénom, Petra :

> L'ange est comme toi, il ne voit pas.
>
> Elle laissa ses cheveux tomber sur ses yeux comme si elle non plus ne voulait pas voir.
>
> Je sais que tu veux tout arrêter, dit-elle. […] J'ai quelque chose à te dire avant de partir. Les suites pour violoncelle, je les ai toutes apprises, je les ai jouées et je continuerai à les jouer s'il y a quelque chose pour moi là où je m'apprête à aller. Quand on commence quelque chose comme tu l'as fait, quand on fait des promesses comme tu en as faites, il faut se rendre compte que ça ne se termine jamais. J'ai maintenant un enfant qui ne peut pas naître et je suis donc inachevée, à la manière dont ces anges sont inachevés. Tu m'as aussi appris ça. Le sculpteur a oublié de leur faire des yeux.
>
> Je m'aperçus qu'elle parlait à quelqu'un d'autre. Au premier violoncelle de l'orchestre de l'Opéra.
>
> Un fait historique idiot, dit-elle. Et elle sauta […]. Elle disparut dans la brume qui voilait la rivière.[28]

Le pont, intermédiaire entre deux rives, symbolise une transition. Il peut être perçu comme le passage d'un état humain à un état supra-humain. Dans le film muet *Nosferatu* de F. W. Murnau (1922), l'adaptation cinématographique de *Dracula*, Jonathan Harker se rend au château du comte vampire en Transylvanie. À quelques centaines de mètres des lieux, il est déposé par la voiture d'une âme bienveillante qui ne souhaite pas s'aventurer plus loin. Jonathan quitte donc le monde familier pour pénétrer dans des zones interdites bien résumées par un panneau : « Quand il eut dépassé le pont, les fantômes vinrent à sa rencontre ». Le pont est non seulement lieu de passage, mais aussi lieu d'épreuve. Médiateur entre deux univers, il autorise l'accès de la vie à la mort, mais également de la mort à la vie. Une fois encore, des résonances de l'œuvre de Bram Stoker sont repérables dans celle de Neil Jordan. En l'occurrence, les protagonistes se prénomment tous deux Jonathan et leur parcours est assez semblable : ils quittent l'Angleterre pour se rendre dans des régions d'Europe

27   *Ibid.*, 198.
28   *Ibid.*, 198–199.

centrale à des fins professionnelles, sans savoir qu'ils vont y être hantés par des mort-vivants. « Entre la Transylvanie, pays archaïque, et l'Angleterre, état civilisé, la distance est celle qui sépare le cauchemar de la veille ».[29] À partir du moment où le pont est franchi, Jonathan Harker devient la proie du comte Dracula, tout comme le Jonathan de Neil Jordan, dépourvu de patronyme, se trouve à la merci de Petra dont il se demande s'il ne s'agit pas d'une âme revenue de l'autre monde et revêtue d'une apparence physique.

Un soir de pluie, celle-ci surgit une fois encore dans une pièce de la maison de Jonathan, telle « la Dame au linceul » de Stoker, cadavérique, cheveux mouillés, incapable de parler, la bouche emplie de vase. Dès le lendemain, Jonathan retourne à la morgue, embrasse la dépouille de Petra et lui murmure « Laisse-moi partir »,[30] comme si *elle* était la vivante et lui le mort aspirant à reposer en paix. Car après tout, qui est le revenant dans cette histoire ? Petra, Jonathan ou les deux ? La jeune femme est-elle retournée sur le pont pour se suicider après avoir été sauvée par Jonathan ? Est-ce lui qui s'est noyé en lui portant secours ? Si tel est le cas, le retour de son épouse et sa fille, seules, pour l'Angleterre serait plus compréhensible. De la même façon, la présence de Jonathan à l'aéroport à la fin du roman pourrait s'interpréter comme une représentation symbolique de son « grand voyage ».

À moins qu'ils ne soient morts ensemble … En tout état de cause, ces questions restent sans réponses, comme bien d'autres : comment se fait-il que Jenny progresse dans son interprétation des suites, grâce aux conseils de Petra avec laquelle elle n'a jamais suivi la moindre leçon ? Comment le bracelet de perles parvient-il à son poignet, alors que la jeune femme l'avait conservé ? Est-ce une coïncidence si la poupée de Jenny se nomme Petra ? Celle-ci possède-t-elle de terribles pouvoirs ? Est-elle un objet anthropomorphe susceptible de s'animer et prendre vie ? Pourquoi Jenny prétend-elle avoir vu Petra au fond de l'eau lorsqu'elle manque se noyer dans le fleuve ?[31]

Beaucoup de doutes se focalisent autour des personnages, y compris du narrateur lui-même. Ces événements s'expliqueraient-ils par un trouble

---

29 Jean-Luc Steinmetz, *La Littérature fantastique* (Paris : Presses Universitaires de France, 1990), 94.

30 Jordan, *Dans les Eaux troubles*, 215.

31 « Elle est là en bas et ne veut pas qu'on parte » (*Ibid.*, 263).

qui l'affecte : névrose, pathologie mentale, imagination surexcitée ? Des
éléments de réponse sont-ils à chercher du côté de la magie ? Le point de
vue restreint et subjectif du narrateur ne permet pas au lecteur d'en savoir
plus que ce que Jonathan lui-même perçoit et partage. Ce dernier a beau
être détective et sa femme archéologue, c'est-à-dire tous deux experts dans
l'art de déterrer ce qui est caché, l'un comme l'autre s'avèrent incapables de
répondre à la question : « Est-ce que j'ai vécu ou imaginé ce qui s'est passé
avec elle ? »[32] De ce fait, le lecteur est dispensé de toute forme d'explication des phénomènes décrits. Il reste dans un flou mystérieux entretenu
notamment par l'instance narrative et se trouve, par conséquent, libre
d'interpréter le texte comme il l'entend. Or, il existe une foultitude d'interprétations possibles.

Après le sauvetage de Petra, il est à noter que celle-ci ne s'adresse qu'à
une seule personne, son amant et professeur de musique qui l'obsède et
qu'elle semble déterminée à hanter, alors que Jonathan, lui, continue de
parler à de nombreux autres personnages. On peut donc imaginer que la
jeune femme est morte ce soir-là, que l'essentiel du roman est focalisé sur
le lent processus d'un travail de deuil opéré par le protagoniste. Celui-ci
serait consécutif à la perte d'un objet d'attachement. Jonathan n'est-il pas
sur le point de se séparer de son épouse ? Par ailleurs, si sa tentative de sauver Petra de la noyade échoue, et se conclut par la mort de la jeune femme
(ce que le texte ne dit pas, mais invite implicitement à envisager), il se tient
pour responsable et coupable de la mort survenue, tente de nier celle-ci et
se trouve progressivement aliéné, possédé par la défunte dont la présence
obsédante dans son esprit devient une idée fixe. Il lui est alors impossible de
se détacher de cet objet perdu. C'est alors que s'installe la mélancolie. Traditionnellement, celle-ci constitue l'une des quatre humeurs de la physiologie
grecque dans l'Antiquité. Étymologiquement associée à la « bile noire »,
la mélancolie est consécutive au déséquilibre provoqué par l'accumulation
de néfastes « substances noires » qui génèrent anxiété et tristesse. Cette
humeur est matériellement symbolisée par les eaux sombres et polluées du
fleuve dans lesquelles plonge le protagoniste :

32   *Ibid.*, 238.

> J'entrai dans l'eau comme si je brisais une couche de glace. Puis un liquide brun, écumeux, huileux, envahit mes narines et de là mon palais. J'aurais vomi si j'avais pu. Je ne voyais rien, sinon les ténèbres.[33]

Le sujet mélancolique est submergé par un débordement d'humeur, lequel s'accompagne aussi d'une grande tension érotique. Et c'est sans doute là une autre façon de justifier le titre du roman. En effet, travaillant sur la disparition de la jeune fille de peur d'être hanté par cette histoire, Jonathan incorpore cet être de hantise et laisse remonter au jour une vérité ensevelie qu'il a peut-être trop longtemps voulu dissimuler : sa vie conjugale n'étant plus satisfaisante, sa relation fantasmatique avec le fantôme d'une jeune femme est chargé d'un érotisme particulier où s'accomplit une union adultère, réprouvée par la morale. Le lien qui existe entre Jonathan et Petra est une relation hypnotique, « un abandon amoureux illimité »[34] teinté de culpabilité. Selon Freud :

> Il n'y a manifestement pas loin de l'état amoureux à l'hypnose. Les concordances entre les deux sont évidentes. Même soumission humble, même docilité, même absence de critique envers l'hypnotiseur comme envers l'objet aimé. Même résorption de l'initiative personnelle.[35]

Le protagoniste nie la mort de la jeune femme et vit comme en un rêve éveillé ce qu'elle exige et affirme. Jonathan évolue dans un état second comparable à la rêverie des enfants de la légende allemande qui suivent la mélodie d'un musicien et se perdent pour toujours. A l'image de la jeunesse de Hamelin séduite par le joueur de flûte, Jonathan tombe littéralement sous le charme de la musique interprétée par le violoncelle de Petra qui semble baliser son parcours. Après avoir quitté son collègue, il marche seul dans la rue :

> Le pont surgit devant moi, ses immenses anges aveugles surveillant la rivière. Je tournai à droite et, en le traversant, je sentis un vent frais monter de l'eau. […] Je continuai de marcher […]. Je traversai en me faufilant entre les pare-chocs et montai les marches de pierre pour me retrouver sur la promenade. […] Je tournai dans le

33 *Ibid.*, 45.
34 Sigmund Freud, *Essais de psychanalyse* [1915–1923] (Paris : Payot, 1981), 200.
35 *Ibid.*, 199.

dédale des rues un peu plus loin. J'entendis de la musique et reconnus le son d'un violoncelle, riche et sombre. Je pris un passage souterrain cimenté et me retrouvai dans une vieille cour que je ne reconnus pas tout de suite. Mais le son langoureux et familier du violoncelle venait de quelque part au-dessus. Je traversai la cour, retrouvai les marches de pierre et compris que j'allais entrer dans l'immeuble où elle m'avait conduit la veille au soir, mais que j'étais arrivé par l'autre côté […]. Je commençai à monter l'escalier, suivant la musique […] je sus que j'étais revenu devant sa porte. Je posai un doigt sur la porte.

Elle n'était pas fermée à clé et s'entrebâilla avec un lent craquement. Le son du violoncelle me parvint, plus riche et plus plein, comme si celle qui en jouait avait atteint une émotion plus intense. Ou alors la porte l'avait étouffé. Elle s'ouvrit suffisamment pour que j'entre. Elle était là, sur le canapé, le grand instrument en bois entre les jambes, et elle tirait l'archet.

Elle cessa lentement de manier l'archet quand elle me vit. […]

Bonjour, dit-elle.

– Vous vous souvenez de moi ?
– Je me souviens.[36]

Jonathan est guidé par « le sortilège du violoncelle »[37] car, en effet, à chacune de leur rencontre dans l'appartement de la jeune femme, elle joue le même morceau, comme si l'instrument et sa musique étaient un moyen de le convoquer, de l'amener à elle, ce que ne nie pas le narrateur :

Cette fois le son ressemblait à une sommation, autoritaire et retentissante. […] Voilà que ça recommence, me dis-je, quelqu'un m'appelle. […] Je me mis à marcher vers la source. […] Je me contentais de suivre le son. Je le perdais en traversant une rangée de maisons et l'entendais de nouveau en tournant dans une autre rue. Cette fois je me retrouvai devant l'entrée, la rivière de notes inondait le porche carrelé, traçait des arabesques autour des balcons. Je montai bien sûr les marches, vers la porte ouverte et elle était à l'intérieur, elle jouait, vêtue d'une robe d'été blanche qui convenait à la chaleur du jour.

Rebonjour, dit-elle sans ralentir l'allure de son archet. Êtes-vous venu m'annoncer quelque chose ?

– Que pourrais-je vous annoncer ?[38]

36 Jordan, *Dans les Eaux troubles*, 71–72.
37 *Ibid.*, 57.
38 *Ibid.*, 97–98.

Une fois encore, le narrateur semble ne pouvoir résister à l'appel. Deux jours plus tard, il regarde son épouse s'éloigner parmi les piétons :

> Elle tourna à gauche, dans le labyrinthe des petites rues pavées. J'entendis le violoncelle, m'arrêtai et la laissais disparaître. Elle allait chercher Jenny et moi je suivais la musique du violoncelle.
>
> De nouveau le porche aux carreaux de céramique, la cour, les balcons au-dessus. Les marches en pierre menant à une bouche d'obscurité et le son produit par l'archet résonnant autour de moi. L'endroit possédait un côté oriental, un peu fantasmatique […]. De nouveau, l'écho de mes pas sur les marches […]. Je montai lentement, comme si je voulais retarder le moment. De nouveau, la porte entrouverte qui grinça quand j'entrai.
>
> Elle était assise sur le canapé, de nouveau, l'instrument entre les genoux.[39]

Bien sûr, la position de l'instrumentiste a quelque chose de très érotique et l'instrument lui-même est perceptible comme un substitut sexuel. La description du narrateur est révélatrice d'un désir qui semble exercer sur lui une emprise exceptionnelle, celui d'être à la place du violoncelle, « entre les genoux » de la jeune femme. Il n'est guère étonnant que, quelques pages plus loin, il s'imagine faire l'amour avec elle :

> Je rêvais d'un enchevêtrement de membres dans une eau brune et épaisse. Des cheveux comme des algues vertes me balayaient le visage. Une femme était nue sous une cagoule rose, je sombrais dans le O noir de sa bouche ouverte.[40]

En ce lieu qu'il qualifie lui-même de « fantasmatique », Jonathan ne peut que donner libre cours à ses fantasmes hautement colorés et ses contemplations passionnées de Petra, à l'image du narrateur avec sa Ligeia dans l'extraordinaire histoire éponyme d'un autre écrivain de la mystique et de l'étrangeté, Edgar Allan Poe : « Mon esprit brûlait dans l'enthousiasme de mes rêves comme si, par l'ardeur dévorante de ma passion pour la défunte, je pouvais la ressusciter dans les sentiers de cette vie qu'elle avait abandonnée ».[41] Dans ces histoires hantées par des héroïnes 'posthumes',

---

39   *Ibid.*, 121–122.
40   *Ibid.*, 141.
41   Edgar Allan Poe « Ligeia » [1838] in *Histoires extraordinaires* (Paris : Sogemo, 1988), 185.

l'homme se définit par une duplicité de la conscience : si la vie peut être un rêve, alors la mort est un réveil, et le rêveur – l'homme vivant – coexiste avec une compagne évanescente, une « morte amoureuse »[42] dont il est la victime.

Aussi longtemps qu'elle n'a pas de sépulture, Petra continue de mener une existence intermédiaire et donc de hanter les vivants, parmi lesquels elle reste capable de figurer. C'est la raison pour laquelle elle se manifeste durant un peu plus de trois semaines, durée écoulée entre la sortie de l'eau de son corps noyé et ses funérailles. Elle apparaît du fond du fleuve à Jenny sauvée de la noyade par son père qui plonge une fois encore, répétant ainsi l'événement traumatique initial, mais à partir du moment où le cadavre de Petra est inhumé, Jonathan se trouve désenvoûté et libéré du « sortilège du violoncelle ». Comme pour s'assurer que la dépouille de la défunte est bien déposée en un lieu précis où elle pourra reposer définitivement, il se rend dans un petit village de campagne avec son collègue Istvan pour assister aux obsèques :

> Une cloche sonnait un glas lugubre, tandis que nous marchions sur le sentier de boue sèche et craquelée, jonchée de mégots de cigarette et de cannettes de bière. Pour une raison indéterminée, je pensai à la route vers Emmaüs.[43]

Cette référence à la manifestation de Jésus ressuscité à deux de ses disciples laisse entendre qu'il est possible de continuer à voir quelqu'un et à parler avec lui, même après sa mort. Le chapitre 24 de l'évangile de Luc relate cet épisode durant lequel, le soir même de la résurrection, le Christ apparaît à deux marcheurs sur le chemin reliant Jérusalem à Emmaüs. Ces derniers rapportent à cet inconnu – qu'ils ne reconnaissent pas – les événements tragiques de la passion et de la mort de Jésus et lui font part de leur découragement. Le ressuscité interprète alors les écrits des prophètes et leur explique ce qui le concerne. A la nuit tombée, les deux hommes l'invitent à rester avec eux. À table, ils le reconnaissent au geste du pain rompu et partagé, mais il disparaît soudain à leurs yeux.

---

42   Théophile Gautier, *La Morte amoureuse* [1836] Paris : Larousse, 2008.
43   Jordan, *Dans les Eaux troubles*, 246–247.

L'intention de l'évangile en décrivant une telle apparition à des témoins choisis est de faire comprendre que leur expérience n'est ni un rêve, ni une hallucination, ni une vision imaginaire, mais une véritable apparition du ressuscité sous la forme corporelle. Le Jésus qui se manifeste à eux est en effet un homme en chair et en os, et non un esprit ou un fantôme. Il n'est pas seulement revenu de chez les morts, mais aussi et surtout entré dans une nouvelle sorte d'existence. C'est la raison pour laquelle il est difficilement reconnaissable et ne se laisse pas saisir.

Eu égard à la culture judéo-chrétienne de Neil Jordan, il est fort plausible que la mention explicite de cet épisode biblique des pèlerins d'Emmaüs se double d'une allusion au sens théologique du texte, selon lequel la mort n'a pas le dernier mot.

***

Comme souvent dans la fiction de l'écrivain, le récit s'achève sur des scènes très visuelles, des images picturales ou cinématographiques. Dans la ville en proie au chaos éclatent des émeutes et bagarres entre cagoules noires et colorées. Les premières couvrent les visages des policiers, les secondes des manifestants transgenres. Au milieu d'eux se trouve malencontreusement Jonathan :

> J'entendis tout à coup des pas sur le pont. À cause de la brume tout autour, je ne voyais rien d'autre que les immenses piliers et les cordes d'acier qui s'y accrochaient se fondre en une masse indistincte. Sortant du brouillard, je vis trois cagoules colorées habillées de robes jaune pastel qui couraient vers moi [...]. Leurs bouches noires étaient ouvertes en un cri de panique et je m'écartai vivement pour les éviter.[44]

Cette scène évoque spontanément *Le Cri* d'Edvard Munch (1893), peintre des angoisses métaphysiques. Sur ce tableau est représenté un pont sur lequel apparaît en premier plan un personnage esseulé, épouvanté par un événement manifestement traumatique. Sa bouche est arrondie, grande ouverte. Peut-être est-ce lui qui crie. Toutefois, il se bouche les oreilles comme pour ne pas entendre le cri de voix environnantes, celui de ces silhouettes fantomatiques esquissées en arrière-plan. Le peintre norvégien,

44 *Ibid.*, 199.

lui-même confronté à de nombreux deuils au cours de son existence, est obsédé par un sentiment d'impuissance devant l'inéluctable, d'où une œuvre picturale hantée par ces faces de spectres clouées par le désespoir. Et Jonathan de poursuivre : « Des visages surgissaient dans la brume près de moi et s'éloignaient comme des fantômes. C'était ce que devaient faire les fantômes, apparaître et disparaître, ne pas s'accrocher aux vivants ».[45] Gertrude lui enjoint de « terminer l'histoire, quelle qu'elle soit […], l'histoire avec les morts. Sinon, ils chuchotent, ils murmurent, ils ne savent pas qu'ils sont morts ».[46]

Lors de cette scène sur le pont, Jonathan écoute ce que Petra souhaite encore lui dire, puis la voit sauter dans l'eau : « Je la regardai tomber ; […] elle disparut dans la brume qui voilait la rivière ».[47] Cependant, cette fois, il ne plonge pas pour se porter à son secours, comme s'il avait finalement réalisé qu'il n'était pas tombé amoureux d'une femme, mais d'une chimère. Tentatrice, proie du démon de l'analogie, ange déchu, celle-ci se jette à l'eau pour simuler une noyade et inciter l'homme à venir la sauver, sachant qu'il l'a déjà fait, mais Jonathan se garde bien d'agir à nouveau de manière impulsive. Il n'est plus aussi égaré et se trouve, à la fin du récit, dans une situation qu'il semble maîtriser davantage.

Cette répétition du geste désespéré d'une femme qui se jette dans le vide jusqu'à ce qu'elle parvienne à se supprimer ne manque pas de rappeler le célèbre film d'Alfred Hitchcock *Vertigo*,[48] lequel présente bien des similitudes avec le roman. Il est fort probable que Neil Jordan, fervent admirateur du célèbre réalisateur, ait été plus ou moins consciemment influencé par cette histoire « vertigineuse ».

Scottie (alias James Stewart), détective, est engagé par un ami de longue date pour prendre sa femme Madeline (Kim Novak) en filature, car celle-ci est hantée par le besoin inexplicable de se détruire. Elle souffre d'une pathologie consistant à s'identifier totalement à son aïeule Carlotta. Le film est tourné selon le point de vue subjectif de Scottie dont l'intérêt pour l'énigmatique Madeline se transforme au fil du temps en obsession.

45   *Ibid.*, 200.
46   *Ibid.*, 219.
47   *Ibid.*, 199.
48   La version française du film a pour titre *Sueurs froides* (1956).

Une force étrange les attire l'un vers l'autre. Aussi, lorsque la jeune femme se jette du Golden Gate Bridge dans les eaux de la baie de San Francisco, Scottie plonge sans hésiter, la sauve de la noyade et la raccompagne dans l'appartement où il prend soin d'elle et sèche ses vêtements. Il lui apprend par la suite qu'« en Chine, une fois que vous avez sauvé la vie d'une personne, vous en êtes responsable pour toujours ». Aussi, quand Madeline réitère son geste désespéré et parvient cette fois à ses fins, Scottie s'effondre et sombre dans la dépression : il retourne sur les lieux qu'il a fréquentés avec elle et, hanté par son spectre, croit la reconnaître partout. Son amour pour elle est si fort qu'il brise les frontières entre passé et présent, entre ici et là, entre vie et mort. Lorsqu'il fréquente une autre femme, Judy, il cherche à la façonner pour la métamorphoser en Madeline. Un soir, alors que le couple s'apprête à sortir, Judy noue autour de son cou un collier que Scottie reconnaît comme étant celui de l'aïeule de Madeline. Il comprend alors qu'il a été victime d'une cynique machination.

Comme le film d'Hitchcock, *Dans les Eaux troubles* est une histoire fantastique partant d'une situation naturelle pour aboutir au surnaturel. Ses thèmes se rapprochent de ceux de la psychanalyse dans lesquels l'inconscient tend à s'exprimer. « Le fantastique est structuré comme un fantasme, c'est-à-dire comme un scénario qui figure l'accomplissement d'un désir inconscient »,[49] remarque Jean Bellemin-Noël. Si l'amour perdure au-delà de la mort, ce désir est celui de (re)créer la présence réconfortante d'un amour impliquant tous nos sens. Il s'agit d'accepter de perdre l'objet d'amour pour le retrouver. Le travail de deuil est en effet accompli lorsque le sujet parvient à sauvegarder à la fois l'amour pour l'objet et l'amour pour la vie. Sur un plan plus spirituel, alors que les pays occidentaux ont aujourd'hui tendance à nier la mort et escamoter le deuil, le lecteur du roman est aussi invité ici à envisager notre condition humaine telle qu'elle est, et à concevoir qu'il est possible de garder un lien fort avec une personne disparue dont la présence demeure, bien que sous une autre forme. Peut-être y a-t-il après tout quelque chose à croire par-delà le visible …

49   Steinmetz, *La Littérature fantastique*, 20.

CHAPITRE 10

De l'autre côté du miroir :
du merveilleux dans *Carnavalesque*

Comme il l'avait fait dans *Confusion* six ans auparavant, Neil Jordan renoue avec la thématique du double dans *Carnavalesque* en 2017. C'est là un motif typique de la littérature fantastique, comme l'illustrent des œuvres de Poe, Maupassant ou Dostoïevski. Toutefois, alors que le phénomène décrit s'explique par la gémellité des protagonistes de *Confusion*, ce qui permet de qualifier le roman d'étrange, la duplication des personnages de *Carnavalesque* demeure irrationnelle et mystérieuse d'un bout à l'autre du récit. De ce fait, celui-ci relève du merveilleux.[1] Il invite le lecteur à admettre l'existence d'événements invraisemblables et de personnages surnaturels, à plonger dans un univers extraordinaire qui échappe aux lois naturelles. Celui-ci est accessible par la traversée d'un miroir puisque, à l'instar de la célèbre protagoniste de Lewis Carroll, Andy pénètre dans un monde merveilleux en passant « de l'autre côté ». Todorov souligne une parenté entre « miroir » et « merveille » et note que « le miroir est présent à tous les moments où les personnages [...] doivent faire un pas décisif vers le surnaturel. Cette relation est attestée dans presque tous les textes fantastiques ».[2] Ces derniers illustrent souvent que le miroir est une ligne séparatrice sur le plan spatiotemporel : il est à la fois lieu de passage entre naturel et surnaturel, mais aussi moment liminaire de « débrayage » d'un monde à l'autre.

Dès son titre, *Carnavalesque* – *Carnivalesque* dans sa version originale – renvoie au monde du divertissement ; le mot *carnival* en anglais se

---

1   Dans son *Introduction à la littérature fantastique,* Tzvetan Todorov opère cette distinction entre l'étrange et le merveilleux (chapitre 3, 46–62).

2   *Ibid.,* 127.

traduit par le même mot français, mais désigne aussi la fête foraine. C'est dans le Palais des Glaces d'une foire que s'aventure Andy, jeune adolescent échappant à la surveillance de ses parents. Au cœur d'un labyrinthe, il se trouve mystérieusement capturé par le reflet d'un miroir dont émerge un simulacre de lui-même qui rejoint ses parents et disparaît avec eux. Un phénomène de dédoublement s'opère donc. Alors qu'Alice aime beaucoup « faire semblant d'être deux personnes »,[3] le jeu de rôles est concrètement mis en œuvre ici par le protagoniste dédoublé de *Carnavalesque* puisqu'Andy et Dany, à partir d'un individu, *deviennent* deux personnes.

Dès lors, le récit alterne les chapitres relatifs, d'une part, au véritable Andy – devenu Dany, son anagramme – qui commence une nouvelle vie parmi les forains et, d'autre part, à son substitut, le faux Andy, qui mène une vie d'adolescent ordinaire dans un foyer qui n'est pas le sien. Deux intrigues se déroulent en parallèle : James et Eileen Rackard, inconscients du subterfuge, observent les transformations de leur fils unique et s'en étonnent – et pour cause – attribuant ces changements à sa puberté. Alors qu'il était proche et complice de sa mère, Andy devient distant et se montre même particulièrement froid et insensible à son égard : il ne l'appelle plus « maman », mais « mère », ne comprend pas des choses qui lui semblaient claires auparavant, ne communique plus que de manière parcimonieuse et s'enferme dans un mystérieux isolement. Sa mère, inquiète de le voir fasciné par des dizaines de rats grouillant dans des trous d'arbres déracinés, déplore que sa progéniture ait changé à ce point. Elle a l'impression qu'un étranger a pris possession du corps de son fils. Lorsqu'Andy flirte avec Carmen dans les dunes, tous deux sont assaillis par des nuées d'insectes et de bestioles qui terrorisent la jeune fille, alors qu'elles n'ont aucun effet sur lui. Sur l'initiative maternelle, l'adolescent consulte un psychiatre qui voit en Eileen une femme à la limite de la démence et considère que c'est elle qui a besoin d'une thérapie.

Dany, quant à lui, s'intègre dans le monde itinérant des gens du voyage. Ces derniers sont dépeints dans le roman comme des créatures fabuleuses dont les spécificités s'inspirent d'histoires mythologiques. Ils

---

3   Lewis Carroll, *Les Aventures d'Alice au Pays des merveilles* [1865] (Paris : Le Livre de Poche, 2009), 56.

sont ici assimilés aux descendants de la déesse Danu, les *Tuatha Dé Danann*, dieux païens versés dans la magie et habitants mythiques de l'Irlande pré-celtique. Selon la légende, à la suite des invasions successives de l'île et de leur éviction par les Gaëls, ils se réfugient dans un royaume souterrain où ils conservent leur empire sur le surnaturel. L'Irlande se trouve ainsi divi-sée en un monde d'en haut et un monde d'en bas. Selon le roman, certains d'entre eux vivent également à la surface de la terre sous la forme de Car-nies,[4] professionnels organisateurs de distractions foraines. Itinérants, ils traversent les lieux comme les époques : le temps et la mort n'ont aucune prise sur eux. Dispersés au dix-neuvième siècle par la Grande Famine, ils tentent de reconstituer leur communauté dans l'univers du cirque, de la fête foraine, du carnaval où leurs pouvoirs magiques s'opèrent au travers de démonstrations de force, d'exploits de contorsion, autant de miracles, merveilles et performances défiant la mort. Le jeune garçon introduit dans cet univers en vient à se demander s'il n'est pas lui-même un Carnie, eu égard aux affinités qu'il ressent avec cette communauté. Il ignore en effet que le Palais des Glaces, espace transitionnel entre son ancienne et sa nou-velle vie, 'The Burleigh Hall of Mirrors', porte le nom d'un représentant de commerce qui, lors d'une parodie d'annonciation, avait mystérieusement prédit sa naissance à sa mère, alors désespérée de ne pouvoir enfanter …

Le divertissement carnavalesque renverse avec la précision d'un miroir codes, valeurs et hiérarchies : les monstrueuses anomalies deviennent objets de fascination ; les lois de la gravitation sont défiées, les dimensions spatio-temporelles bouleversées. Il transforme l'ordre en désordre et contient une spécificité subversive symbolisée par l'image symétrique inversée.[5] Or, ici, le miroir dont le reflet retient Andy inverse également les mots prononcés de l'autre côté. De ce fait, le jeune protagoniste éprouve une certaine dif-ficulté à se présenter lorsqu'une trapéziste, Mona, lui demande son nom :

4   Les *Carnies* sont en quelque sorte des « carnavaliers », le mot anglais *carny* ou *carney* désignant à la fois le forain et la fête foraine.

5   De la même façon, après avoir traversé le miroir, Alice reste perplexe devant un livre où « tout est écrit dans une langue que je ne connais pas », jusqu'à ce qu'elle réalise : « Voyons, c'est un livre du Miroir, bien sûr ! Et si je le brandis devant une glace, les mots iront à nouveau dans le bon sens ! » (Carroll, *Alice*, 177.)

Andy, répondit le garçon. Mais son nom ne fut pas transmis comme tel, parce qu'il était dans un miroir. Mona entendit Ydna, ce qui était Andy à l'envers, comme il s'en rendit compte avec embarras.

 — Ydna, dit-elle. C'est un drôle de nom.

Le garçon essaya encore. Il parla avec application cette fois-ci en distinguant les syllabes, et articulant les voyelles.

 — Nyad.
 — Ça ressemble encore moins à un nom. C'est un truc de fille, une espèce de nymphe […].
 — Dany.
 — Dany. Au moins, cette fois, on dirait bien que c'est un nom. Ravi de faire ta connaissance, Dany.[6]

C'est ainsi qu'Andy perd son nom et devient Dany. Le jeune homme se confronte à une incertitude sur son être. Il cherche à retrouver le sens de son identité personnelle, laquelle est mise en question car le nom exprime l'être. Tout au long de ses pérégrinations au pays des Carnies, Dany s'affronte à l'impossibilité de donner une réponse à la question « qui suis-je ? », comme Alice qui, lorsqu'on lui demande : « qui es-tu, toi ? », avoue piteusement « je ne sais pas vraiment ».[7] À son image encore, Dany accepte de répondre à un prénom différent du sien, soulignant dès lors

---

6 " 'Andy', the boy said. But his name didn't come out as Andy. Because he was in a mirror now. It came out as Ydna, which he realized, with a growing sense of unease, was Andy, only backwards.
'Ydna', the girl said. 'That's an odd name'.
And the boy tried again. He spoke carefully this time, enunciated what he knew were the vowels and syllables.
'Nyad'.
'That's even less of a name. That's a girl thing, a kind of nymph. […]'
'Dany'.
'Dany. At least that sounds like a name. Nice to meet you, Dany' " (Neil Jordan, *Carnivalesque*, London: Bloomsbury Publishing, 2017, 14–15).
Carnivalesque n'est pas traduit en français. L'auteur de la présente publication a jugé utile de traduire lui-même les extraits cités. Il assume la responsabilité de toute erreur ou maladresse de traduction.
7 Carroll, *Alice*, 86.

la rupture entre référent et signifiant. Sa quête d'identité l'amène même à douter de sa nature humaine, comme l'exprime la narration : « la chose qui n'était pas Andy »[8] ou la question « qu'est-ce que tu es ? »[9] Là encore, cette interrogation fait écho à la question posée à Alice : « qu'est-ce que tu es donc ? »[10] Dans les textes originaux, la question censée être posée à un individu est 'who are you?' et non 'what are you?'... Le pays des Carnies est un pays des merveilles – *wonderland* – dont l'entrée se marque par une perte des repères référentiels et une crise d'identité. Ce nouvel univers donne lieu à un profond sentiment de division, d'étrangeté à soi-même et suscite bon nombre de questions. A l'instar d'Alice, Andy observe avec étonnement – *wonderment* – les spécificités de ce lieu insolite et s'interroge – *to wonder*. Le texte original joue sur les différents sens du terme *wonder*, qu'il s'agisse du substantif, lequel fait référence à l'étonnement, voire l'émerveillement, ou du verbe consistant à se poser des questions à soi-même. Lorsqu'Andy entre dans le Palais des Glaces de Burleigh, il remarque que le lieu porte un nom bizarre : « Burleigh comment, *se demanda*-t-il, Burleigh quoi ? »[11] Prisonnier du miroir, n'étant rien d'autre qu'un reflet, il *se demande* s'il n'est pas un fantôme,[12] plus tard s'il n'est pas un Carnie.[13] La traversée du miroir engendre une série de questions sans réponses concernant la nature du monde dans lequel le protagoniste vient de pénétrer.

Il en va de même pour Alice dont le questionnement se mêle au désir de savoir, dès que ses connaissances s'avèrent inaptes à rendre compte de sa situation présente. Lors de sa chute dans le terrier du lapin, elle s'interroge : « Je *me demande* si je vais traverser toute la Terre ! »[14] ou encore : « Je

---

8   "the thing that was not Andy" (Jordan, *Carnivalesque*, 6, 7).

9   "what kind of carnie are you?" (*Ibid.*, 198).

10   Carroll, *Alice*, 92.

11   "Burleigh who, he *wondered*, Burleigh what?" (Jordan, *Carnivalesque*, 3). C'est moi qui souligne.

12   "Et il se demanda s'il n'était pas effectivement devenu un fantôme" / "And he wondered had he actually become that, a ghost" (*Ibid.*, 12).

13   "Il en vint à se demander: était-il un carnie maintenant ?" / "He began to wonder himself – was he a Carnie now?" (*Ibid.*, 131). C'est moi qui souligne.

14   Carroll, *Alice*, 51. "I wonder if I shall fall right through the earth!" (8). C'est moi qui souligne.

me demande à quelle Latitude ou Longitude je suis arrivée »,[15] et la narration de poursuivre : « Elle aimait à prononcer ces grands mots magni-
fiques », à l'image de Dany qui, bon élève, emploie volontiers un vocabulaire
savant : « Il réussissait bien à l'école et aimait penser à des termes comme
'gravitation' et 'force centrifuge' ».[16]

Le nouvel univers est source d'interrogations teintées d'inquiétude.
Aussi n'est-il peut-être pas aussi merveilleux qu'il y paraît : il est lointain,
étanche, sans rapport immédiat avec le monde réel, auquel il s'ajoute sans
en détruire la cohérence. Les termes utilisés pour le décrire impliquent bien
cette coexistence de deux mondes, le premier n'étant pas fondamentalement
remis en cause par le second : au *'curiouser and curiouser*[17] d'Alice font écho
des qualificatifs signalant l'anormalité clairement délimitée de l'univers
parallèle dans lequel plonge le garçon, tels « étrange », « mystérieux »
ou « magique ».[18] Le protagoniste en est « troublé », « perplexe » ou
« stupéfait ».[19] C'est bien là le signe que son être antérieur subsiste. Le
mythe du double est décliné à plus d'un titre, puisqu'à la métamorphose
du garçon en deux entités – Andy/Dany – se superpose une division du
sujet, Dany étant lui-même une schize appartenant aux deux univers : il est
encore le garçon 'réel' qui n'a pas oublié sa vie et sa condition antérieures ;
et pourtant il fait aussi l'expérience d'une autre temporalité : à la fin du
roman, il observe sa propre pierre tombale sur laquelle sont gravées sa date
de naissance, mais aussi celle de son décès.

Ce thème de la duplication de l'original est évidemment repris à chaque
fois que le texte évoque des jeux de miroirs. Les images que renvoient les
glaces déformantes permettent à Dany de se voir minuscule ou gigantesque,
d'observer son visage étiré jusqu'à sa ceinture, ses mains allongées au point
de toucher le plafond, autant de changements de tailles, de proportions, de
dimensions ne manquant pas de rappeler les métamorphoses d'Alice : la

---

15   Carroll, *Alice*, 51. "I wonder what Latitude or Longitude I've got to?" (8).
16   "He was good at school and enjoyed thinking of terms like gravitational pull and
     centrifugal force" (Jordan, *Carnivalesque*, 1).
17   « 'De plus en plus pas normal', s'écria Alice. (Elle était si surprise qu'elle en
     oubliait presque sa grammaire) » (Carroll, *Alice,* 58).
18   Jordan, *Carnivalesque*, 3–4.
19   "Confused" (Jordan, *Carnivalesque*, 7), "puzzled" (7–8), "amazed" (15).

fillette est soit trop grande pour sortir de la maison du lapin, soit si petite qu'elle risque de se noyer dans la mare des larmes qu'elle a versées. Ces mutations subies par le corps rappellent que les jeunes protagonistes sont en pleine croissance.

De toute évidence, les pérégrinations de Dany parmi les Carnies reflètent celles d'Alice au Pays des Merveilles. De nombreux écrivains contemporains, tels Jorge Luis Borges et Alberto Manguel, reconnaissent l'influence qu'a pu exercer l'œuvre de Lewis Carroll sur la leur. Neil Jordan pourrait figurer parmi eux. L'intérêt de ce dernier pour le surnaturel, pour la logique mathématique et les jeux de langage,[20] mais aussi pour le monde de l'enfance et l'univers des contes de fées multiplie les points de convergence avec l'illustre prédécesseur. Celui-ci est une figure incontournable du patrimoine culturel universel et anglophone en particulier. Il est du reste à noter que cette influence se relève dans d'autres aspects de l'œuvre de Neil Jordan, notamment dans son cinéma : par exemple, dans *La Compagnie des Loups*, l'une des deux sœurs, prénommée Alice de façon significative, est vêtue d'une robe blanche, telle l'héroïne de Lewis Carroll, et se laisse glisser dans le monde du rêve, qui frise plutôt le cauchemar puisqu'au fil de ses aventures, elle rencontre des créatures étrangement inquiétantes. Ces détails sont des ajouts du cinéaste, car ils ne figurent pas dans le texte original d'Angela Carter dont s'inspire le film.[21]

Toutefois, si les deux récits d'*Alice* sont incontestablement présents en filigrane dans *Carnavalesque*, il est une influence qui mérite d'être signalée, car elle joue également un rôle déterminant sur l'œuvre ici étudiée.[22]

---

20 Les anagrammes repérables dans *Carnavalesque* (Andy/Dany ; Andrew/Wander …) ne manquent pas de rappeler les multiples jeux de langage auxquels se livre l'héroïne de Lewis Carroll dans *Les Aventures d'Alice au pays des merveilles* et *La Traversée du miroir et ce qu'Alice trouva de l'autre côté*.

21 Contrairement à Neil Jordan dans son adaptation cinématographique, Angela Carter n'attribue pas de nom à la jeune protagoniste de sa nouvelle « La Compagnie des loups ». Celle-ci est désignée uniquement selon des appellations génériques, telles « la fillette » ou « cette enfant têtue ». En outre, elle est vêtue d'un châle de couleur rouge, symbole de ses menstrues nouvellement apparues.

22 Parmi les textes ayant influencé Neil Jordan dans son écriture de *Carnavalesque*, le roman d'Angela Carter *Des Nuits au cirque* (Paris : Seuil, 1988) pourrait être cité également. Celui-ci relate le parcours d'une acrobate, Sophie Fevvers, née avec des ailes dans le dos lui permettant d'exécuter d'impressionnants sauts périlleux

A la question portant sur les artistes et intellectuels l'ayant marqué, Neil Jordan mentionne les grands écrivains irlandais et William Butler Yeats en particulier.[23] Comme la présente étude permet de le constater, Jordan cite volontiers son illustre prédécesseur et, de manière récurrente, fait référence ou allusion à ses poèmes essentiellement. C'est le cas en l'occurrence, puisque *Carnavalesque* a pour épigraphe un extrait de l'œuvre poétique de Yeats une fois encore, mais le roman puise également dans les légendes mythologiques locales collectées et publiées par le poète. Bien que membre de la classe privilégiée des Anglo-Irlandais protestants, celui-ci découvre auprès des petites gens catholiques – paysans, domestiques ou pêcheurs – un Autre Monde peuplé de fées et de créatures surnaturelles. Avec Lady Gregory, il entreprend de coucher par écrit ces histoires transmises jusqu'alors oralement et pénètre ainsi dans l'imaginaire d'un peuple.[24] Il renouvelle d'anciens mythes et légendes folkloriques et devient l'âme de la Renaissance irlandaise, au travers de publications d'articles sur les contes et légendes populaires locaux ou d'essais comme *Le Crépuscule celtique.*

Dans ces textes consacrés à ce patrimoine culturel immémorial, l'Autre Monde est principalement habité par un « petit peuple » d'êtres fabuleux issus de l'ancienne Irlande païenne. Ces derniers ne s'apparentent pas aux fées de nos contes traditionnels, mais plutôt aux lutins, gnomes et korrigans des légendes du nord-ouest de la France.[25] Selon la croyance populaire, ces « braves gens » ont jadis trouvé refuge dans des forts, dans les profondeurs

---

       dans l'espace. Pour percer le mystère de cette femme-oiseau, son admirateur, le journaliste Jack Walser, s'engage à ses côtés comme clown débutant dans l'étrange cirque Kearney et s'embarque pour une tournée rocambolesque qui les conduira de Londres en Sibérie, via Saint-Pétersbourg. Peu à peu, la réalité du cirque – et du monde – se désagrège : les trains explosent, les singes s'éclipsent vers leur destin et les tigres disparaissent dans les miroirs …

23   Mario Falsetto: "Who were some of the cultural and aesthetic influences on you?" Neil Jordan: "Well, I come from Ireland, so William Butler Yeats, James Joyce, and Samuel Beckett, basically. It was a writer's culture; it always has been" ("Conversation with Neil Jordan" in Zucker, ed., *Neil Jordan. Interviews,* 3).

24   Pour mener à bien ce projet, Yeats et Lady Gregory s'inspirent également des travaux de Lady Wilde et Douglas Hyde.

25   Le mot *fairy* en anglais ne renvoie pas systématiquement à une femme, mais peut tout aussi bien désigner un être de sexe masculin.

243

souterraines de petits champs entourés de fossés, dans les entrailles de collines ou au fond de lacs pour se protéger d'invasions successives, de menaces de surhommes et des progrès de la christianisation. Selon une autre tradition, ils sont « des anges déchus, à la fois trop bons pour être à jamais condamnés et trop mauvais pour être sauvés ; aussi doivent-ils purger leur peine sur terre, dans les coins les plus stériles ».[26] Leurs caractéristiques, décrites par Yeats, sont reprises dans *Carnavalesque* : le jeune protagoniste, prisonnier du miroir, en voit sortir une version réduite de lui-même, « courtaude et ramassée ».[27] Ce clone reste assis au bord de trous dans la terre, là où des arbres ont été déracinés. De jour comme de nuit, il assiste aux défilés de « colonies de rats », comme l'explique sa mère, inquiète, à son époux, ce qui suscite l'interrogation de ce dernier : « 'Colonie' est-il le mot approprié ? »[28] Il est intéressant de souligner que Yeats, dans l'un de ses écrits, précise qu'« à Howth, près de Dublin, il existe un 'chemin de fées' qu'emprunte, la nuit, une importante *colonie* d'êtres surnaturels pour aller de la colline à la mer et revenir chez eux ».[29] Il y a fort à parier que l'emploi de ce mot dans le roman n'est pas pure coïncidence. Des créatures féeriques se cachent peut-être derrière les rongeurs. En effet, capables de méfaits, elles prennent plaisir à changer d'aspect selon leurs caprices et apparaître sous une autre forme.

A l'image des êtres doués d'un pouvoir surnaturel, ces créatures sont immortelles. Comme le souligne Yeats, mainte histoire issue des contes et légendes celtiques les représente âgées de plusieurs centaines d'années[30] : elles sont vieilles et ridées, mais ne meurent pas. L'une des premières choses que Dany remarque de Mona qui, à première vue, est « une fille »[31] est son âge

---

26 William Butler Yeats, *Prose inédite I. Mythe, folklore, religion et occultisme* (Traduit sous la direction de Jacqueline Genet et Elisabeth Hellegouarc'h, Université de Caen : Centre de publications, 1989), 11.
27 "A small squat version of himself" (Jordan, *Carnivalesque,* 4).
28 "Is colony the word for a collection of rats?" (*Ibid.,* 83).
29 Yeats, *Prose inédite,* 27. C'est moi qui souligne.
30 Ces créatures qui traversent les âges et vivent dans les souterrains des collines justifient l'expression anglaise 'as old as the hills' (littéralement : « aussi vieux que les collines », autrement dit : « vieux comme Hérode »).
31 "It was a girl" (Jordan, *Carnivalesque,* 13).

avancé, comme en atteste un signe révélateur : « Ses mains étaient petites mais puissantes, des mains de vieille femme indescriptibles, marquées par le temps. Elles étaient creusées de lignes enchevêtrées ou plutôt de sillons ».[32] En outre, le vocabulaire qu'elle emploie, désuet, archaïque, inadapté au présent, témoigne de son grand âge. Mona, qui a connu la Grande Famine, fait usage de tournures de phrase obsolètes propres aux siècles passés. Lorsqu'elle s'apprête à libérer Dany du piège du miroir, elle le prévient : « Je peux te sortir de là, mais tu dois te rendre compte qu'une fois que je l'aurai fait, il y aura du grain à moudre. [...] Tu seras soumis au joug ».[33]

Yeats remarque que ces êtres magiques jettent parfois leur dévolu sur un mortel et l'enlèvent dans leur royaume pour le faire travailler,[34] laissant à sa place quelque enfant de chez eux, l'enfant-fée ou changelin, qui ressemble à celui qu'ils ont subtilisé, mais n'est pas un véritable humain. *Carnavalesque* s'inscrit dans ces traditions locales, comme en attestent la présence du mot 'changelin' à trois reprises[35] ou encore l'épigraphe du roman, un vers extrait du poème de William Butler Yeats éloquemment intitulé « L'enfant volé » : « Laisse-toi emporter, Ô enfant de l'homme ! »[36] Le poème est une invitation à l'évasion romantique dans une Irlande de rêve, une fuite dans le Crépuscule celtique, d'où l'appel des fées incitant l'enfant à les rejoindre en un refrain à la clôture de chaque strophe :

Laisse-toi emporter, Ô enfant de l'homme !
Dans les ondes et la nature sauvage,
Tenant la main d'une fée,
Car le monde est plus rempli de larmes que tu ne peux le comprendre.[37]

32   "Her hands were small and strong and indescribably ancient. They had criss-crossing lines, not so much lines as indentations" (*Ibid.*, 17).

33   " 'I can get you out of there', she said, 'but you have to realise that once I do, it will be nose to the grindstone, all the way. [...] Shoulder to the wheel' " (*Ibid.*, 15).

34   Yeats, *Prose inédite*, 152.

35   Jordan, *Carnivalesque,* 54, 140, 143.

36   "Come away, O human child!" (William Butler Yeats, "The Stolen Child", *Crossways* [1889] in *The Collected Poems of W. B. Yeats* (London: Papermac, 1982), 20–22).

37   "Come away, O human child! / To the waters and the wild / With a faery, hand in hand, / For the world's more full of weeping than you can understand" (Yeats, "The Stolen Child", 20).

Cette œuvre de jeunesse est « un cri du cœur contre l'inévitable »,[38] selon les propres mots de Yeats. Le poème fut publié dans un magazine en 1886, puis réédité trois ans plus tard dans *Les Errances d'Ossian et autres poèmes*.[39] Dans le comté de Sligo, lieu de naissance de Yeats mais aussi, rappelons-le, de Jordan, les fées invitent l'enfant à les suivre, à chevaucher le vent, se laisser voguer au fil de l'eau pour mener une vie d'insouciance et d'oisiveté sur la lande, à l'air libre, dans de vastes espaces naturels, des contrées sauvages, loin du monde des humains, lequel est décrit comme étriqué et rempli de tristesse.

Le poème présente l'Autre Monde comme un univers caractérisé par sa jeunesse, sa bienveillance et sa joie. On y danse, on y festoie. Les fées batifolent sur les eaux vives et naturelles, dont le rythme s'accélère à l'image de leur excitation sur ce terrain de jeu aquatique : elles bondissent d'abord sur les eaux calmes du lac, puis « poursuivent les bulles d'écume à la surface des jeunes ruisseaux », enfin s'amusent dans les cascades et les torrents, là « où l'eau vagabonde jaillit des collines au-dessus de Glen-Car ». Ces eaux douces, vivantes, printanières s'opposent aux tristes larmes amères des humains. L'enfant est invité au voyage, à la gaieté. Une existence dépourvue de tout tracas lui est offerte. Dans un premier temps, il hésite à quitter la chaumière parentale, « la bouilloire au coin du feu », le « coffre plein d'avoine », mais se décide finalement à rejoindre l'Autre Monde, comme le souligne le dernier refrain :

> Car il s'en vient, l'enfant de l'homme
> Dans les ondes et la nature sauvage
> Tenant la main d'une fée,
> D'un monde qui pour lui est bien trop plein de larmes.

Dès lors qu'il répond favorablement à l'appel des fées, l'enfant n'est plus désigné par « tu » mais « il », troisième personne inaccessible, signe

---

38   Dans une lettre à Kathleen Tynan datée du 14 mars 1888, Yeats écrit à propos de ce poème : « Ce n'est pas le poème de la clairvoyance ni du savoir mais celui du désir malheureux – le cri du cœur contre l'inévitable. J'espère qu'un jour je changerai cela et écrirai un poème de la clairvoyance et du savoir » (William Butler Yeats, *La Rose et autres poèmes*, Paris : Points, 1998, 53).

39   *The Wanderings of Oisin and Other Poems*.

de la distance le séparant désormais du monde réel qu'il choisit de quitter. La fin du poème adopte la perspective inverse, place le lecteur « de l'autre côté » et renforce ainsi l'interférence constante du naturel et du surnaturel. Le motif de l'enfant ravi par les fées s'ancre typiquement dans la mémoire culturelle locale. Il exprime à la fois un souhait d'évasion et un désir d'enracinement. Les « Autres » n'ont pas de progéniture, mais seulement des enfants volés à notre monde, lesquels appartiennent à la première fée qui les touche. Le jeune garçon du poème devient donc la propriété de celle dont il tient la main. De la même façon, le geste de Mona consistant à libérer Dany du miroir lui permet de faire de lui son assistant. Sans attendre, elle l'initie à tenir la corde et la hisser jusqu'à son trapèze. Cette corde est en fait un moyen pour elle de garder un lien avec la terre ; elle s'apparente à un cordon ombilical, un sas permettant de passer d'un monde à l'autre.[40] Là encore, on peut voir un écho de cet « ancien récit gaélique relatant l'histoire d'un magicien qui lança en l'air une échelle de corde et envoya ensuite toutes sortes d'êtres humains pour l'escalader ».[41] Bon nombre de contes mentionnent des esprits s'élevant dans les airs en un mouvement de spirale, particulièrement cher à Yeats.[42]

Le vers du poème cité en exergue du roman met le lecteur sur la piste de la source du texte emprunté et fait appel à ses compétences interprétatives. L'épigraphe favorise la relation entre les deux textes et leur compréhension, invitant le lecteur à établir un parallèle entre l'enfant volé par les fées et le protagoniste du roman, car, comme l'écrit Gérard Genette : « on ne peut percevoir et apprécier la fonction de l'un sans avoir l'autre à l'esprit ou sous la main ».[43] En effet, le roman ne peut être pleinement compris que si sa double signification est prise en compte et si le lien est établi avec le poème et son contexte culturel.

Toutefois, la vie libre et joyeuse sur les vastes étendues naturelles à laquelle est appelé l'enfant du poème n'est pas celle qui attend Dany : en

40 A cet égard, il est à noter que les Carnies sont dépourvus de nombril …
41 Yeats, *Prose inédite*, 37.
42 Son recueil *L'Escalier en spirale* (*The Winding Stair*), son poème « Les Spires » ('The Gyres') ou encore ses essais (*Une Vision* et *Le Crépuscule celtique*) développent ce thème de l'escalier en colimaçon, inspiré notamment par Blake et Swedenborg.
43 Gérard Genette, *Palimpsestes* (Paris : Seuil, 1982), 31.

effet, ce dernier se trouve d'abord piégé dans le reflet du miroir d'un laby-rinthe, puis enfermé dans une roulotte, enfin emprisonné dans l'espace réduit et artificiel d'une fête foraine. La claustration de Dany s'inscrit en contrepoint de la liberté du garçon du poème. En outre, contrairement à ce dernier qui opte pour une existence insouciante de plaisirs et de loisirs, Dany n'est pas maître de sa décision : il n'a pas le choix et se trouve embrigadé dans un univers où il doit trimer comme un esclave. De ce fait, au cœur de cette relation de coprésence du roman et du poème auquel il renvoie, le procédé, à la fois imitatif et transformatif, s'apparente à une parodie. Cette dernière, selon Linda Hutcheon déjà citée précédemment, est envisagée comme « une forme d'imitation caractérisée par une inversion ironique, une répétition avec une distance critique, qui marque plutôt la différence que la similitude ».[44] Le roman s'empare du poème, met en place une situa-tion similaire, mais introduit aussi un élément divergent. L'approche de Jordan est donc en quelque sorte le changelin de la perspective yeatsienne. Elle met en relief une utilisation postmoderne, ironique et distanciée d'un texte moderne. Cette « inversion ironique » se greffe parfaitement sur l'esprit du carnaval qui, selon Bakhtine, renverse symboliquement l'ordre social et les hiérarchies :

> La langue carnavalesque est marquée, notamment, par la logique originale des choses 'à l'envers', 'au contraire' des permutations constantes du haut et du bas, de la face et du derrière par les formes les plus diverses de parodies et travestissements, rabaissements, profanations, couronnements et détrônements bouffons.[45]

La parodie est par définition carnavalesque, c'est-à-dire subversive et transgressive. Elle se greffe sur le texte original pour le renverser, détrôner son autorité et introduire une alternative. Tel le jeu de miroirs du Palais des Glaces, elle donne à voir une image inversée. « La magie des fées fait

---

44   "Parody is a form of imitation, but imitation characterized by ironic inversion [...]. Parody is, in another formulation, repetition with critical distance, which marks difference rather than similarity" (Hutcheon, *A Theory of Parody. The Tea-chings of Twentieth-century Art Forms*, 6).

45   Mikhail Bakhtine, *L'Oeuvre de François Rabelais et la culture populaire du Moyen-Age et sous la Renaissance* (Paris : Gallimard, 1982), 19–20.

voir le monde à l'envers », écrit Yeats dans *Le Crépuscule celtique*.[46] Du reste, n'est-ce pas ainsi qu'acrobates et trapézistes perçoivent le monde lors de leurs performances ?

> <Dany> se rendit compte à présent que <Mona> échappait aux lois de la gravitation et n'était donc pas vraiment humaine ; la tête en bas sur la barre du trapèze, elle devait s'obliger à ne pas oublier d'attraper les bras du jeune homme en justaucorps de l'autre côté, dans les hauteurs vertigineuses du chapiteau.[47]

L'univers magique et merveilleux est celui de « la tête en bas », du sens dessus-dessous. Il s'accorde ainsi particulièrement bien avec l'esprit carnavalesque, lequel est caractéristique du genre parodique. Conformément à l'étymologie du terme, la parodie est un contrechant, un « chant » (*ôdé*) interprété « à côté » (*para*), et *Carnavalesque* est également lisible comme le contrechant des *Aventures d'Alice au Pays des merveilles*.

Dans le texte de Jordan comme dans celui de Carroll, il y a mise en rapport avec un au-delà, mais la communication avec cet au-delà se fait par les portes du rêve dans le cas d'Alice, ce qui n'est pas le cas pour Dany. Même si le pays des merveilles a des aspects cruels, les conflits se limitent à des joutes verbales. Certes Alice fait la connaissance d'une souveraine qui donne l'ordre de décapiter quiconque la contrarie, mais personne n'est jamais exécuté. Les menaces ne sont pas suivies de morts effectives. Les ordres ont beau venir du sommet de la hiérarchie, ils restent le plus souvent insatisfaits, témoignant en cela des limites du désir. Dans *Carnavalesque* en revanche, nombreux sont les actes de violence qui peuvent aller jusqu'au meurtre. Les figures paternelles sont sauvagement assassinées et l'ultime fête foraine s'achève dans un bain de sang. De toute évidence, le monde merveilleux de Neil Jordan n'a rien d'enfantin. Son roman est plutôt lisible comme un conte hallucinatoire où la violence s'exprime librement. Il s'apparente également à une allégorie de l'adolescence, puisque le protagoniste, qui n'est plus un enfant et pas encore un homme, peine à trouver sa place et

---

46 W. B. Yeats, *Le Crépuscule celtique* (traduit par Jacqueline Genet, Lille : Presses Universitaires de Lille, 1983), 30.

47 "And she was gravitationless, he realised now, barely human, and had to remind herself to catch the arms of leotarded youth, swinging upside down on the trapeze bar, on the other side of the vertiginous top" (Jordan, *Carnivalesque*, 130).

son identité véritable dans un univers où il lui reste beaucoup à découvrir. Du reste, il quitte le foyer parental définitivement et ne rentre pas chez lui, contrairement à Alice qui, elle, retrouve la tendresse du cocon familial, sort progressivement de son rêve « la tête sur les genoux de sa sœur »[48] et reste symboliquement une petite fille. De tels éléments confirment la portée parodique de *Carnavalesque*.

Dans les contes folkloriques, la créature kidnappée ne subit pas un sort malheureux, mais vit au milieu de réjouissances, au son de la musique, parmi toutes sortes de plaisirs. Il en va de même de l'enfant du poème de Yeats. En revanche, la nostalgie des parents attriste Dany qui pleure en pensant à sa mère : « S'il lui manque comme elle lui manque, elle doit souffrir terriblement, se dit-il ».[49] Le garçon ne « revoit » sa mère que de manière posthume. De même qu'il semble difficile de tracer la frontière entre naturel et surnaturel, on ne sait guère où s'arrête la vie et où commence la mort. L'avant-dernier chapitre du roman dépeint une jolie scène poétique située dans un cimetière où seules errent les âmes parmi les tombes. Là, Dany est témoin de la tristesse de sa mère éplorée au pied de la plaque de marbre sur laquelle il est écrit : « James et Andrew Rackard, époux et fils bien-aimés d'Eileen … ». Surpris de voir gravé son prénom entier, il se demande quel anagramme Mona aurait trouvé à partir d'Andrew : non pas Dany, ni Ynad, mais *wander* (errer), terme conforme à sa nouvelle condition d'âme errante :

> Il y avait un rouge-gorge entre les pierres tombales […]. A la manière des Carnies, il se glissa dans le corps du rouge-gorge et se posa sur la main maternelle. « Mère », chuchota-t-il. Surprise, elle regarda l'intrus et versa une larme qui tomba sur la gorge de l'oiseau. […] Il continuerait à errer, mais pouvait toujours revenir à elle. Il serait là. Elle pouvait dormir tranquille ; il serait toujours là.[50]

---

48 Carroll, *Alice,* 160.

49 "If she missed him the way he missed her she must be hurting terribly, he realized" (Jordan, *Carnivalesque*, 87).

50 "There was a robin, flitting between the buried gravestones […]. He performed a warp and found himself inside that robin, in that carnie way […] He took a leap on to her hand. […] 'Mother', he whispered. He saw her surprised eyes, looking down at the feathered interloper on her ring finger. And a tear finally willed itself from her grey eyes. It fell and touched his robin's breast. […] He would wander […], but could always return to her […] And he would be there […] And she would find sleep then, and he would be there" (*Ibid*, 276–277). L'anagramme Andrew/Wander est

Capable de métempsycose, de transmigration, Dany est un messager de
l'Autre Monde, qui pourrait bien être le lieu de séjour des morts évoqué
tour à tour selon des perspectives bibliques, mythologiques ou simplement
poétiques. Dans sa rédaction d'un code relatif aux Carnies, l'un des personnages, Walter, s'intéresse à leurs origines :

> Il y eut un eden dont les Carnies furent chassés. Miroir de l'eden biblique, lequel était
> le véritable, lequel le reflet ? [...] C'était simplement un lieu, un état, un paradis. Walter
> se remémore les noms pour le désigner, Avalon,[51] Hy-Brasil, Tir na nOg, mais s'arrête
> sur le préféré des Carnies, la Terre des épices. Et là, loin de la grandiloquence du *Para-
> dis perdu* de Milton, il s'autorise un soulagement dans les vers plus discrets et mesurés
> de George Herbert :
>
> Douceur et paix, et joie, et amour, et bonheur,
> Manne sublime, allégresse des meilleurs,
> Ciel sans apprêts, l'homme vêtu sans recherche,
> La Voie Lactée, l'oiseau de Paradis,
>
> Carillon d'une église au-delà des étoiles, sève de l'âme,
> Terre des épices, quelque chose de compris.[52]

---

significative. Rappelons que l'épigraphe du roman est une citation extraite du recueil
de poèmes de Yeats *The Wanderings of Oisin (Les Errances d'Ossian)*. Le verbe est également utilisé pour décrire les déambulations des visiteurs de la fête foraine : « people
wandering through the carnival ways » (Jordan, *Carnivalesque*, 12).

51   Avalon est une île rocheuse peuplée d'habitants qui connaissent les secrets de
     toutes les magies du monde. Le lac est célèbre pour le prodige qui y eut lieu : le roi
     Arthur de Camelot y fut conduit par l'enchanteur Merlin, et une main, celle de
     la Dame du Lac, sortit de l'eau pour lui offrir Excalibur, l'épée qui le servirait si
     fidèlement durant sa vie.

52   "There was an Eden from which carnies fell. A mirror of the biblical one, and as
     with mirrors, the question once more arises, what was the real and what was the
     reflected? [...] There simply was a place, a state, a paradise. He tries out a string
     of names, Avalon, Hy-Brasil, Tir na nOg, but settles on the one that carnies
     favoured, the Land of Spices. And there Walter allows himself some relief from
     Miltonic bombast, into the quieter measures of George Herbert:
     Softness, and peace, and joy, and love, and bliss,
     Exalted manna, gladness of the best,
     Heaven in ordinary, man well dressed,
     The milky way, the bird of Paradise,
     Church-bells beyond the stars heard, the soul's blood,
     The land of spices; something understood" (Jordan, *Carnivalesque*, 163–164).

Insérés dans le roman, ces vers sont extraits du poème « Prière » de George Herbert (1593–1633), prêtre anglican exprimant sa foi fervente dans une poésie métaphysique. Ce poème au style dense, émaillé d'images inattendues, est un « pèlerinage du cœur » qui prend la prière pour thème de méditation. Composé de trois quatrains suivis d'un distique, il illustre que le sacrifice de Jésus sur la croix est une victoire justifiant la jubilation. Comme l'écrit un commentateur :

> Dans chacune des strophes, la voix poétique s'efforce de proposer diverses définitions possibles de la prière, sans qu'aucune ne semble finalement tout à fait satisfaisante, et fait stylistique notable, sans qu'aucun verbe principal ne figure dans le texte, chaque séquence verbale apparaissant plutôt comme une nouvelle apposition ou définition.[53]

L'extrait cité dans *Carnavalesque* est la fin du poème, plus précisément le troisième quatrain et distique final. Dans ces vers, le monde d'en-haut semble être descendu sur terre et imprégner la vie quotidienne : les frontières entre mondes terrestre et céleste s'estompent. L'évocation de cette atmosphère nouvelle s'appuie sur des références bibliques. La « manne sublime » fait écho à la nourriture céleste décrite dans le *Livre de l'Exode*. Après leur sortie d'Égypte, les Israélites suivent Moïse et Aaron dans le désert et récriminent contre eux, car ils manquent de nourriture :

> Yahvé dit à Moïse : « Je vais faire pleuvoir pour vous du pain du haut du ciel. Les gens sortiront et recueilleront chaque jour leur ration du jour » […]. Au matin, il y avait une couche de rosée tout autour du camp. Cette couche de rosée évaporée, il apparut sur la surface du désert quelque chose de menu, de granuleux, de fin comme du givre sur le sol. Lorsque les Israélites virent cela, ils se dirent l'un à l'autre : « Qu'est-ce cela ? » (*man-hû*), car ils ne savaient pas ce que c'était. Moïse leur dit : « Cela, c'est le pain que Yahvé vous a donné à manger ». […] Ils en recueillirent chaque matin

---

Ce dernier vers donne son titre au roman de Kate O'Brien *The Land of Spices* [1941], lequel relate la vie d'une communauté religieuse de nonnes et fait à plusieurs reprises également référence à ce poème et son auteur.

53   Jean-Louis Breteau « De l'usage de l'intertexte biblique dans quelques poèmes de George Herbert et de John Donne » (« Biblical Intertextuality in some Poems by George Herbert and John Donne »), Revue *LISA* VII/3, e-journal, Rennes : Presses Universitaires de Rennes, 2009, Festschrift Honouring René Gallet, « Poèmes et poètes », 120–140 <https://doi.org/10.4000/lisa.91>.

[…]. La maison d'Israël donna à cela le nom de manne. On eût dit de la graine de coriandre, c'était blanc et cela avait un goût de galette au miel. […] Les Israélites mangèrent de la manne pendant quarante ans, jusqu'à ce qu'ils arrivent aux confins du pays de Canaan.[54]

La « manne sublime » descend du ciel, alors que la prière s'y élève dans le poème de Herbert, inscrit dans la droite ligne de l'esprit biblique. En revanche, dans le roman de Jordan, les Carnies tirent leur subsistance d'un suc produit par les émotions humaines, notamment sur les gradins des chapiteaux de cirque où s'assoient les spectateurs. Pour ses propriétés « magiques », ils prélèvent cette substance suintée par la frayeur, l'inquiétude ou l'émoi d'êtres humains à l'hygiène douteuse. La trivialité de tels détails s'inscrit en contrepoint de la collecte de « manne sublime » par le peuple hébreu. La manne est une nourriture céleste directement envoyée par Dieu, alors que la substance dont se nourrissent les Carnies est exsudée par de vulgaires spectateurs excités par des divertissements forains. Le précieux don providentiel est transformé, dans le roman, en sécrétion humaine apparentée à de la moisissure. Sa valeur théologique, préfiguration du « pain de vie », « corps du Christ » offert en sacrifice par Jésus dans l'évangile de Jean,[55] se trouve ici désacralisé, prosaïquement « rabaissé par un procédé de dégradation ».[56] Là encore, on peut voir une charge parodique, associant de façon héroï-comique le trivial au noble et reflétant de manière spéculaire une subversion carnavalesque.

De la même façon, « une forme d'imitation caractérisée par une inversion ironique »[57] peut être relevée dans l'évocation de la « Terre des épices », mentionnée dans le dernier vers du poème de Herbert. C'est là une allusion au troisième poème du *Cantique des Cantiques* dans lequel

---

54   Ex. 16, 14–16.

55   « Vos pères, dans le désert, ont mangé la manne et sont morts. Ce pain est celui qui descend du ciel pour qu'on le mange et ne meurt pas. Je suis le pain vivant, descendu du ciel. Qui mangera ce pain vivra à jamais. Et même, le pain que je donnerai, c'est ma chair pour la vie du monde » (Jn 6, 49–51).

56   Sigmund Freud, *Le Mot d'esprit et sa relation à l'inconscient* [1940] (Paris : Gallimard, 1988), 308.

57   "Parody is a form of imitation, but imitation characterized by ironic inversion" (Hutcheon, *A Theory of Parody*, 6).

l'épouse est identifiée par son amant à un « jardin bien clos » distillant de précieuses essences parfumées :

LE JEUNE HOMME : Que tu es belle, ma bien-aimée, que tu es belle ! [...]
Que ton amour a de charmes, ma sœur, ô fiancée.
Que ton amour est délicieux, plus que le vin !
Et l'arôme de tes parfums, plus que tous les baumes ! [...]
Elle est un jardin bien clos, ma sœur, ô fiancée ;
Un jardin bien clos, une source scellée.
Tes jets font un verger de grenadiers, avec les fruits les plus exquis :
le nard et le safran, le roseau odorant et le cinnamome,
avec tous les arbres à encens ; la myrrhe et l'aloès, avec les plus fins arômes. [...]

LA JEUNE FEMME : Lève-toi, aquilon, accours, autan !
Soufflez sur mon jardin, qu'il distille ses aromates ![58]

Dans une interprétation chrétienne, la bien-aimée figure à la fois l'Église elle-même et l'âme du croyant cherchant la rencontre avec le Christ. Dans le roman, en revanche, la Terre des épices renvoie au paradis perdu, au jardin où les Carnies se nourrissaient d'essences de moisissure jusqu'à ce qu'ils soient expulsés de ce lieu par les *Dewmen*, les « hommes de la rosée ». Conformément à l'esprit parodique, leur moyen de subsistance contraste vivement avec les fruits et plantes évoqués dans le texte biblique. Les saintes Écritures sont reprises pour leur donner un sens détourné, voire opposé à celui qu'elles sont censées avoir. La parodie est ici jeu spéculaire sur les antinomies. D'une part, elle cherche à se démarquer des citations et locutions religieuses par des associations paradoxales ; d'autre part, elle persiste à y faire référence et reprend même la notion de 'rosée' évoquée par le passage du *Livre de l'Exode* cité ci-dessus à travers les *Dewmen* – 'les hommes de rosée' littéralement, et les *Mildewmen*, qui peuvent tout aussi bien être 'les hommes du mildiou, de la moisissure' que de 'la rosée de miel'. Là réside l'ambiguïté de la parodie : elle conteste un modèle, ce qui ne l'empêche pas de le reprendre et de l'illustrer. Elle incorpore et défie ce

58 *Le Cantique des Cantiques*, chapitre 4.

qu'elle parodie, ce qui fait d'elle une forme parfaitement postmoderne où
le jeu entre convention et subversion est permanent.

Dans son ouvrage consacré à la théorie de la parodie, Linda Hutcheon
propose une définition élargie qui prend en compte les composantes à la
fois imitative et transformative du procédé. La conscience parodique correspond à une prise de distance critique où l'altérité, loin d'être détruite,
est reconnue, incorporée et remplacée. Elle repose sur un dédoublement
énonciatif en associant l'ancien et le nouveau, le familier et l'insolite dans
un but subversif. La parodie se fonde sur une vision ironique de la vie
particulièrement sensible dans la littérature irlandaise depuis Sterne et
Swift jusqu'aux auteurs les plus contemporains, en passant par Beckett
ou Joyce. Neil Jordan s'inscrit dans cet héritage. Certains théoriciens de
la littérature voient dans la parodie une tradition irlandaise.[59] C'est le cas
de Vivian Mercier qui étaye sa démonstration en puisant dans l'œuvre de
Joyce. Linda Hutcheon, quant à elle, associe cette spécificité à la position
de la nation en marge d'une culture prépondérante :

> La parodie devient la figure des « ex-centrés », de ceux qui sont marginalisés par
> une idéologie dominante. La parodie est une des formes littéraires postmodernes
> préférées des écrivains de pays comme l'Irlande ou le Canada qui travaillent à la
> fois dans et hors de contextes culturellement différents.[60]

Selon cette vision postmoderne, la parodie instaurerait une relation dia-
logique ambivalente d'identification et de prise de distance du dominé
avec le dominant, de la marge avec le centre. Elle correspond bien au

---

59 Dans *The Irish Comic Tradition*, Vivian Mercier a une approche classique de la
    parodie qu'il conçoit comme une imitation consciente et volontaire du style carac-
    téristique d'un auteur dans une intention moqueuse, sarcastique ou simplement
    comique, comme son titre l'indique (Vivian Mercier, *The Irish Comic Tradition*,
    Oxford : Oxford University Press, 1962).
60 "Parody becomes the mode of the 'ex-centric', of those who are marginalized by a
    dominant ideology. Parody has been a favorite postmodern literary form of wri-
    ters in places like Ireland or Canada working as they do from both inside and
    outside a culturally different and dominant context" (Linda Hutcheon, *A Poe-
    tics of Postmodernism. History, Theory, Fiction*, New York & London : Routledge,
    1988, 35).

reflet du miroir puisqu'elle duplique, imite et inverse à la fois. Carna-valesque, elle défie et démystifie toute forme de culture dogmatique, sérieuse et officielle, détrône l'autorité et introduit des alternatives. Dans la parodie postmoderne, grande est la distance prise par le texte avec le sujet qu'il modifie au point de l'inverser. Sur le modèle ironique du reflet spéculaire, le procédé se conforme pour mieux transformer. C'est ce que Vladimir Jankélévitch appelle « le conformisme ironique ».[61] Dans son chapitre de *L'Ironie* consacré à « la pseudologie ironique et la feinte », le philosophe montre que le conformisme ironique simule le conformisme et feint d'adopter les opinions d'autrui pour les discréditer. Le confor-misme ironique, c'est la ruse du cheval de Troie ; c'est entrer dans la place pour procéder à des bouleversements de l'intérieur. La ruse réside dans le contraste entre une conformité au propos de l'autre, qu'impliquent les citations des poèmes de Yeats, de Herbert ou les allusions aux aven-tures d'Alice et « une intention qu'on devine subversive »,[62] à savoir l'inversion des conventions. Entre l'espace d'enfermement où prévaut le conformisme et celui de liberté ouvert par l'ironie, s'immisce une résis-tance, une affirmation de la différence, une volonté de « ne pas avancer davantage »[63] aux côtés d'un modèle, signifiant clairement qu'on ne peut croire aujourd'hui aux récits vétérotestamentaires ou mythologiques, aussi séduisants soient-ils.

61 Jankelevitch, *L'Ironie,* 110.
62 *Ibid.,* 114.
63 Etymologiquement, le terme latin *resistentia* vient du verbe *resistere* qui signifie « ne pas avancer davantage » (Louis-Marie Morfaux, *Vocabulaire de la philoso-phie et des sciences humaines,* Paris : Armand Colin, 1980, 316).

Et puisque tout se termine en chanson …

CHAPITRE II

« Buvons à l'abolition des distinctions ! »[1]
et entonnons *La Ballade de Lord Edward et du Citoyen Small*

Homme de culture, Neil Jordan est un lecteur assidu. Avide de toujours mieux connaître les événements marquants du passé de sa nation, il lit volontiers des biographies, y compris celles de grands hommes parfois tombés dans les oubliettes de l'histoire. Il eut par exemple entre les mains le volumineux ouvrage de Thomas Moore *Vie et mort de Lord Edward Fitzgerald*,[2] ainsi que la dernière biographie en date consacrée à ce même personnage historique, *Lord et citoyen* de Stella Tillyard.[3]

Né en 1763 dans une famille aristocratique d'Irlande, descendant du roi Charles II,[4] Lord Edward Fitzgerald est le fils du vingtième comte de

---

1   "Drink, to the obliteration of all distinction!" (Neil Jordan, *The Ballad of Lord Edward and Citizen Small*, Dublin: The Lilliput Press, 2021, 236). Ce roman n'est pas traduit en français. L'auteur de la présente publication a jugé utile de traduire lui-même les extraits cités. Il assume la responsabilité de toute erreur ou maladresse de traduction.

2   Thomas Moore, *The Life and Death of Lord Edward Fitzgerald* (London: R. & T. Washbourne, 1831). Entre 1807 et 1834, Thomas More est également l'auteur de dix volumes de *Mélodies irlandaises (Irish Melodies)* qui connaissent un immense succès. Il met de nouvelles paroles en anglais sur des airs anciens de ballades irlandaises. Les malheurs de son pays sont ainsi chantés dans les salons britanniques. Peut-être est-ce sous son influence que Neil Jordan eut l'idée de faire de son roman une ballade.

3   Stella Tillyard, *Citizen Lord* (London: Chatto & Windus, 1997).

4   Charles II, roi d'Angleterre, d'Ecosse et d'Irlande de 1660 à 1685, est le fils de Charles Ier et d'Henriette de France. Exilé après la victoire de Cromwell, il est rétabli sur le trône d'Angleterre à la suite du ralliement du général Monk. Il blesse le sentiment national anglais en s'alliant avec la France contre la Hollande pour s'assurer les subsides de Louis XIV et en pratiquant la tolérance à l'égard des catholiques. Aussi doit-il affronter l'opposition du Parlement, favorable à l'anglicanisme.

Kildare et premier duc de Leinster. Officier de l'armée britannique, il participe à la guerre d'indépendance américaine. Grièvement blessé sur le champ de bataille d'Eutaw Springs en Caroline du Sud, il est laissé pour mort par son régiment. Tony Small, un esclave fugitif, le découvre et, dans un premier temps, le dépouille de ses bottes. Puis, saisi de compassion, il revient vers lui, le nourrit, l'abreuve, le réchauffe, soigne ses blessures tant bien que mal trois jours durant et parvient à lui redonner vie. En témoignage de sa reconnaissance, Lord Edward affranchit Tony, l'emploie à son service et le ramène en Europe où il lui offre une existence décente à ses côtés. À partir de 1783, Lord Edward devient membre du parlement irlandais. Rapidement lassé par la sédentarité et assoiffé d'aventures, il reprend la mer et voyage en Grande-Bretagne, sur le continent européen et retourne en Amérique du Nord en compagnie de son fidèle Tony. Révolté par les inégalités entre les hommes, il rejoint la Société des Irlandais Unis[5] et accompagne des chefs

5   Fondée à Belfast en 1791, la Société des Irlandais Unis cherchait au départ à obtenir
     des réformes parlementaires par des moyens pacifiques et constitutionnels. Cependant, l'échec de son plan de réforme et l'offre d'aide militaire adressée par les Français aux pays en quête de liberté invitèrent les Irlandais Unis à s'intéresser à des
     méthodes plus directes et radicales pour parvenir à leurs fins. La Société fut interdite en 1794, après qu'il fut avéré que l'association avait établi des contacts séditieux avec les autorités françaises. Lorsque la Société se fut reconstituée quelques
     mois plus tard, c'était une organisation secrète dont les membres étaient liés par
     serment et qui se fixait pour objectif de mettre en place une république irlandaise
     avec l'aide militaire de la France. Theobald Wolfe Tone s'embarqua pour Paris
     avec le projet de persuader les autorités françaises du bien-fondé d'une invasion
     de grande envergure en Irlande. C'était là, selon lui, un moyen efficace de porter
     atteinte à la Grande-Bretagne. D'autres Irlandais Unis, tels Arthur O'Connor ou
     Lord Edward Fitzgerald, allèrent dans le même sens au cours de leurs négociations
     et, à la fin de l'année 1796, la décision de mener un débarquement de troupes sur les
     côtes irlandaises avec l'aide des Français fut arrêtée. L'entreprise fut toutefois compromise, en proie à toutes sortes de difficultés, en particulier les intempéries hivernales. Après deux tentatives infructueuses, l'expédition fut un échec : la flotte fut
     dispersée sans avoir pu débarquer un seul soldat sur le sol irlandais. L'organisation
     révolutionnaire fut décapitée, les rebelles écrasés à Vinegar Hill. « La rébellion
     de 1798 échoua parce qu'elle ne fut pas un mouvement coordonné. La plupart des
     chefs Irlandais Unis étaient en prison. La société était désorganisée. Au vrai ce fut
     plutôt un mouvement social et religieux, une sorte de jacquerie catholique, une
     nouvelle Vendée [...]. C'était un troupeau beaucoup plus qu'une armée » (Pierre

du mouvement à Paris en 1796 pour inviter l'armée française à envahir l'Irlande et y établir une République fondée sur les Droits de l'homme et l'égalité de tous. Lord Edward devient alors le premier stratège militaire de l'organisation proscrite par les autorités britanniques. Influencé par l'esprit révolutionnaire jacobin, il renonce à son siège de député et à son titre de noblesse, devenant ainsi l'opprobre de ses pairs qui le renient. En 1798, alors que le débarquement des troupes françaises sur les côtes d'Irlande se prépare activement, il est arrêté suite à la trahison de l'un de ses proches. Lors de sa tentative d'évasion, il reçoit une balle dans l'épaule. Incarcéré à la prison de Newgate à Dublin, il meurt de ses blessures à l'âge de 35 ans. Son incapacité à participer au mouvement est l'une des multiples raisons contribuant à l'échec du soulèvement national. Cette histoire insolite éveille chez Neil Jordan un intérêt et une curiosité qui l'incitent à se documenter davantage :

> Comme la plupart des Irlandais aujourd'hui, je ne savais quasiment rien de ce Lord Edward. J'avais fait beaucoup de recherches sur la guerre d'indépendance irlandaise, mais n'avais jamais travaillé sur des périodes plus anciennes de notre histoire. Je me suis mis à rédiger quelques ébauches à partir de ces deux personnages, Lord Edward et Tony Small, à envisager l'écriture d'un roman, mais me sentais quelque peu mal à l'aise à l'idée d'exploiter cette histoire qui n'est pas la mienne. Le fameux concept d'appropriation culturelle, vous voyez … Qui suis-je pour écrire sur Lord Edward et Tony Small ? En ai-je le droit ?[6]

Joannon, *Histoire de l'Irlande*, Paris : Plon, 1973, 61). Ce fiasco eut pour effet une décision totalement contraire à ce que les Irlandais Unis espéraient, puisque l'intégration de l'Irlande à la Grande-Bretagne fut renforcée par l'adoption de l'Acte d'Union en 1801.

6 'Neil Jordan Talks *The Ballad of Lord Edward and Citizen Small* with Damien O'Reilly on RTE Radio1' (25 Feb. 2021). <https://www.rte.ie/culture/2021/0225/1199336-reviewed-neil-jordans-new-novel/> Neil Jordan transfère ses questions dans la bouche de son personnage-narrateur Tony qui, dès le début du récit, se demande dans quelle mesure il est autorisé à retracer le parcours de Lord Edward : « Je me demande ce qui me donne le droit de raconter son histoire » – "I wonder what gives me the right to tell his story" (Jordan, *The Ballad* …, 3).

La vie de Lord Edward est aisément accessible : outre les biographies qui lui sont consacrées,[7] des archives historiques et des lettres écrites ou reçues par lui-même sont aujourd'hui consultables à la *National Library* de Dublin. Dans son projet d'écriture, Neil Jordan compulse ces documents. Il constate en revanche que l'histoire ne retient quasiment rien de la vie de Tony Small. Ce contraste saisissant alimente sa réflexion : pourquoi ne pas donner la parole à ce dernier et faire de lui le narrateur du roman, un témoin-observateur externe, dénué de tout préjugé idéologique, qui rapporte les faits uniquement tels qu'il les voit, les entend et les comprend ? Neil Jordan se décide alors pour dépeindre Lord Edward comme l'homme qu'il a été et Tony Small comme l'homme qu'il a pu être. *La Ballade de Lord Edward et du Citoyen Small* entremêle ainsi vérité historique et fiction : certains faits sont exacts, d'autres inventés. Le réel est ainsi réimaginé de telle sorte que « le discours de fiction est en fait un patchwork ou un amalgame plus ou moins homogénéisé d'éléments hétéroclites empruntés pour la plupart à la réalité ».[8] Mixte, l'énoncé introduit des signes reconnaissables renvoyant à une réalité du monde extérieur, mais son statut global n'en demeure pas moins fictionnel. Dès lors, les protagonistes immigrants[9] ont beau porter le nom de personnes ayant réellement existé, ils ne conservent pas leur pleine référentialité, de sorte que « my Lord » ou « Ned » cesse de référer au Lord Edward réel pour désigner un personnage qui, évoluant dans la fiction, en devient fictionnel.

En fin d'ouvrage, dans ses remerciements, Neil Jordan reconnaît qu'un certain nombre de publications lui furent particulièrement précieuses pour mener à bien son projet de « fictionaliser » Lord Edward et Tony Small et faire d'eux des personnages vraisemblables. Il est donc intéressant d'opérer

7   Il existe une troisième biographie de Lord Edward Fitzgerald, également mentionnée par Neil Jordan dans ses remerciements : Ida Ashworth Taylor, *The Life of Lord Edward Fitzgerald 1763–1798* (London: Hutchinson & Co., 1903).

8   Gérard Genette, *Fiction et diction* (Paris : Seuil, 2004), 58.

9   Dans la terminologie de Terence Parsons, le personnage « immigrant » renvoie à un personnage « venu » du monde réel et s'introduisant dans une fiction. Tous les noms propres de personnages historiques, par exemple, fonctionnent comme immigrants à l'intérieur d'un texte de fiction (Terence Parsons, *Nonexistent Objects,* Yale: Yale University Press, 1980).

une lecture parallèle des ouvrages consacrés à la vie de Lord Edward et du présent roman afin de relever leurs points de convergence.[10] Par ailleurs, d'autres œuvres de fiction, mises en abyme dans le texte, donnent lieu à une réflexion sur les idéologies et préjugés du monde occidental de l'époque à laquelle se situe l'intrigue, qui nous interroge également sur des problématiques de notre vingt-et-unième siècle. Le présent chapitre se focalise sur ces jeux d'intertexte et d'interaction, tout en valorisant les spécificités du roman étudié ici.

***

Les éléments communs au roman et aux documents historiques sur Lord Edward sont relatifs non seulement à ses faits d'arme et son investissement dans la Société des Irlandais Unis, mais également à ses voyages, ses distractions mondaines et sa vie sentimentale. Lord Edward tombe en effet amoureux de sa cousine Georgina Lennox qui *in fine* épouse un autre prétendant. Dégoûté par les négociations préparatoires aux unions conjugales dans l'Angleterre aristocratique, il réintègre l'armée britannique en tant que commandant et s'embarque pour le Canada en 1788. En compagnie de Tony, il voyage dans les Provinces Maritimes, au Nouveau-Brunswick et au Québec où, attiré par la vie simple des indigènes, il est adopté par des tribus locales et en particulier par le chef mohawk Joseph Brant. Ses relations avec des autochtones le persuadent du bien-fondé de ce concept propre à son époque : la fraternité universelle. Avec son fidèle compagnon,

---

10   Les points de divergence sont, quant à eux, quasi inexistants. Étonnamment, un autre roman irlandais portant sur la relation entre Lord Edward et Tony Small paraît trois semaines avant celui de Neil Jordan : *Words to Shape My Name* de Laura McKenna (Dublin: New Island, 2021) s'ouvre en 1857 dans un cimetière londonien où Miss Harriet Small se voit remettre une liasse de papiers. Il s'agit d'un récit dans lequel son père, Tony Small, relate son passé d'esclave affranchi par la générosité d'un homme auquel il consacra une partie de sa vie. Cette coïncidence littéraire ne manque pas de rappeler les publications concomitantes en 2004 de *L'Auteur ! L'auteur !* de David Lodge et *Le Maître* de Colm Toibin, deux romans s'intéressant aux mêmes épisodes de la vie d'Henry James. A partir de ces publications simultanées sur un même sujet, Lodge s'interroge sur les mystères de la création littéraire dans un essai publié deux ans plus tard, *Dans les Coulisses du roman (The Year of Henry James)*.

Lord Edward voyage ensuite dans le Maine, la région des Grands Lacs et descend le Mississippi jusqu'à La Nouvelle-Orléans. De retour en Angleterre, il se voit offrir une promotion en tant que lieutenant-colonel, ce qui suppose une loyauté absolue à l'égard du Premier Ministre d'alors, le second William Pitt. C'en est trop pour un whig irlandais : Lord Edward refuse, quitte l'armée et reprend sa carrière parlementaire en Irlande.

Intéressé par les événements d'outre-Manche, il se montre de plus en plus républicain et influencé par les principes révolutionnaires. À Londres où vit désormais sa mère Lady Emily, veuve remariée au précepteur écossais de ses enfants, William Ogilvie, Lord Edward se rend au spectacle et rencontre la cantatrice Elizabeth Sheridan, épouse du célèbre dramaturge. Leur union illégitime, de laquelle naît une fille, reste cependant éphémère, car la tuberculose a raison de sa maîtresse. Lord Edward met alors le cap sur Paris où il assiste aux débats de la Convention, fréquente Thomas Paine[11] et embrasse la cause d'une République irlandaise indépendante. Il tombe sous le charme d'une élégante jeune femme, Stephanie Sims, qui répond au prénom usuel de Pamela, l'héroïne de Richardson. Celle-ci est la fille naturelle de Madame de Genlis et du duc d'Orléans, Louis-Philippe dit Philippe Égalité. Devenu *persona non grata* dans son propre milieu, y compris sa famille, Lord Edward épouse Pamela dans l'intimité en décembre 1792 et l'emmène en Irlande où ils fondent une famille.

Pendant 17 années, de septembre 1781 – date de la bataille d'Eutaw Springs – jusqu'à sa mort en juin 1798, soit durant toute la seconde moitié de sa courte vie, Lord Edward ne se sépare jamais de celui qu'il considère comme son 'sauveur', son loyal Tony. Ce dernier l'accompagne en effet lors de ses voyages au Nouveau Monde, mais aussi en Angleterre, en Espagne ou en France, le conduit aux soirées mondaines ou aux spectacles de Londres

---

11 Publiciste américain d'origine britannique, Thomas Paine (1737–1809) se réfugie en France après avoir lutté pour l'indépendance des Etats-Unis. En 1792, il est élu à la Convention et se voit conférer le titre de citoyen français. Paine est l'auteur des *Droits de l'homme*, ouvrage qui constitue l'une des principales réfutations d'un des textes canoniques de la Contre-révolution, les *Réflexions sur la Révolution française* du Britannique Edmund Burke, lequel provoque un vaste débat à travers tout le monde occidental. Emprisonné sous la Terreur, Paine retourne aux Etats-Unis en 1802.

et de Dublin, va le chercher dans des maisons closes où il s'égare parfois pour le ramener à la maison dans un piteux état ou encore se fait son émissaire dans sa correspondance amoureuse. Évidemment, en cette fin de dix-huitième siècle, un homme de couleur ne passe pas inaperçu dans les villes où il séjourne, à plus forte raison lorsqu'il est accompagné d'un aristocrate fortuné. Aussi alimentent-ils la chronique.

À cette époque, les ballades populaires sont très en vogue en Irlande. Véritables instruments de résistance à l'occupant, certaines d'entre elles chantent les exploits de héros locaux et s'attachent à décrire des événements politiques contemporains, notamment la rébellion irlandaise et l'expédition française.[12] Lord Edward et les Irlandais Unis font donc l'objet d'un certain nombre de ces poèmes chantés. C'est pourquoi – et sans doute est-ce là l'une des originalités du roman – *La Ballade de Lord Edward et du Citoyen Small* adopte une structure calquée sur celle des ballades, lesquelles se composent en général de six couplets. En effet, le récit est divisé en six sections dont chacune est subdivisée en chapitres, lesquels reprennent parfois le titre d'une ballade populaire traditionnelle, tel « The Croppy Boy », « The Kilmainham Minnit » ou « The Shan Van Vocht ». Ces trois références, associées aux événements historiques de cette fin de siècle, tendent évidemment un miroir au récit de la vie de Lord Edward. En effet, « The Shan Van Vocht », vieille femme personnifiant la nation,[13] exprime sa confiance dans la victoire des Irlandais Unis ; « The Kilmainham Minnit » ou « Le Menuet de Kilmainham » est une ballade écrite à la prison de Dublin où Lord Edward finit sa vie. Celle-ci décrit la danse macabre des condamnés à mort qui, une fois pendus, ont les jambes qui s'agitent convulsivement par soubresauts comme s'ils dansaient le menuet … Quant à « The Croppy Boy », « le garçon aux cheveux ras » – allusion à la mode des révolutionnaires français de se couper court les cheveux, ce que Lord Edward ne manque pas de faire – il s'agit d'une ballade racontant l'histoire d'un rebelle qui s'arrête dans une église pour se confesser avant de rejoindre le champ de bataille, mais le prêtre caché dans le confessionnal, qui n'est

---

12   De nombreuses ballades sont en effet relatives à la rébellion de 1798 : "The Heroes of '98, Boolavogue, The Boys of Wexford, The Minstrel Boys, The Wearing of the Green, The Wind That Shakes the Barley"…

13   *An tseanbhean bhocht* = la pauvre vieille.

autre qu'un soldat britannique déguisé, se dévoile après avoir écouté le jeune Irlandais, le fait emprisonner et exécuter.

Ce contexte culturel de la ballade irlandaise, dont le contenu est généralement polémique et révolutionnaire, imprègne l'univers du récit. Celui-ci, comme en atteste son titre, est narré sous la forme d'un poème chanté et dansé, relatant l'histoire insolite de deux hommes qu'a priori tout oppose. « Sa ballade sera la mienne aussi »,[14] précise Tony d'emblée pour signifier que son sort est étroitement associé à celui auquel il confie sa destinée. Dans le roman, le fidèle compagnon fait lui-même l'objet d'une ballade populaire, comme il peut l'entendre de la bouche d'enfants des rues de Dublin :

> Jolies jeunes filles des champs et des cités,
> Oyez l'histoire de Tony Small et chantez
> Cet Indien aux vêts dorés, orangés,
> A la peau noire comme un canon et son boulet ![15]

Tony est l'autre par excellence, une créature exotique, un objet de curiosité. Il a beau venir d'Amérique, les Irlandais l'identifient, de par sa couleur de peau, à un Africain, voire un Indien. « Nous sommes leur spectacle »,[16] constate Lord Edward pour justifier cet engouement qui pousse les enfants à toucher les habits du jeune homme de couleur, mais incite également sa propre mère à commander au peintre Thomas Roberts un portrait de Tony vêtu par un tailleur londonien d'une paire de jodhpurs orange, d'un gilet de satin jaune, d'une grosse ceinture de cuir blanche et de mules dorées, d'où les détails mentionnés dans la ballade qui lui est dédiée. Sur le tableau intitulé « Portrait de Tony Small – Irlande 1786 », le modèle pose dans cet accoutrement oriental aux côtés d'un jeune cheval et d'un petit chien, dans la tradition des portraits de l'époque.

Un autre aspect original du roman de Neil Jordan est la prise en charge du récit par l'esclave affranchi. Cet élément permet d'assurer à la narration

---

14   Jordan, *The Ballad of Lord Edward and Citizen Small*, 3.
15   "You maidens so pretty in country and city
       Come hear my ditty about Tony Small
       That Indian fella in orange and yella
       Black as an umbrella or an old cannonball" (Jordan, *The Ballad* ..., 128).
16   "We are their theatre" (Jordan, *The Ballad* ..., 129).

une certaine impartialité, dans la mesure où Tony Small observe l'univers de Lord Edward innocemment du fait de son manque de familiarité avec celui-ci. En effet, Tony relate les faits selon ce qu'il peut voir et entendre, tout en étant conscient que leur signification lui échappe parfois, qu'il ne comprend pas tout, n'étant pas initié aux mystères et secrets que partage son maître avec ses pairs. Il n'est pas en mesure d'en dire plus qu'il n'en sait et ne cherche pas nécessairement à émettre des hypothèses : en quoi un esclave afro-américain affranchi souhaiterait-il jouer un rôle dans un complot révolutionnaire interne aux îles britanniques ? Il n'a que faire d'une Irlande unie. En revanche, il sait mieux que quiconque à quoi s'expose un rebelle et, à cet égard, s'inquiète pour celui qu'il s'efforce de protéger.

En bon auxiliaire dévoué, Tony a pour mission de transporter de Dublin à Londres des boîtes de cigares qu'il doit remettre en mains propres à un homme précis. Retardé dans son voyage, il s'octroie une pause pour fumer et constate que certaines de ces boîtes cachent des pamphlets de Thomas Paine. Consultant ces écrits, il note intuitivement que « les mots de Monsieur Paine semblaient dangereux »[17] et prend rapidement conscience des risques encourus par son maître. « Il y avait des secrets. Je ressentis la douleur de l'exclusion. D'autres savaient des choses que j'ignorais. Je me doutais que ça avait quelque chose à voir avec ces bateaux […]. Les compagnons de mon Citoyen avaient besoin de bateaux ».[18] Cette « douleur de l'exclusion » est d'autant plus prégnante qu'elle affecte Tony non seulement en tant que personnage, mais aussi en tant que narrateur. En effet, le lecteur, conscient du rôle historique joué par Lord Edward, dispose finalement de plus d'information que le narrateur et, de ce fait, comprend le sens des événements rapportés. Il sait ce qui se trame derrière ces secrets et agissements clandestins, alors que le narrateur, qui n'a pas cette vision rétrospective, s'interroge sans pouvoir apporter de réponses à ses questions. Par un procédé d'ironie dramatique, Tony est maintenu dans la « douleur de l'exclusion », à l'écart de la triade auteur-lecteur-narrateur, puisqu'il est le seul à ne pas saisir les implications de la situation dont il rend compte.

---

17 Jordan, *The Ballad* …, 230.
18 "There were secrets. I felt the pang of exclusion. Others knew something I didn't. It was something to do with those ships, I knew […]. My Citizen's companions were in need of ships" (Jordan, *The Ballad* …, 272–275).

Lorsqu'il s'adresse à Lord Edward dans le but d'obtenir des informations, il s'entend dire : « la vie la plus douce est de ne rien savoir, comme le disait ce bon vieux Érasme ».[19]

L'ignorance du narrateur est manifeste dès le début du récit : sur le champ de bataille d'Eutaw Springs, Tony Small repère d'abord « un pauvre idiot » qui s'avère être « un officier » moribond, vêtu d'un uniforme rouge, « à peine plus âgé qu'un garçon »,[20] qui se présente comme « Ned » et le supplie de ne pas l'abandonner. Tony lui tend une main secourable, prend soin de lui et l'accompagne à Charleston où l'homme, ragaillardi, se présente lui-même à des soldats. Autrement dit, ce n'est qu'après 18 pages, lesquelles couvrent plusieurs jours de la diégèse, qu'est dévoilée l'identité du protagoniste : « Lieutenant Lord Edward Fitzgerald du 19ᵉ Régiment d'infanterie ».[21] Ce procédé dilatoire révèle à la fois l'absence de connaissance, mais aussi la générosité du narrateur qui, bon Samaritain, vient en aide à son prochain sans savoir de qui il s'agit.

L'ignorance de Tony n'est comblée qu'à la fin du récit, lequel est suffisamment postérieur aux événements pour lui laisser la possibilité de glaner des informations. En effet, les dernières pages relatent l'incendie du théâtre de Drury Lane à Londres, lequel eut réellement lieu dans la nuit du 24 février 1809, soit plus de dix ans après la mort de Lord Edward. La narration ultérieure laisse entendre que la distance temporelle, qui sépare le moment de l'exposé des faits de celui de l'histoire, a permis au narrateur de combler ses lacunes et d'obtenir des explications qu'il ignorait alors. En outre, elle donne à Tony l'occasion d'anticiper sur ce qui est encore l'avenir des personnages en puisant dans ce qui est son propre passé. Des prolepses complètent les lacunes et excèdent les capacités de connaissance

---

19   "To know nothing is the sweetest life, he told me, as old Erasmus said" (Jordan, *The Ballad* …, 275). À d'autres moments du récit, le lecteur peut être, dans une certaine mesure, exclu de la triade également, du fait par exemple qu'il ignore tout de la vie des protagonistes avant leur rencontre sur le champ de bataille d'Eutaw Springs.

20   "a fool […] an officer […] he was hardly more than a boy" (Jordan, *The Ballad* …, 7, 8, 10).

21   "Lieutenant Lord Edward Fitzgerald of the 19ᵗʰ Regiment of Foot" (Jordan, *The Ballad* …, 25).

des protagonistes. Et c'est bien par anticipation que procèdent les informations complémentaires introduites par des locutions qui relèvent de l'expérience ultérieure du narrateur, du type : « Tout ce à quoi ceci nous mènerait serait la cellule de la prison de Newgate où, avec la balle de plomb du Commandant Sirr dans le ventre, mon Lord serait dans l'attente de danser le menuet de Kilmainham ».[22]

En règle générale, en tant que narrateur, Tony Small ne joue qu'un rôle de témoin. Son patronyme, attribué ironiquement par son propriétaire négrier en référence à sa grande taille, s'avère, en l'occurrence, approprié car révélateur de son angle de vision limité. Son point de vue subjectif, à la première personne, ne lui donne pas accès aux pensées et sentiments de son maître. Par conséquent, ce dernier, personnage objet, toujours vu du dehors, garde une part indéniable de mystère. Même si des traits de son caractère nous sont parfois révélés, Lord Edward agit devant nous sans que nous ne soyons jamais admis à connaître sa « vérité » intérieure. Le récit s'ordonne ainsi sur une dichotomie entre la focalisation interne du point de vue de Tony et la focalisation externe relative à Lord Edward. Peut-être est-ce cette incapacité à percer les mystères de son maître qui incite le narrateur à établir une relation directe avec son narrataire, comme en témoignent les marques de deuxième personne présentes dans le texte. A qui s'adresse Tony lorsqu'il dit :

> Avez-vous une idée de ce que vous pouvez ressentir quand vous voyagez blotti sur le toit d'une voiture à cheval, sous la capote couvrant les bagages pour vous protéger d'une pluie torrentielle ? Non, vous ne le savez pas, et n'avez aucune raison de le savoir. Je ne souhaite à personne de faire cette expérience.[23]

Ce mode de communication direct mobilise l'attention d'un narrataire avec lequel le narrateur instaure une relation de proximité, comme si tous deux étaient placés en vis-à-vis dans ce moyen de transport, à l'écart des

---

22 "All it would lead to would be the Newgate cell and him waiting in it with Major Sirr's lead ball in his gut, waiting to dance the Kilmainham Minnit" (Jordan, *The Ballad* ..., 110).

23 "You know the feeling when you're huddled beneath the canvas covers of the cases on the coach roof and the rain is sheeting down [...]? No you don't. And you shouldn't. Nobody should ever be acquainted with that feeling" (*Ibid.,* 93).

autres, y compris de l'auteur qui se trouve exclu à son tour. Cet interlocuteur, qui peut tout aussi bien être chacun de nous, lecteurs, qu'un
destinataire anonyme et fumeux – à moins que le locuteur ne se parle à
lui-même – est pris à témoin et serait presque incité à répondre. C'est là
un procédé typique des modes narratifs du dix-huitième siècle, comme en
atteste la prose de Sterne, Swift ou Goldsmith, et donc un moyen pour le
lecteur de ne pas perdre de vue l'époque à laquelle se déroule l'intrigue.

Du fait de ces spécificités, la présence du narrateur ne peut à aucun
instant être négligée. Outre sa prise en charge du récit, Tony est un personnage jouant un rôle dans les événements relatés, mais n'en est pas a
priori le héros. Et pourtant, il se montre aussi héroïque que son maître et
ami. Il raconte non seulement l'histoire de celui qu'il accompagne, mais
aussi la sienne propre. Et si le héros historique qu'est Lord Edward a pu se
distinguer par ses exploits et son courage extraordinaires, c'est bien grâce à
Tony Small, dont certes l'ancrage dans l'Histoire reste faible puisqu'aucun
témoignage textuel ne demeure à son sujet, mais n'en a pas moins l'étoffe
d'un héros. En lui attribuant un rôle majeur dans le récit et en l'élevant
au rang de protagoniste du roman, au même titre que Lord Edward, Neil
Jordan dénonce l'injustice de la ténuité de cette inscription référentielle.

Il n'en demeure pas moins que le choix de confier la narration à un
homme analphabète va à l'encontre de toute vraisemblance. Il est en effet
paradoxal que Tony dispose de suffisamment de vocabulaire pour relater les
faits dans le respect des règles syntaxiques, sans impropriétés de langage,[24]
et qu'il s'avère même capable de s'exprimer avec style et élégance. Il est tout
aussi surprenant que, malgré son inculture, il soit en mesure d'émailler son
propos de citations littéraires. En effet, il fleurit ses remarques d'extraits
d'œuvres de Shakespeare ou Sheridan. Après une traversée transatlantique,
il évoque en débarquant à Liverpool « cette île porte-sceptre », en référence à la pièce *Richard II* dans laquelle l'Angleterre est décrite comme
« cet auguste trône de rois, cette île porte-sceptre, cette terre de Majesté,
ce siège de Mars, cet autre Eden, ce demi-paradis, cette forteresse bâtie par

---

24   La domestique de Lady Elizabeth Sheridan, Mehitabel Canning, confond, quant
     à elle, 'consumption' et 'consommation' – *consumption* et *consummation,* mais
     aussi *elevate* et *alleviate* ou encore *wound* et *womb* (Jordan, *The Ballad* …, 216).

la nature … ».[25] De la même façon, lorsque Lord Edward lui demande ce que lui dit son cœur, il répond : « Il me dit que l'amour a toujours porté tous les déguisements sans scrupules depuis le temps de Jupiter »,[26] ce qui suscite l'étonnement de son interlocuteur : « Vous citez Sheridan, Tony ? »[27] Il est amusant de constater à quel point les progrès de l'esclave inculte sont spectaculaires à partir du moment où il met le pied sur le sol de la vieille Europe …

Certes, d'aucuns se chargent de son éducation livresque. À plusieurs reprises, dans le roman, Jordan fait de ses personnages des lecteurs et des spectateurs de pièces de théâtre : il les met en contact avec des œuvres littéraires existantes. Là encore, un jeu de transgression des frontières s'opère entre fiction et réalité. Ces œuvres lues ou mises en scène contribuent à construire le monde romanesque dans une continuité maximale avec le monde réel. Elles accréditent le récit d'un « effet de réel » et en accroissent la vraisemblance, tout en contrariant la visée réaliste par l'autoréférence. Elles établissent un degré de fictionnalité autre. À ce titre, des similitudes peuvent être établies, comme le souligne Joëlle Gleize, auteur d'un essai sur « le livre dans les livres » :

> La présence d'un livre dans la fiction semble inviter le lecteur à le mettre en relation avec ce roman qu'il est en train de lire. Un livre représenté porte en lui un programme narratif potentiel (…) mais aussi un texte et un contenu sémantique qui peuvent, actualisés, interférer avec des éléments du livre représentant.[28]

---

25   William Shakespeare, *Richard II,* II, i, 40. "This royal throne of kings, / This sceptred isle, this earth of Majesty, this seat of Mars …"

26   Richard Brinsley Sheridan, *Les Rivaux,* I, i.

27   "And what does your heart tell you, Tony?
      – It tells me love has been a masquerader, my Lord, since the days of Jupiter.
      – Where have I heard that before?
      – *The Rivals.* Drury Lane.
      – You're quoting Sheridan, Tony?
      – He does see the humour in affairs of the heart" (Jordan, *The Ballad* …, 176).

28   Joëlle Gleize, *Le Double Miroir. Le livre dans les livres de Stendhal à Proust* (Paris : Hachette, 1992), 18.

Le livre dans le texte est non seulement un objet matériel, mais aussi un moyen d'échange culturel. Il s'intègre au roman et prend sens dans la manière dont il s'articule avec celui-ci. Le lecteur est ainsi invité à se reporter au texte littéraire inséré pour le mettre en relation avec le roman qui lui sert de support, afin de repérer la parenté spirituelle existant entre les deux. Ce dialogue entre textes enchâssé et enchâssant permet de déceler les effets de sens produits par la mise en roman de livres et d'actes de lecture.

De retour en Irlande, Lord Edward, accompagné de Tony Small, rend visite à sa mère, Lady Emily, et son beau-père, William Ogilvie. Homme éminemment cultivé, ce dernier est intrigué par le jeune esclave affranchi en qui il voit l'illustration du 'noble sauvage'. En bon disciple de Rousseau, afin de l'initier à la lecture, il lui offre un volume de sa bibliothèque qu'il considère comme adapté aux circonstances[29] :

> 'Si la lecture est votre objectif, vous pourriez faire pire que de commencer par celui-ci'.
> Il mit un ouvrage entre mes mains.
> Je lus avec hésitation.
> '*Vie et* …'
> Les deux mots suivants me semblaient incompréhensibles.
> '… *Aventures étranges* …', dit-il.
> '… *de* …', je n'avais pas de difficulté avec ce mot.
> '*Robinson Crusoé*', dit-il, '*de York, marin*'.
> Il sourit, de sa manière très particulière, comme s'il y avait là une plaisanterie que je ne pouvais saisir.[30]

Avec l'aide de Molly, la femme de chambre de Lady Emily, Tony, étranger au monde de l'écrit, déchiffre péniblement, puis parvient progressivement à lire le roman de Defoe. Ce texte s'articule à plus d'un titre avec

---

29   Jean-Jacques Rousseau voyait en *Robinson Crusoé* une école de la vie. Aussi voulait-il que ce fût le premier livre que lût son élève : « Puisqu'il nous faut absolument des livres, il en existe un qui fournit, à mon gré, le plus heureux traité d'éducation naturelle … Quel est donc ce merveilleux livre ? Est-ce Aristote, est-ce Pline ? Est-ce Buffon ? Non ; c'est *Robinson Crusoé* » (Jean-Jacques Rousseau, *Emile ou de l'éducation* [1762], livre III, Paris : Larousse, 1938, 148).

30   Jordan, *The Ballad* …, 123.

le roman support, notamment parce que tous deux se focalisent sur la relation entre deux hommes d'origines et de cultures si différentes. Une observation plus détaillée des textes nous amène à constater que la première rencontre entre Lord Edward et Tony Small ne manque pas de rappeler celle de Robinson et Vendredi. En effet, dans le roman enchâssant, un homme de couleur, esclave fugitif, sauve la vie d'un homme blanc sur un champ de bataille. Dans le roman enchâssé, c'est l'inverse : un homme de couleur dangereusement pourchassé par des assaillants parvient à leur échapper grâce à l'intervention d'un homme blanc.

Les deux narrateurs « sauveurs » voient dans leur réaction spontanée le signe des desseins impénétrables de la Providence, comme en atteste l'occurrence du terme dans leur discours. La remarque de Tony selon laquelle « la Providence a peut-être joué un rôle dans cette affaire »[31] fait écho à celle de Robinson Crusoé : « J'étais manifestement appelé par la Providence à sauver la vie de cette pauvre créature ».[32] Tous deux donnent à manger et boire à l'homme blessé et reçoivent de lui un sourire. Reconnaissant, Vendredi, qui doit son nom au jour où il eut la vie sauve, s'approche de Robinson et accomplit un acte symbolique : « S'agenouillant, il posa sa tête sur la terre, prit mon pied et le mit sur sa tête : ce fut, il me semble, un serment juré d'être à jamais mon esclave ».[33] Ce geste insolite est évoqué, bien que transformé, par Tony Small qui, lui, observe : « J'aurais pu mettre mon pied nu sur sa gorge et l'écraser, mais je ne l'ai pas fait ».[34]

Le secours apporté tisse entre les deux hommes un lien indéfectible, voire une osmose soulignée par la figure du chiasme dans le propos de Tony : « Il devint mon protégé et, plus tard, je devins le sien ; et à partir de là, nous nous sommes pour toujours attachés l'un à l'autre pour des raisons que je n'ai jamais pu tout à fait comprendre ».[35] Cette notion d'attachement

---

31   "Maybe providence had a hand in it" (*Ibid.*, 10).
32   Daniel Defoe, *Robinson Crusoé* [1719] (Paris : Hachette, 1886), 255.
33   *Ibid.*, 256–257.
34   "I could have put my own bare foot to his throat (…). But I didn't" (Jordan, *The Ballad* …, 8).
35   "And maybe that's what began it all. He became my charge and later I became his and we were tied together forever after for reasons I could never fully understand" (*Ibid.*, 8–9).

est présente également dans le discours de Robinson : « Il m'adressa tous les signes imaginables […] pour me donner à connaître combien était grand son désir de *s'attacher* à moi pour la vie ».[36] Un peu plus loin, il note : « son attachement pour moi était celui d'un enfant pour son père »,[37] lien d'amour filial également évoqué par Tony qui constate que l'homme blessé dont il prend soin « a besoin de lui comme un enfant a besoin de son père ».[38] Cette affection n'est pas unilatérale, mais réciproque : « Je crois que j'en vins à l'aimer »,[39] reconnaît Tony qui perçoit dans leur relation un lien aussi fort que celui du mariage : lorsque Sally, libérée de sa condition d'esclave, propose à Tony de l'épouser, celui-ci décline l'offre et justifie son refus de la façon suivante : « Il semble que je sois marié à mon Lieutenant […]. Là où il va, je suis ».[40] Ce qui les lie est bien « quelque chose qui ressemble à l'amour ».[41]

Cette réciprocité se justifie par le fait qu'après avoir sauvé Lord Edward de la mort, Tony a eu lui-même la vie sauve grâce à lui : il est devenu un homme libre, respecté et estimé par son employeur. A ceux qui le ligotent à un arbre et veulent le renvoyer aux chaînes de la servitude, Lord Edward s'oppose fermement : « Cet homme est Tony Small ; il m'a soigné et sauvé la vie. Il me détacha et ils se découvrirent ».[42] En le détachant des liens qui l'opprimaient, Lord Edward manifeste son attachement à l'égard de Tony à qui il offre une vie de liberté.[43] Aussi, non seulement Tony est lui-même le sauveur de Lord Edward, mais il reconnaît aussi en lui son propre sauveur.[44] Chacun d'eux perçoit en l'autre un agent de la rédemption, un ange

---

36   Defoe, *Robinson Crusoé*, 259. C'est moi qui souligne.

37   *Ibid.*, 262.

38   "He needed you the way a child needs its father" (Jordan, *The Ballad* …, 24).

39   "And I suppose I came to love him" (*Ibid.*, 7).

40   "I seem to be wedded to my Lieutenant, I answered. Where he goes, I go" (*Ibid.*, 49).

41   "I found something like love", constate Tony (*Ibid.*, 331).

42   "This man is Tony Small, my nurse and my saviour. And he untied me as they took off their hats" (*Ibid.*, 25).

43   « C'est un homme libre, dit-il, et il mit son bras sur mon épaule » ("He's a free man, and he placed an arm around my shoulder" (*Ibid.*, 43)).

44   « J'avais mon propre sauveur » ('I had my own saviour', *Ibid.*, 59).

gardien protecteur[45] car tous deux se voient offrir une seconde vie grâce à la générosité et la bienveillance de l'autre. Cette nature angélique et amicale se manifeste à nouveau de manière posthume, comme souvent dans la fiction de Neil Jordan, puisqu'après sa mort, le fantôme de Lord Edward rassure Tony en lui soufflant à l'oreille qu'il n'est en rien responsable de son arrestation et de sa fin prématurée.

Alors que Tony et Vendredi sont tous deux reconnus comme des fidèles serviteurs de leur maître,[46] une différence non négligeable les distingue : Robinson constate avec horreur que son protégé a dévoré ses semblables. Bien décidé à faire de son île un lieu « civilisé », il l'incite à renoncer à ses pratiques anthropophages. Sa démarche illustre la conquête du monde par l'homme blanc, thème déjà présent dans *La Tempête* de Shakespeare où le nom même de Caliban, l'esclave sauvage et difforme, n'est autre que l'anagramme de 'can(n)ibal(e)'. Or, il n'est pas anodin que lors de leur séjour à Londres, Tony accompagne son maître au théâtre de Drury Lane où cette pièce est précisément mise en scène.

La Ballade de Lord Edward et du Citoyen Small illustre bien la théâtromanie ambiante de la seconde moitié du dix-huitième siècle qui voit se multiplier les salles de spectacle à Paris, Londres et Dublin. Le théâtre envahit tout l'espace social et rythme la vie mondaine. Un public très large s'y presse. Alors que l'élite de la société occupe les premières loges, le petit peuple des valets, cochers et autres domestiques observe la représentation à distance, depuis la balustrade d'une galerie extérieure. Là, Cecil, le cocher de Lord Edward, incite le jeune esclave affranchi à être attentif, car « il y a

---

45   « Vous avez été mon ange rédempteur », dit Lord Edward à Tony (« You were my angel of redemption », 29). A la page suivante, Tony a le sentiment d'être réveillé par une créature angélique : « un ange me réveilla en m'appelant par mon nom » (« an angel called my name to wake me up », 30). Chacun est tour à tour l'ange protecteur de l'autre. C'est pourquoi les femmes qui tiennent à Lord Edward, qu'il s'agisse de sa mère, Lady Emily, ou de sa cousine et fiancée, Georgiana, chargent Tony de veiller sur lui avec attention (107/181). Par ailleurs, dans sa correspondance, le mot 'ange' est récurrent pour décrire Lord Edward, notamment dans les écrits de ses trois sœurs.

46   « Mon serviteur fidèle » – 'my faithful manservant' (Jordan, *The Ballad* …, 50) – fait écho au constat de Robinson : « Jamais homme n'eut un serviteur plus sincère, plus aimant, plus fidèle que Vendredi » (Defoe, *Robinson Crusoé,* 262).

un homme noir, comme toi, dans la pièce : Caliban ».[47] Le spectacle offre à Tony l'occasion de se comparer, voire s'identifier au personnage mis en scène : « je n'avais d'yeux que pour ce Caliban »,[48] reconnaît-il.

Toutefois, Tony constate assez rapidement que les associations établies par les autres ne se justifient pas : Caliban est monstrueux, vicieux et brutal, « un démon né ! »[49] N'a-t-il pas pour dessein de tuer son maître dont il a tenté de violer la fille ? Tony se sent beaucoup plus d'affinités avec Ariel, le serviteur fidèle à l'esprit libre et bienfaisant. Et s'il a du mal à faire la part des choses entre fiction et réalité,[50] notamment lorsqu'il s'inquiète de savoir si l'esclave accompagne son maître à Naples à la fin de la pièce, comme lui-même a suivi le sien en Europe, il constate également que Lord Edward ne ressemble en rien à Prospero. Ce dernier est pompeux, autoritaire et imbu de lui-même. En outre, il est le symbole de l'invasion expropriatrice, à l'instar de Robinson qui se conçoit comme un roi, un empereur ou un lord dans son manoir, se fait appeler 'Son Excellence' et se dit gouverneur de l'île qu'il revendique au nom de l'Angleterre et de la chrétienté.

Dans son essai *Culture et impérialisme*, Edward Said démontre le rôle immense qu'a joué le roman dans la constitution des attitudes, références et expériences impériales. Il précise : « Le prototype du roman réaliste moderne est *Robinson Crusoé* : s'il campe un Européen qui se taille une lointaine seigneurie sur une île non européenne, ce n'est sûrement pas par hasard ».[51] Prospero et Robinson témoignent non seulement d'un esprit conquérant, mais aussi d'une idéologie mercantile, d'un manque d'émotion et de préjugés à l'égard de l'autre en qui ils ne voient qu'un sauvage à domestiquer pour en faire un esclave. Caliban et Vendredi sont perçus comme des animaux domestiques nécessaires à la domination de l'homme blanc sur la nature. Dans le système culturel des explorateurs occidentaux de l'époque, ils se rangent tout au bas de la hiérarchie des êtres et se trouvent

---

47 Jordan, *The Ballad* ..., 75.
48 "All I had eyes was for that Caliban" (*Ibid.*, 77).
49 William Shakespeare, *La Tempête*, IV, i, 188.
50 Tony a du mal à différencier les personnes réelles des personnages fictifs: il demande à un ouvrier napolitain de Carton House s'il connaît Prospero ou encore se demande comment Vendredi a vécu en Angleterre (Jordan, *The Ballad* ..., 332).
51 Edward W. Said, *Culture et impérialisme* (Paris : Fayard, 2000), 13.

cantonnés dans une servitude perpétuelle. *La Tempête* et *Robinson Crusoé*
sont des illustrations typiques de l'exploitation de l'homme par l'homme.

Ayant eu pour précepteur un disciple de Jean-Jacques Rousseau, Lord
Edward a, quant à lui, une vision du monde bien différente. En homme
éclairé, il écoute sa conscience et sa raison plutôt que les préjugés de son
entourage, discerne les principes du juste et de l'injuste et croit en l'égalité fondamentale des êtres humains. Son prochain ne se limite pas à son
concitoyen, mais s'étend à tout homme, y compris le plus lointain, lequel
a droit, comme quiconque, à vivre « libre, sain et heureux ».[52]

Les textes sont inséparables du contexte dans lequel ils sont écrits
et leurs auteurs sont inévitablement ancrés dans leur époque et modelés
par leur société. Shakespeare rédige *La Tempête* en une ère de dynamique
impériale où se manifeste en Angleterre une vive curiosité à l'égard des
indigènes peuplant les terres récemment découvertes au-delà des mers.
Robinson Crusoé naît sous la plume d'un homme qui partage les idées de
ses contemporains sur l'expansion coloniale et les races inférieures, primi-
tives et barbares, auxquelles il convient d'apporter la « civilisation ». De
par leur idéologie et leur vision du monde, ces textes sont incomparables
avec *La Ballade de Lord Edward et du Citoyen Small* dont le contexte de
parution est totalement différent. Certes, l'intrigue se situe en une période
charnière où l'esclavage, bien que progressivement remis en cause, est encore
une réalité, mais il convient de ne pas perdre de vue que le roman est publié
en 2021, soit plus de deux siècles après les événements narrés. Neil Jordan
écrit après la décolonisation, après l'examen détaillé et la déconstruction
des représentations occidentales des territoires périphériques, après les
analyses de Said, Fanon, Deane, Kiberd et tant d'autres. Il a connaissance
des théories postcoloniales de ces intellectuels, d'autant plus qu'en tant que
citoyen irlandais, il est bien conscient de la durabilité des stéréotypes, ces
vieux clichés repris dans le roman par l'homme d'équipage britannique

---

52 Sa foi en l'égalité des hommes ne l'empêche pas de considérer comme des « sau-
    vages » les peuplades des antipodes, comme en atteste sa correspondance: « I
    really would join the savages, and, leaving all our fictitious ridiculous wants, and
    be what nature intended we should be. Savages have all the happiness of life, wit-
    hout any of those inconveniences or obstacles to it which custom has introduced
    among us ».

qui voit en l'Irlande « un trou à rats, un navire de nègres [...], une île de Calibans ».[53] La reprise de ces propos archaïques n'a-t-elle pas pour objectif de les extérioriser pour les dompter, les reprendre en main pour leur tordre le cou plus sûrement ?[54]

Le lien entre Lord Edward et Tony Small ne s'inscrit pas dans la dialectique du maître et de l'esclave, mais bien plutôt dans une relation de maître à disciple. Lord Edward ne cherche pas à coloniser les corps, les esprits et les âmes : il ne déploie pas tous ses efforts pour asservir Tony, le « domestiquer » et le convertir à la foi chrétienne. Au discours de la sauvagerie indigène, de la supériorité de l'homme blanc, inséparable des contextes dans lesquels la pièce de Shakespeare et le roman de Defoe sont parus, Neil Jordan substitue celui de la liberté naturelle fondatrice d'égalité entre les hommes. Comme Rousseau, Lord Edward voit dans le Citoyen l'inventeur

---

53   "What is Ireland like? [...] It's a rathole, a slave ship [...] an island of Calibans" (Jordan, *The Ballad* ..., 63, 64, 88). Conforté par la prééminence de sa nation en voie d'industrialisation et le pouvoir de son vaste empire colonial en construction, l'Anglo-Saxon se croit appartenir à une « race » supérieure. Selon cette idéologie, il fournit la norme par rapport à laquelle se mesure le degré de civilisation des autres nations. Du fait qu'il se considère comme parfaitement civilisé, il s'ensuit que l'autre, le voisin irlandais en particulier, dont les initiatives et les résultats ne sont pas aussi glorieux, se voit, par un effet de repoussoir, identifié comme un sauvage. Fortement teintée d'ethnocentrisme, plus précisément d'anglocentrisme, cette vision se montre d'une dichotomie des plus simplistes mais fut néanmoins largement répétée et diffusée dans le discours social durant plusieurs siècles. Selon ces préjugés, l'Irlandais se trouve relégué au bas de l'échelle humaine, avec les « Nègres », lorsqu'il n'est pas réduit à une grossière animalité dans la catégorie des singes ou des cochons. Dans son essai *Paddy and Mr Punch. Connections in Irish and English History*, l'historien irlandais Roy Foster remarque que, depuis les premières interactions coloniales entre les deux nations voisines, l'Irlandais est toujours représenté comme sale, stupide, incapable et paresseux.

54   Selon l'intellectuel irlandais Seamus Deane, une communauté à la recherche de sa véritable identité se doit de détruire les faux stéréotypes qui l'enserrent. Pour ce faire, il lui faut procéder à une opération cathartique, consistant à reprendre des discours sectaires, afin de les extirper une fois pour toutes. C'est là l'occasion de solder ses comptes avec son passé afin de parvenir à l'exorciser définitivement et prendre un nouveau départ (Cf. T. Eagleton, F. Jameson & E. Said, *Nationalism, Colonialism and Literature*, Minneapolis: University of Minnesota Press, 1990, introduction by Seamus Deane).

de cette liberté. Il refuse le conformisme politique et social, l'enfermement dans son milieu élitiste et se donne pour objectif de prôner la tolérance et s'affranchir des vieux préjugés pour édifier un monde nouveau.

Lord Edward est un homme éclairé qui incarne l'esprit de son temps.[55] Il a beau être de nationalité irlandaise, il se sent chez lui partout dans le monde, y compris parmi les tribus des natifs d'Amérique. Il ne quitte pas un enclos national pour s'enfermer dans un autre, se trouve être finalement en tout lieu un étranger, tout en ne l'étant nulle part. Son existence n'est que mouvement et mobilité. Littéralement cosmopolite ou citoyen du monde – un vocabulaire qui s'épanouit avec la dynamique révolutionnaire – il efface toutes différences entre les hommes et met sa foi en une solidarité universelle. Et parce que le cosmopolitisme est l'antithèse du colonialisme, il échafaude, aux côtés des Irlandais Unis, le projet audacieux de briser les liens qui attachent l'Irlande à l'Angleterre et de conquérir l'indépendance de sa patrie par la mise en place d'un nouveau régime politique. Son attitude à l'égard de Tony, incarnation de son engagement pour la liberté et l'égalité de tous, atteste d'une reconnaissance absolue de « l'autre ».

Tony est lui-même ancré dans une forme de citoyenneté universelle : il appartient aux deux côtés de la fracture impériale sans être véritablement d'aucun. Il représente une alternative salutaire au sentiment d'appartenance et de loyauté envers une seule culture et une seule nation. Du reste, il prend conscience que la notion d'appartenance est bien souvent illusoire : alors qu'il pense avoir des racines irlandaises du fait que son père, qu'il n'a jamais connu, porte le nom d'un comté d'Irlande – Mayo – Tony s'aperçoit, lorsqu'il parvient enfin à le rencontrer en Louisiane, qu'il n'en est rien : ses origines sont hispano-indiennes, son géniteur devant son nom au jour de sa naissance, un premier mai – *primero de Mayo*. Cette information réduit

---

55   Lord Edward témoigne d'un esprit éclairé, mais ne s'inscrit pas pour autant dans le mouvement des Lumières : alors que ces derniers manifestent une défiance à l'égard de la religion et rejettent les solutions théologiques ou métaphysiques, Lord Edward, lui, considère que « nous sommes tous des créatures de Dieu » – 'We were all God's creatures, he told me' (Jordan, *The Ballad* …, 59), ce en quoi, une fois encore, il se montre fidèle à l'esprit rousseauiste.

à néant sa fierté d'être de la même nationalité que son maître, lequel note en revanche un autre point commun qui les unit :

> Alors mon cher Tony, tous deux avons fait fausse route mais, au moins, nous avons agi avec la même illusion.
> – Quelle est cette illusion, *my Lord* ?
> – L'illusion de l'appartenance. Et vous êtes toujours un bâtard, comme moi.[56]

N'ayant absolument pas le sentiment d'appartenir à une noble lignée qui est pourtant la sienne, Lord Edward se considère cyniquement comme un bâtard, ce qui l'amène, sous l'influence de l'esprit révolutionnaire français, à renoncer à ses titres héréditaires et privilèges féodaux, à se débarrasser de ses uniformes et décorations et à se présenter lui-même comme « le Citoyen Edward »,[57] un Républicain à part entière. Dans une taverne parisienne, en compagnie d'ardents défenseurs de cette cause, Tony témoigne : « Comme la tablée entière portait des toasts par des acclamations rauques et avinées, Thomas Paine se pencha vers moi et m'invita à participer à la fête : 'buvez à l'abolition de toute distinction !' Alors j'ai bu à la santé du citoyen nouveau-né qui, j'en étais sûr, garderait un valet à son service ».[58]

***

56 "So, my dear Tony, we both got it wrong. But at least we laboured under the same illusion.
What is that illusion, my Lord?
The illusion of belonging. And you are still a mongrel. Like me" (Jordan, *The Ballad* …, 195).

57 « Être Lord Edward ne me plaît pas » ('I do not like to be Lord Edward'), écrit-il dans sa correspondance avec sa sœur, Lady Lucy. Cette dernière, après la mort de son frère, note à son propos : « Il était irlandais, rien de plus, ne désirait pas d'autre titre que celui-ci » ('He was a Paddy and no more; he desired no other title than this').

58 "And as the whole table erupted into raucous wine-soaked cheers, Tom Paine leaned into my ear and begged me to share in the celebration. Drink, to the obliteration of all distinction.
So I drank. To the newborn citizen, who, I was sure, could still employ a manservant" (Jordan, *The Ballad* …, 236).

A la lecture du roman, d'aucuns pourront considérer que l'approche du personnage de Tony est idéalisée. Le jeune homme est en effet représenté de manière quelque peu édulcorée et sentimentaliste, conformément aux principes rousseauistes, alors qu'il y a fort à parier que le Tony historique ait été confronté à des difficultés beaucoup plus redoutables que celles qu'il évoque dans son récit. De la même façon, Lord Edward est dépeint comme une personnalité charismatique dont la générosité et la bienveillance semblent occulter toute faiblesse ou défaut. Cet embellissement de la vérité est à mettre en lien avec le genre de la ballade sur lequel le roman se greffe. Chantés, parfois dansés, ces poèmes de tonalité populaire témoignent d'une légèreté burlesque qui contraste avec leur contenu révolutionnaire.

Aussi magnifiés soient les personnages de Lord Edward et Tony Small, il n'en demeure pas moins que chacun d'eux fait à l'autre le don d'une seconde vie, comme le confirment les documents historiques. Pour nous, lecteurs du vingt-et-unième siècle, c'est là une invitation à faire le lien avec les réalités de notre monde. Depuis maintenant trois décennies, l'Irlande est devenue terre d'accueil. Elle est aujourd'hui un kaléidoscope de cultures variées puisqu'un habitant sur huit est né à l'étranger. Hybride, métissée, hétérogène, son identité s'en trouve considérablement complexifiée. Cependant, elle est aussi une nation où s'observent des attitudes d'enfermement, de repli sur soi, d'intolérance de la part de la population indigène, notamment en périodes de crise.[59] Nul ne peut nier que certains immigrés de la première ou seconde génération témoignent d'une intégration parfaitement réussie, en particulier lorsqu'ils exercent de hautes fonctions,[60] mais bon

---

59   En septembre 2019, un rapport de l'Agence des droits fondamentaux de l'Union européenne dénonce des types de comportement raciste en Irlande. Basé sur des témoignages de personnes de couleur immigrées, il constate que, statistiquement, les chiffres du harcèlement, de la discrimination et de la violence raciste sont significativement plus élevés en Irlande que dans de nombreux autres pays européens. <https://www.irishtimes.com/news/politics/ireland-has-worrying-pattern-of-racism-head-of-eu-agency-warns-1.4032957>

60   A titre d'exemple, Leo Varadkar, fils d'immigrés indiens, fut Premier Ministre de la République d'Irlande de 2017 à 2020. Hazel Chu, fille d'immigrés chinois, fut élue lord-maire de Dublin en 2020.

nombre d'entre eux sont toutefois encore confrontés à des discriminations et violences racistes. Publié dans ce contexte, un roman centré sur une amitié profonde unissant un autochtone de haut rang à un apatride balloté par les aléas de l'histoire et relégué au rang d'une bête de somme, voire d'une marchandise, donne à réfléchir.

En faisant de Tony le narrateur du récit, Neil Jordan valorise le marginal et invite le lecteur enfermé dans ses présupposés à réviser son point de vue. À contre-courant d'une conception de l'Histoire qui ne s'intéresse qu'aux grands hommes, le discours de l'esclave affranchi peut être considéré comme un « récit alternatif »[61] mis en voix par un citoyen excentré qui n'a aucune raison de rester en dehors de l'Histoire aujourd'hui. Sa voix est située sur une marge et c'est peut-être ce qui lui donne une tonalité si spécifiquement irlandaise. Elle chante ceux qui se montrent capables d'abolir les distinctions, de dénouer les liens de servitude et d'accueillir l'autre sans préjugé pour lui offrir une seconde chance. Cette voix rend hommage aux esprits éclairés qui n'hésitent pas à transgresser les règles et les usages pour instaurer une égalité entre les hommes, manifester une sympathie pour la cause des peuples et le triomphe de la liberté.

61   David Lloyd, *Ireland After History* (Cork: Cork University Press, 1999), 40.

Conclusion

<Cet écrivain> montre de la sympathie envers l'étrangeté, envers tout ce qui sort de l'ordinaire [...]. Il a le sens du monstrueux et le salue d'une manière qui n'est pas pure ironie [...]. Il s'entend particulièrement à cultiver des traits spécifiques de l'âme irlandaise. C'est d'abord son propre penchant pour le surnaturel, qu'il accepte comme allant de soi, mais traite de façon terrifiante [...]. C'est aussi le sentiment aigu de la majesté sans bornes de la mort et de son cortège d'incurables afflictions.[1]

Ces propos d'Elizabeth Bowen, relatifs à Joseph Sheridan Le Fanu, pourraient être transposés car ils s'appliquent parfaitement à Neil Jordan. L'œuvre de ce dernier s'inscrit en effet dans l'héritage d'écrivains irlandais du dix-neuvième siècle – Le Fanu, mais aussi Maturin et surtout Yeats et Stoker. Relevant du genre fantastique, elle témoigne d'un fort attrait pour l'imaginaire gothique, mêle rationnel et irrationnel, dote les personnages de pouvoirs surnaturels, exploite les thèmes de la perte d'identité, de l'usurpation, du vampirisme. L'éternel combat du Bien et du Mal, l'inquiétude originelle qui hante l'homme et son destin, les paradoxes de notre nature déchirée entre des aspirations contraires sont autant de thèmes présents dans l'œuvre de Jordan comme dans celles de ses illustres prédécesseurs. Toutefois, tout en s'inscrivant dans cette tradition, Neil Jordan sait également s'en démarquer, comme en atteste l'usage récurrent dans son œuvre de la parodie que Gérard Genette conçoit comme « la transformation ludique d'un texte singulier ».[2] Il semble en effet que le procédé soit perçu par l'écrivain comme un jeu, au même titre que les jeux de miroirs, jeux de dupes, jeux de mots ou jeux sur les mots qui parsèment sa fiction.

---

1   Joseph Sheridan Le Fanu, *La Maison près du cimetière* [1863] (Paris : Phébus, 2004, traduction de Patrick Reumaux, préface par Elizabeth Bowen), 18–19.

2   Genette, *Palimpsestes,* 164.

L'œuvre étudiée ici, que l'on pourrait qualifier de « néo-gothique », eu égard aux procédés exploités et ironiquement détournés, diffuse une atmosphère crépusculaire annonciatrice d'un achèvement, qu'il s'agisse de la fin d'une journée, d'une expérience ou d'un monde. Cette temporalité particulière s'accompagne de décors intrinsèquement liminaux,[3] tels des zones côtières, des grèves désertes ou des territoires inondés dont les lignes de démarcation sont brouillées par des brumes, vapeurs d'eau, pluies torrentielles ou encore des points de vue de narrateurs ignorants ou flottants en état de rêve éveillé. De telles spécificités spatiotemporelles illustrent que la vie humaine se déroule sur une frontière indécise, à la limite de deux mondes, que la conscience est une ligne de partage : on y hésite, saisi de vertige, entre deux pôles ; on s'y interroge sur l'autre et sur soi.[4]

La mort de Nina, la protagoniste des *Ombres*, a lieu le 14 janvier 1950.[5] Dès lors, les vannes du ciel s'ouvrent et, des semaines durant, déversent un déluge biblique.[6] Or quarante jours plus tard, la date du 25 février 1950 coïncide avec la naissance de Neil Jordan … La libération de Nina, projetée hors de sa sinistre sépulture par la montée des eaux, renvoie implicitement à la sortie de Noé de son arche, mais aussi à la venue au monde de l'auteur, tous trois s'apprêtant à découvrir un nouvel environnement.[7] Subrepticement,

---

3   "liminal landscapes by essence" (Marie Mianowski, *Post Celtic Tiger Landscapes in Irish Fiction*, London-New York: Routledge, 2016, 6).

4   Du premier roman, *Le Passé*, au dernier en date, *La Ballade de Lord Edward et du Citoyen Small*, le questionnement sur soi – qui suis-je en réalité ? – est récurrent.

5   « Je sais exactement quand je suis morte. C'était le quatorze janvier de l'année mille neuf cent cinquante à trois heures vingt » (Jordan, *Les Ombres*, 11).

6   « Le ciel s'ouvre et déverse des trombes d'eau […]. Chaque goutte évoque la chute d'un ange, les battements d'aile d'une colombe » – "The heavens open, the rain cascades […], each raindrop like a falling angel, the beatings wings of a dove" (Jordan, *Shade*, 313). L'allusion au texte biblique est claire: lorsque Dieu envoie le Déluge sur la terre : « Les écluses du ciel s'ouvrirent. La pluie tomba sur la terre pendant quarante jours et quarante nuits » (Gn 7/11–12).

7   A plus d'un titre, le roman renvoie au Livre de la Genèse: tous deux sont composés de 50 chapitres. Par ailleurs, l'enfant Nina et ses amis voient dans leur terrain de jeu l'enclos paradisiaque – « notre jardin d'eden » (Jordan, *Les Ombres*, 318) – lequel jouxte des zones bourbeuses sur l'estuaire du fleuve, espace vide et vague, lieu de la séparation originelle entre terre et eau. Dans le roman comme dans le texte biblique, le jardin est également la scène de la rencontre entre

un glissement s'opère de la fiction à la réalité en passant par le mythe. Ce passage de l'intérieur à l'extérieur, annonciateur d'une nouvelle vie, s'inscrit dans la thématique de la transgression qui, comme la présente étude l'illustre, caractérise l'ensemble de l'œuvre. Cette dernière recule les frontières du possible, abolit les normes ; elle brouille toute séparation entre vie et mort, naturel et surnaturel, mais aussi entre vérité et fiction.

De la même façon, les personnages se dédoublent, selon qu'ils ouvrent les yeux sur les faits du présent ou sur une réalité plus profonde, aux horizons illimités. Refusant de borner notre monde au visible, l'œuvre de Neil Jordan outrepasse l'univers observable qui nous environne : elle questionne ce qui dépasse l'existant,[8] s'interroge sur l'immatériel, comme s'il fallait se situer hors du monde pour parvenir un tant soit peu à le comprendre. Exploitant les thématiques de l'obscurité, l'incertitude ou l'hésitation, elle glisse du fantastique vers le métaphysique.

L'œuvre de Neil Jordan revêt une indéniable dimension transcendante. Ce n'est du reste pas un hasard si elle se réfère à d'illustres figures de la poésie dite métaphysique, à savoir le baroquisme anglais du dix-septième siècle. En effet, Neil Jordan mentionne le nom de George Herbert et cite un de ses poèmes dans *Carnavalesque*[9] ; il reconnaît avoir été influencé par des images du *Paradis perdu* de John Milton dans l'élaboration de son adaptation filmique *Entretien avec un vampire*[10] ; enfin, dans bon

---

l'homme et la femme, de l'innocence perdue, de la transgression de l'interdit, de la chute entraînant l'éloignement du lieu et du père, puis le déluge de 40 jours.

8   « La Métaphysique, c'est l'interrogation qui dépasse l'existant » (Martin Heidegger, « Qu'est-ce que la métaphysique ? » [1929] in *Questions I et II*, Paris : Gallimard, 1990, I, 67).

9   Le lecteur se reportera à la fin du chapitre du présent ouvrage « De l'autre côté du miroir : du merveilleux dans *Carnavalesque* ».

10   "Jordan has claimed that John Milton's *Paradise Lost* was the most significant influence in his adaptation of <Rice's> book. The story of the angels expelled by God after they participate in a rebellion tantamount to a palace revolt is well-known. Because of their abortive mutiny, the fallen angels cascade from heaven down into the dust of hell. With *Paradise Lost,* Satan assumes the stature of fallen beauty: "splendor shadowed by sadness and death"; he is "majestic though in ruin" (Mario Praz, 56). This description is perfectly embodied by Pitt's incarnation of Louis" (Zucker, ed., *Neil Jordan. Interviews,* introduction by C. Zucker, xvi–xvii).

nombre de ses textes, il renvoie implicitement à un poème de John Donne, chef de file de l'école métaphysique, « Vendredi Saint 1613 : en chevauchant vers l'Ouest ». Il est en effet significatif que, dans l'ensemble de l'œuvre de Jordan, l'axe privilégié des déplacements des protagonistes soit d'est en ouest.[11] Cette destination du ponant n'est pas tant un lieu géographique qu'un point mythique, imaginaire et surnaturel de l'espace. C'est là un élément commun entre la fiction de Jordan et le poème de Donne :

> Aussi suis-je emporté vers l'Ouest en ce jour où
> La forme de mon âme inclinerait vers l'Est.[12]

Le poète déplore de ne pouvoir méditer comme il convient sur l'ultime sacrifice du Christ, mort en Orient, parce qu'il est occupé à chevaucher pour rejoindre la maison d'un ami :

> Là verrais-je un Soleil, couché en s'élevant,
> Engendrer en se couchant un jour éternel.[13]

Le soleil levant renvoie au Fils de Dieu élevé sur la croix[14] sur laquelle il se 'couche' aussi en y mourant, ouvrant ainsi à tous les hommes les portes d'une 'vie sans fin' ; alors commence un 'jour éternel'. Dans sa fluidité évanescente, le soleil couchant désigne métaphoriquement la mort et son mystère. Évoqué plus haut, le propos d'Elizabeth Bowen relatif au « sentiment aigu de la majesté sans bornes de la mort et son cortège d'incurables afflictions » convient, une fois encore, à la fiction de Neil Jordan dont *le* personnage principal n'est autre que la mort elle-même. Du suicide narré dans le premier texte publié par l'auteur jusqu'à la confidence du fantôme

11   Dans de nombreux textes de Neil Jordan (« Un Amour », *Le Passé, Lignes de fond* ou *Carnavalesque*), les protagonistes quittent les bords de la mer d'Irlande, à l'est du pays, pour la côte occidentale, au bord de l'océan, et notamment la station thermale de Lisdoonvarna, dans le comté de Clare.

12   "Hence is't, that I am carried towards the West / This day, when my Soules form bends towards the East" (John Donne, "Good Friday, 1613. Riding Westward" in *The Metaphysical Poets*, Harmondsworth: Penguin Books, 1957, 87). Le poète médite sur la mort du Christ qui eut lieu vers l'est, « dans son dos ». Il tourne le dos au Christ qui l'appelle à « se retourner », se convertir.

13   "There I should see a sun, by rising set, / And by that setting endless day beget".

14   Ce rapprochement est confirmé par la proximité des termes *sun* et *son*.

de Lord Edward qui souffle à l'oreille de Tony qu'il n'est en rien responsable de son trépas dans les ultimes pages de son dernier roman en date, la mort, omniprésente, est bien la pierre angulaire de l'œuvre. Elle attend les personnages au bout du rivage, lieu de l'hésitation, zone intermédiaire entre terre et mer, territoire apparemment désolé où la conscience semble s'ouvrir, imprégnée de la proximité fabuleuse du Tout. L'océan ne permet-il pas d'imaginer Dieu, selon un personnage du *Passé* ?[15] Au large, dans les brouillards maritimes, sous des nuées protéiformes, de légendaires contrées fabuleuses se devinent – l'Avalon de la Terre promise ou le pays de l'éternelle jeunesse, *Tír na nÓg* :

> L'Irlande est une île marginale, perdue aux marches du couchant, une Ultima Thulé aux franges de l'œkoumène, un *land's end* limite, au seuil de 'l'autre monde' ; outre on trépasse vers le 'là-bas' des merveilles.[16]

Partagée entre sensualité, spiritualité et sentiment de fin du monde, l'œuvre de Neil Jordan fait de lui un poète métaphysique. Le déplacement de ses personnages dans une même direction en est une composante hautement symbolique. Se diriger vers l'ouest, c'est se dissiper, se fondre en un univers autre[17] en un mouvement presque naturel pour regarder, comme dans un rêve, l'astre du jour disparaître dans les flots :

> C'est la situation de celui qui a voulu suivre la course du soleil, et qui se retrouve un soir, seul, face au rivage, dans un lieu interlope et comme abandonné, sans autre ressource que de se résigner, de s'adapter, de s'y faire, puisque dans l'instant, on ne peut aller plus loin.[18]

Là se situe le terme du voyage, le bout de la terre, le bord du gouffre …[19]

---

15   « on imagine Dieu comme un océan » – "You imagine God to be a sea" (Jordan, *The Past,* 62).

16   Pierre-Yves Pétillon, *L'Europe aux anciens parapets* (Paris : Seuil, 1986), 157.

17   D'où l'expression familière de la langue anglaise *to go west* qui désigne le passage de vie à trépas, traduisible par l'expression familière « passer l'arme à gauche ».

18   Paul-Louis Rossi, *L'Ouest surnaturel. Les écrivains du bout des terres vers les îles* (Paris : Hatier, 1993), 135.

19   Etymologiquement, « occident » renvoie à *occidere*, c'est-à-dire « occire, tomber ». Il y a donc risque de chute au-delà de la frange occidentale.

Bibliographie sélective

Œuvres de Neil Jordan

- *Night in Tunisia and Other Stories* [1976] – *The Dream of a Beast* [1983] – *The Crying Game* [1993] in *A Neil Jordan Reader* (New York : Vintage International, 1993).
- *The Past* [1980] (Berkeley: Soft Skull Press, 2012).
- *Lignes de fond* (Paris : Plon, 1996). Traduction par Gabrielle Rolin de *Sunrise with Sea Monster* (London : Vintage, 1994).
- *Les Ombres* (Paris : L'Olivier, 2006). Traduction par Michèle Albaret-Maatsch de *Shade* (London: John Murray, 2004).
- *Confusion* (Paris : Joëlle Losfeld, 2011). Traduction par Florence Lévy-Paoloni de *Mistaken* (London: John Murray, 2011).
- *Dans les Eaux troubles* (Paris : Joëlle Losfeld, 2017). Traduction par Florence Lévy-Paoloni de *The Drowned Detective* (London: Bloomsbury, 2016).
- *Carnivalesque* (London : Bloomsbury, 2017).
- *The Ballad of Lord Edward and Citizen Small* (Dublin: The Lilliput Press, 2021).

Ouvrages critiques sur l'œuvre littéraire de Neil Jordan

- McGuirk, Paul, *Neil Jordan: The Literary Fiction* (Leipzig, Germany : Limanaki Books, Amazon Distribution, 2016).
- Pernot-Deschamps, Marguerite, *The Fictional Imagination of Neil Jordan, Irish Novelist and Film-Maker: A Study of Literary Style* (Lewiston NY: The Edwin Mellen Press, 2009).

– Rogers, Lori, *Feminine Nation. Performance, Gender and Resistance in the Works of John McGahern and Neil Jordan* (Lanham MD: University Press of America, 1998).

Sélection d'articles ou de chapitres sur l'œuvre littéraire de Neil Jordan

– Brace, Marianne, 'Neil Jordan: the Writing Game', *The Independent* (14 January 1995).

– Cherry, Kelly, 'An Art of the Heart: the Fiction of Neil Jordan', *Hollins Critic* 55/1 (Feb. 2018).

– Cotta Ramusino, Elena, 'Neil Jordan's *The Past*: A Journey in Time and Memory' in Sean Crosson & Werner Huber, eds., *Towards 1916–1916 and Irish Literature, Culture & Society* (Trier : Wissenschaftlicher Verlag, 2015), 145–153.

– Fierobe, Claude, « Double jeu : *Confusion* de Neil Jordan » in *Les Ombres du fantastique. Fictions d'Irlande* (Dinan : Terre de Brume, 2016), 108–127.

– Goarzin, Anne, « Jeux d'ombres et de lumière : révélations de l'image chez James Joyce, Neil Jordan et Paul Durcan » in Renée Dickason, ed., *Analyse d'images* (Rennes, Presses Universitaires de Rennes, 2003), 45–61.

– Grassi, Samuele, 'Fathers in a coma: Father-Son Relationship in Neil Jordan's Fiction', *Estudios Irlandeses* 3 (2008), 101–112.

– Hopper, Keith, "A Postcard from the Homeland': Neil Jordan's *The Past*', *Litteraria Pragensia* 22/44 (2012), 75–90.

– Möller, Karin, 'Beast in the Barrier Zone: Transformations of Irish Politics, History and Myth in Neil Jordan's *Sunrise with Sea Monster*', *Humanetten* (2000), 6.

– Rogers, Lori, 'In Dreams Uncover'd': Neil Jordan, "The Dream of a Beast", and the Body-Secret', *Critique: Studies in Contemporary Fiction* 39–1 (1997), 48–54.

– Schwall, Hedwig, 'Fictions about Factions: An Analysis of Neil Jordan's *Sunrise with Sea Monster*', *Nordic Irish Studies* 1 (2002), 31–50.

– Williams, Niall, 'Time past ; Imagine and Remember: A View of Neil Jordan's Novel *The Past*', *Gaeliana* 3 (1981), 165–170.

Ouvrages critiques sur l'œuvre cinématographique de Neil Jordan

– Pramaggiore, Maria, *Neil Jordan* (Urbana and Chicago: University of Illinois Press, 2008).
– Rockett, Kevin & Emer, *Neil Jordan: Exploring Boundaries* (Dublin: The Liffey Press, 2003).
– Zucker, Carole, *The Cinema of Neil Jordan: Dark Carnival* (London: Wallflower Press, 2008).

Entretiens avec Neil Jordan

– Fox, Caoimhe, 'From Captain America's to Hollywood and back. Interview with Neil Jordan', *Books Ireland* (May/June 2016).
– McCabe, Patrick, '1916 I think impossible to think about without thinking of Yeats and O'Casey', Public interview with Neil Jordan, 9ᵗʰ EFACIS conference, 5–7 June 2013, NUI Galway in Sean Crosson & Werner Huber, eds., *Towards 1916–1916 and Irish Literature, Culture & Society* (Trier : Wissenschaftlicher Verlag, 2015), 229–253.
– O'Reilly, Damien, 'Neil Jordan Talks *The Ballad of Lord Edward and Citizen Small* with Damien O'Reilly on RTÉ Radio 1' (25 Feb. 2021). <https://www.rte.ie/culture/2021/0225/1199336-reviwed-neil-jordans-new-novel/> accessed 28 April 2021.
– Toibin, Colm, 'The *In Dublin* Interview: Neil Jordan talks to Colm Toibin', *In Dublin* 152/29 (April 1982), 14–19.
– Zucker, Carole, ed., *Neil Jordan: Interviews* (Jackson: University Press of Mississippi, 2013).

Etudes générales sur la littérature et la culture irlandaises

Brown, Terence, *Ireland. A Social and Cultural History 1922–2002* (London: Harper Collins, 2004).

Cahalan, James M., *The Irish Novel* (Dublin: Gill & Macmillan, 1988).

Cardin, Bertrand, *Miroirs de la filiation. Parcours dans huit romans irlandais contemporains* (Caen : Presses Universitaires de Caen, 2005).

Carlson, Julia, ed., *Banned in Ireland. Censorship and the Irish Writer* (London: Routledge, 1990).

Corcoran, Neil, *After Yeats and Joyce. Reading Modern Irish Literature* (Oxford, New York: Oxford University Press, 1997).

Cronin, Michael, *Across the Lines. Travel, Language, Translation* (Cork: Cork University Press, 2000).

Deane, Seamus, *Celtic Revivals. Essays in modern Irish Literature 1880–1980* (London: Faber & Faber, 1985).

——. *A Short History of Irish Literature* (London: Hutchinson & Co. Ltd, 1986).

——. *The Field Day Anthology of Irish Writing* (Derry: Field Day Publications, 1991).

Eagleton, Terry, *Crazy John and the Bishop and other Essays on Irish Culture* (Cork: Cork University Press, 1998).

Fierobe, Claude and Jacqueline Genet, *La Littérature irlandaise* (Paris : Armand Colin, 1997).

Fierobe, Claude, *Les Ombres du fantastique. Fictions d'Irlande* (Dinan : Terre de Brume, 2016).

Foster, Roy, *The Irish Story: Telling Tales and Making It Up in Ireland* (Oxford: Oxford University Press, 2001).

Genet, Jacqueline, ed., *La Nouvelle irlandaise de langue anglaise* (Villeneuve d'Ascq : Presses Universitaires du Septentrion, 1996).

Gillis, Alan and Aaron Kelly, eds., *Critical Ireland. New Essays in Literature and Culture* (Dublin: Four Courts Press, 2001).

Goarzin, Anne et Stéphane Jousni, eds., *Voix et Langues dans la littérature irlandaise* (Rennes : Presses Universitaires de Rennes, 2003).

Harte, Liam and Michael Parker, eds., *Contemporary Irish Fiction. Themes, Tropes, Theories* (London: Macmillan, 2000).

Hunt Mahony, Christina, *Contemporary Irish Literature. Transforming Tradition* (New York: St Martin's Press, 1998).

Hyde, Tom, ed., *Fathers and Sons* (Dublin: Wolfhound Press, 1995).

Imhof, Rüdiger, ed., *Contemporary Irish Novelists* (Tübingen: Gunter Narr Verlag, 1990).

Kearney, Richard, ed., *Across the Frontiers: Ireland in the 1990s, Cultural – Political – Economic* (Dublin: Wolfhound Press, 1988).

Kiberd, Declan, *Inventing Ireland* (London: Jonathan Cape, 1995).

Lalor, Brian, ed., *The Encyclopaedia of Ireland* (Dublin: Gill & Macmillan, 2003).

Longley, Edna, *The Living Stream. Literature and Revisionism in Ireland* (Newcastle upon Tyne: Bloodaxe Books, 1994).

Martin, Augustine, *Bearing Witness. Essays on Anglo-Irish Literature* (Dublin: UCD Press, 1996).

Mercier, Vivian, *The Irish Comic Tradition* (London, Oxford, New York: Oxford University Press, 1962).

Mianowski, Marie, *Post Celtic Tiger Landscapes in Irish Fiction* (London: Routledge, 2016).

Mikowski, Sylvie, *Le Roman irlandais contemporain* (Caen: Presses Universitaires de Caen, 2004).

Murphy, Neil, *Irish Fiction and Postmodern Doubt: An Analysis of the Epistemological Crisis in Modern Irish Fiction* (Lewiston: Edwin Mellen, 2004).

Ni Anluain, Cliodhna, ed., *Reading the Future. Irish Writers in Conversation with Mike Murphy* (Dublin: The Lilliput Press, 2000).

O'Carroll, J. P. and J. A. Murphy, eds., *DeValera and his Times* (Cork: Cork University Press, 1983).

O'Faolain, Sean, *The Irish* (London: Penguin, 1947).

Pétillon, Pierre-Yves, *L'Europe aux Anciens Parapets* (Paris : Seuil, 1986).

Pierce, David, ed., *Irish Writing in the Twentieth Century. A Reader* (Cork: Cork University Press, 2000).

Rafroidi, Patrick, *L'Irlande, Littérature* (Paris : Colin, 1970).

Smyth, Gerry, *The Novel and the Nation: Studies in the New Irish Fiction* (London: Pluto Press, 1997).

Welch, Robert, *Changing States. Transformations in Modern Irish Writing* (London: Routledge, 1993).

Welch, Robert, ed., *Irish Writers and Religion* (Gerrards Cross: Colin Smythe, 1992).

Ouvrages théoriques sur la littérature

Bakhtine, Mikhaïl, *Esthétique et théorie du roman* (Paris : Gallimard, 1978).

Barthes, Roland, *Essais critiques* (Paris : Seuil, 1964).

——. *Poétique du Récit* (Paris : Seuil, 1972).

——. *Le Plaisir du Texte* (Paris : Seuil, 1973).

Bloom, Harold, *The Anxiety of Influence. A Theory of Poetry* (Oxford: Oxford University Press, 1973).

Compagnon, Antoine, *Le Démon de la théorie. Littérature et sens commun* (Paris : Seuil, 1998).

Eagleton, Terry, *Criticism and Ideology: A Study in Marxist Literary Theory* (London : Verso, 1976).

——. *Literary Theory. An Introduction* (Oxford: Basil Blackwell Ltd, 1983).

Eco, Umberto, *Lector in Fabula* (Paris : Grasset, 1979).

——. *Apostille au Nom de la rose* (Paris : Grasset, 1985).

Frye, Northrop, *The Anatomy of Criticism* (Princeton : Princeton University Press, 1957).

Genette, Gérard, *Figures I, II, III* (Paris : Seuil, 1966, 1969, 1972).

——. *Palimpsestes. La littérature au second degré* (Paris : Seuil, 1982).

Goldmann, Lucien, *Le Dieu caché* (Paris : Gallimard, 1956).

——. *Pour une Sociologie du Roman* (Paris : Gallimard, 1964).

Hamon, Philippe, *Texte et idéologie* (Paris : PUF, 1984).

Hutcheon, Linda, *A Poetics of Postmodernism: History, Theory, Fiction* (London: Routledge, 1988).

Hutcheon, Linda, *A Theory of Parody. The Teachings of Twentieth-century Art Forms* (Chicago: University of Illinois Press, 1985).

Iser, Wolfgang, *L'Acte de lecture, théorie de l'effet esthétique* (Bruxelles : Mardaga, 1985).

Jauss, Hans-Robert, *Pour une Esthétique de la réception* (Paris : Gallimard, 1978).

Lukacs, Georg, *Théorie du Roman* (Paris : Denoël-Gonthier, 1963).

——. *Le Roman historique* (Paris : Payot, 1965).

Sartre, Jean-Paul, *Situations (Critiques littéraires)* (Paris : Gallimard, 1947).

Steinmetz, Jean-Luc, *La Littérature fantastique* (Paris : PUF, 1990).

Todorov, Tzvetan, *Introduction à la littérature fantastique* (Paris : Seuil, 1970).

Index des noms cités

STUDIES IN FRANCO-IRISH RELATIONS

Series Editor:
Dr Eamon Maher, Technological University Dublin

The aim of this series is to foreground areas of interdisciplinary and multidisciplinary connection between France and Ireland, as well as stressing the European dimension of the Franco–Irish nexus. The series also provides a forum for French-language scholarship within the field of Irish studies.

We welcome proposals from a variety of disciplinary backgrounds, including historical, cultural, literary, sociological, political and linguistic perspectives. The series publishes books in both English and French and all submissions will be peer-reviewed.

Proposals should be sent to
eamon.maher@ittdublin.ie or ireland@peterlang.com.

L'objectif de cette collection est de valoriser les recherches multi-disciplinaires ou inter-disciplinaires relatives à la France et à l'Irlande, et de souligner la dimension européenne des relations franco-irlandaises. La collection offre également un espace d'échanges pour la recherche francophone en études irlandaises.

Nous accueillons des projets de publication relevant de différents champs disciplinaires et s'inscrivant dans une perspective historique, culturelle, littéraire, sociologique, politique ou linguistique. Les ouvrages de la collection sont publiés en anglais et en français ; tous les projets sont soumis à une évaluation par les pairs.

Les propositions peuvent être envoyées à
eamon.maher@ittdublin.ie ou à ireland@peterlang.com.

Vol. 1   Eamon Maher, Eugene O'Brien and Grace Neville (eds)
          Reinventing Ireland through a French Prism
          ISBN 978-3-631-56639-8. 2007

Vol. 2   Eamon Maher, Grace Neville and Eugene O'Brien (eds)
          Modernity and Postmodernity in a Franco-Irish Context
          ISBN 978-3-631-58158-2. 2008

Vol. 3   Yann Bévant, Eamon Maher, Grace Neville and Eugene
          O'Brien (eds)
          Issues of Globalisation and Secularisation in France and
          Ireland
          ISBN 978-3-631-59052-2. 2009

Vol. 4   Déborah Vandewoude
          L'Eglise catholique face aux défis contemporains en
          République d'Irlande. Rédefinition d'une institution
          désacralisée
          ISBN 978-3-631-61897-4. 2012

Vol. 5   Karine Deslandes
          Regards français sur le conflit nord-irlandais ISBN
          978-3-631-64593-2. 2013

Vol. 6   Chris Reynolds
          Sous les pavés ... The Troubles: Northern Ireland,
          France and the European Collective Memory of 1968
          ISBN 978-3-631-62643-6. 2014

Vol. 7   Edwige Nault
          L'avortement en Irlande : 1983–2013. Dimensions
          religieuses, socioculturelles, politiques et européennes
          ISBN 978-3-631-65654-9. 2015

www.ingramcontent.com/pod-product-compliance
Lightning Source LLC
Chambersburg PA
CBHW071448110726

47908CB00003B/560